中公文庫

連　合　艦　隊

参謀長の回想

草鹿龍之介

中央公論新社

目次

第五部　敵反攻主力の撃滅へ

初版「まえがき」

顧れば既に十年の昔である。「万里戦塵一点なし、太平の時節歓娯すべし、当年馬上三千の卒、兵書を読まず魯書を読む」というが、世界は戦塵既に去ったけれども、再び低迷する暗雲は、いつの日か歓娯すべき太平の光を仰ぐことができるだろうか。爆弾、魚雷、幾度か生死の関門を経た当年艨艟《もうどう》幾万の乗員、それにもまして神風特攻機、あるいは震洋、回天の特攻艇に、希望に満ちた春秋を託して、国難に殉じようとした多数の青年も、今やそれぞれの立場において、昔を忘れて新生涯を拓くために粉骨砕身している。しかし、世は意を安くして魯書を読むことをゆるすであろうか。

永劫の平和を希い、限りない文化の恵沢を望むのは、いかなる国、いかなる世を問わず、人間世界の本然の姿であるが、絶えることのない闘争の歴史は、拒むことのできない現実である。しかし、わが国の人々の十年に余る苦悩の試練は、余りにも悲愴であっただけに、今や平和を願う心は一層切実なものがあり、再軍備の問題をめぐり、その可否を論ずる声は囂々《ごうごう》たるものがある。私は今日、既に幾度か死すべき身を永らえ、この腐肉に鞭うち、ただ食糧増産に余念がないが、巷にあがるこの声に耳を掩うことができない。

再軍備の可否については、これを今日論じようとはしないが、可というも不可というも、いずれも平和を熱望するわれわれの切実な声にほかならない。しかし、平和というも戦争というも、対手のある問題である。世界の風雲をよそにわが国ひとりが、太平の時節を歓娯しようとしても、国際情勢はこれを簡単に許さない。また、最近兵器の発達、特にその距離が延伸したことと、毀害《きがい》半径が増大したことは、一国をして戦争の圏外に超然たらしめることができなくなった。ここに平和護持ということが、実際問題として深刻に考えなければならない所以がある。

「兵は国の大事、死生の地、存亡の道、察せざるべからず」と、孫子は開巻劈頭《へきとう》に誡め、また山本元帥が私に与えた書に「国大なりと雖も戦を好むものは必ず滅ぶ。天下安しと雖も戦を忘るるものは必ず危うし」と、いっている。平和は何んとしても護らなければならないが、観念に堕し、皮相の見に陥ることの結果が、如何なるものであるかということは、あまりにも明瞭であり、憂慮に堪えないものがある。

第二次大戦の勃発が、ドイツの帝国主義的な野望に引火されたものかどうかは別として、日米開戦の場合は、少なくとも平和に対する真剣味と、熱意において、いま一段の謙譲と努力があれば避けることができたのではないかと考えられる。また、わが国だけのことをいうならば、陸軍を押えることのできなかった為政者の無力によるところ大であったといわなければならなかった。

第一段作戦は成功であった。その戦果は大であった。それは作戦にあたった当事者の計画ならびに実施が適切であったことと、全軍将兵の勇戦敢闘によるところ大なるものであったことはいうまでもないが、その裏面において、何年この方、戦争準備として蓄積された物資の裏付けと、不満足ではあったが彼我兵器の優劣に大した差を認めなかったことが重要な原因であった。一般国民は放送による戦果と、皇軍の勇戦敢闘にのみ気を奪われて痛切に感じなかったことであろうし、また前線の将兵も戦況が不如意の際は痛感するが、そうでない場合は左程でもない。ただひとり、画策に当るもののみがひそかに苦心するところであった。戦争の実相に通じ国策の枢機に参画する憂国の士であれば、当然この時既に終戦講和の策をひそかに運《めぐ》らすべきであった。

また、もし戦争遂行のためならば、この時機こそ早く国内の総意を結集して生産に邁進し、艦船は修理手入れを行ない、航空搭乗員は教育、訓練、養成に全努力を傾注して、次期作戦に備えて持久態勢を整えるべきであった。戦果に眩惑され、物量の欠点を忘れたことが敗戦の第一因であったことは否めない。

ミッドウェーの敗戦の主因をなした驕慢に基づく油断については、私を初め当事者の深く反省したところである。しかしながら、このような性格はわが国民性の欠点ではなかろうか。何かよいことがあれば有頂天になってすぐ脚下を忘れる。私は終戦後、好況に乗ったわが農村にその実例を見て憂いを深くした。

さらにまた、わが国は資源に乏しく、貧しいためか、発明考案或は科学的研究に熱意が足りなかった。わが国民性に合した戦法として認められ、幾十年の訓練研究によって自他ともにゆるしていた夜戦も、レーダーの応用による米軍夜戦部隊に手もなくお株を奪われてしまった。潜水艦もまた同様であった。その他爆撃に、さては最後の原子爆弾には遂に留めを刺された。比較的技術面に力を注いだ海軍でも、差し当り必要のない研究とか実験には冷淡であった。今日、一夕《いっせき》の宴に数百万金を棄ててかえりみない実業家や大会社が、何故に各大学等の研究実験に無関心であるのか、驚くの他ない。

電探用真空管が、送られた数の中で約十パーセントが実用に適し、他は用をなさないということや、終戦近くなると飛行機の発動機でも不良のものがたくさん出てきた。これらのことは当時、日々命を賭して戦う将兵を如何に落胆憤激させたことか。これは思慮なき熟練工徴集による生産技術の低下や、実力のない軍部監督官の配員など幾多の原因を指摘することができるが、これを要するに生産工業に対する技術的関心の欠如と、不真面目に帰することができる。このことも自立を目指して進むわが産業経済界においても深く反省を要することと思う。

速戦即決を望むならば、その作戦は単一にして、その鋒先は敵の致命部に指向されなければならない。当時、敵の致命部として何処をねらえばよかったか。首都を目指して直路邁進することが理想であろうが、それは夢である。多少なりとも考えられることは、西岸のサンフランシスコやロスアンゼルスを占領し、一部をもってパナマ運河を扼することである。これとても国力と兵力の問題であり、これもまず夢に属する。であれば好むと好まざるとにかかわらず、持久戦を覚悟しなくてはならない。

これがためにはマレー、スマトラ、ジャワ、ボルネオの資源地帯の活動を促進し、ニューギニア西方ハルマヘラやセレベスの防備のために、まず有力な航空要塞と陸軍兵力の建設強化に全力を注ぐべきであった。同時にマリアナ、西カロリンの防備に真面目な努力を払い、一方、海軍部隊特に機動部隊の拡張充実に専念し、作戦は大艦巨砲の旧套をかなぐり棄てて航空戦に総てを集中し、敵機動部隊の捕捉撃滅に目標を定めるということが必要でもあり、また当時の国力としては精一杯のところであったと思われる。しかるに足をニューギニア東部、ソロモン、ビスマルクに伸ばし、ミッドウェー、アリューシャンに手を触れたことは、徒らに作戦構想の雄渾に眩惑されて、脚下を忘却したる計画といわざるを得ない。

蜿蜒としてつきない万里の長城を造り上げた漢民族、或は居庸関《きょようかん》の激戦を経て北京城下に迫り、その難攻不落を看て取るや、大軍を返して、再び関外に出で、戦備の再建に全力を注いだ成吉思汗の古事があるが、狭い島国内にあくせくしているわれわれ八千万民衆としては、その悠揚たる大国民の大度量などは思いも及ばないところである。

戦時中発表された米国の航空機、艦船その他膨大な工業生産の数字に対し、われわれはその真偽の程を疑ったのである。練度低下に基づく前線将兵の誤認もあったが、焼けども尽きぬ飛行機の数、攻撃しても繰りだす機動部隊の姿に、その誇る生産工業力の威力が、われわれの観念と桁違いであることを認識せざるを得なかったのである。

ミッドウェー海戦には、対手にもまたわが攻撃精神に劣らない不撓不屈のファイティング・スピリットのあることを確かに見届けた。しかし、その時受けた創痕は、わが方としてもまだ癒すのに困難なことではなかった。ガダルカナルに始まったソロモンの死闘は、物量とパイオニア・スピリットに物をいわせた大反攻の前駆であった。も早や局所的善戦敢闘も歯が立たなくなった。勢に乗って押し寄せる大波は、特攻をもってする反撃も、これを押し返すことができなかった。

しかし、わが陸海軍の将兵はこの望みない戦に対してもその生命をも惜まなかった。このまま進んだならば、恐らく幾百万の軍隊は悉く祖国の難に玉砕したことであろう。しかし、後に残った八千万の国民は如何なることになったであろうか。思うだに慄然たるを禁じ得ない。

この最後の土壇場に、よく国民の危難を救い、今日社稷を保つことができたのは、一《いっ》に身を国難に代えても、と思い立たれた聖慮にほかならない。私自身にしても、この聖慮なくして第五航空艦隊のはやる戦意を鎮めることはできなかったであろう。今日いろいろと論議されるが、戦後進駐してきた米軍の理解ある武士道的措置も、またわが国民をその塗炭の苦しみから救うのに大きな役割を果した。これらのことは当時はもちろん、今日なお私の骨の髄まで浸み込んだ感慨である。

敗戦にもかかわらず、日本国民が今日の安きを得ていることを深く感謝している。それと同時に、世界から悲惨な戦争を閉め出さなければならないと深く反省するのであるが、しかしわれわれは、太平洋戦争の苦痛に満ちた体験を無駄にすることなく、さらにこれを解剖することによって、平和への尊い教訓にすべきである。「敗軍の将、兵を語らず」というが、私はこの意味で敢えて筆を執った。

私は太平洋戦争の大部分を機動部隊あるいは連合艦隊の参謀長として、緒戦の真珠湾攻撃作戦から、戦局を決定したレイテ沖海戦等を指導した。その間、われわれが常に感じた悩み、苦しみは何であったか。私は直接作戦を指導したものとして、ここに「内面から見た太平洋戦争の真相」を述べたいと思う。私は殊更自己弁護もしない。虚心坦懐、思い出るままに誌したのがこれである。

私はこの機会に、あらためて、君国のために一身を捧げた先輩、戦友、あるいはまた若き後輩の霊に対して、衷心からその冥福を念ずると同時に、執筆に当って御支援をいただいた戦友の方々に深く感謝する次第である。

昭和二十七年三月

著者誌す

本書の初版は昭和二十七年四月五日毎日新聞社より「聯合艦隊」と題

してB6軽装判で刊行された。

本書の初版は昭和二十七年四月であった。これからまた四年を経過した。四年の歳月は敢て長しとしないが、内外情勢の変転と、科学や技術の進歩は、目まぐるしいものがある。我が国もあえぎながらも列国に遅れざるを努めている。いまさら十数年の古き夢を、再び追うてもせんなき次第であるが、只筆者の感激を深くすることは、未だに読者の手紙が跡を絶たないことである。しかも、戦争に何等の関係もないと思われる実業家や宗教家や各界の人々が、各々の観点から意見を述べられ、感想を寄せられたことは、筆者としてはその光栄望外のものがある。あたかも毎日新聞より再出版を慫慂されたので快諾した次第である。拙文、体をなさざることは勿論であるが、自ら作戦籌画《ちゅうかく》のことに当り、戦場の惨状に身を曝らした責は大であって、兵を語るに忸怩たるが、只体験そのものが凡ゆる意味に於いて諸彦《しょげん》の参考の一端となるならば幸である。

昭和三十一年三月

著者誌す

昭和三十一年四月同じく毎日新聞社より新書判として刊行された際の「まえがき」は前文に次の一文を加えて結んである。

再刊に際して

本書は、昭和二十七年四月、「聯合艦隊」として初版を出した。爾来今日まで、多くの戦記物が出版されている。それらを閲覧して、私の著書の内容が多少誤っていた点も発見した。それは主として敵に関する情報である。特に敵に与えた損害である。然し今回の再版に当って、私は特に、これ等の点の訂正を行なわなかった。それは戦時中、歴任した各艦隊参謀長として、戦争指導に際し、本書に記載した通り考えて作戦指導を行なったからである。味方に関する記事、特に私を中心とする記事は、後日出た如何なる出版物よりも、本書が正しいと思っている。判りきったことではあるが、当時重要な責任の地位にあった私自身が書いたからである。

終戦後二十六年、初版出版後二十年、此の間一日として、平和という言葉を聞かない日はない。政治家は勿論、一般大衆も、誰もが平和を願っている。その心持は私共にもよく判る。判るどころか、真に平和を熱望しているのは私共であろうとさえ思っている。然しである、国際間、或は国内に於て、真に平和な日が一日でもあったであろうか。

これが現実である。この現実の中にある、お互いの憎しみや、闘争等の悪を取り除いて、真の社会の平和、国際間の平和を具現しなくてはならぬ。これは中々容易ならぬことである。然し何としても、実現しなくてはならぬ命題である。平和に対する単なる空想や、お泪《なみだ》的空念仏では出来ぬのである。簡単なる中立論を説く人もあるが、昔から今日迄、よく中立を守った国の背後には、精強な武備のあったことを見逃してはならぬのである。軍備はしんこ細工ではない。永年に亘る研究と、訓練の積み重ねがその根幹を為す。将兵と辛苦を共にしたことのない者が、やたらにシビリアンコントロールとかを振り回しても国防の役には立たぬ。厳粛な軍紀が、その背骨をなさねば国民の信頼に応えることは出来ぬ。維新の時の剣豪山岡鉄舟は、生涯人を切らなかった。その精神、その実力こそ、日本軍隊の精神でなくてはならぬ。

私達旧軍人は、作戦計画策定に当り、吾が軍は如何なることを為す可きか、吾が任務目的は何であるかを深く考え、その次に敵情その他の調査研究を密にし、この任務を持って、この情況下に如何なる手段方法を以て目的を達成するか、その手段方法を指示し、指導する。これが判り切った常道とされていた。

最近の政治外交を見ると、諸外国の顔色のみをあれこれと窺うのみで、吾が方の達成す可き目的任務等、肝心のところがどうも判然としない。議会に於ても、野党の質問に対し、ああ言えばこう、こう言えばああと、色々と説明答弁は聞かされるが、信念に至ってはさらに判らぬ。

米国が自国の経済力低下の為め、日本や諸外国に無理難題を押し付けなければならぬ程、下落しようとは、私達は経済の素人であるから夢にも考えなかった。米大統領が日本を飛び越えて中国と握手することが、吾が朝野を驚かした。政治家は周章した。何たる醜態ぞと言いたくなる。常に近視眼的観察を基礎として、経済以外は省ず、一言にして言えば腹の据らぬこと夥しい。

本書の中に於ても触れているが、私は戦時中、吾が国の科学水準が英米に比して低いことを、骨身に徹して感じた。わが大和民族は、この科学の研究工夫に於ても、決して他民族に比して劣っているとは思わない。それなのに何故科学水準が低かったかといえば、人の上に立つ指導者に熱意が無かったからであった。例えばレーダーにしても、その着想を持っていた大尉浜野力君がいたのであった。当局者はそんな夢のような研究に、不足な海軍の予算の中から、無駄金を費す余地はないといって、一顧だにしなかった。これは大正末期のことであった。当局者が、彼の研究を援助していたならば、レーダーは英米に先ずること、少くとも十年、日本海軍によって発明されていたであろう。伊藤庸二君という技術大佐がいた。Ｂ29を一万メートルの高度に於て、焼き落す着想を持った。最初は、当局者はレーダーと同じ態度であった。然し、戦況愈々芳しくなってから、溺るる者は藁をも摑むの心理から、研究に取りかかった。成功の目算も立ち、いよいよ基礎実験ということになり、諸準備が完成した時に終戦となった。早くから研究していたら、Ｂ29の跳梁を許さなかったであろう。数え来ればまだ他にも沢山ある。

然し海軍はまだ良い方であった。陸軍はそういう科学とか、技術とかいうことには、無関心といってよい位であった。航空機に関しても、

「陸軍は海軍に張り合って、予算だけは沢山とり、制度やら規則やら、柵《しがらみ》を作りその前で号令を掛ければ、航空の発達を促すと思っているが、飛んでもないことである。地味な研究の積み重ねが大切である！」

と、町尻軍務課長に直言したことがあった。

今日、政治家や企業家は、目前の儲けばかりを考えて、科学技術の研究等ということは、往年の陸軍よりもっと低劣である様である。公害問題一つ取り上げても、法律や規則は作ってみてもザル法であったり、罰則が厳しくないため、何等効果がない。空気汚濁の観測所を作っても、例えば亜硫酸ガス一つにしてもこれを出さない研究がお座なりになっていては、いつまでたっても、空気の清浄は望めぬ。今の日本には、何か肝心なことが抜けている。今にして政治家、企業家といわず、国民全体が、胸に手を当てて考えなければ、日本は大変なことになる。世界の平和どころではない。

昭和四十六年八月

草鹿龍之介

昭和四十七年四月十五日行政通信社より「連合艦隊の栄光と終焉」と改題しA5判函入り上製本で刊行された。

連合艦隊

参謀長の回想

開戦時の連合艦隊首脳
（昭和19年の首脳は531頁）

（第１列右から）第四艦隊井上成美、第十一航空艦隊塚原二四三、第一航空艦隊南雲忠一、第一艦隊高須四郎、（中央）連合艦隊山本五十六、第二艦隊近藤信竹、第三艦隊高橋伊望、第五艦隊細萱茂子郎、第六艦隊清水光美、（第二列左から三人目）草鹿龍之介

第一部　真珠湾攻撃

第一章　十ヵ月前から計画

示された小冊子

日米関係が日に日に緊迫の度を加える昭和十六年十月初旬、私は艦上攻撃機で九州鹿屋から東京へ急行した。そのときすでに、わが海軍では、万一に備えて、〝真珠湾攻撃〟の秘策が決定していたのである。私の東京行きの主な用務も、その計画に対する参加航空兵力の最後的取り決めと、給油船八隻を早く第一航空艦隊に所属してもらうよう、中央当局者に陳情するためであった。

初秋の空は一点の雲もなく晴れわたり、これが最後となるかも知れない日本の山河を心ゆくばかりながめて、感慨ぶかいものがあった。

思えばその年四月半ばごろ、初めて第一航空艦隊が編成され、私が初代参謀長に補せられたのであるが、昭和十五年十二月からこのときまで、私は二十四航空戦隊司令官として大型飛行艇十数機と、上海事変のはじめ渡洋爆撃で名をあげた中攻三〇数機の一隊を率い、南洋諸島のパラオに本拠をおいて、昼夜をわかたぬはげしい訓練に従事した。ちかく戦場となるべき、南洋の空にもなれ、また当時わが海軍でもその成果を疑われた高々度爆撃に画期的な成績をあげ、雷撃にもその命中率をいちだんとたかめたのである。私は司令官として、一朝事《こと》あれば米太平洋艦隊はわが二十四航空戦隊一手で引き受け、連合艦隊主力は全力をあげてフィリピン、マレー作戦を敢行して可なり、とまで考えるようになった。

第一航空艦隊の編成は、作戦における航空兵力の重要さをようやく認識してきた海軍当局の意向が具体化した一端であり、また日米関係の急迫に備えるための一手段でもあった。従来は航空母艦二隻を根幹とする航空戦隊というものがあって、連合艦隊に編入され、一作戦単位として平時艦隊訓練に従事し、昭和十二年、上海事変にも実戦兵力として使用されたのであるが、航空作戦の本質からいって、なるべく多くの兵力を一指揮のもとに結集し、局処兵力の優勢によって第一撃に戦捷の端緒をつかまなければならない。したがって攻防両面の必要をみたす隊形の研究はもちろん、飛行機隊の訓練にいたるまで、物心両面にわたり、一思想のもとにガッチリした艦隊を完成しなければならないのである。

さて、私が第一航空艦隊参謀長として着任してまもないある日、大本営海軍部に福留繁少将を訪問した。彼は当時、第一部長であった。兵学校は私より一期上であるが、大学校は同期で、〝おれ〟〝きさま〟の間柄である。

彼は卓上にある一冊の綴り本を私の前に投げ出すようにおいて、

「おい、ちょっと、それを読んでみろ」

と、いうのであった。その標題には、『真珠湾攻撃計画』という意味のことが書かれている。しかし、その内容は真珠湾に関する米軍の状況の集録である。

「これはそうとう精密な敵情調査であるが、作戦計画ではないから、これでは作戦はできない」

と、いうと、

「きさまの手でそれをやってくれ」

と、その腹の底にはなにか固い決意が秘められているようであった。

元来、軍令部は毎年その年度の作戦計画を策定し、御允裁を仰ぐことになっている。対米戦の要領も、まず鋒先をフィリピンに向けてこれを攻略し、同時にグアム島を奪って南洋諸島の防備をかため、これを拠点として防衛捜査網を構成し、米渡洋作戦の主力を本土近海深く誘いこんで、いっきに勝敗を決しようとするにあった。米英二国を対手とするならば、さらに香港、マレーの攻略が必要で、これにオランダが加われば一層苦しい戦いになる。開戦初頭の真珠湾攻撃などということは、初耳のことであった。

私としては、まず機動部隊の全力をあげてフィリピン作戦に投入し、基地航空部隊は全部マレー作戦にあてる。ついでボルネオ、ジャワを席巻し、ここでひとまず褌を締め直して第二段作戦にはいるべきで、したがってハワイの米艦隊は初頭には見送る、というのが作戦構想の大要であった。

最初の一太刀で大戦果を収め、勢いに乗じて戦果を拡張するということは航空戦には必須の要件である。しかしまた、これとは全然別に国力にゆとりがあり（というが、古来ゆとりのある戦争はめったにない）、国民の総意が戦いに結集され、いわゆる一億一心であれば、やつぎばやに真珠湾攻撃をやって一気呵成に米西岸に上陸を敢行することも一法であろうし、また、その後は外交政略の手に移す、ということの事前の研究がなされて、それに目当てがあれば、これが戦争として速戦即決を望む最上の方法であるとも思っていた。

投機的すぎる計画

しかし、いずれにしても、第一作戦としての真珠湾攻撃はあまりにも投機的である。すなわち、ハワイまで直距離にして三〇〇〇浬あまり。遠く本土を離れて敵の懐に飛びこみ、輸贏《しゅえい》を一挙に決しようというのであるが、そのためには敵の意表に出なければ成功しない。それには機密保持が第一要件であり、だれもが不可能と信じているところを断行するだけに、その困難さは想像以上のものがある。さらに参加するものは当時わが海軍の精鋭中の精鋭であり、また空母六、戦艦二、巡洋艦三、駆逐艦九、潜水艦三、油槽船八という大部隊である。まさに〝三軍の衆を聚《あつ》めてこれを険に投ずるは、これ将軍の事なり〟であり、また〝これを亡地に投じて然る後に存し、これを死地に陥れて然る後に生くる〟のであるが、国家の興亡をこの一戦に賭けるということは、また、あまりに投機的すぎるというべきである。

しかし、これはこれとして、ただ、これだけの理由で真珠湾攻撃を批判するのは誤りである。私のいわんとするところは、まず全力をあげて、フィリピン、マレー作戦を疾風迅雷的にやれということである。

われわれは若いときから先制集中ということを耳にタコができるほどいい聞かされていた。米軍でも、マハンのネーバルストラテジィでは"Concentration of Force, Concentration of Will"ということを強調している。時と場所を包括して、これは、という一点に全力を集中することが最後の極め手であるとされている。そして、この時と場所を一瞬に見透すことが兵家の主要な着眼点のひとつである。とくに、いわゆる寡をもって衆にあたらなければならないわが海軍としてはなおさらである。

しかし、ここでちょっと断わっておかねばならないことは、この先制とか集中とかいうことは、いつでも必ずそうでなければならぬかというとそうではない。日本海軍の場合であるからいうのであって、もともと兵に常勢なく、水に常形なしである。逆に己を空しくして敵に従って動き、己の実をもって彼の虚を衝くのも一手である。要はあの手、この手の組み合わせと使いわけである。日本の国土とその環境、あるいは物の不足と民族性などを考え合わせて、先制集中によって速戦即決を重要視するのである。

福留少将が私に示した小冊子は、山本五十六連合艦隊司令長官の腹心であった大西滝治郎少将（当時第十一航空艦隊参謀長）の献策であり、源田実中佐（当時第一航空艦隊参謀）の研究になったもののようであるが、私はその間の消息をくわしく知らない。しかし、私がこれを受け取ったときは、あとでわかったことであるが『真珠湾攻撃』に対する山本長官の腹はすでに固く決まっていたのである。

山本長官は駐米大使館付武官をしておられた関係もあったろうが、米国をみることは最も精密正確であった。米内光政大将を補佐して世論に抗し、対米不戦論を強調されたのも、主としてここに理由があると思う。しかし、廟議が開戦と決する以上、一身をなげうって連合艦隊の最高指揮官として、国防の重責にあたられたのであり、そうして真珠湾攻撃を固く決意されたのも、また敵を深く知っておられたからであろう。

私は真珠湾攻撃計画の張本人である大西少将とその後数回にわたってこの問題について研究論議した。彼は兵学校は私の一期上であったが、生徒時代からお互いに意気投合するものがあり、私が航空界にはいってからもなお腹蔵なく語り合う間柄であった。あとのことであったが、この真珠湾攻撃について相当激論したが、彼もだんだん私の意見に耳を傾けるようになり、ついに私の考えに同意するにいたった。もちろん、これらのことは、私は私の直属長官である南雲忠一中将に、大西少将はその長官である第十一航空艦隊（基地航空部隊）司令長官である塚原二四三《にしぞう》中将に、それぞれ事情を伝えて、同意をえていた。

固かった山本長官の意志

そこである日、大西少将と私は旗艦に山本長官を訪ね、忌憚のない意見を開陳した。あるときは勢のあまり失礼な言葉をはくこともあったが、私の意見に終始黙々として真剣に耳を傾けられた。列席している幕僚は参謀長宇垣纏《まとめ》少将以下一、二名であったが、いずれもひとことも発せず傾聴した。

長官は、

「僕がブリッジや将棋が好きだからといって、そう投機的、投機的というなよ」

と、軽く応じ、最後に、諸君の説くところはまさに一理ある、といわれたほかはなにもいわれなかった。すでに不動の決意をされていたのである。私が旗艦を辞するとき、長官自らが異例にも私を舷門まで送って来られ、背後から私の肩をたたき、

「草鹿君、君のいうことはよくわかった。しかし、真珠湾攻撃は今日、最高指揮官たる私の信念である。今後はどうか私の信念を実現することに全力を尽くしてくれ。そして、その計画は全部君に一任する、なお南雲長官にも君からその旨伝えてくれ」

と、誠実を面に現わしていわれたのである。この瞬間、私はこの長官のために全智全能を尽くそうと心中ふかく誓ったのである。

「今後、反対論はいっさい申しあげません。全力を尽くして長官のお考えの実現に努力い

たします」

と、答えて「赤城」に帰ったのである。

このように山本長官の決意はすでに固かったが、当初軍令部あたりでは、この計画に対して本気になっていなかったようだ。しかし、山本長官にしてみれば、もし、この作戦が容れられなければ職を辞するとまで強調し、また直接本作戦指揮官として自ら一等格下げしてでもこれにあたり、連合艦隊司令長官には米内光政大将を据えてもよいとさえ考えられていたようであった。

福留少将から冊子を受け取って私は考えた。いずれにしても大問題である。行なうとすれば第一航空艦隊が基幹とならなければならない。とにかく、一応真剣に研究し、訓練もまたその線にそわなくてはならぬ。私は帰艦後ただちに南雲長官に報告するとともに、首席参謀の大石中佐と作戦参謀源田実中佐を招いて研究を命じたのであるが、源田中佐はそのとき初めて知ったようなそぶりをしていた。

真珠湾攻撃の目的をどうして達成するかについて、当時私はなにを考えたかというと、第一に源義経の〝鵯《ひよどり》越え〟である。この考えは、終戦後、市ヶ谷裁判においてまで問題となった。すなわち騙討ちか、不意打ちかの問題であるが、いずれにしても〝敵の護らざるところを撃つ〟である。そのためには、まず第一に機密保持が大切である。第二は洋上における燃料補給の問題である。第三には使用兵力である。それにもまして必要なのは刻々の敵情をえることである。

すなわち、開戦初頭に米太平洋艦隊主力に不意打ちをかけ、その壊滅をはかるということは、前述のようにいろいろ異論もあり難点もあったが、半面また山本長官の敵を知ることが深かったということのほかに、海軍戦略として意義深いものがあることは誰でも肯《うな》ずけることである。すなわち劈頭敵主力に大打撃を加えることは、味方全軍の士気を昂揚する半面、敵の士気を極度に沮喪させる。また、わが南方作戦に対する側面からの脅威を除くという点でも大きな利点がある。

しかしこれを実行するとなるとなかなかむつかしい。この不意打ちをかけるためには、なんといっても大部隊を三〇〇〇浬の遠距離に引っぱって行かねばならないのであるから、太平洋広しといえども、その途中で、敵、味方ないしは中立国船舶に遭遇しないということは誰しも保証することができない。ハワイに近づくに従ってその危険は一層増大する。開戦前といえども米飛行艇による六〇〇浬圏内の哨戒は想像されていたのであるから、人目をしのび敵の目をかすめて不意打ちを加えるということはまさに難事中の難事である。しかし、なんとかしてやらねばならぬ。

そこで過去十数年の太平洋上のあらゆる海域にわたる船舶の航路を調査し、かつて一隻も通ったことのない北緯四〇度附近の線を選定し、ハワイ島の真北約八〇〇浬の地点にひとまず進出することを考えたのである。ちょうどこの線は、また哨戒圏六〇〇浬と想像されたハワイおよびアリューシャン方面からの敵哨戒圏外を縫うことにもなる。そしてハワイ北方八〇〇浬の地点からは、なるべく夜間を利用し高速にものをいわせて、まっしぐらに南下し、ハワイ島から二〇〇浬圏内に殺到し、飛行機隊を放つ、という一応の案をたてたのである。

山積する難問題

しかし、ここにひとつの難点がある。この航路は冬期は天候が最も悪く、そのため洋上で燃料の補給ができる日数は多くみてもだいたい一〇パーセントしかない。もちろん、この難点があるからこそ、不意打ちのためにこの航路を選んだわけであるが、洋上補給ということは、本行動を可能ならしめるか否かということにとって、絶対問題なのである。〝腹が減っては戦はできぬ〟とはよくいわれるが、洋上の艦船にとっては、これは痛切な事柄である。いつ何時、敵に会うかもわからないと予想されるときには、常に満腹にしていることがぜひとも必要である。だから作戦行動をする艦は暇さえあれば燃料補給をやるのである。

ところが、この燃料補給には、また人びとに知られない苦労をともなうものなのである。波の静かな港湾内で、碇泊中に行なう補給は問題外であるが、だいたい、洋上において航行中に行なうのが普通である。それには大小艦船を補給船の両側あるいは後尾に接触するくらいまで近接させ、互いに曳索を取り、速力を調節しながらわずかに補給船に曳かれる態勢で送油管を渡し、航行しながら補給を受けるのである。これにはなかなか細かい操艦上の腕前がいるので、艦長泣かせの作業であるが、それだけに重要な訓練作業でもある。

ところが、これが航空母艦、まして「赤城」級の四万トン以上の大艦ともなれば、この作業は難事中の難事どころかまさに超々難事である。私は「鳳翔」艦長として上海沖で作戦行動中、終始これをやっているうちにさほど困難を感じないようになったが、昭和十五年「赤城」艦長のとき、〝赤城級母艦に対する長濤ある洋上補給実験委員長〟を命ぜられ、私に艦長として、なにがなんでもこれをやれということであった。とにかく、艦を操縦して補給船に横着けし、何インチかのとてつもない太いホーサーを取ることは取ったが、両艦の動揺のために幾度かホーサーが簡単に切断し、ついに音をあげてしまったことがある。この問題は開戦の昭和十六年の初めごろまでは日本海軍としては未解決の事項であった。

元来、日本海軍は、わが近海に敵を誘致して勝負をいっきょに決しようというのであるから、航続距離よりも、どちらかといえば高速力を出すというほうに重点をおいていた。したがって三〇〇〇浬を駈けて戦闘を交え、再び三〇〇〇浬を駈けもどるということは相当無理な行動である。かろうじてそれができるのは、わずかに航空母艦「翔鶴」「瑞鶴」の二艦がある程度で、これも戦闘が相当長期にわたるときはたぶんに不安があった。航空母艦「蒼龍」、「飛龍」さらに軽巡、駆逐艦にいたってはまったく不可能であった。そのうえ、航空艦隊は普通艦隊の戦術運動とちがって、無風時に重爆弾または魚雷を搭載する飛行機を発進させるためには、当時どうしても十四、五メートル秒の風速を必要としていた。したがって、全飛行機一斉発進ともなれば、戦闘隊形にがっちりスクラムを組んだ全艦隊が高速驀進《ばくしん》するのであるから、普通艦隊にくらべていちだんと燃料をくう。だから洋上で燃料補給ができるかできないかということは、本作戦に対しては絶対問題であった。

つぎの問題は使用兵力量のことである。換言すれば使用飛行機数、すなわち、参加する航空母艦の数に関係する。この作戦の性質からいってただ一太刀で致命傷をあたえるためには、目ざす敵艦隊はもちろんのこと、同時にオワフ島内の数ヵ所に散在する約五〇〇ないし一〇〇〇機と推定される陸海両軍の飛行機群をその発進前に撃破し、真珠湾上の制空権をわが手に収め、雷撃隊、爆撃隊に思う存分活躍させることが必要である。それには第一航空艦隊に属する航空母艦六隻の総飛行機約三百五、六十は最少限度の必要数である。

最後に最も重要な問題は敵の動静である。とくに私にとっては重大問題であった。

――米太平洋艦隊はラハイナ錨地にあるか、真珠湾にあるか、そうでなければオアフ島南方海面で訓練に従事しているかであるということは、これまでの情報によって明らかであった。また、多くの場合、日曜日は休養のため真珠湾に入泊する習慣があるということもわかっていた。しかし、なんといっても攻撃直前にその所在を確認するということがもっとも重要なことである。これにはわれわれの手で確かめることももちろん必要であるが、また軍令部から刻々の状況を通知してもらわねばならないことはいうまでもない。

以上のほか、真珠湾のような狭海面で、しかも、これに接する陸上に工廠を控え、その林立する煙突ないし高層建設物の間を縫い、海面に出たとたんに超低空雷撃態勢にもちこむ飛行機の操縦法、あるいは浅深度を馳走させる魚雷の装置ならびに雷撃法、あるいはまた内側碇泊艦に対する高々度重爆撃の問題、防禦網を張っている主力艦に対する雷撃等々、飛行機操縦技術の機微な点にまで重要事項をあげれば十指を屈してもおよばない状況であった。

迷いを剣禅の道に

個々の難点は以上のようなものであるが、この作戦指導の任にあたる者の心構えは目にみえない、また筆舌につくせないものがあった。すくなくとも私自身にとっては十分臍《ほぞ》を固めてかからなければならないことであった。私自身としては、このような大作戦に南雲長官を補佐して、その計画指導の責任者となることは、もちろんはじめてのことであるから、なにか心のよりどころがほしかったのである。

これが戦国時代の上杉謙信であり、武田信玄であるならば、真箇《しんこ》透徹の名将として剣刃上を走っていささかの不安もなく、弾雨のなかに身を投じてひるむことがないのであるが、私どもはまだまだそうはいかぬ。いろいろ考えた末、ふと心に浮かんだのは、子供のときから習い覚えた無刀流剣道の型に五典というのがあり、そのなかに、金翅鳥王剣というのがある。金翅鳥の羽翅を天空一面にひろげたような心で、太刀を上段にとって敵を追いつめ、ただ一撃に打ち落とし、そのまま元の上段に返るのであるが、その理の詮索は別として、この一手こそと思いこんだのである。

しかし金翅鳥王剣と心に定めるには人知れず肝胆を砕いたのである。わが剣道の開祖山岡鉄舟先生が、その師浅利忠七先生と立ち合うが、どうしても打ち破ることができない。なんとか彼を打ち負かしたいものと静坐瞑目、いくたびか眼前に浅利の幻像を画いて思いを凝らし、ついに眼前に敵なく剣後に我なしの境地にはいられたということも聞かされていた。越格の剣聖を例に出してまことに面映ゆく、また、いまどき、その失せない稚気を笑う人もあるが、とにかく私としては一生懸命であった。いくどか人知れず坐禅瞑想に耽ったことであった。

厳重な機密保持

心のよりどころは一応えたとしても前述の難問題をいかに解決するかは、どのように瞑想に耽ってもどうにもならない。まず不意打ちをかけるには具体的にどうするかといえば、なにをおいても機密保持が第一である。したがって、この計画ははじめ連合艦隊の重要な作戦幕僚と第一航空艦隊の四、五名の関係幕僚、軍令部の作戦課と、それに海軍省は大臣以下一、二名の人と思うが、その範囲にとどめ、ほかは軍令部、艦隊、海軍省ともいかなる高官にもいっさい知らせなかった。

九月にはいってから東京の海軍大学校で連合艦隊の日英米開戦を主題として、すなわち連合艦隊作戦計画をそのまま検討するための図上演習が行なわれた。このときでも真珠湾攻撃の場面だけは切り離し、人知れず別個に行なわれたので、連合艦隊麾下の各長官、幕僚といえどもいっこうに知らなかった。実際この作戦実施にあたった機動部隊将兵にしても千島列島の択捉島単冠（ヒトカップ）湾ではじめて封密命令によって知った次第である。封密命令というのは何日何時、もしくはどこに至って開封すべしというのである。世間一般からいうとまことに頼りないことのように思われるであろうが、軍紀の厳しい海軍では厳重に守られ、このような場合の相互信頼は絶対であった。

余談ではあるが、海軍では「願います」という言葉が士官の間はもちろん、下士官、兵の間でも、はたまた重要な地位にある元帥、大将などの老提督の間にさえ、なに気なく交わされる。士官の間では、たとえば艦が碇泊中、自分は当直で艦に居残らなくてはならないが、あいにく家族に重病人があって、どうしても上陸帰宅しなければならないというような場合、他の士官に一応事情を話してから簡単に「願います」というのである。頼まれた士官もたいてい気楽に「よし」という。こういったら最後、頼まれた士官は全責任を引き継ぐのである。もし、この間に、事故が起こり上司から責任を問われた場合でも、いっさい累を頼んだものにはおよぼさない。頼まれた者が全部を引き受けるのが慣習であった。山本長官が最後の打ち合せをおわり、征途につかれようとするとき、おそらく永野元帥は最後に「願います」といわれたことであろう。

このように信じ合う仲間でもいっさい極限された人だけしか知らなかったのであるが、頭隠して尻隠さずというとおり困る問題がある。それはまた燃料問題である。洋上補給は別に研究するとしても、もし天候が悪く補給が思うようにいかないときのことを考えると、少しでも余分に各艦が搭載していることが必要である。駆逐艦のような小艦は別として戦艦、航空母艦ともなれば艦隊ツリム（重心を保つための安定装置をいう）の関係上、艦内に空所がある。この空所は大臣規定の法規によって水、燃料等を搭載罷りならぬことになっている。しかし乾坤一擲の大作戦である。このさい、ぜひ空所にも燃料を積ませろ、と軍務局に談判に出かけ、このときばかりは嘘も方便とばかり、もっともらしい理由をいってねばるのだが、いっかないうことをきかない。

「草鹿参謀長はなぜそんなことをいうのですか」

と、つめよられる。

「諸君も時局緊迫はご承知だろうが、いざ戦争ともなれば戦況によっては搭載兵器でも独断で棄てることもある。積んではならないところでも、水でも燃料でも積むこともある」

と、放言すると、頭のよい高田利種中佐が、

「それはご勝手です」

と、目にものをいわせてくれた。

また衣服の問題では、艦隊各艦はそれぞれ南方暑熱の準備に忙がしいのに、機動部隊だけがなぜ冬服や防寒服を用意するのかとふしぎがられるのにもよわったが、それもなんとかうまくきりぬけることができた。

艦隊司令部には俗称三長という人がいる。すなわち艦隊機関長、艦隊主計長、艦隊軍医長である。これらの人はそれぞれの科の練達の士であり、いずれも大佐ないし少将であるが、平時若い幕僚たちは、どうかすると、失礼にも司令長官の茶呑み相手ぐらいにしか考えない不届者もいる。作戦には直接関係がないので、重要な作戦会議等にはたいてい遠慮してもらうというふうがあったので、これら三長はときには不愉快を感ずることもあったであろうが、平素はともかくとして、この重要作戦には、これら練達の士の手腕を非常に必要と信じたから、従来の慣行を破って別個に三長を招いて大事を打ちあけ、善処を要望したので、かえってこの面からの機密漏洩を防ぐことができた。

単冠湾を集合地に

航路を北緯四〇度線附近と一応きめたものの、さて艦隊をどこに集合させるかが問題で、軍港地はいずれも人目につきやすいので適当でない。大湊も程度の差こそあるが思わしくない。そのとき、脳裡にうかんだのは択捉島の単冠湾であった。この単冠湾は海軍としては要地のひとつであったが、誰もあまり注目するところではなかった。

私は少佐のとき、霞ケ浦航空隊の水上機の千島飛行演習の際、基地員として同地に二、三日滞在したことがあるのでよく知っていた。それは太平洋に暴露したオープン・ベイで、夏季は長濤の浸入があるので不適当な泊地であるが、冬季は北西の風に対しまことに静かで水域も広く、大艦隊を碇泊させるのには恰好の錨地である。

しかし、もちろん大艦隊が隊伍どうどうと入泊することは、このさい大禁物であるので、艦隊は一時解散、各艦各自が所属軍港なり、そのほか適当な港に分散ののち、なるべく各自が自由な航路をとって所定期日までに集合させることにする。そして豊後水道附近には依然として機動部隊が存在するようにみせかけるために、陸上航空隊その他の艦船をつかって、さかんに偽装無電をうたせるように考えた。

しかし、機動部隊各艦には厳重無線封止を命じるようにしたのはもちろんである。この無線封止ということも口では簡単にいうが、担当の電信兵にしてみればなかなかつらいことらしい。つねに電信機整備に腐心し、発信を命ぜられたときの迅速正確を期するため微細の調整にも気を配る関係上、ちょっとキーに手を触れ音色波長を試みなくては安心できない心理になるらしかった。だからキーに封をするくらいにしないと、無線封止の完璧を期することができないのである。

いっぽう、集合地点単冠湾には艦隊集合期日の一、二日前に砲艦「国後」を先遣し、沙《しゃ》那《な》郵便局にもあらかじめ人を遣わして通信事務を一時停止させ、また出入船舶には事情をいいふくめて一時抑留することにしたのである。これだけやれば完全であろう。

さて実行上の最難関は戦艦、航空母艦の洋上補給である。数年にわたる研究にもかかわらず、わが海軍としては未解決の問題であったことはすでにのべたとおりであるが、この急場になって難なく解決することのできたのはまことに天佑であった。しかも実に呆っ気ない方法であった。

すなわち大艦を操縦して給油船に近づかせようとするからむつかしいので、給油船を大艦の艦尾にもってくればよいのである。こんなことを誰も考えつかなかったということはなんとしたことであろう。あまりにもむきになる専門家はつまらぬことに気がつかぬものだ。ただ、給油船の船首構造を多少改造することと、給油船船長の訓練によって難なくこれができたのである。しかし、これも私自身が艦長時代に自ら苦労した賜物であると感謝した。以上のようにして、だいたい本作戦に対する成算をえたわけである。

いっぽう真珠湾攻撃計画の研究に主任となって作戦計画、作戦命令の案画起草にあたった源田参謀は、海軍部内、とくに航空部内における逸材で、半年の間、心を砕き身を粉にしてその実現に努力した。また、八月末になって私が「赤城」艦長時代の飛行隊長で、当時第三航空戦隊参謀をしていた淵田美津雄中佐をふたたび「赤城」飛行隊に呼び返して、ひそかに機動部隊飛行機隊全部の総隊長に擬し、衆議を排して飛行機隊の教育訓練は一括統合して淵田中佐に委し、思う存分その手腕を発揮させることにした。源田、淵田両中佐は同期であるとともに、かつ刎頸の間柄である。源田中佐の案画、淵田中佐の実行とまことに好取組みで、いずれも打てば響く好箇の両漢であった。私はなるべくその献策をいれ、彼らの行なうところを静かに見守った。

衆議を排して、といってどんな衆議があったかというと、日本海軍では母艦所属の飛行機隊は母艦艦長の指揮下にあった。作戦のことはもちろん、軍政事項に関する人事、教育、訓練全般にわたり艦長の統率下におかれていた。だから母艦艦長はこの新鋭戦闘部隊を擁して責任もいちだんと大であり、半面一般艦長にくらべて一層の意義を感じているのであった。この艦長の上に航空戦隊司令官がいるのであるが、この飛行機隊を全部とりあげて、一淵田指揮官に委すのであるから、艦長ないし司令官たるもの、内心おもしろくないものがあるのは当然である。

艦長、司令官はいずれもおのおのの見識もあり、頭脳もよく、相当に押しも強い。とくに第二航空戦隊司令官であった山口多聞少将のごときは、部内にも名望ある三拍子も四拍子もそろった名提督である。艦隊司令長官であろうが、参謀であろうが、気にくわぬことはどんどん直言する。まず艦隊参謀を叱りとばし、つぎには鉾先を参謀長たる私に向けてくる。鼻息の相当荒い源田参謀も、ときどき私に応援を頼みに来るが、都合のよいことには、山口少将も兵学校は私の一期上、大学校は私と同期という関係にあって、大学校学生時代にはよく張り合ったが、個人的には相当仲よくしていたのでなにかと好都合であった。

なんといっても私は源田、淵田両中佐に思う存分やらせたい。飛行機隊自体は両者の人柄によってすこしも異論はなかった。本作戦の話は源田中佐から淵田中佐にひそかに伝えられた。淵田中佐は一、二の腹心には事情を明らかにしたが、ほかにはいっさい知らさなかった。

鹿児島湾で特殊訓練

最も重点をおいた飛行機隊の総合訓練は淵田中佐着任後の八月末にはじめたのであるから、十二月開戦にはあまり時日がない。それに真珠湾という特殊の場所に応ずるためには、一部特殊の訓練が必要である。鹿児島基地の攻撃機隊のごときは城山上空で、一列となり、岩崎谷にさしかかると、急に高度をさげて谷合を縫い、山の端を出ると急旋回して海岸へ、海岸線に出ると、さらに高度を二〇メートルぐらいまでさげ、落下するや否や魚雷の照準発射を行なうというような訓練を、連日くりかえした。なにも知らない市民にとっては、その無謀さに驚き、訓練に従事する搭乗員も、なんのためにこのようなことをやるのか、さっぱりわからぬ、といった調子である。

九月中旬ごろだったと思うが、軍令部から畳二畳敷きもあるオアフ島の精巧な模型が

「赤城」に持ちこまれ、参謀長室に据えつけられた。源田参謀はその前でジッと考えこむかと思えば陸上基地に訓練状況を見にいく。あるいは浅深度魚雷用のための尾筐《びきょう》が間に合わぬといっては工廠にいく、搭乗員が不足だといっては人事局にいく、といった目のまわるような忙しさであった。

九月下旬、新鋭空母「翔鶴」、「瑞鶴」からなる第五航空戦隊が部下に加わった。この司令官の原忠一少将もまた私と大学同期の水雷戦術の大家であり、われわれの学生長でもあった。豪放磊落の好漢で、俗称「原忠」とも、単に「忠」とも呼んだ。

彼は若いころ、上海で酔ったあまり英国士官の美髯をひっぱり、まさに英海軍侮辱という国際問題をひきおこそうとしたが、その陳謝状で彼の美髯を賞め称え、つい羨望のあまり思わず手に触れたという珍文を提出してことなきをえただけでなく、その後はさらにふかい交りをしたという快男子である。私としては、司令官の大部分が同期もしくは同学の僚友であるだけに、なにかにつけて心強く感じた。

世界に誇る機動部隊誕生

それはともかく、日はどんどん経ってゆく。給油船の問題については、軍令部では六隻ないし八隻の一万トン級給油船を配属させることに一応決定したが、十二月という期日をひかえてなかなか実現しないので、そろそろ私も焦りだした。給油船が配属されれば船首を改造しなければならないし、それにもまして、せめて出撃前一、二回の訓練も必要である。船は決まったが、それがいまどこにいるかわからないのでは気が気ではない。

航空兵力も軍令部では陸軍との協定上、あくまで空母四隻でがまんせよ、そうでなければ作戦課は辞職するというのである。この間、私は内情を知らない中央当局者から気狂いになったかと思われ、知っている者からは頑迷と思われた。

しかし、そのうち給油船のほうは一隻、二隻と配属され、これはどうにか間にあったが、母艦のほうはなかなか解決しない。いよいよだめなら山口少将に因果を含めようとしたところ、山口少将は案の定、こんなことでは納得せず、ついには南雲長官のところまで出かけていき、くいつかんばかりのけんまくでひざ詰め談判におよんだのであるが、ついに一応納得させた。しかし、兵力はなんとしてもこれでは不足である。こんどは私が山本長官のもとに出かけてゆき、

「長官はこの計画については万事君に一任し、その要求は極力達成するよう努力するといわれたではないか」

と、ひざ詰め談判するというような経緯の結果、やっと空母六隻にきまったのである。

この間、機動部隊としての洋上における各種訓練もおろそかにすることはできず、幾度かの全機動部隊の洋上出動訓練にも、司令部のみがひそかに真珠湾攻撃を想定し、全隊の総合訓練に精進したのである。あらたに機動部隊に編入された第五航空戦隊「翔鶴」、「瑞

鶴」もみるみるうちに練度を加え、十月末ごろにはまさに世界にその精鋭を誇りうる機動部隊が練成されたのであった。

南雲司令長官は航空には無経験であったが、若いころから駆逐艦、水雷戦隊で鍛えあげ、部隊指揮官としての体験と、駻馬のように剽悍な性格は、齢とともに老熟し人情にあつい好提督であった。またその傘下に集まった三川軍一、原忠一、山口多聞、大森仙太郎の各少将は、いずれも有能の人ぞろいで、機動部隊の威容にいちだんと光彩をそえるものであった。

さらに第六艦隊の潜水艦約三〇隻が機動部隊司令官の作戦指揮下に加えられた。これは攻撃直前の敵情確認と、攻撃を開始すればにわかに出動してくるであろう、敵の艦艇を港外に捕捉撃滅して、敵にとどめをさす任務と、もうひとつには特殊潜航艇による湾内侵入の重大任務をもっていたのである。

このうちの五隻の潜水艦は、それぞれ背に一隻ずつの特殊潜航艇を背負っているのである。夜は海面を航走するが昼は潜航して三〇〇〇浬の長航程をハワイに近づくということも、なみなみならぬ苦労であるが、とくに特殊潜航艇にのって死地におもむく若い人びとには、ただただ頭がさがるばかりである。万死に一生を期するということばがあるが、これは万死に一生をも期し得ないのである。まさに〝両頭を截断《せつだん》して一剣天に倚て寒し〟の感がある。そこには防禦網もはってあるであろう。湾口哨戒の船艇もいよう。機雷も敷設してあろう。それらの障碍を突破して湾内にはいり、匕首を直接敵の胸に擬するのである。若い人びとのその純情を思えば、私はなんとかして一番槍をつけさせたいところであったが、もしこの重大作戦が蟻の一穴から崩れるようなことがあってはとりかえしがつかないと考えたので、一番槍は飛行機とし、特殊潜航艇は槍下の功とさだめたのである。

地形上からみて真珠湾は湾口が狭く、潜水艦のように眼高が低くては湾内の敵情を十分明らかに知ることができないので、攻撃直前の真珠湾の敵情確認は「利根」、「筑摩」の水上機によることとし、その反対に外海から見透しのきくラハイナ泊地には潜水艦を使って、そこのネガティブ・インフォメーションに重点をおくこととした。そして、これら潜水艦の大部は十一月十八日前後に先遣部隊としてすでに内地を出発したのである。いっぽう、攻撃前の日々の敵情は現地からの情報を軍令部で整理し放送無電によって刻々通報を受けることにした。

この間、米内光政内閣から近衛文麿第三次内閣となり、日独伊三国同盟、仏印進駐と日米の暗雲はいよいよ険悪となり、ついに十月十八日には東条英機内閣が成立して日米の前途は爆発の一歩手前まですすんだ。真珠湾攻撃計画が正式に十一月三日軍令部によって承認され、十一月七日発令、攻撃日を十二月八日と予定された。それでも、なお十一月五日来栖三郎大使を米国に派遣して最後の打開策をみつけるために努力していたのである。

われわれが十一月二十六日、単冠湾出撃後もまだ平和に一縷の望みがかけられたので、途中いつ「日米妥協成立、機動部隊引き返せ」の電報がくるかも知れず、そんなときに、もしなにかの事故のため受信不能となって真珠湾攻撃を決行すれば、それこそとんでもない大事をひきおこすことになることを考えては、またひとつ私の心配のタネがふえるのであった。

第二章　機動部隊出動

薄汚い料亭で別れの握手

機動部隊の旗艦「赤城」は、昭和十六年十一月十七日の夜、誰ひとり見送る人もないなかを、九州大分の佐伯《さえき》湾をひそかに出港して単冠湾に向かった。

その数日前、岩国航空隊で連合艦隊の各隊の指揮官、重要幕僚の最後の打ち合わせ会議があった。そのあとで附近の薄汚い料亭で別れの宴会が開かれた。私たちはなにか時間の都合で、ひと足先に席を立ったが、事情を知っている長官、幕僚たちは目顔でひそかに成功を祈ってくれた。宇垣参謀長は、とくに私に向かって、

「どうかしっかりやってくれ。頼む」

と、手を強く握った。その声は小さかったが、私のこころにグンと応える力がこもっていた。以前に福留少将は軍令部で、

「ほんとにしっかりやってくれ。もし成功して帰ったなら全員二段進級はもちろん、真珠湾攻撃記念碑を建てて永久にその功績を伝えるから」

と、冗談半分に話したことがある。それはどうでもよいが、まさに全軍の輿望をになって先陣をきるというところであるが、実際は人知れず、こそこそと出港したのであった。

出港前日の十六日午後、私は大阪の留守宅から思わぬ封書を受け取った。差し出し人の名前を見ると、赤沼種吉という留守番の老人からであった。彼は古い海軍一等兵曹であるが、夫婦とも忠実に年老いたわが母に仕えてくれる老兵である。その手紙には、私に対する母の気持をしるしたほかに、海軍潜水艦が真珠湾を奇襲して大戦果を収めて、全員無事帰還した夢を見たと書いてあった。つまらぬことであるが、これから出かけていく作戦の前途に明るい暗示を与えられた気がして、人知れず喜んだのである。

「赤城」は迂回航路をとり、途中訓練を行ないながら二十一日に単冠湾に入泊した。ここにはあらかじめ派遣されて機密保持と警戒にあたっていた、「国後」から、すべての手配を完了した旨の報告がはいっていた。すでに数隻の先着艦船も所定錨地に投錨していた。そして二十二日、「加賀」の入泊を最後に、この北辺の寒村の沖合に三〇隻をこえる艨艟がしゅくしゅくと勢揃いをおわったのである。

十一月五日にはすでに山本連合艦隊司令長官宛つぎのような大海令第一号が発せられていた。

大海令第一号

昭和十六年十一月五日

奉　勅　　軍令部総長　永野修身

山本連合艦隊司令長官ニ命令

一、帝国ハ自存自衛ノ為、米国、英国及ビ蘭国ニ対シ開戦ノ已ムナキニ立至ル虞大ナルニ鑑ミ、十二月上旬ヲ期シ諸般ノ作戦準備ヲ完整スルニ決ス

二、連合艦隊司令長官ハ所要ノ作戦準備ヲ実施スベシ

三、細項ニ関シテハ軍令部総長ヲシテ之ヲ指示セシム

作戦単冠湾で全軍に示さる

この命令にもとづいて連合艦隊司令長官は、その策定した作戦計画によって機密作戦命令というものを出すのである。これには当面している彼我の情況をのべ、つぎに連合艦隊としていかなる決意方針によって作戦するかの大意をあらわし、その手段方法をあきらかにする。そして、それを実行するため麾下の部隊を配備し、かつ各隊の任務をあたえ、行

動の大要を指示し、必要な注意事項を附加するというのがその要領である。だから当然作戦開始日時の予定もその内容に含まれる。そのうち機動部隊に関するものは、

一、機動部隊は開戦劈頭、ハワイ方面水域にあると予想される米太平洋艦隊を奇襲撃滅せよ

二、機動部隊はあらかじめ作戦待機地点に進出していること

三、作戦開始時日は昭和十六年十二月八日とする

といったようなものであった。要するに前述した構想の大綱を命令化したものであった。

機動部隊もこの命令にもとづいて機密機動部隊命令というものを発令する。機動部隊命令ともなれば作戦実施にあたる部隊であるから、すべて具体的に、細かに指令するのである。作戦計画に参加した一部の人たち以外にはまことに思いもおよばぬことであった。いままでやってきた数々のふしぎがはじめて明らかになったのである。全軍の士気は一時にあがり、まったく手の舞い、足の踏むところを知らずというありさまであった。

二十三日に艦長、司令以上を集めて最後の作戦打ち合わせ会議を行ない、作戦計画に対する詳細な説明ののち、これに対し心ゆくばかりの質議応答が重ねられ、南雲長官から、「この大作戦にあたり、いやしくも海軍に身を投じ櫛風沐雨《しっぷうもくう》の幾年、まさにこの一日のためである。男子の本懐、武人の栄誉これにすぎるものはない。しかし、また十二月八日までの寒風激浪の長途には幾多の苦難が予想される。周密な注意をはらい、またそのときま

で各員の摂養を望んでやまない」

と、訓示があり、参謀長である私は、行動中の注意事項を細かくのべた。打ち合わせ会議ののち、勝栗とスルメで作戦の成功を祈り、陛下の万歳を三唱して乾杯した。

この会議とは別個にとくに突入攻撃に挺身する飛行機隊の全搭乗士官の、同様の会議を行なった。これまた勢いのよい飛行機乗りの若者たちである。その喜びようは言葉に尽せないものがあった。会議途中からつのり出した風波のために、艦長以上は各艦に帰ることができたが飛行科の打ち合わせが終わったのはそれよりも遅かったので舟艇の海上交通も思うにまかせず、とうとう大部分の者は「赤城」に宿泊しなければならなかった。

私はまだ考えなければならないことがいろいろあった。そのうちの二、三は打ち合わせ会議でも問題になったことであるが、作戦の方針としては、ただ一太刀で留めを刺すことにしているものの、初太刀で留めを刺せなかったらどうするか、あるいは奇襲を企図しているが、攻撃直前に敵に発見された場合はどうするか、一応は強襲を敢行することに定めている。しかし実際問題としてどこまで粘るかが問題である。これはどう考えても、あくまで強襲を重ね、所期の目的を貫徹するよりほかに方法はない。どこまで粘るかはそのときの戦況によることで、空に考えることではない。東涌西没妙応無方朕迹を留めず、その来るや魔のごとく、その去るや風のごとしでなくてはならぬと決心したのであった。

その後、戦果をみて、なぜいま少し踏みとどまって徹底的に母艦を探し求め、攻撃しなかったか、あるいはまた、さらに一歩を進めて工廠なり重油槽なりを壊滅しなかったかとか、とかくあとから批評する人もあったが、私としては以上のような考えからであった。

また途中で商船に遭遇したらどうするか、ただちに臨検のうえ、無線の使用を禁止し、これを監視せよ。発信後であれば万事休すである。敵の有力艦隊に遭遇したらどうするか。廟議開戦と決まって攻撃命令が発令されているあとならば、それこそもっけの幸いで正々堂々の戦陣をはり、これを壊滅せよ。発令前であったらどうするか。そしらぬ顔をして礼砲でも打って帰ってこいという笑い話まで会議の席上出たのであるが、私としては真剣な問題である。考えを練った結果、心のなかでだいたいの解決をつけ、これでよしと手足を伸ばしたときは、心のなかはまことに光風霽月《こうふうせいげつ》のようで欲も得もなかった。しかし、国家興廃の重責を一身に背負った当の責任者である南雲長官になってみればこんなことではすまなかったと思う。

南雲司令長官の心配

十一月二十六日午前八時、機動部隊は一斉に抜錨して、いよいよ曠古《こうこ》の壮途についた。数日来の風浪も静まり、名残りの白浪がわずかに舷側に砕ける程度であった。

四辺の山々はすでにまっ白におおわれ、外套の襟に吹きつける北海の朝風はさすがに身にしみるように冷たい。本隊の前方二〇〇浬を警戒する潜水艦三隻がまず出港する。そのうち一隻の潜水艦がワイヤーをスクリューにまき約三〇分遅れたが、各隊はそれぞれ、予定の警戒航行序列に従って静かに沖合いに向けて動きだした。だんだん遠のいて行く千島の山々、これが祖国の見おさめかと瞳をこらして眺めているうち、ついに水平線のかなたにその姿を消してしまった。

各艦は警戒配備についた。砲員は当直を定めて砲側につき、見張り配置にあるものは水際一点の黒影も、波間に見え隠れする一本の棒も見落すまいと目をみはる。水中聴音機は敵潜水艦のスクリュー音を求めて警戒の耳をそばだてる。とっさの場合に備えて各母艦は戦闘機数機を飛行甲板に待機させる。塵埃ビルジを流すことは厳禁である。無線は封印されてキーにはいっさい手を触れることができない。ただ軍令部と連合艦隊旗艦「長門」の放送に神経を集中し、ホノルル放送を傍受して敵情の片鱗でも捕えようとする。まさに全軍枚《ばい》を銜《は》みはるかにハワイの空を望んでしゅくしゅくとして進みゆくのである。

「参謀長、君どう思うかね、僕はエライことをひき受けてしまった。僕がもうすこし気を強くしてきっぱり断わればよかったと思うが、一体出るには出たがうまくいくかしら」

と、南雲長官が私に小声でいわれる。作戦担当の最高指揮者としての心配はまた格別であったろう。このへんが参謀長と長官とのちがいでもあろう。

「だいじょうぶですよ、かならずうまくいきますよ」

「君は楽天家だね。うらやましいよ」

南雲長官については、いろいろ批評もある。しかし私にとってはよい上司のひとりであったと思う。なるほど剽悍駻馬のごとしといったが、その半面実に緻密なところがあり、また人情にあつかった。

かつて長官に従って霧島山腹の大浪の池というところに登ったことがあった。長官は実に軽快で裳をかかげて巉巌《ざんがん》を踏み蒙茸《もうじょう》をわけてどんどんいかれるが、私は当時体重二〇貫もあってどうしても同じようには歩けない。脂汗を流してフーフーついてくる私を、少し行っては後を振り返り、立ちどまって、私を労る人であった。

また部隊運用の手腕、戦機看破の明断、一度ここと思えば敢然として突入する決断力など、われわれ後輩にとって学ぶべきところが多々あった。ただ航空のことに不馴れであったことはその本領発揮をたぶんに阻害したであろう。一、二の失敗をとらえ、あるいは人の噂を聞いていたずらに机上の言をはくことはあたらない。

速力は経済速力一四ノットで航行した。艦内空所の少ない軽巡、駆逐艦は重油を詰めた石油罐を甲板上に山のように積んでいる。大艦も多かれ少なかれ、同様である。燃料はこのほうからかたづけなくてはならぬ。電灯も風呂も節約である。機関科士官は自ら四六時中艦内を見まわり蒸気漏洩個所の発見、修理に血まなことなり、少しでもヒート・ロスを防ぎ、機関効率の向上のために努力する。

長官、参謀長、艦長、航海長は艦橋附近におのおの小さな休憩室をもっているが、すべて着のみ着のままで、ここにゴロ寝をする。砲員、機銃員も砲側にわずかに風雨をしのぐ遮蔽物によってザコ寝する。第一水雷戦隊司令官大森仙太郎少将などは、便所にいくときのほかは夜も長椅子で毛布をかむり一歩も艦橋を去らないというありさまであった。夜間はもちろん無灯航行である。闇を透かしてかすかに見える前続艦の艦尾にひく波の白さをたどりながら進むのであるが、さすがに平素の訓練がモノをいって隊列は一糸も乱れない。

天、われに幸いしたというのか、海は数十年の統計にもない静けさで、いつでも油の補給ができる。庫外の燃料を使い尽くし庫内燃料に手をつけはじめていたので暇さえあれば少量ずつでも補給することにした。それが度重なるにつれ洋上曳行給油もたいして難事と考えなくなった。給油時間も短縮され、曳航速力もだんだん増加し、最初は全部隊九ノットに減速して行なったのが、慣れるにつれて一二ノットで行なうことができるようになった。

洋上補給中の最も大きな関心事は敵襲である。ことに潜水艦の襲撃に対しては特別の警戒が必要だ。大砲、機銃の発砲準備や水面見張りをいっそう厳重にする。水平線上に潜望鏡による一筋の白線をひいて走る敵潜は見やすいが、風浪激しく波頭が砕けて、いたるところに白飛沫をあげる海面に断続する一筋の白糸を見つけることは容易なことではない。しかし訓練された眼にはほとんど見逃すことはない。発見すれば間髪をいれず発砲する。もし飛行警戒中ならば飛行機が発見して投弾し、その上空を旋回して見逃さない。警戒駆逐艦は直に踵を巡らしてその位置に爆雷攻撃を連続する。しかし補給中は給油船も補給油艦も曳索油送管のため身動きができないので、一瞬にしてこれを解く用意がなくてはならぬ。給油作業自体が難事であるうえに、敵潜出没海面ともなれば、乗員の心労はまたひとしおりではない。そのうえに、北地の寒風が吹き荒れるなかでの作業はまた一段と骨身にこたえるのである。

給油船の船長や船員は、多くの海上で鍛えられたベテランである。補給作業そのほかのことは、わずかな訓練ですぐ上達するが、隊伍を組んでの夜間無灯航行は苦が手らしい。夕方列中にあったと思う船が、翌朝になってみれば水平線上みわたすかぎり影も形もなくなる。いつもなら無線で探すことができるが、無線封止となればその手は使えないので駆逐艦を走らせて探し回る。なんのことはない、幼稚園の児童を連れて遠足するようなものだ。

戦後、幾多の素人、玄人の戦略家から、なぜあのとき陸軍のせめて二、三個師団を上陸させなかったのかと開きなおって聞かれたが、八隻の補給船でも最初はこのようにてこずったのであるから、まして五〇隻、一〇〇隻の大船団をひき連れて、三〇〇〇浬の遠洋を敵の目を掠めていくということは、机上で鉛筆をなめるようにはいかぬ。

天候ははじめの予想をうらぎって、まず平穏な日が続いたが、ときおり時候はずれの霧に悩まされた。

飛行機隊、潜水艦の活躍はすでに人びとの知っているとおりであるが、これを成功に導いた幾千の将卒の隠れた労苦を、いまさら思いおこすのである。

敵の動静刻々はいる

いまや私の一番大きな問題は、敵情と万が一にも、「日米交渉妥結、機動部隊引き返せ」の引きあげ電報がきた際にそれを確実に受信することであった。これに対しては旗艦をはじめ各艦にその受信をあらかじめ命じてあったからまず安心であったが、洋上補給中の敵襲に対してはなにぶん敵のことであるから、ただ敵情を常に知ることと、攻撃時に移動せぬよう神に祈るよりほかに手がない。さいわい軍令部の絶大な、かゆいところに手が届くような配慮によって刻々に知ることができた。ことに十二月二日開戦期日決定を伝えてからの主なものを摘記すればつぎのようであった。

◎十二月三日〇〇一七（午前〇時十七分）受信

A情報（十二月二日二二〇〇大本営海軍部発）

十一月二十八日午前八時（地方時）真珠湾の情況左の如し

戦艦二（オクラホマ、ネバダ）空母一（エンタープライズ）甲巡二、駆逐艦一二出港

す

戦艦五、甲巡三、乙巡三、駆逐艦一二、水上機母艦一入港す

入港せるは十一月二十二日出港せる部隊なり

十一月二十八日午後に於ける真珠湾在泊艦を左の通り推定す

戦艦六（メリーランド型二、カリフォルニア型二、ペンシルバニア型二）

空母一（レキシントン）

甲巡九（サンフランシスコ型五、シカゴ型三、ソートレーキシティ）

乙巡五（ホノルル型四、オマハ）

◎十二月四日〇〇三五（午前〇時三十五分）受信

A情報（十二月三日二三〇〇大本営海軍部発）

十一月二十九日午後（地方時）真珠湾在泊艦左の如し

A区（海軍工廠フォード島間）

KT（海軍工廠北西岸壁）

ペンシルバニア（戦）アリゾナ（戦）

FV（繋留柱）

カリフォルニア（戦）テネシー（戦）メリーランド（戦）ウェストヴァージニア

（戦）
KS（海軍工廠修理岸壁）
ポートランド（甲巡）
入渠中
甲巡二、駆逐艦一
その他の地点
潜水艦四、駆逐母艦一、哨戒艇二、重油船二、工作船二、掃海艇一
B区（フォード島西方、フォード島附近海面）
FV（繋留柱）
レキシントン（空母）
その他の地点
ユタ（標的艦）甲巡一（サンフランシスコ型）乙巡二（オマハ型）砲艦三
C区（イーストロック）
甲巡三、乙巡二（ホノルル型）駆逐艦一七、駆逐母艦二
D区（ミヅルロック）
掃海艇一二
E区ナシ

十二月二日午後（地方時）まで変化なし。未だ待機の情勢にありとは見えず。水兵の上陸も平常通り。

◎十二月五日〇四二〇（午前四時二十分）受信

A情報（十二月四日二〇三〇大本営海軍部発）

真珠湾附近の飛行哨戒は不明なるも洋上哨戒の徴候は今の処認められず、時々パルミラ、ジョンストン、ミッドウェイ等との点綴飛行哨戒をなす如し

◎十二月七日一〇三六（午前十時三十六分）受信

A情報（十二月六日二二〇〇大本営海軍部発）

十二月五日（地方時）朝真珠湾の情況左の如し

オクラホマ（戦）ネバダ（戦）入港す（出動期間八日間）

レキシントン（空母）甲巡五出港す

十二月五日午後六時（地方時）真珠湾在泊艦船左の如し

戦艦八、乙巡三、駆逐艦一六

入渠中のもの乙巡四（ホノルル型）駆逐艦五

◎十二月七日一九〇〇（午後七時）受信
A情報（十二月七日一七〇〇大本営海軍部発）
阻塞《そさい》気球なし
戦艦は魚雷防禦網を有し非ず
通信上ハワイ諸島方面洋上飛行哨戒の徴候を認めず
レキシントンは昨日（地方時五日）出港、飛行機を収容せり
エンタープライズも飛行機搭載、行動中と認む

◎十二月七日二〇五〇（午後八時五十分）受信
A情報（十二月七日一八〇〇大本営海軍部発）
十二月五日（地方時）夕刻ユタ、水上機母艦入港（四日出港せるもの）
十二月六日（地方時）の在泊艦左の如し
戦艦九、乙巡三、水上機母艦三、駆逐艦一七
入渠中のもの乙巡四、駆逐艦三
空母及び重巡は全部出動しあり
艦隊に異状の空気を認めず
オアフ島平静にして灯火管制はなしおらず、大本営海軍部は必成を確信す。

遂に「新高山登れ」の電報

内地を離れてしばらくは日本の放送によって国内事情もある程度知ることができた。十一月二十六日のいわゆる「ハルノート」のこともわかり、日米国交がいよいよ緊迫の度を深め、暗雲がさらに深く低迷する状況もおおよそ知ることができた。しかし廟議がどう進展しているのかさっぱりわからず、一抹の不安をいだきながらも、艦隊は一路東へ東へと忍びよっていった。

ハワイに近づくに従ってホノルル放送もだんだんはっきり聞こえるようになり、ついにはつぎからつぎへと連続する幾多幾種の放送が手にとるように聞くことができたのである。大本営海軍部から刻々送られる真珠湾内の敵情も、日一日と胸に響いてその重要度を増してきた。

ついに十二月二日に、

「開戦に決す」

との無電に接し、ひきつづき連合艦隊司令長官から、

「新高山登れ」

の暗号電報を受けとったのである。この意味は「開戦日を八日と決定する。予定のごとく攻撃を決行せよ」というのだった。いままで心のなかにわだかまっていたシコリもいっ

ぺんに吹きとんで、私の心は一片の雲もない空に澄む秋月のごとくであった。
三日の夜半だったと思うが、軍令部から
「貴隊の附近に敵潜の電波を感受す」
という電報がきた。せっかくここまで来ていて九仞の功を一簣《いっき》に虧《か》くようなことがあってはならぬ。全軍に警戒を命令すると同時に、念のため附近の艦艇に敵信傍受の有無を問い合わせたところ、その発信源の方位を知らせたものもあったが、至近距離に感受したものはなかった。しかし、艦隊司令部は一抹の不安をぬぐうことができず、予定より早く南東方に針路を変えた。

第三章　米太平洋艦隊覆滅

真珠湾へ急迫

十二月六日、いよいよ最後の補給にとりかかった。まず庫量の少ない「蒼龍」、「飛龍」の第二航空戦隊と、軽巡、駆逐艦からなる第一水雷戦隊からはじめた。洋上曳行補給も日常茶飯事のように訓練がつまれていた。

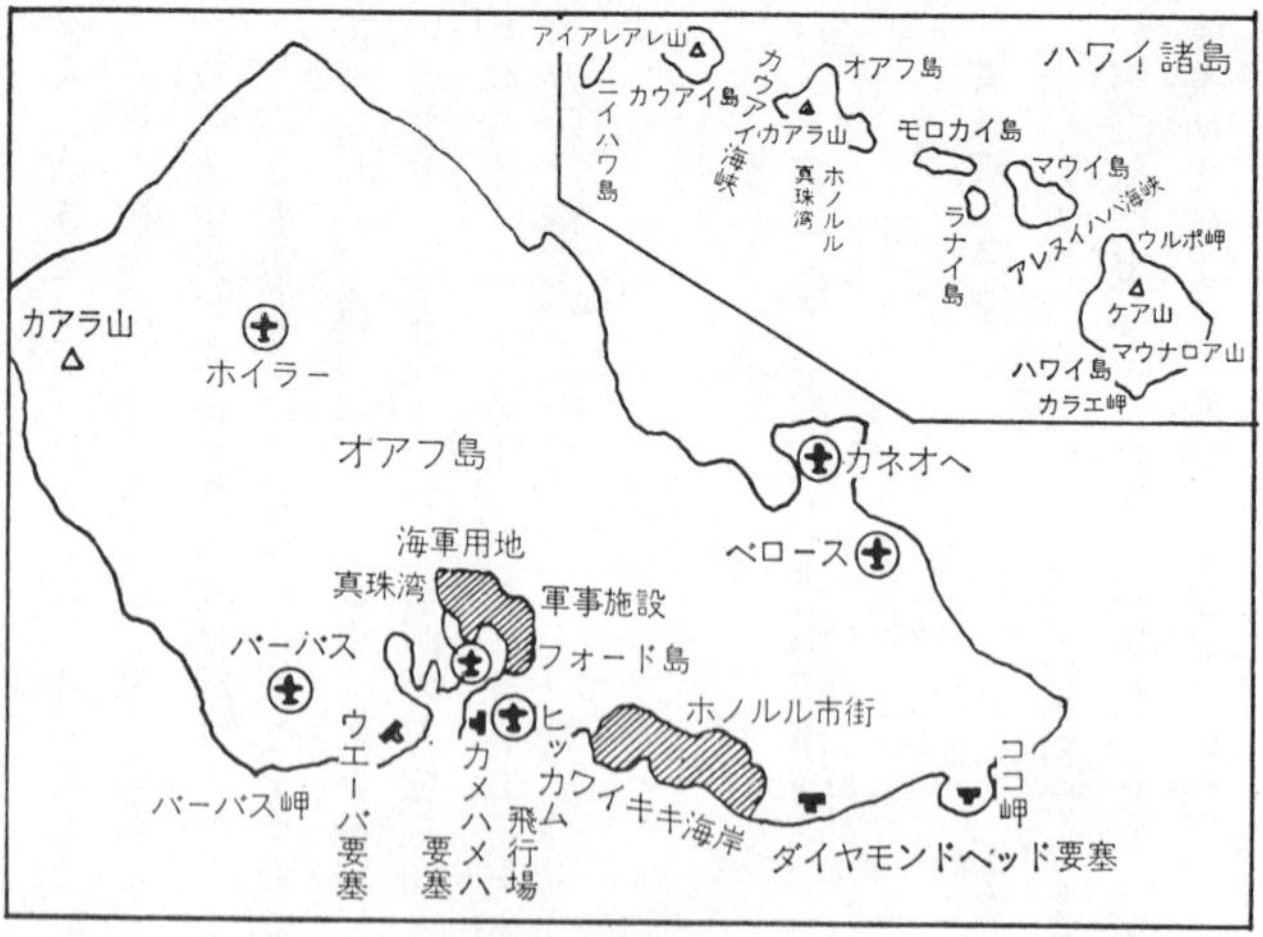

六日はこの両隊の補給を終わり、第二補給部隊の「東邦丸」、「東栄丸」、「日本丸」の三隻を分離し、定められた待機地点に先行させた。

「やれ、隊列を乱すな」

「やれ、舷窓から灯火がもれる」

と、うるさいことをいうやつだ、と思ったことだろうが、目前に迫る大壮挙の成功を心から祈り、洋上別離の情を残しながら、信号をあげ、総員帽子をふりつつ水平線のかなたに去ってゆく姿をながめて、心から「ごくろうだった」と思う。

七日の明けがた、連合艦隊司令長官から、連合艦隊に賜った勅語を打電してきた。すなわち

「朕　茲に出師を令するにあたり卿に委するに連合艦隊統率の任を以てす　惟うに連

合艦隊の責務は極めて重大にして事の成敗は真に国家興廃の繫《かか》る所たり　卿其れ多年艦隊錬磨の績を奮い進んで敵軍を勦滅《そうめつ》して威武を中外に宣揚し以て朕か倚信《いしん》に副《そ》わんことを期せよ」

補給は七日もつづけられた。きょうで全軍最後の補給が完了する。第一補給部隊の「極東丸」、「健洋丸」、「国洋丸」、「神国丸」、「あけぼの丸」の五隻は、こちらの空母、かなたの戦艦、巡洋艦、およびきのう補給した各艦にも、さらに満腹するまでの大サービスである。

朝から始まった作業は、正午すぎには全部終わり、各船はそれぞれの待機地点に先行させ、帰途の補給に備えた。

これで戦闘部隊は完全に身軽となったので、直ちに速力を二十四ノットにあげ、一挙に南下し真珠湾に迫った。ときにハワイを真北に距ること約六〇〇浬。

「赤城」の檣頭にZ旗あがる

そのときである。南雲長官の旗艦「赤城」の檣頭にするするとひとつの旗があがっていくのが見えた。おお、それは三十余年の昔、波高い日本海に東郷平八郎司令長官が掲げた旗ではないか。

「皇国の興廃この一戦にあり、各員一層奮励努力せよ」

ハワイ攻撃隊編成表

給指揮官　淵田中佐

編制		指揮官	機種	機数	攻撃目標
第一波		淵田中佐		189	
	水平爆撃隊 四隊	淵田中佐	九七式艦攻	50	戦艦
	雷撃隊 四隊	村田少佐	九七式艦攻	40	戦艦 空母
	降下爆撃隊 二隊	高橋少佐	九九式艦爆	54	航空基地（ホイラー フォード ヒッカム）
	制空隊 六隊	板谷少佐	零式艦戦	45	空中並に地上敵機
第二波		島崎少佐		171	
	水平爆撃隊 二隊	島崎少佐	九七式艦攻	54	航空基地（カネオヘ ヒッカム フォード）
	降下爆撃隊 四隊	江草少佐	九九式艦爆	81	空母 巡洋艦
	制空隊 四隊	進藤大尉	零式艦戦	36	空中並に地上敵機

いま、ここに祖国の興廃をかけた歴史的場面が展開されようとしている。将兵はいまさらのように責任の重さと、あすの黎明に敢行される壮挙を思い、熱い血潮をたぎらせるのであった。

空母の甲板上は前日来整備員が精魂をこめて一本のピン、一ミリの間隙にも錯誤のないよう整備に専念の結果、爆弾、魚雷の装備も終わり、猛鷲四〇〇が翼を休めて明日の出撃を待っている。七日の夕刻、先遣部隊のイ号第七二潜水艦から

「米艦隊はラハイナ泊地にあらず」

と報告してきた。軍令部の情報と合わせて太平洋艦隊の大部は真珠湾にあり、と断定してよいと思った。

ただ、空母のいないのが気がかりでもあり、またものたりなかった。しかし、この期におよんで心を二、三にするのは、ただひと打ちと振りかぶった一刀の切っ尖きをにぶらせるものである。私は真珠湾内にある艦船に全攻撃力を集中することに決心した。飛行機の一部を割いて、空母を求めて附近海面を捜索攻撃するなどの案をいっさい排したのである。

本作戦の立案、実施は源田・淵田両中佐のコンビによることはすでにのべたとおりであるが、とくに自ら陣頭にたち、飛行機隊を率いて虎穴に入らんとする淵田中佐の苦労はまた格別であった。突入計画は彼の最も心を砕いたところで、その編成は別表のようであった。

第一波、第二波に区分したのは、主として飛行甲板の広さと、滑走距離の関係で、全機を一度に出発させることができないからである。各隊指揮官はそれぞれ粒選りの猛者揃いであった。とくに第二波の総指揮官嶋崎重和少佐は淵田中佐と同様、私が「赤城」艦長時代の飛行分隊長であった。

私は、彼に海軍大学校の入試を受けるよう幾度か勧めたが、自らその柄でないとついに受けなかった。まことに言葉は訥々として素朴そのものであったが、部下の心服はあつく、どんな難事でも彼にしてできないということはなかった。やることも実に要点を得ていて思慮周密、頭脳明敏である半面、性格はいたって豪放磊落の好漢で、決して単なる猪武者ではなかった。当時「翔鶴」の飛行隊長をしていたが、第二波指揮官としてまことにうってつけの人であった。

攻撃計画および実施については淵田君の著書『真珠湾攻撃の真相』に当時の模様が巧みに誌されているが、いまここにその計画の大要をのべてみよう。

上司から示されたところは太平洋艦隊を一挙に撃滅するにあった。しかも私の考えとして、ただ一太刀を強調したことは前述のとおりであった。

そこで淵田中佐のまず第一に考えたことは、この攻撃は奇襲が成功するか、強襲を敢行しなければならないことになるかの二つの場面であった。奇襲成功と判断すれば、まず敵が応戦するいとまをあたえず、雷撃隊で戦艦、空母に致命の一撃を加え、間髪をいれず高々度水平爆撃によって、内側戦艦を撃ち、ひきつづき降下爆撃で重巡以下の残敵を倒すと同時に、重要飛行場を壊滅させ、また地上防禦砲火を撃破して第二波の攻撃を有利にしようとしたのである。

もし、情況強襲と判断すれば、これとは反対に、まず降下爆撃および制空によって雷撃隊、水平爆撃隊の突撃路をひらき主力に殺到させようというにあった。第二波は当然強襲を予想されるが、第一波がおさめた戦果を利用し、討ち洩らしの戦艦、空母その他に留めをさすとともに、重要飛行場を徹底的に破壊して飛行機による機動部隊に対する索敵追《つい》躡《じょう》を不能にしようとしたのである。

そこで総指揮官である淵田中佐の最も苦心したのは、奇襲か強襲かを、機上で一瞬のうちに判断決定することであった。つぎに各隊の侵入路であるが、地上防空砲火に対する考慮と侵入直前に敵に見つけられることを避けるため、東方山脈地帯を越えて侵入することとなっていたが、これは爆撃に関係が多い風向、風力によって適時変更することにした。また第一波の攻撃によって生ずる火焔、火柱や黒煙、濛気が後続部隊の攻撃を阻害することなどをはじめ、そのほか微細な点にまで配慮をしての攻撃計画であった。

搭乗員はもちろん乗組員一同は、この日のために健康維持には深い注意と努力をはらった。払暁、各艦船を見渡すと、総員上甲板に出て、平時以上に熱心に海軍体操をやっている。われわれ司令部も、南雲長官をはじめみんなこれに参加した。搭乗員にとって最も肝心な飛行訓練ができないので、各自受け持ち兵器の手入れ整備や、真珠湾の模型を眺めて、その地形に習熟し、米艦の模型を列べて識別に努力した。いまや将も兵も一期の戦いの時を待つのみであった。しかし、このときになってもなにかと気がかりができてきて細かい信号が、つぎからつぎへと、数かぎりなく発信されたのである。

ひとすじに真珠湾へ

七日の午後、機動部隊に対し、いよいよ明朝決行される壮挙の最後の命令が発せられた。実に単冠湾出港後、敵の潜水艦や飛行機に心をいためた十数日であった。この間、軍令部からの敵情通報によって、真珠湾内にいる敵主力の情況もほぼ判明し、さらにわが潜水艦の確認によりラハイナ泊地も敵を認めずとなれば、ただひとすじに真珠湾をめざすのみである。

命令左の通り。

宛　全機動部隊

一、敵情を綜合判断するにハワイ方面の敵兵力は戦艦八隻、空母二隻、重巡約十隻、軽巡約六隻程度にして、其の半数以上は真珠湾に在り、其の他はマウイ島南方付近にて訓練中の算多くラハイナに碇泊しおらざるものの如し
二、今後情況特に変化なき限り艦船攻撃は真珠湾に集中す
三、敵は只今のところ特に警戒を厳にしありとは思わず

これと前後して飛行機隊にもそれぞれつぎのような命令が発せられた。

宛　第一次発進部隊水平爆撃隊

一、水平爆撃隊の攻撃目標はA情報に基きA区繫留柱の戦艦四隻（テネシー、カリフォルニア、ウェストヴァージニア、メリーランド）と予定し北より攻撃隊順序と

す

二、情況変化し目標を指示する要あるときは命令所定の選定順序番号を以て先頭攻撃隊より順に示す（例コモ二、三、七、八）

宛　第二次発進部隊

第二次発進部隊命令中左の通り改む

一、発進後の針路一七五度

二、カフク岬の三〇度三〇浬に於て突撃準備隊形をつくれ

三、第一集団はカネオへの北一五浬迄南下し突撃の予定

このようにいろいろ命令や命令改正が、ひっきりなしに伝えらるる。敵情に関しては軍令部から、これまたあいついで通報がはいる。それは左に示すような要旨のものもあった。

米艦塗色迷彩左の通り

一、戦艦、空母及び巡洋艦は濃灰色にして日本のものより黒し

二、空母、巡洋艦は前部に白色波型の迷彩あり

三、檣部は白色、上部檣を引下げ、または切断せるものあり

四、擬煙突を設け、または塗色に煙突を細く見せるものあり

機動部隊司令部として受信、発信のいとまないなかで私は静坐し沈思黙考、ひたすら時の刻みを待っていたのである。

全機、朝雲をついて進発

八日の黎明、まだ黒白がわずかに識別できる程度の飛行甲板上に、飛行機は出発前の試運転を開始した。囂々たる発動機の爆音、翼端も触れ合うばかりに列べられた間をぬって、整備員は忙しく右往左往する。搭乗員待機室にはいれば、すでに十数名の搭乗員は飛行服に身をかため、図板を胸にかけて、いかにもうれしそうな顔をしてささやき合っている。艦橋では二、三の幕僚が飛行機発艦前の準備に忙しく、風力計をながめて風向を調べ、あるいは海図上に艦位をもとめている。

月齢十九日の月は空一面にかかる断雲の間に隠顕している。東風がほどよく吹いて飛行機発艦には好適の状況であったが、南海特有の長濤のために艦の動揺が激しい、ときには片舷十五度を示すことさえあって、これが少し不安だ。平時の訓練では魚雷、重爆弾のように重量物を携行する攻撃機の発艦は、横動片舷十度を越すときは熟練している搭乗員でも相当難事とされていたからである。

海はようやく明るくなって、おぼろげながら水平線を望むことができるころ、機動部隊は隊列堂々海を圧して進んでいくのが見えた。航空母艦艦上には、いずれも数十の飛行機が銀翼をはって、いつでも、飛び出せる姿勢にある。各艦からつぎつぎに整備完了の報告がくる。「赤城」の全搭乗員が待機室で艦長、飛行長から最後の口頭命令と、懇切ていねいな注意をうけ、南雲長官からも最後の激励をあたえられて愛機のところに馳け去った。

私も大正四年少尉のときの初陣を皮切りに、上海事変などの体験も数々あったが、このいわば本格的な大作戦に臨むのは、これが初めてである。しかし若い海鷲たちは誰ひとりとして沈痛な面持ちもなく、いつものとおり、しかも嬉々として去ったのをみて私は意外の感にうたれたのである。やがて「赤城」のマストに、

「飛行機隊出発せよ」

の信号が掲げられた。全機動部隊は一斉に風向にたって増速した。そして制空隊の戦闘機を先陣に降下爆撃隊、攻撃機隊と一機また一機唸りをたてて離艦していく。片舷十五度の横動もなんのその、一機として危うげなものはない。またたくうちに全機離艦した。

各母艦から相次いで発艦終了の報告がくる。ひきつづき第二次出発準備が下令され、飛行甲板上を整備員がまた忙しく駆けまわる。時まさに八日〇一三〇（午前一時三十分―日本時間）。真珠湾の真北二三〇浬の海面であった。

すでに夜はすっかり明けはなたれていた。飛びたった飛行機群は、機動部隊の上空を爆

音をとどろかせながらひと回り、またひと回り、隊伍を整えつつ南方遥かの雲際に機影を没した。ひきつづき第二次攻撃部隊も、約一時間十五分遅れて発進を完了し、第一波の後を追ったのである。あれほど気に病んだ横動にも一機の落伍もなかった。

艦橋でこれを見送る私はまことに感慨無量、しばし血躍り肉ふるうのをどうすることもできなかった。昔からいわれる武者震いというのは、これかと思ったが、しかし一面、白刃鋒鋩《ほうぼう》の間に微動もしない大禅定力に至っては、まだまだ修養のたらないのをひそかに恥じたのである。

全海軍を狂喜させた〝トラ〟

これより約三十分前、「利根」、「筑摩」から発進した水上偵察機の報告が、もうきそうなものだと作戦室の前に腰をおろすと、電報がとどいた。すなわち「筑摩」偵察機からの第一電である。

「敵艦隊はラハイナにあらず〇三〇五」

つづいて、

「敵艦隊上空雲高一七〇〇メートル、雲量七、〇三〇八」

さらにつづいて、

「敵艦隊は真珠湾にあり〇三〇八」

と。このときの私たちのよろこびはどんなであったろう。南雲長官はじめ全幕僚は期せずして顔を見合わせ、思わず微笑するのをどうすることもできなかった。いまはただ攻撃の成果を待つのみであった。かねて奇襲成功の場合はただひとこと
「トラ」

と指揮官機から発信することになっていた。この「トラ」こそ機動部隊の全電信員が固唾をのみ、耳をそばだてて聞きいる電波であった。いや、そのほかに南はマレー上陸部隊からフィリピン部隊、それにもまして広島湾内の連合艦隊旗艦、あるいは大本営など、東亜全域にまたがる全海軍部隊の首脳が、聞きのがさじと緊張した電文であった。

　降下爆撃隊の指揮機から、

「風向七〇度、風速一〇メートル」

という部下各機に指示した攻撃直前の発信が傍受され、つづいて総指揮官機からの
「全軍突撃せよ」

の電令が傍受された。いよいよやってるな、と目に見えないが、作戦室の一同は手に汗をにぎる。午前三時十分、待望の「トラ」が報告された。

　ああ、ついに奇襲に成功したのである。

　そのとき、私は南雲長官とともに、艦橋で飛行機発進後の全部隊の行動を指導していた

が、不覚にも涙が双頬に流れるのをとめることができず、無言のうちに長官の手を固く握ったのであった。

いままで無線封止を守っていた各機は続々と電報を打ってくる。各隊指揮官機の発する「全軍突撃せよ」の命令がひっきりなしに傍受される。続いて、

「われ主力を雷撃す、効果甚大〇三三五」

「われフォード島ヒッカムを爆撃す〇三四〇」

「われ敵主力を爆撃す、地点真珠港〇三四〇」

「われ敵大巡を雷撃す、効果甚大〇三三五」

「格納庫三棟、地上飛行機五〇機炎上す〇三四五」

「雷撃後防禦砲火あり〇三五七」

「フォード島基地に飛行艇多数あり〇四〇五」

しばらくとぎれて第二波の電報がつづいて受信された。

「全軍突撃せよ〇四二三」

「敵三機見ゆ」

「われ敵大巡を爆撃す、効果甚大」

「敵主力艦二隻真珠湾を出撃す」

「われ敵カネオへを爆撃す、効果大〇四五五」

「われ敵ヒッカム飛行場を爆撃す、効果甚大〇四四〇」

「われ敵フォード島を爆撃す、効果小〇四四六」

「防禦砲火熾烈〇五〇〇」

「上空に敵機を認めず」

受信傍受の情況は大要以上のようであった。

この間、機動部隊は敵襲に備え、上空に直掩戦闘機を配し、対空砲火ならびに機銃威力を集束発揮させるため、緊縮隊形をとって南下し、帰投する飛行機を収容するため真珠湾の真北一九〇浬まで接近した。

敵陸上基地を目前にして航空母艦部隊が過度に近接することは慎まなければならないところである。剣道にも適当な間合いがある。航空戦でも同じことで、当時の状況として二〇〇浬を限度とした。しかし飛行機隊はわが子である。しかも大戦果を収めて帰投しようとする飛行機といえども途中で不時着させては相すまぬ。なかには搭乗員の負傷者もあろう。翼が傷ついて飛行困難なものもあろう。あるいはまた洋上依るべき目標もなく、帰路に迷い帰着に不安を感ずるものもあろう。この際、五浬でも一〇浬でも危険を冒して近接するのが母艦部隊の親心である。さらに南雲長官は潜水艦に対し、しばらく附近にとどまって、極力不時着機の収容を命じた。

攻撃終了後の指揮官もまたこれと同じ心の親鳥である。淵田中佐は単機、最後まで真珠

編成区分		指揮官		兵力	任務
機動部隊	空襲部隊	第一航空艦隊司令長官 海軍中将 南雲忠一	南雲長官直率	空母 6 第一航空戦隊 （赤城，加賀） 第二航空戦隊 （蒼龍，飛龍） 第五航空戦隊 （瑞鶴，翔鶴）	空襲
	警戒隊		第一水雷戦隊 司令官 海軍少将 大森仙太郎	軽巡 1 （阿武隈） 駆 9 浦風 磯風 谷風 浜風 霞 霰 陽 炎 不知火 秋雲	警戒 護衛
	支援隊		第三戦隊司令官 海軍中将 三川 軍一	戦艦 2 （比叡 霧島） 大巡 2 （利根 筑摩）	警戒 支援
	哨戒隊		第二潜水隊司令 海軍大佐 今泉喜次郎	潜水艦 3 伊一九 伊二一 伊二三	航路 哨戒
	ミッドウェー 破壊隊		第七駆逐隊司令 海軍大佐 小西 要人	駆逐艦 2 （曙 潮）	ミッド ウェー 航空基 地破壊
	補給部隊		極東丸特務船長	給油船 8 第一補給部隊 極東丸 健 洋丸 国洋 丸 神国丸 あけぼの丸 第二補給部隊 東邦丸 東 栄丸 日本 丸	補給

真珠湾攻撃における機動部隊の編成

湾上空に居残った。もちろん全軍の戦果を確認するためでもあったろうが、また一方、散ってゆく初陣の若者の最期を、一機洩らさず見とどけたかったためであろう。さらに帰路に迷う戦闘機を、翼下に集めて帰投させようとする親鷲心でもあった。しかも自分の飛行機は、胴体に敵の弾片をうけて傷つきながら、親は子を思う、子はまた親を思うつぎのような電報が頻りにきたのである。

「追躡敵飛行艇一機撃墜」

「飛行艇後方に追躡の疑あり」

成功の「トラ」は連合艦隊はもちろん軍令部も受信した。また先遣部隊も受信した。機動部隊に対する各部の応援も熱烈なものがあった。とくに軍令部からのいきとどいた敵情通告は、前にも増してつづけられたのである。

風のごとく去る

午前六時三十分ごろ（地方時午前十時半ごろ）になると、南方はるかに黒影が一点また一点、味方飛行機の帰投である。味方識別規約による波状運動をしながら飛んでくる。群をなしているものもあるが、なかには単機のものもある。母艦甲板上はまたひとしきり忙しさを加える。

機動部隊はまた風向にたち、白波を蹴って速力を増す。飛行隊はそれぞれ自艦の上空を旋回しながら着艦準備をする。

番のおそいものは部隊のまえに出て、わずかの間でも、対潜見張りにあたる。この帰艦飛行機の着艦前の対潜警戒は母艦に対するエチケットである。いまや縦動横動なんのその、みごとに一機また一機が着艦する。滑走停止するやいなや、両側ポケット内の整備員は一斉にかけよって飛行機を定位置につける。

やがて総指揮官機も着艦した。ニコニコしながら機上から降りた淵田中佐を、直ちに艦橋に招いて戦況や戦果についての概報を受けた。空母二隻を逸したことはかえすがえすも残念であった。しかしまず物的にみても八分の戦果である。

またこの作戦の目的は南方部隊の腹背擁護にある。機動部隊のたちむかうべき敵はまだ一、二にとどまらないのである。だからこそ、ただ一太刀と定め、周密な計画のもとに手練の一太刀を加えたのである。だいたいその目的を達した以上、いつまでもここに心を残さず、獲物にとらわれず、いわゆる妙応無方朕迹を留めず、であると、直ちに引きあげを決意した。

これについては、あとからいろいろ非難の声も聞いた。山本連合艦隊司令長官も、空母を逸したことに不満であったとか、なぜ大巡以下の残敵を殲滅しなかったかとか、工廠、重油槽を壊滅しなかったのかとか、戦力の主力である空母を徹底的に探し求めて壊滅していたら東京空襲はなかったとか、いろいろ専門的批判もあるが、私にいわせれば、この際、これらはいずれも下司の戦法である。

私はこのとき、なんの躊躇もなく南雲長官に意見をいって引きあげにとりかかった。すなわち連合艦隊長官あて、

「第一航路をとり帰還す、ただしL点（北緯三五度、東経一六〇度）経由に改む〇六〇〇」
「敵主力艦二隻轟沈、四隻大破、巡洋艦約四隻大破——以上確実、飛行機多数撃破、わが飛行機損害軽微」

の二電を発して再びもとの無線封止にかえり、警戒を厳重にしながら風のごとく北上し、第一補給部隊の待つF点（北緯三七度、西経一六〇度）に向かったのである。この間、各空母では帰還した搭乗員を集めて、戦果に対する詳細な検討を行なった。その結果が続々「赤城」に報告された。少し長いが当時の模様を髣髴させるので左に記してみる。

各艦戦闘概報

◇赤城

（一）水平爆撃隊

戦艦に対し命中弾四、第三中隊は雲の為弾着不明なるも命中せるものと推定さる

（二）雷撃隊

戦艦三に対し命中十一本

（三）降下爆撃隊

附近大火の煙により大部弾着不明なるも戦艦に対し命中弾及びオマハ型巡に対し一弾命中、後バーバース・ポイント飛行場に銃撃効果甚大

（四）制空隊

撃墜三機（B17一機、輸送機一機、練習機一機）ヒッカム飛行場野外繋止機約三十機、うち約二十三機炎上、残り大破、バーバース飛行場約四十機、うち約三十機炎上、大破

〔被害〕戦闘機一、艦爆四、艦攻機上戦死一

◇加賀

（一）雷撃隊

アリゾナ、テネシーに各四本命中

（二）水平爆撃隊

アリゾナ前部一弾、カリフォルニア二弾、メリーランド前部砲塔一弾（猛烈なる爆発惹起せり）各命中、他の一個中隊の分、煙のため弾着不明なるも命中せるものと認む

（三）降下爆撃隊

附近火災の煙と前続機爆煙のために大半弾着不明なるもカリフォルニア及び他の戦艦二隻に大部命中せるものと認む、地上銃撃により一機炎上、空戦により二機撃墜

（四）制空隊
各飛行場飛行機銃撃のため多数炎上
〔被害〕戦闘機未帰還四、艦爆未帰還六、艦攻未帰還五、負傷者―重傷一、軽傷三、
以上の他被弾機―戦闘機三、艦爆十八、艦攻七

◇第二航空戦隊（蒼龍、飛龍）綜合
（一）雷撃隊
戦艦一に（籠檣）六本命中、戦艦一に三本命中轟沈、戦艦一に二本命中、以上何れも
効果甚大、重巡一に三本命中
（二）水平爆撃隊
（雷撃轟沈と同一のもの）
戦艦一に第一弾命中轟沈、戦艦一に二弾命中大爆発轟沈、その他戦艦三に六弾命中重
巡一に五弾命中
（三）降下爆撃隊
軽巡二に五弾命中、入渠中駆逐艦に一弾命中
（四）制空隊
降下爆撃隊と協同、ホイラー飛行場地上二十機炎上、格納庫四棟爆破炎上、バーバー

ス・ポイント飛行場地上六十機炎上、カネオへ飛行場地上十機炎上、以上の他軽爆四撃墜、飛行艇一炎上
〔被害〕未帰還―戦闘機三、艦爆四、被弾機―戦闘機二十、艦爆二十三、艦攻三

◇第五航空戦隊（翔鶴、瑞鶴）綜合
フォード島飛行艇格納庫二棟及び四発格納庫一棟炎上、他の一棟は二発命中せるも炎上せず、カネオへ飛行艇約五十炎上、格納庫一棟炎上、ホイラー飛行場格納庫五棟中四棟炎上、一棟二弾命中せるも炎上せず、ベロス飛行場三十機中三機炎上、ヒッカム飛行場格納庫七棟炎上、右の他三機撃墜
〔被害〕艦爆一機未帰還

これには攻撃直後のことであるので重複しているところもある。

攻撃を受けたハワイ島ではどんな状況であったろうか。

これは戦後アメリカ側によってくわしくその真相が発表されているが、当時、機動部隊がアメリカ側の放送を聴取したところでは、上陸中の将兵に、直ちに配備につくよう知らせ、また演習ではなくほんとうの戦争であることを伝えていた。このとき、感心させられたことは、艦隊主計長がもっぱらハワイ放送を聴取しての話であるが、放送の順序が少し

も崩れず予定どおり音楽などが整然と放送されたことである。

第四章　内地帰投

還らぬ三〇機を想う

帰路はだいたい往路の線をやや南に沿い、敵索敵圏を速やかに離脱しながら帰投することにきめた。もちろん無線封止を励行した。この際、敵潜水部隊がわが帰路を擁し、全力をあげてその前程に蝟集するであろうことは覚悟しなくてはならぬ。また、わが攻撃を脱れた二隻と想像された空母が、残存の巡洋艦とともに追ってくるかも知れぬ。もし敵に遭遇すれば出たとこ勝負で、さらに一戦を交えなくてはならぬ。帰路また三〇〇〇浬、幾多の難路難関が予想された。すでに敵に正体を知らしたのであるからまさに油断大敵である。

毎日索敵機を飛ばして警戒を怠らなかった。連合艦隊および軍令部からはひきつづき敵情に関する無電がくる。

「ミッドウェーにありし飛行艇（三ないし六と認む）は本日一三三〇真珠港着の予定」

「二一〇〇真珠港において哨戒機出発するにつき……に障害なからしめよとの令を発せり、

索敵もしくは、ミッドウェー移動ならむ」

「重巡らしきもの方位測定の結果一八〇〇ころ真珠港の北方六〇〇浬附近」

「九日方位測定によるハワイ方面米艦の位置＝（一）潜水艦群旗艦一六〇〇真珠港の三一〇度二〇〇浬附近、（二）五五七Z（航空母艦の疑あり）一八〇〇北緯一七度西経一七五度附近、（三）機雷戦隊旗艦一九〇〇真珠港附近、（四）その他測定方位は概ねハワイ附近に集まり大部隊の遠距離移動は認められず」

などの情報によって、敵が追躡して来ないものと判断して予定のとおり九日、F点における補給を実施するため「阿武隈」と駆逐艦一隻を先行させ、補給部隊との合同を容易ならしめ、ほかの大部分は概ね三三〇度の針路を取って急速北上した。

九日午後九時ごろ無事補給部隊に合同し補給を開始した。一合戦済んでまず握り飯というところであるが、このときが一番気の緩むときである。あくまで警戒を厳重にしなければならぬ。補給部隊も分離後、さぞかし攻撃の成果や機動部隊の安否を気にしたことであろうが、いま再びいささかの損傷もなく意気揚々と海を圧して引きあげてきた威容をみて感慨無量であったことと思う。しかし、この無事再会のうらに、ついに帰らぬ三十数機の英魂を想うとき、われらの胸は拭えない哀愁を抱いているのであった。

安易なミッドウェー攻撃命令

このころ、連合艦隊から左の電令に接した。

「機動部隊は帰路状況の許すかぎりミッドウェーを空襲、これが破毀、使用不能なるごとく徹底的に撃破につとむべし」

と。これは命令であるからいやおうなく実施すべきである。われわれは実施の策を練り麾下部隊に命令を発したのであるが、私としては実はあまり気のりがしなかったどころか、むしろ内心大いに憤りを感じたのである。

すなわち広島湾内に安居して机上にことを弄する人たちからみれば、この成果の余勢をかって鎧袖《がいしゅう》一触に値いしないミッドウェーを、ことのついでに舐めて来いということである。兵は勢いである。いま意気冲天の機動部隊の全力をもってミッドウェーをたたくごときことはなんでもないことではあるが、私はこの命令を企図した人々の浅い心根に憤懣を覚えた。

獅子は一匹の兎を擲つにも、その全力を傾倒するといわれる。いかなる小敵に対しても一応の計画を樹てなくてはならぬ。身構えもいる。しかも、その当時の情勢として、必ずしもミッドウェーをたたく必要もなく、またたたいてみたところで土地をたたくようなものである。

また一面、つまらぬ感情の点からいっても、相手の横綱を破った関取に、帰りにちょっと大根を買ってこいというようなものだ。それより、この成果をあげ、意気揚々としている機動部隊の脚の下に気をつけてやり、いやがうえにも逸やる心の手綱を引き締めてやることが肝要である。これこそ幾多の精鋭を駆使する上級司令部の心構えでなくてはならぬ。

すでにこのときから、私にとってはミッドウェーは鬼門であった。後日ミッドウェーが、機動部隊の命とりとなるとは夢にも思わなかった。

しかし、連合艦隊司令部でもその後、ミッドウェーに対する企図を放棄した。

真珠湾の戦果については、その概要を攻撃直後に報告したのみであったので、機動部隊司令部内にも十二月の議会開会前に詳報を打電して国民に知らせてはどうかとの声もあったが、これも私は差し止め、依然として厳重な無線封止を行ない、その足跡をくらますことに努めたのである。

米側放送によれば、当時米国では東西両岸とも防空対策に狂奔し、また株価の大暴落と物価の大高騰など国内は相当混乱している模様であった。我田引水かも知れないが、機動部隊の行方が、その後はっきりしないことも少しは影響していると思っていた。

連合艦隊主力も、必ずしも終始広島湾内の魚雷防禦網を張り巡らしたなかに安居ばかりしていたわけではない。電報によれば南鳥島北東海面に出てきて、機動部隊の引き揚げを援護したようで、その志はありがたいが、前線に戦う者からみればまことに不徹底な話で、画にかいた餅を頂戴するようなものである。

敵情に関する電報はその後も引き続き受けた。

一、ハワイ及びミッドウェー方面において敵は依然飛行哨戒を実施し防備に専念しつつあり
二、ハワイ方面の対潜警戒は厳重なるも、わが潜水艦は一部を除き監視続行中
三、レキシントン及び重巡二隻は十日未明真珠港出撃（空襲後入港せり）西岸に向かいつつあり、わが潜水艦の一部はこれを追躡中
四、十日わが航空部隊は英戦艦プリンス・オブ・ウェールス及び巡戦レパルスを撃沈し、極東方面に於ける英戦艦主力を殲滅せり
五、馬来半島及び比島の上陸作戦は成功し、着々戦果拡大中にして、ウェーキ及びグァム島攻略も進捗中なり
六、敵潜は南方諸島及び台湾方面に出没しあるもののごとし「方位測定によれば十一日一八三〇ウェーキ島の一二〇度一五〇浬附近に飛行艇母艦らしきもの一隻あり、通信諜報によれば十二月十二日〇五〇〇よりオアフ島南方海面を哨戒機により定時哨戒を開始せり、交叉方位によればKA56（米空母推定）十二日朝ウェーキ島の東北東九〇浬附近にありしこと確実なり」

と。以上のほか多くの無電を整理し、また各種の情況から敵潜水艦はおそらく南方列島の線に迎撃配備を整え、一部東京湾、一部豊後水道に待ち受けしているものと判断した。

しかし、十四日ころになって、当時トラック島にいた第四艦隊がウェーキ島攻略に相当

困っているようすで、連合艦隊からこれに協力するよう電令があった。

これも思いつきのようなものの、ミッドウェー島の攻撃とちがい友軍の苦戦を傍観するわけにはいかぬ。そのうえ、それに引き続きビスマルク諸島攻略作戦を実施すると連合艦隊および第四艦隊の含みもあったので、これには全力をあげて応ずることに決定した。

ウェーキ島攻略戦に協力

これも行きがけの駄賃にやるというような軽率な作戦であってはならぬ。機動部隊は内地帰投を変更して急遽トラックに入港し、第四艦隊とも十分打ち合わせを行ない、策を練って実施することにした。しかし機動部隊の実情のわからぬ艦隊からは、いやおうなしに、無電で返事を出さなければならぬような長文の協議事項を打電してくる。これには私もほとほと困ったが、やむをえず禁令を破って無線で応答した。

当時、機動部隊は東京を去る東に約一五〇〇浬の太平洋上を豊後水道に向かって西進していた。その後ビスマルク方面作戦の延期によって再び予定を変更し、機動部隊の一部を割いてウェーキ島攻略に参加させ、大部は内地に帰還することに決定された。

十二月十六日、第八戦隊、第二航空戦隊および「谷風」、「浦風」の二駆逐艦を分離して第四艦隊のウェーキ島攻略に協力させた。

これらの問題について、「赤城」からだいぶ各方面に無線の発信を行なったので、敵は

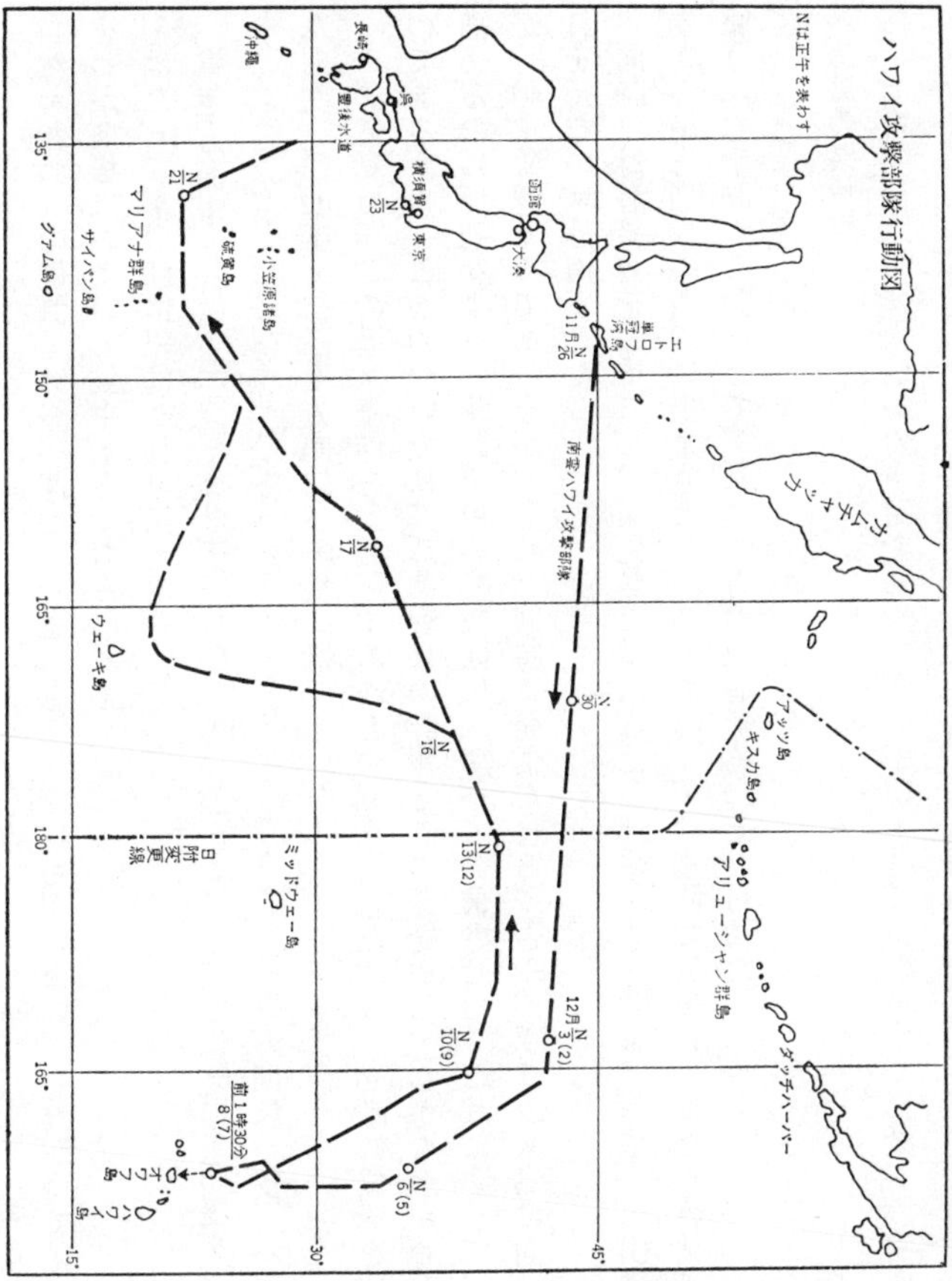
ハワイ攻撃部隊行動図
Nは正午を表わす
カムチャツカ
エトロフ島
単冠湾
11月26
南雲ハワイ攻撃部隊
長崎
呉
豊後水道
横須賀
東京
函館
大湊
沖縄
小笠原諸島
硫黄島
マリアナ群島
サイパン島
グアム島
ウェーキ島
ミッドウェー島
日附変更線
アッツ島
キスカ島
アリューシャン群島
ダッチハーバー
オアフ島
ハワイ島
12月3(2)
前1時30分
8(7)

当然われわれの位置、針路、速力などまで感知したにちがいない。したがって敵は潜水艦をわが前程にいよいよ集中するであろうと思った。

はたして軍令部情報はこれを伝えた。

「東亜方面十五日二三〇〇より十六日〇二〇〇間に左の敵潜水艦計十四隻を諜知せり(イ)父島の五〇度乃至六八度間に十隻(ロ)トラックの一八度方向に一隻(ハ)潮岬の八七度一〇七度一二三度方向に各一隻(計三)」

ここで私は、この潜水艦群を大回避することに意を決した。どうせ敵に位置を知らせたのであるから、ことのついでに真珠湾戦果の詳報をこの際発信し、しかも敵がわが行動を捕えるのに便利なように時間をおいて数回に区切って発信させた。これによって、敵はわが行動を確認するであろうが、それと同時に発信が終るや否や、ウラカス島に向けて大変針を行ない増速南下した。

同時に対潜警戒を厳重にし、発見した潜水艦は全部撃沈する意気ごみで、火山列島の北端から南方列島の西側に出ようとしたのである。連合艦隊でも気になったとみえて、二個駆逐隊を手許から分派して、父島北方の敵潜掃蕩にあたらせた。

感激の呉帰投

十七日午後六時に大変針の予定であったが、午前十時ごろからすでに敵潜散開面に突入したようで、機動部隊の至近距離に潜望鏡を発見する。こうなると私は忙しい。艦隊全隊の緊急回避運動や、ジグザグ運動の号令は参謀長自身の仕事で、一瞬のうちに全艦隊に信号され、一斉に行なわれるからである。この間、飛行機、駆逐艦は爆撃あるいは爆雷攻撃を反復する。ついに二隻は確実に撃沈した。とくに浸潜状態にあった一潜水艦は、潜望鏡の直後に飛行機の一弾を受け、艦首を真直にあげて沈んでいった。変針前に敵潜に遭遇し、その一群の散開面を突破したことは好都合であった。

ここに至って、各方面とも機動部隊の無事帰投を助けようと、横須賀鎮守府でも父島北方海面の敵潜掃蕩のため飛行機、小艦艇の全力をあげてくれる。豊後水道の担当である呉鎮守府も同様である。さてはトラックにある第四艦隊まで、その部下であるサイパン防備隊に命じて小笠原附近の対潜警戒にあたるという騒ぎである。

こうなると連合艦隊司令部に対する作戦上の不満もけしとび、また僚隊のあつい友情に心から感謝したのである。その後一回も敵潜にあわず、機動部隊主力は二十三日午後一時ごろ豊後水道の入口に到着した。行き交う艦船はすべて信号を掲げ船尾旗をおろして、われわれの戦果に敬意を表し、無事帰投を祝ってくれるのであった。このときが私の生涯における最良のときだった。

ただそのとき残念に思ったのは北緯四十度線附近で風速二〇メートルを超える荒天に遭い、そのため十二、三日ごろの洋上補給で二、三の犠牲者を出したことである。せっかく壮挙をなしとげて故国に錦を飾ろうと喜んでいたのに……。私は一人も失うことなく全員そろって帰りたかったのである。

当時内海に敵潜一隻が侵入している疑いがあるというので、連合艦隊でも呉鎮守府でも大騒ぎをしていた。われわれも内海に入ったものの、依然として対潜警戒隊形を整えて、まず広島湾内の連合艦隊泊地に入泊した。

皆は心から迎えてくれた。南雲長官の山本長官に対する戦況報告が終わってから、山本長官は自ら「赤城」に来られ、機動部隊の労をねぎらわれた。永野元帥は東京からわざわざ出迎えられた。天皇陛下も作戦に参加した者から直接話を聞きたいとの御内意であるとのことであった。

連合艦隊参謀長からは、正式の凱旋でもないのだから長官が旗艦を離れて上京するのもどうかと思われるし

「きさま、上京したらどうか」

との話であった。私はそんな形式的なことはどうでもよい。機動部隊全体のことはなんといっても南雲長官、また空襲の状況は淵田と嶋崎がよろしいといって、これらの人びとに上京してもらうことにした。

第二部　南西方面からインド洋へ

第一章　上陸部隊のお先棒をかついで

物足らぬ据え物切り

機動部隊が内海の西部に到着する前に、全部の飛行機を出撃前の古巣である鹿児島附近の陸上基地に飛ばした。次期作戦に備えるためである。困難な作戦ののち技量も相当荒れている。さらに毀れた刀の寝刃を合わさなくてはならぬ。機動部隊司令部としては、搭乗員の訓練はもちろん、その補充と飛行機の修理補給、そのほか船体、兵器の小修理や軍需品の積み込みに忙殺された。

一方、連合艦隊との次期作戦の打ち合わせをしなければならぬ。次期作戦は、一部は当時南西方面に展開中の上陸作戦ならびに陸上作戦に呼応して、敵海上兵力をそこの方面から一掃することにあった。

これには、すでにウェーキ島攻略の先陣を務めて帰還の途上にある第二航空戦隊を分離別動させ、機動部隊の主力はなるべく早く出撃し、ひとまずトラック島に寄って、同島にある第四艦隊司令部と協議し、同艦隊の手でちかく行なわれようとするビスマルク諸島、とくにラバウルおよびカビエンに対する上陸作戦の先陣として、両地区とニューギニア東北部の要地ラエ、サラモアを爆撃することになった。

真珠湾攻撃で敵の空母を逸したことはいかにも残念であるが、その附近で行方のわからぬ空母を捜しまわることは下司の戦法である。速やかに内地に帰り整備を完成し、この敵と洋上晴れの舞台でわたり合いたいと思っていた。

なるほど、開戦劈頭の真珠湾空襲は戦略上有意義な作戦ではある。しかし一面からいうと、なんといっても畢竟据え物切りでしかない。ミッドウェーの攻撃にいたってはその最たるものである。私は自分の考えを南雲長官にだけは申しあげておいたが、あとで聞くところによるとおよそ航空に身を入れた者は多少の相違はあるが、似たりよったりの考えをもっていた。

次回作戦も既定の計画に基づくものとはいえ、ただ上陸部隊のお先棒を担ぐのみで、肝心の敵空母群を向こうに回して、洋上堂々の戦いをやるということに着意が足らなかった。第一段作戦中ではわずかにインド洋出撃だけで、極東に増遣された英主力部隊を洋上に捜し求めるくらいのものである。

こんな感じをいだいていたのであるが、計画がすでに決まっていたので、ひたすらその準備をいそぎ、昭和十七年一月五日、軍港の正月と戦捷気分をあとに、再び呉軍港を出撃した。

頼りないトラック島の防備

今回はウェーキ島攻略に参加した第二航空戦隊以外の機動部隊であるが、内海西部で飛行機を収容後、豊後水道を出て一路トラックに向かった。真珠湾作戦とちがい、進むところはことごとくわが勢力圏内であるから気は楽である。南下するに従い海は紺碧に澄み、天気も快晴の日が多くなり、緊張のうちにも、北海の陰惨と異なり、朗かな気分であった。

しかし敵潜水艦に対しては瞬時も気を許すことはできない。各艦から直を定めて出している対潜警戒機が、前路を低く鳶が獲物を探すような恰好で飛んでいるありさまもなんとなく悠々としている。艦橋に立っていると水中聴音機からときどき

「潜水艦音なし」

と報告してくる。この特技兵の上手下手によって、大げさにいえば一艦の安危がきまるともいえる。私は受聴機を艦橋に準備させ、自ら耳にあてたこともたびたびあった。途中訓練を行ないながら約二〇〇〇浬あまりの海を無事トラックに着いたのは一月十二、三日ごろと記憶している。

当時、第四艦隊司令長官井上成美《しげよし》中将は軍艦「鹿島」に将旗を掲げてトラックに碇泊していた。同島は当時、ポートモレスビー、ラバウルを足つぎに飛来する敵機によってときどき空襲され、軽微ながらも損害を受けていた。機動部隊泊地としては不適当であり、ま

た敵にその所在を確認されるおそれが多分にあった。

このように敵機来襲に対してはよい泊地ではなかったが、環礁にかこまれた内部に数個の島嶼があり、水域も広く大艦隊の泊地としては南洋群島随一で、したがって戦略上の重要地点である。しかし日本海軍は、戦前案外正直であったため、口でいうほどの軍事施設をしていなかった。陸上飛行場も急遽手をつけて、かろうじて飛べるくらいのものが夏島に一カ所あったが、これも未完成であった。とにかく機動部隊としては腰の落ちつかぬ泊地であった。

十六日の夜半、味方潜水艦から、

「敵艦艇らしいもの数隻がトラックに向け北上しつつあり」

という緊急電を打ってきた。だいたいの位置をあたってみると、すでに相当近距離である。全部隊に即時待機を命じ至急出動の姿勢を整えた。

源田参謀は作戦主務であるから、このような身動きもできない港内で、敵襲をむざむざ受けるということは言語道断であるし、もともとこんどの作戦には心中平かならぬものがあるので、むやみに急遽出動を主張する。しかし私は、前日の周辺索敵の状況や、全般的情勢から判断して、このような近距離にこつ然と大部隊が来襲するはずはないと考えたので、待機準備のままで出動を見合わせ、さらに確報を待つことにした。

あとになって、それは附近海面を航行中の舟艇群であることがわかって待機を解いたが、長期にわたる戦争では、こんなことが再三ある。行雁の乱れるのを見て伏兵を察し、一筋の炊煙を眺めて、早くも敵の出撃を知るということは大切なことであるが、出て見たら、なにもないということがたび重なると、士気に関係してくる。このへんがむつかしいところである。

一月十九日、長居は無用とトラックを出撃した。前述したように、このたびの作戦はいささか鶏を割くに牛刀を用いるの感があったが、油断は大敵で、計画を周密にし、全力をふるうことが肝要である。足の遅い上陸部隊はトラックからラバウル、カビエンに直行した。これに策応して、機動部隊はいったんトラック西方海面に偽航路をとり、南下して赤道線上を東進した。

やすやすとラバウルに上陸

対潜警戒は例のように厳重を極めている。赤道無風帯というか、海面は小波ひとつたたず鏡のようであるが、その海面におこる魚群、海豚《いるか》群の渦紋や、白線に敵潜かと迷わされることがたびたびあった。ある日、孤島に設けられた見張りから

「敵陸上機一〇〇機、トラックに向かうもののごとし」

という急電がはいった。すわこそ、と艦橋いろめきたち、直ちにトラックに引き返えし救援すべきだ、と提案する人もあったが、もしこの敵がトラックを空襲するならば、帰途

は必ずラバウルで補給するにちがいない。このときこそまさに敵の虚を突くところであると、全軍急遽増速、ラバウルに向かったのである。この一〇〇機は一機のまちがいとわかり、とんだ喜劇に終わった。途中第五航空戦隊は分離し、深くビスマルク海に侵入してラエ、サラモアを空襲、本隊はラバウル沖に直進した。二十三日早朝、ラバウルを空襲した。例によって淵田中佐の直率する戦爆九〇機である。ラバウルの上空に達してみると、離陸しようとする飛行機が砂塵をあげている。これを急降一撃でかたづけ、後は六インチ砲台数基を襲って転覆させ、湾内にあった輸送船一隻をいけどっただけで、皆はものたりない顔をして帰ってきた。

カビエンではめぼしいものも見あたらず、防禦施設を爆撃したが、なんの手ごたえもなく、椰子の実の倉庫が一、二棟白煙をあげたにすぎなかった。ラエ、サラモアに向かった第五航空戦隊もだいたい似たり寄ったりの戦果で、たいしたこともなかった。こんな状況であったから、ラバウルではわずかな抵抗、カビエンではほとんど無抵抗でそれぞれ上陸に成功したので、われわれはいったんトラックに引きあげた。

腰は伸びきってしまった

開戦前の昭和十六年九月上旬に、海軍大学校で連合艦隊の作戦計画を検討する意味で一大図上演習が行なわれた。演習が終わってから山本長官と二、三の人が図の前に立って感想を雑談的に話し合った。

そのとき私は、なるほどラバウルというところは図上で見ると戦略上重要な拠点である。もし米軍が濠州に戦略的根拠をおき、これを基点としてもり返してくる場合、ニューギニア北岸沿いにくるものはダンピール海峡で、ギルバート、ソロモン北部を突破しようとすればトラックと呼応して、これを阻止することができる。そしてその地勢は、大兵力を容れるのに好適である。しかし東京から直距離にしても約二五〇〇浬もあって、わが国力や兵力から考えて少し無理ではないかといったところ、山本長官も、自分もそう思うが、この図上演習のとおりいくものでもあるまい、との話であった。

緒戦の戦果は、一挙に夢のようなことが実現してしまったのであるが、われわれはこの頃になると、そろそろ当面する作戦に追い回されはじめた。世界情勢がいかに推移しつつあるか、国内情勢がどうなっているか、さては大局からみた戦略上の変化、また上級司令部や大本営がいかなる考えになりつつあるか、というようなことに少しずつ疎くなりがちであった。悪くいえば田舎武士になりがちである。だからこのラバウルのことも朧げながら手を伸ばしすぎたとは考えながらも、それについて深く掘りさげ、意のあるところを強くのべることはなかった。しかしあとで考えると、このときすでに腰が伸びきっていたのである。ガダルカナルの転進も、さらに大きく比島の奪回されたことも、このときすでに因をつくっていたのである。多少の戦術上の錯誤も、いわば枝葉末節である。

第二章　英艦隊掃蕩の命くだる

敵機動部隊を逸す

トラック入港後、私は作戦事務打ち合わせのため上京を命ぜられた。大本営で次期作戦の大方針についての説明を聞くためであった。その際私は、軍令部一部長の福留少将に、いったいこの戦争をどうもっていこうとするのかと質問したところ、彼は、近東方面に対する独軍の進出に呼応して、日本はビルマ、インドに進出し、早くドイツと手を握り、欧亜に跨がる大連絡を完成して、持久態勢を整えるのだ、と答えたように記憶している。そのとき、私はなんだか前途遼遠の話だなあと思った。

私が東京滞在中の二月一日、マーシャル方面が敵機動部隊の空襲砲撃を受けた。わが機動部隊は待ちに待った好敵とばかり、まる二日間これに向かって駈けつけた。しかしなにをいうにも一二〇〇浬の遠距離にある。長鞭馬腹《ちょうべんばふく》に及ばず、敵を逸したのは当然であるが、これは物的損害は大でなかったにせよ、戦略的にまさに頂門に加えられた一針であった。同時にまた敵機動部隊を捕捉すべき好機でもあった。

連合艦隊では、当時濠州制圧のためポートダーウィンの占領を計画したが、陸軍と軍令部の反対にあったため、その空襲のみを決定して発令した。濠州を制圧するのにポートダーウィンを占領するということは、なにかのまちがいだと思うが、おそらく当時進展しつつあったジャワ作戦に呼応してのことであろう。

機動部隊はまもなくパラオに回航し、かねてウェーキ島攻略作戦後いったん内地に帰還し、さらにセレベス島のケンダリー基地にその飛行機隊を上陸させ、蘭印作戦に協力中であった第二航空戦隊を招致した。

私は東京における用件をすませパラオにいる「赤城」に帰艦した。

機微を察するは指揮官の務め

パラオには東西両岸に泊地があり、その西岸にあるコロール島の錨地は、環礁によって外海を遮蔽し水域も広く、大艦隊の錨地としては好適であったが、進入路が狭長で、かつ一ヵ所が約九〇度の屈曲をなしているので、戦艦、航空母艦などの大艦の出入は困難とされているので、これら大艦の入港は前例に乏しかった。

したがって「赤城」、「加賀」の両艦は東水道に入泊していた。

しかし、これでは機動部隊内の連絡にも不便ではあるし、また外海からの敵潜水艦の攻撃に対しても不安を感じたので、思いきって「赤城」、「加賀」をコロール島泊地に移すことにした。

私は前年上半期、第二十四航空戦隊司令官として、同地に将旗を揚げていたので水路を十分知っていた。かつ「赤城」艦長の体験もあるので自信をもっていたからである。ところがこの移動にあたって、出入容易と思っていた東水道出港に際し、二番艦の「加賀」が海図に記載のない不明の暗礁に触れて、艦体に軽微ながらも損傷を受け多少の浸水をみた。これは艦員の手で当座の手当をして、難事と思われたコロール島泊地に無事入泊することができた。「加賀」自体も艦長以下戦列を去ることを潔しとせず、さらに応急修理を行ない、まず通常の戦闘航海に差し支えないまでになった。

これは長期にわたる作戦行動中の一小事故にすぎないことであるが、いやしくも生きた部隊を統率する司令部としては看過してはならない一兆候である。生身の人間であり、お互いに修養未熟の凡人である。長い間には士気の緊張もあれば弛緩もある。これは敵も味方も同様である、この機微を察して、敵を打ち自らを守ることが計数究理の作戦に百尺竿頭さらに一歩をすすめて、深謀遠慮を必要とする所以であり、当然指揮官である者の寸時も心を離してはならぬところである。

私がよく連合艦隊司令部にも、徒らに柱島に安居して戦機を弄すると苦言を呈していたのは、ここをいうのである。もちろん、籌《ちゅう》を帷幄の中に運《め》ぐらして、勝ちを千里の外に決するということは、連合艦隊司令部としてはぜひやって欲しい。柱島なり東京なりに腰をどっかとおろして、全軍を指揮して欲しい。とくに昔と異なり、戦線数千浬におよぶちかごろの戦争では、一層その感を深くするが、幕僚を派するなり、重大局面には将自ら兵情を審《つまびら》かにするという、せめてもの着意が望ましいことである。

敵蘭印作戦の拠点をつく

二月十五日、第二航空戦隊の「蒼龍」、「飛龍」を加えた全機動部隊は、第五航空戦隊をのぞいた全力をもってパラオを出撃し、モルッカ海峡に向かった。第五航空戦隊はパラオ回航の途次、第二航空戦隊と交代に東南方哨戒のため内地にいったん帰還したのである。

南下するに従い海はいよいよ平静で、紺碧の海面は油を流したようである。対潜警戒を厳重に航行するうち、やがて点々と緑の島々が眼界にはいってくる。南洋の風物はこの戦いをよそに平和そのものである。

われらはサイパンであり、トラックであり、パラオであり、いずれも猫額大の島々に、問題をかけて争ってきている。モロタイにしろハルマヘラにしろ、島とはいえ相当の広さをもっている。みたところ、人家はわずかに点々とあるのみで、その平和な様はまた羨ましいかぎりである。

従来、われらは、とかく軍事上の観点からのみことを論じてきたのも、つまりは日本国土内に八〇〇〇万の人口が揉み合っているのが大きな原因ではなかろうか。しかし、これらの島々でさえ数えきれない数である。その資源を開発し、文化を進め、おのおのそのところを得させるというが、はたして日本人の手でこれができるであろうか、つぎからつぎへと夢は夢を逐う。

部隊はアンボイナ、バル島の間をぬけてバンダ海にはいり、静かにポートダーウィンに迫る。この作戦はケンダリーに基地をもつ第十一航空艦隊攻撃機との協力によって、敵航空兵力および軍事施設、在港艦船等を徹底的に壊滅し、ジャワに対する敵作戦の根拠を衝こうとするのである。しかし、これまた据え物切りにしかすぎない。

二月十九日早朝、機動部隊はポートダーウィンの北々西約二二〇浬に達し、飛行機隊を発進した。指揮官は例によって淵田中佐で、戦爆連合の一九〇機であった。

ポートダーウィンは濠州北端の要港であり蘭印作戦の拠点である。しかし、もともと背後に大砂漠をひかえ、濠州東南岸の都市地帯を遠く離れた砂漠中の孤島ともいえる。思ったほどの市街でなく、附近に飛行場があり、飛行機二十数機を認めたにすぎない。防禦砲火もたいしたこともなく、わが飛行機隊は楽々と所期の目的をはたして帰還した。

飛行機撃墜八、炎上大破十五、駆逐艦二隻、特務船八隻撃沈、艦船七隻大破、格納庫三棟炎上、そのほか桟橋附近の燃料タンク地帯を徹底的に爆撃した。

そこで、また風のごとく同地点を去り、二十一日セレベス東南端にあるスターリン湾にひそかに入泊して次期作戦の計画を練った。

よき獲物！　砲門火を吐く

このときの南西方面の状況は、ジャワ島各方面にすでに上陸したわが部隊は、疾風のように島内要地を席巻し、敵軍は南岸地帯に追いつめられ、その要港チラチャップから、ぞくぞく濠州方面にひきあげようとしていた。

また当時インド洋方面に英本国から主力艦、航空母艦が増勢しつつありとの情報がはいっていたので、機動部隊は近藤第二艦隊長官の直率する南方部隊と協力し、まずチラチャップから脱出する敵輸送船をできるだけ拿捕もしくは撃沈し、さらに進んで英艦隊と一戦を交えようとした。

そこで二月二十五日、スターリン湾を出撃しオンバイ海峡を通過、チモール島を左にみてインド洋に乗りだした。予想される敵の退路には、チラチャップから海岸近くをポートダーウィンにいたるのと、濠州西南端パース、フリーマントルにいたる航路とふたつある。南方部隊本隊と第二航空戦隊は前者に対しジャワ島近くに西進し、自余の機動部隊は後者に対し洋上遠く行動した。

機動部隊はまず敵輸送船一隻に遭遇したので、停船を命じて臨検しようとしたが応ぜず、遁走しようとしたので、やむを得ず砲撃を開始した。最初に駆逐艦が射撃を開始し、ひきつづき八戦隊の「利根」「筑摩」が開始した。

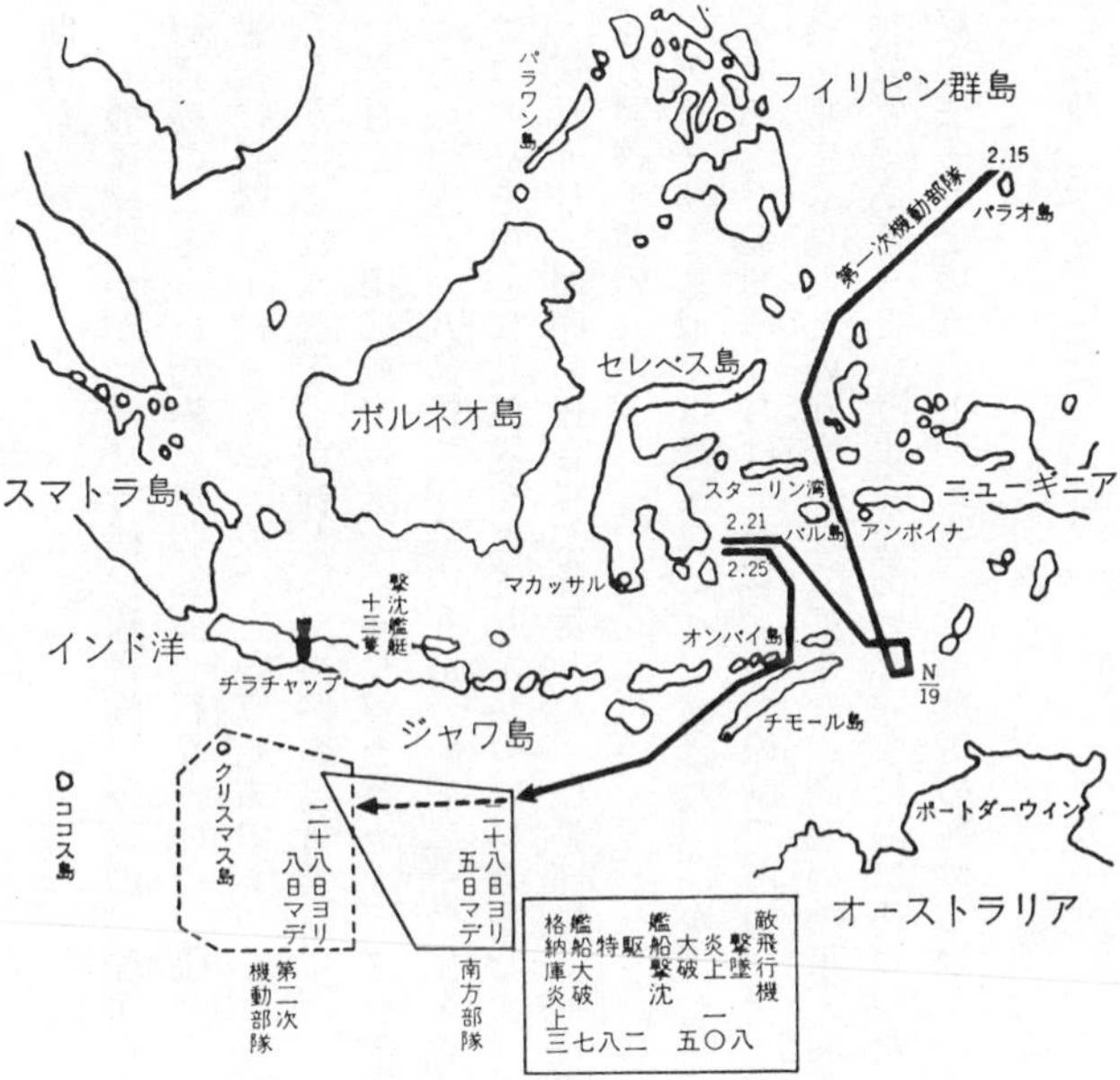

機動部隊の戦闘は多く一〇〇浬、二〇〇浬を離れて飛行機隊の応酬にはじまり、またこれによって大勢を決するので、砲火は対空防禦に使われるくらいが関の山である。この対空射撃でさえ、開戦以来あまり行なう場面がなかったので、砲術科員はつまらぬことおびただしい、それがはじめて水上目標に向かって砲戦を開始したのであるから、張りきってむやみに打つがなかなかあたらぬ。そのうち火災を起こしたが容易に沈まぬので結局二、三機を出して爆撃した結果、撃沈しその乗員を

助けた。

その後網にかかった飛行機、輸送艦、駆逐艦、輸送船など数隻を屠った。そのなかで、駆逐艦のごときは巧みに避弾運動を行なうので、張りきった砲撃もなかなか命中しない。最後に戦艦の主砲までぶっ放すという始末であった。沈没ののちは乗員をできるだけ救助したが、これは武士道精神として当然の措置である。

三月三日、第二航空戦隊と合同し、チラチャップを空襲した。これまた淵田中佐指揮による戦爆連合一八〇機で、港内在泊の船舶二十数隻を撃沈大破した。チラチャップ空襲後、ココス島を中心に英艦隊を捜索したがついに遭遇せず、再びスターリン湾に引きあげた。三月九日、蘭印の連合軍が降伏した。機動部隊は飛行機隊をケンダリー飛行場に陸揚げして訓練を開始した。

ケンダリー基地では奇怪なことがおきた。ばかげた話ではあるが、幽霊が出るということである。最初のうちは下士官兵の間の話であったが、次第に噂がひろがり、准士官、特務士官にも見たというものがでてきた。調査の結果、湿潤な気候と、疲労による集団的精神異常であろうというようなあいまいな結論に終わったのであるが、孫子にも「祥を禁じ疑を去る」ということがある。士卒疲労の兆候とひそかに憂慮した。

長駆、三〇〇〇浬の大作戦

このころインド独立の驍将チャンドラ・ボース氏がドイツから日本に来てインド独立の陣頭に立つという噂もあった。

これに呼応しての作戦であるか否かは前線に戦うわれらの関知するところではなかったが、表面はビルマ領に進出した陸軍の海上輸送路を安定し、また、当時インド洋方面には英海軍の空母二、戦艦二、重巡三、軽巡数隻、駆逐艦二隻が予想され、それが逐次増勢されつつあるとの情報がはいっていたし、また航空兵力もセイロンはじめベンガル湾方面に三百数十機の兵力が予想されていた。

以上のような情勢下に、近藤信竹第二艦隊長官指揮下の南方部隊に、インド洋掃蕩の任務があたえられた。機動部隊はこれに協力して、まずセイロン島コロンボにその鋒先を向けることになった。南方部隊麾下の巡洋艦、駆逐艦部隊はこれに呼応してベンガル湾の掃蕩にあたり、別に若干の潜水艦はインド西岸に進出を命ぜられた。

この作戦は真珠湾攻撃ほどの難行動ではないが、長駆インド洋を横断する三〇〇〇浬の大作戦である。

しかも途上に英艦隊との遭遇戦を予期しなければならないし、コロンボ空襲もあるいは強襲を覚悟しなければならない。艦は修理手入れに忙しく飛行機隊は腕によりをかける。

「加賀」は損傷個所が懸念されたので一時内地に帰還させた。

三月二十六日、機動部隊は第五航空戦隊を加え、陣容を新たにしてスターリン湾を出撃した。今回は六隻の給油船を同伴している。オンバイ海峡を通過するまでは畳の上を滑るような航海であったが、洋心にちかづくに従って艦の動揺もかなりはげしくなる。しかし補給も今はお手のものである。日々の遠距離索敵も対潜警戒も、あるいはまた戦闘機による上空警戒も思う存分励行し、堂々の陣容である。

英主力との決戦を決意

四月二日、最後の補給を終わり、補給部隊を分離し、帰路の補給点に先行させた。遭遇を期した英主力部隊は片鱗もみせず、機動部隊は速力を増して一路コロンボに向かって驀進した。

四月四日、陽もようやく西に傾かんとする午後六時ごろ、前方遥か水平線上に一点の黒影を発見した。わが上空直衛戦闘機は直ちにこれに肉薄した。さらに艦上待機の戦闘機二、三機も間髪をいれずこれを追う。飛行機は名にしおう零戦である。搭乗員はいずれも張りきった若武者である。みるみるうちに追いつめて、前後左右上下からくってかかった。飛行艇の胴体の一部にピカリと閃光を認めたと思ううちに、たちまち火ダルマとなって海上に墜落した。戦闘機は編隊を整え、帰ってきた。

全軍環視のなかの空戦である。士気は大いに昂揚した。しかし敵もさるもの、この苦戦の最中に、

「機動部隊発見」

の第一電を発していたのである。まもなく、わが敵信傍受は、敵が全軍に対し警戒を発令したことを伝えた。これでいよいよコロンボは強襲ときまり、一面英軍主力との決戦を覚悟した。

翌四月五日午前九時、機動部隊はコロンボ南方二〇〇浬に達し攻撃の第一波を放った。午前九時というが、まだ黎明である。淵田中佐の率いる制空戦闘機隊三六機、降下爆撃機隊五四機、水平爆撃機隊九〇機の戦爆連合一八〇機は、暁闇をついて堂々コロンボに向かってその爆音を消した。

瞬間、二重巡を屠る

機動部隊は敵主力の出現を予期して四方に厳重な捜索網をはる。淵田中佐の率いる第一波からは刻々戦況戦果の報告がくる。コロンボ港内にある輸送船団にあたえた戦果は不十分のようである。第二波をさらに輸送船団に向けようと考えているとき、南西方に出していた捜索線の一機から、

「敵駆逐艦二隻見ゆ、針路南南西、速力二五」

と、打電してきた。私は二隻の駆逐艦は見逃してやり、それよりも予定どおりコロンボ港内の輸送船の壊滅を、と考えていると、源田参謀が

「参謀長、駆逐艦を攻撃しましょう」

　という。

「なぜか」

　聞き返えすと
「商船は多少残っているかも知れませんが、これは丸腰の町人です。小なりといえども駆逐艦は両刀を帯した武士です。無辜の町人を目標にして、武士を見逃すとは、武士道精神をやかましくいわれる参謀長にも似合《にっか》わしからぬことではないですか」

　と、いう。

「よし、わかった。第二波は駆逐艦に向けろ」

　と、いった。江草少佐の率いる第二波は降下爆撃隊八〇機、鶏を割くに牛刀の感はあったが、直ちに離艦、南下してこれを追った。まもなく、これは駆逐艦でなくて大巡二隻であることが判明した。

「敵見ゆ」

「突撃準備隊形つくれ」

「突撃せよ」

「一航戦は一番艦をやれ、二航戦は二番艦をやれ」

「一番艦停止大傾斜」

「三番艦火災」
「二番艦沈没」
「三番艦沈没」

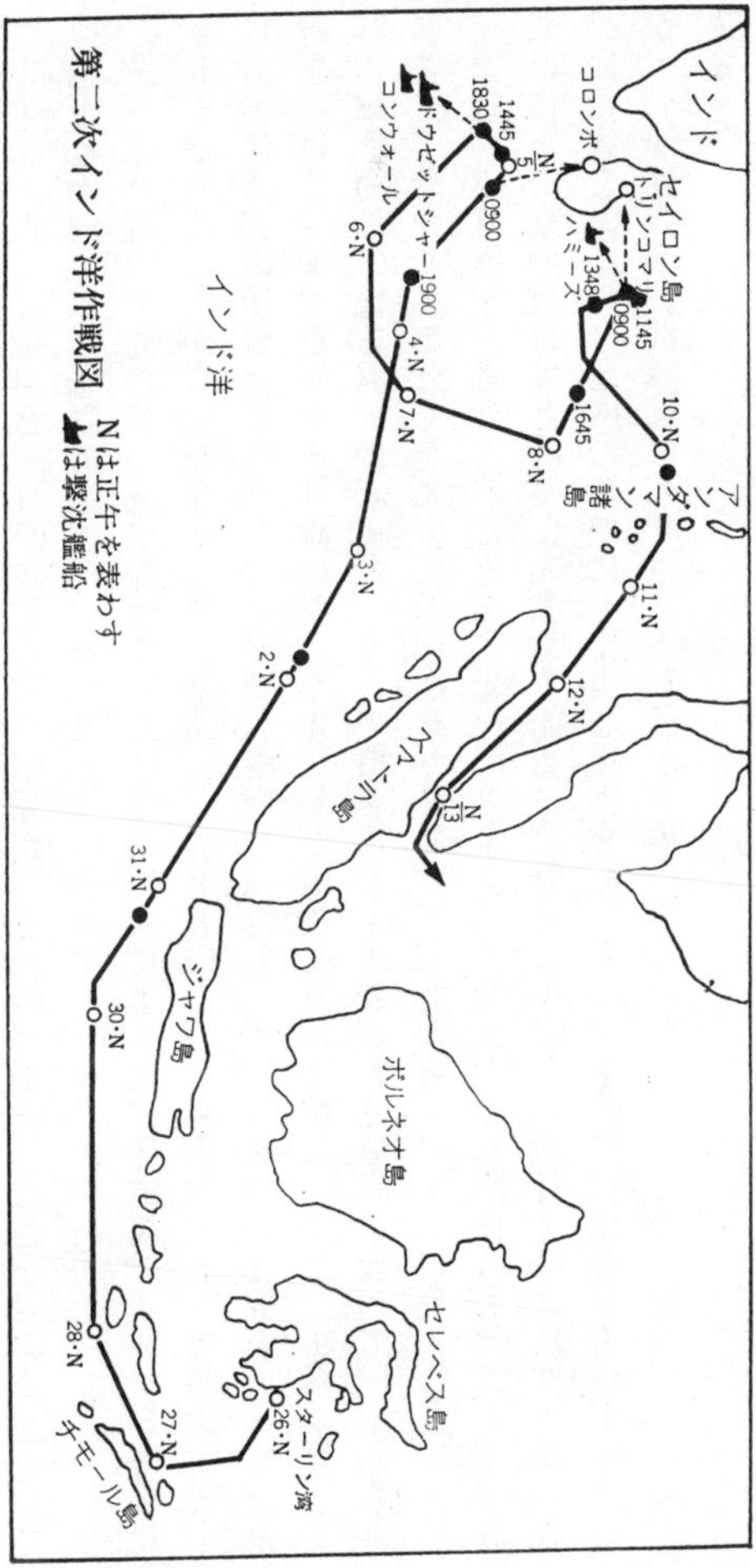

第二次インド洋作戦図　Nは正午を表わす　▲は撃沈艦船

――まったく簡明直截、江草少佐らしい電報が、ものの二十分とたたない間に連続して受信された。英東洋艦隊の重巡ドーセットシャーとコーンウォールであった。

まもなく淵田中佐の第一波が帰ってきた。その報告によると、発進後セイロン島南端にさしかかったころから猛烈な積乱雲に遭遇し、雲上五〇〇〇メートル、雲下は豪雨、雲中は雷光閃き突破困難と認めたので、全飛行機隊を誘導し、西回り気味に雲間をぬって難飛行を続けて、漸く雲層をきりぬけたとたん、わが機動部隊は雷撃に向かうソードフィッシュ雷撃機約二〇機を翼下に認めた。そこで機を逸せず手許の戦闘機隊を放って雲中から奇襲させ、そのことごとくをまず戦陣の血祭りにあげて、北からコロンボに侵入した。

コロンボは驟雨一過のあととみえて光って見える。予期した敵戦闘機にも遭遇せず、直ちに市街南東の飛行場と港内に充満する船舶に攻撃を集中した。飛行場には敵機はなく施設に損害をあたえ、港内の船舶にも相当な損害をあたえた。帰路敵戦闘機の追躡を受けたが、わが制空戦闘機隊はこれを蹴散らし淵田中佐自らしんがりをつとめて帰ってきたのである。

大巡二隻を屠った江草隊の手際は、実に水際だったものであったが、戦艦、空母を基幹とする東洋艦隊主力は杳として消息がわからない。わが機動部隊は急遽兵を収めて、夜とともに南東洋中に姿を消したのである。敵信傍受はその混乱と一層の厳重な警戒を伝えた。

戦後知った話であるが、当時英主力はわが来攻を予期して、四月二日まで索敵の手を拡げて邀撃を企図したが、三日には遠くコロンボを西に去る六〇〇浬の洋上の叢島マルディブ諸島のアッツ環礁で清水、燃料の補給を行なっていたところ、四日の警電に接して急遽出撃したというが、そのときはなぜかわれに迫らなかったのである。

大巡二隻は思わぬ獲物ではあったが、目ざす敵主力ではない。武田信玄★啄木の戦法ではないが、コロンボを叩いて敵主力が出なければ、セイロン東岸の軍事要港トリンコマリをもう一度叩こうと決心した。

前日来の戦闘で敵の警戒は一層厳重になっている。敵主力はさらに所在不明である。強襲は覚悟の前であるが、わが方としては警戒と一段の緊張を必要とする。さすがの源田参謀もちょっと躊躇のいろをみせたが、強行することに決心した。すなわち東北方に大迂回をし、その間、敵の気持を弛めさせ、九日早朝トリンコマリを襲うことに決め、ひそかに敵情に耳を傾けた。

しかし敵も容易に警戒を緩めない。これも戦後わかったのであるが、東洋艦隊主力は八日以後セイロンの水域を遠く去ったのであった。

空母ハミーズの最期

四月八日正午、トリンコマリ東南東約六〇〇浬の地点から、陣容を立て直して増速し、トリンコマリに突っこんだ。午後四時四十五分、また断雲の間に敵触接飛行艇を発見した。

こんどは敵もさるもの、巧みに断雲を利用して隠顕する。戦闘機を飛ばして追わせたがついに雲間に見失ってしまった。

前日の飛行艇といい、きょうの飛行艇といい、索敵線構成の巧妙さもあろうが、ほとんど時を同じくして触接する正確さからみて、このときから、敵が航空索敵にレーダーを使用しているのではないかという疑念をふかくもつようになった。敵の警報は頻りに傍受される。

九日午前九時、型のように飛行機隊を発進させた。第一波は例によって淵田中佐の制空戦闘機隊三六機、降下爆撃機隊五四機、水平爆撃機隊九〇機合計一八〇機である。天候は快晴である。

トリンコマリ進入にさきだち、早くも敵ハリケーン戦闘機の邀撃を受けた。対空砲火も熾烈である。零戦は直ちにハリケーンを追い落とし、爆撃隊の突撃路を啓開した。

降下爆撃隊は地上から打ち上げる、赤色アイスキャンデーのような集束弾を冒して飛行場に殺到し、所在飛行機をほとんど全部炎上させた。水平爆撃隊は八〇〇キロ陸用爆弾を航空基地、工廠、火薬庫等に叩きこんだ。

第一波が発進してからまもなく、索敵の水偵から、

「敵空母一、駆逐艦一南下中、地点……」

の無電がはいった。待機中の第二波攻撃隊はコロンボと同じ編制で、江草少佐が指揮し

てこれに向かった。触接中の偵察機から、空母はハミーズであり、附近に駆逐艦一、少し離れて商船一あり、その他附近に敵なしを報告してきた。「赤城」の敵信班は、ハミーズが
「ハリケーン出発せしや」

を繰り返えし、味方戦闘機を呼んでいる情況を知らせてくる。ひきつづき江草少佐の明快な電報がはいってくる。

「突撃準備隊形つくれ」「突撃せよ」

「ハミーズ左に傾斜」「ハミーズ沈没」

「残り駆逐艦をやれ」

「駆逐艦沈没」

「残り大型商船をやれ」

「大型商船沈没」

ものの十五分もたたない間の状況である。

戦いに疲れ慢心生ず

これより先、午後二時半ごろ、突如敵味方不明の一弾が第八戦隊附近の海面に爆音とともに水柱をあげた。味方戦闘機は上空警戒にあたっているし、味方飛行機の残弾投下かと

思っているうちに、「赤城」の艦首を挟んで両側近くに数弾が落下した。同時に、対空砲火は一斉に砲門を開き、機銃は耳を聾するばかりに集束射弾を打ち上げた。

ちょうど上空には断雲が一面に蔽っている。その雲間をかすめてブレニム九機が艦上をすぎていった。やがて味方戦闘機がこれにくいついた。「赤城」には少しも損害はなかったが、私にとってはまさに心の間隙に打ちこまれた一刀であった。

大物こそなかったが、数多くの商船やトリンコマリにあたえた壊滅的打撃を思えば、戦果は少ない方ではなかったが、英東洋艦隊の主力はどこに消え去ったのであろうか。わが機動部隊の行くところ敵は魔神のように恐れて、その姿を潜めるのである。わが士気はあがり、戦闘技術は向上したが、その影にひそかにはい寄ったものは掩いかくすことのできない肉体的、精神的疲労と驕慢とであった。連合艦隊司令部から前線の将兵にいたるまで誰がこのことに気づいたであろうか。

機動部隊はひとまず内地帰還を命ぜられたので十日、補給部隊に合同、補給ののちアンダマン諸島を左にみてマラッカ海峡にさしかかった。マラッカ海峡は当時敵潜が機雷を敷設しているおそれがあるというので全軍防雷具をひっぱって二〇ノットの高速で通過した。

十三日午後、すでにわがものとなっていたシンガポールを目の前にながめて南支那海に出た。各戦隊司令官から、ちょっとでよいからシンガポールで一休みしたいとの希望もあったが、私はよけいなことだと思って素通りした。

このころポートモレスビーの上陸作戦が計画され、第四艦隊（トラック）司令長官の指揮で実施されることになり、第五航空戦隊（「翔鶴」「瑞鶴」）はこれを支援することになったので、同航空戦隊はマカオで補給のうえ、再び分離別動南下した。これより先、連合艦隊司令部から比島コレヒドール島を爆撃せよといってきたが、また悪い癖を出したと思ったからことわった。

帝都空襲に司令部あわてる

四月十八日の帝都空襲には連合艦隊も驚いたらしく、敵空母を追跡するため、いままで手を束ねて柱島に坐りこんでいた第一戦隊の主力艦を出動させると同時に、機動部隊にも追いかけよといってきた。

機動部隊は当時東支那海にはいったかはいらないぐらいのところにいた。なるほど、犬も歩けば棒にあたるということもあるから、なにがしかの役にはたつであろうが、約二〇〇〇浬を駈けつけろとは少しナンセンスすぎる。大戦略のことはおわかりか知れないが、戦術にいたっては素人の寄り集まりであるというのが当時の忌憚ない感想であった。

しかし命令であるから仕方がない。機動部隊はあてどもなくやみくもに駈け出したのであるが、このような行動はなんら得るところはない。なにかに対するゼスチュアとするなら別問題であるが、戦争にゼスチュアは禁物である。機動部隊は四月二十二日内地に帰着した。

顧みれば昭和十六年十一月二十六日単冠湾を出撃以来約五ヵ月、航程にして約五〇〇〇〇浬、赤道上を一周すると二一六〇〇浬というから、二周と約三分の一を航海したことになる。この間にあげた戦果は蓋し大なるものがあった。サミユエル・モリソン著の『太平洋の旭日』のなかでもこれについて次のようにいっている。

《南雲中将が彼の業績に誇りを感ずるのは尤もであった。彼はハワイ島からセイロン島に亘って経度差にして百二十度、即ち世界一周の三分の一に相当する遠距離を馳駆して作戦をやってきた。その間、真珠湾を皮切りに、ラバウル、ラエ、サラモア、マダン、アンボン、ポートダーウィン、ジャワ島南方海上、コロンボおよびトリンコマリ等の各地において、或いは艦船を、或いは陸上施設に攻撃を敢行した。これらの作戦において、彼は戦艦五隻、航空母艦一隻、巡洋艦二隻および駆逐艦七隻を撃沈したほか他の数隻の主力艦に損傷を与え、さらに尨大なるトン数にのぼる海軍補助艦艇や商船を片づけるという輝かしい戦果を挙げたのであった。さらに数百の連合国軍飛行機や幾多の重要陸上施設は彼の手によって潰滅されてしまった。しかるに、彼の麾下の機動部隊は、連合国軍との交戦では一隻の沈没も一隻の損傷さえも蒙らなかったのである。『真にこの部隊こそは神出鬼没で、決して効果的な反撃を受けたことがなかった』》

これは決して自画自讃でなく、米軍側からみての偽らない観測であった。

航空関係の不満

そのときどきの戦果については例の大本営発表によって、鳴り物いりで国民を有頂天にさせた。連合艦隊司令部も
「よくやった、賞め取らすぞ」
と、いってくれた。しかし、私はちっともうれしくはなかった。私は賞められてうれしかったのは、このときまでにたった二回きりであった。
それは真珠湾攻撃から帰って呉に入港したとき、当時呉鎮守府司令長官であった豊田副武大将と、私の従兄で当時兵学校長をしていた草鹿任一中将が心から迎えてくれたときと、もう一度は軍令部時代に各種会議の席上でさんざん叱られたり、口角泡を飛ばして喧嘩をしたりして、なんだ此奴がと思っていた井上成美中将が、第四艦隊司令長官としてトラックに将旗を掲げていたとき、ラバウル攻略作戦の打ち合わせのため、その司令部を訪問した際私の顔を見るなり
「真珠湾作戦の水際だった腕前にはひと言もない。ただ頭をさげる」
と、心の底から喜んでくれたことで、その一語は今でも忘れることができない。単純な私は、心からの好意に対してはなにもかも忘れてすぐうれしくなるのである。
ところが、この戦果の蔭に潜む機動部隊全員の辛苦と努力に対して、背を擦《さ》するように

察してくれるものはほとんどなく、艦船や兵器の磨滅消耗にも心を配ることも足らなかった。まして艦船乗員、とくに飛行機搭乗員の疲労にいたっては、本人としてはあげた戦果からいっても自ら口にすることは義理にもできないのであるから、最高統率者である連合艦隊司令部がその機微を察して指導整備に深い思いやりをはらうべきであったと思う。これらのことについて淵田中佐はその著『ミッドウェー』でつぎのように述懐している。

《南雲部隊にとっては真珠湾から帰って以来の作戦は大きな道草であったような気がする。私にはラバウル攻撃以来、第一段作戦中ずっと私の胸につかえていた南雲部隊使用方法への疑問が結果によって裏書きされたように思われるのである。つまり南方のどこに南雲部隊の大薙刀を振りかぶらねばならぬ敵がいたか。南雲部隊を南方作戦に転用しなかったとしても、南方作戦は南方部隊だけで支障なく経過したであろうことは間違いない。いわば南方部隊に応援にきていたようなものである。大本営や連合艦隊司令部は、南雲部隊が真珠湾から帰ったあと手が空いたと思ったのではなかろうか。そして遊ばせておくのは勿体ないから使ったという恰好である。使ってみると重宝なものであるから、次から次へ第二義的作戦をこしらえていった。

しかし、ほんとに南雲部隊は手が空いていたのであろうか。わが主敵であるべき東正面のアメリカ海軍をほったらかして、これはまたなんとぜいたくな兵力の使用法であったろう。遊ばせておくのも勿体ないどころか、事実は好んで遊兵にしたようなものである。遊兵といえば、第一段作戦中終始柱島錨地に在泊している戦艦部隊は、これまたどうしたことだろう。これこそ全くの遊兵であった。南方作戦には別に使いようもないことだし、これよりも主力部隊は決戦に備えて待機しているつもりであろうが、どんな決戦を夢みているのであろう。

真珠湾攻撃の戦果は、目的どおり米太平洋艦隊の戦艦部隊をしてわが南方作戦遂行中動けないものにした。しかし、等しくわが戦艦部隊も同じその期間、柱島錨地から一歩も動かなかったのである。すると動けなかったのと動かなかったの差異はあるけれど作戦に寄与しなかったことにおいてはどちらも同じではないか。決戦に備えて待機するといって、戦艦を基幹とする米太平洋艦隊の渡洋を予想していたのであろうか。そうだとすると、太平洋艦隊戦艦は真珠湾で動けないながらも依然睨みを利かしていたことになるし、相手に戦艦がいないと、こちらの戦艦も不要になるというのなら、これまた変なものである。空母部隊から眺める私には、主力部隊と称する戦艦部隊のやっていることがナンセンスのように思われて仕方がない。

日本艦隊の主戦兵力は航空母艦六隻を基幹とするこの南雲部隊ではないか。柱島錨地に在泊している戦艦七隻は、もはや艦隊戦闘の中核ではない。それを主力部隊だなどと、なお昔の夢を追っているから、戦艦部隊の扱い方に困って、結局遊兵にしてしまったのである。もし南雲部隊を遊兵のような南方作戦に転用することなく、戦艦部隊を遊兵として柱島錨地においとかないで、これらを合体して一個の有力な機動艦隊を編制して東正面に作戦せしめていたとしたらどうであったろうか》

以上、淵田中佐の述懐は戦後における考えもはいっていると思うが、とにかく当時機動部隊に参加し、幾度か生死の関門を通過してきた、いやしくも航空関係将校の胸裏に堆積していたもやもやを、あますところなく吐露した作戦に対する感想である。

不公平な〝二段進級〟

真珠湾攻撃の出発前、おがまんばかりに成功を祈った連合艦隊首脳部や大本営幹部が、堅く約束した真珠湾頭に散った若い英霊に対する二段進級を、同じ作戦に参加した特殊潜航艇には異論なく認めながら、飛行機その他戦没者には約束はしたものの各方面の作戦との振り合いや、とくに陸軍関係との公平を期するため見合わすことに内定したという。いったい誰がそんなことをいうのか。商売上のかけ引きでもあるまいし、海軍大臣か人事局長か、と私はいきり返った。

さっそく連合艦隊参謀長のところへ行っても木で鼻をくくったような挨拶でいっこうラチがあかない。人事局長に直談判しても、とかくの理屈をいって官僚軍人の本領を発揮する。ついに山本長官に直談判して九分どおり本意を達して引きさがった。残り一分というのは真珠湾上空で散華した者に限りということで、母艦帰投の際帰路を失なった者その他は選に漏れたのであった。つまらぬ屁理屈に拘泥することとおびただしい。

今日の若い人たちからみれば二段進級そのことがナンセンスというかも知れないが、こういう笑えない話があった。それは第二航空戦隊がウェーキ攻略作戦のため分離行動中、捜索に出た飛行機一機が航法をまちがえて帰路に迷った。行けども行けども母艦が見えない。燃料はあと十分間という瀬戸際になった。搭乗していたのは若い二人の航空兵であった。このまま海上に着水して死んだ場合、はたして戦死と認定されて靖国神社に祀られるであろうかと考えた。そこで二人は相談して、このまま死んで戦死になるかどうか機上から無線で訊ねてきた。艦長は気をきかして、

「もちろん戦死である。しかし艦の位置はどこどこである。気を落とさずに帰投に努力せよ」

という意味の返電を送った。しばらくすると機上からおり返し、

「辱けなし」

といってきた。これを聞いて私はナンセンスどころか一掬の涙を禁じ得なかったのである。

二段進級は当時機動部隊の参謀長として、私にとっては重大問題であった。このときは山口多聞少将も私といっしょに非常ないきまき方であった。

第三部　ミッドウェーの敗戦

第一章　戦局、持久戦にはいる

作戦的には本末顚倒

機動部隊が内地に帰還したときはミッドウェーの攻略計画はすでに決定されていた。なるほど、われわれは開戦以来東奔西走、席の温まる暇もなく、その日その日の作戦に追い回されていて、大局の推移ということに触れておらず、まして顔は日焼けで真黒になり、心も荒んで鼻息荒く、まったくの田舎武士に落ちたと思われたことは無理からぬことであった。だからミッドウェーを攻略する、せぬの大戦略上の是非については、強いて枢機にまでたちいって触れようとはしないが、苟くも作戦の先陣を承るのは機動部隊であるから、作戦の仕振りについては機動部隊の意見をきいても差し支えなかろうと思った。当時、一ヵ月の日時は、多少の変更を加えても余裕のないことはないはずであった。なんだか鎮西八郎為朝の故事が思い出されたことであった。

ミッドウェー攻略の是非については、いかに田舎武士といってもひととおりの考えはもっていた。機動部隊の立場からいえば、ここでいちおう二、三ヵ月のゆとりをあたえてもらい、艦船兵器を整備し、乗員とくに飛行機搭乗員の交替を行なって訓練をまきなおし、編制も経験を基礎として大改革を加え、威容をたてなおして敵機動部隊と正々堂々、決戦を求めることであった。要地の攻略ということはそれからでもよいのである。連合艦隊司令部としては、第一段作戦の余勢を駆って戦果を拡大し、急速に戦争を終わらせようとの焦慮もあったであろうが、それにしても、われわれからみれば、目のつけどころがちがっていた。連合艦隊司令部からいえば、威容をたてなおすなんてのんきなときではないというが、当時米国としては真珠湾で受けた傷手はいわゆる「リメンバー・パールハーバー」で、国民が結束して、その回復どころか何倍かの兵力をつくりあげようと努力し、作戦部隊はたいした戦果はなかったが、マーシャルに、東京に空襲を行なって、汚名返上に対するもりあがる熱意の片鱗がみえてきており、戦争はすでに持久戦の様相をしめしていた。

終戦後続出した各種の記録によると、山本長官が帝都空襲によって陛下の宸襟を悩ましたことに対する責任と、国民の士気沮喪を憂えるのあまりミッドウェー攻略を決意されたということがさかんに書かれているが、はたして真実であったろうか。

多くの優秀な幕僚もいたことでもあり、もしそうであったならば、誰かひとりぐらいは、昔、楠正成が聖駕帝都を離れて足利勢をいったん京都に入れ、しかるのちおもむろにこれを討つよう献策したという故事を例にひいて、ミッドウェー攻略を思いとどまるよう意見具申をしてしかるべきであったと思う。

諦めが失策の第一歩

なにはともあれ、持久戦であると見込みをつけたら私どものいうことも一理がある。機動部隊飛行機搭乗員はなるほどたいした消耗はなかったというものの、真珠湾ですでに一割を失っているし、爾後の作戦でも目だたないが、一作戦ごとに数機の犠牲は出している。その都度補充はしているが、やがてはこれが日本海軍全体として大きな問題となるのである。

目だたないうちに士気旺盛な歴戦者をこの際陸揚げして教官とし、他日に備えて搭乗員の大量養成にあたらせ、機動部隊は人員を更新し二、三ヵ月をかけて訓練を行ない、その新手でつぎの作戦にのり出すということが大切であったと思う。

源田参謀や山口多聞少将が口角泡をとばして食いついても、すでに決まったことであるとして連合艦隊司令部には馬耳東風であった。私はあきらめていた。しかし、このあきらめたところに私の失策の第一歩があった。それは連合艦隊の計画がいかにまずくとも、一度機動部隊が出陣すれば、それこそ鎧袖一触なにほどのことがあるという、口には出さないが自惚心と驕慢心であった。

戦後、幾多の戦略戦術の専門家によってミッドウェー敗戦の原因が分析研究され、冷静な批判も加えられているが、当時この作戦の先陣を承った機動部隊の参謀長という重要な位置にあった私として、ただこのちょっとした驕慢心がすべての原因のまた原因をなしていると深く自責している。

これはこれとして、機動部隊の立場から作戦の仕振りをどうするかということについては、率直に私の意見を具申した。これには重要な点が二つあった。

まず第一に、作戦目的がミッドウェー攻略にある。そのため陸海軍の陸戦部隊を輸送する輸送船隊や援護部隊その他各部隊が、ミッドウェーを中心に各方面から定められた上陸時に、上陸点におしよせるのである。機動部隊はこの時間にあうように敵の陸上航空基地、飛行機、陸上砲台そのほかおよそ上陸するわが方の邪魔になるものは叩きつぶせというのである。それと同時に、もし敵の機動部隊が出た場合は、まずこれをかたづけろという。

もちろんいままでの数多い作戦のいずれも、すなわち真珠湾にしても、セイロン島にしても、敵空母群の出現ということを予期して、陸上を攻撃し、いざというときは瞬間にして身を転じる心の用意はしている。しかし上陸作戦となれば、時間と場所で行動を制限される。わずかなことではあるが、戦う身になってみれば金縛りにあったような気がする。しかも心は常に両兎を追う。ラバウルのときは上陸作戦であったが、敵情でそれほど心配することもなかったし、およその日は決めてあったが、機動部隊が叩いてのち、勝手に上陸せよ、という行き方であったから気は楽であった。

こんどの場合はまことに窮屈である。窮屈に縛っておいて横から敵が出たらうまくやれ、というのであるから、やるほうは迷惑な話である。この点についての考慮を強く促したのである。

もう一つの点は、やはりこれに関連しての問題であるが、敵機動部隊が出撃したということをいったい誰が主になって判断するか。機動部隊がいかに先陣を承っているといっても、今日の戦争は一〇〇浬も二〇〇浬も先で戦いを交えるので目視がきかない。先頭にたっているから、その飛行機で早く敵を見つけるということは一応もっともであるが、いちばん大切なことは敵信傍受で、かつこれに対し適切な判断をくだすことである。

これには最も完備した無線設備をもっている「大和」がいちばん適当である。「赤城」にいたっては航空母艦であるから、檣は低く甲板にはなんの設備を施すこともできず、機微な電波を捕えることも困難であるが、「大和」には有力な敵信傍受班の組織もあるから、敵信の頻度、性格を検討することによって、敵機動部隊の出撃などは的確に捕捉することはできないにしても「出撃の恐れあり」くらいのことはわかる。ただ敵機動部隊の出撃を全軍に知らせることによって「大和」の位置を敵に暴露するという理由だけで渋ったと仮定するならば、いくら無線封止が重要であるといっても本末顚倒もはなはだしきものである。

私にいわせれば、まず敵機動部隊の捕捉撃滅を第一義とし、しかるのちにミッドウェー攻略を進めるべきであった。このことは紙一重の相違のように思われるが、帷幄のなかにおって籌をのみ運らせようとする人と、実際の場数をふんできたものとの心構えの相違である。「大和」を中心とする戦艦群を三〇〇浬も後方にひきさげておいて、全作戦を支援するなどということは、私にとっては当時どうでもよいことであった。

機密はすでに洩れていた

これらの忠言も結局あまり受けいれられなかったようであった。ここにも、機動部隊さえでればという慢心が、私の心の奥底にあったことが、なによりも大きな敗因のひとつであったことは事実であった。機密保持の不完全ということが最大の原因であったと一般にいわれているが、最大の原因はなんといっても私ひとりではない、多少にかかわらず全員に驕慢心が起きていたことである。

しかし機密保持の問題も確かに重要な一因であった。部下に機密をやかましく戒めながら、夫子自らうっかり口をすべらすことがよくある。真珠湾攻撃がはじめて計画されたという昭和十六年一月二十七日のグルー大使の日記のなかに

《対米断交の場合には日本軍は大挙して真珠湾の奇襲を決行せんと計画中であるという噂が全市に流布されている。もちろん私はこれをわが政府に報告した》

といっている。さいわいに米海軍情報部はこれらの風説にまったく信用をおいていなかったのである。私も軍令部作戦課長をやっている際、海南島攻略作戦が御前会議で決まっ

た翌日、ある株屋さんが某参謀のところにきて、
「いよいよ海南島攻略も決定したそうですね」
といったのに驚いたことがある。枢機に参画するものの最も慎むべきことである。

ミッドウェー計画がどんな経路で米軍に知れたか、詳細なことは私にはわからない。しかし五月十日ごろから米海軍情報部が種々異なった出所から入手した各種の情報の断片によって得た日本軍の作戦計画と、その準備に関するかなり正確な情報をニミッツ太平洋艦隊司令長官に提供したことは終戦後知った。とにかく、機密保持に対する関心が、真珠湾攻撃のときと雲泥の差があったことも事実であった。これも自惚れにもとづく粗漏であった。

ニミッツ太平洋艦隊司令長官がかなり正確な情報を得ていたとみられることは、つぎの事実によっても明らかである。すなわち五月二十八日（西経時）には航空母艦エンタープライズおよびホーネットを基幹とするスプルーアンス少将指揮下の機動部隊に真珠湾出撃を命じ、五月三十日にはフレッチャー少将指揮下のヨークタウンを旗艦とする機動部隊も出撃し、六月一日までには最後の洋上補給を完了して手ぐすねひいて待っていた。

またミッドウェーの防備は完成し、陸海軍機合計一二一機が集結され、真珠湾の苦い経験にもとづき、潜水艦の配備はもちろんのこと、日々の飛行索敵も遺漏なく励行されていたのである。さらに驚くことは、六月六日、黎明の日本軍の空襲を四、五日前から予期し

ていたのであった。このような状態のなかへ〝知らぬは己ればかり〟なりで、のこのこ飛びこんでいったのであるから、勝敗はすでに戦わずして決まっていたのである。敗戦の原因がいろいろあげられているが、すべて枝葉末節であるといえよう。

実施は六月七日と予定

ミッドウェー作戦当時の連合艦隊における情況判断を要約すると次のようなものであった。

一、敵機動部隊の一部は依然南太平洋海域にある
二、太平洋方面には空母エンタープライズ、ホーネット、ヨークタウンが存在するがワスプに関しては不明である
三、空母レンジャーは大西洋方面にあり、サラトガは既に撃沈されている
四、ミッドウェーの陸上防備は完成し飛行哨戒は厳重である
五、ミッドウェーが攻撃を受けた場合、ハワイ方面敵機動部隊その他の艦船は出撃するであろう

以上のような情況のもとにたてられた連合艦隊作戦計画は次のとおりで、かつ計画中のN日は六月七日と予定された。

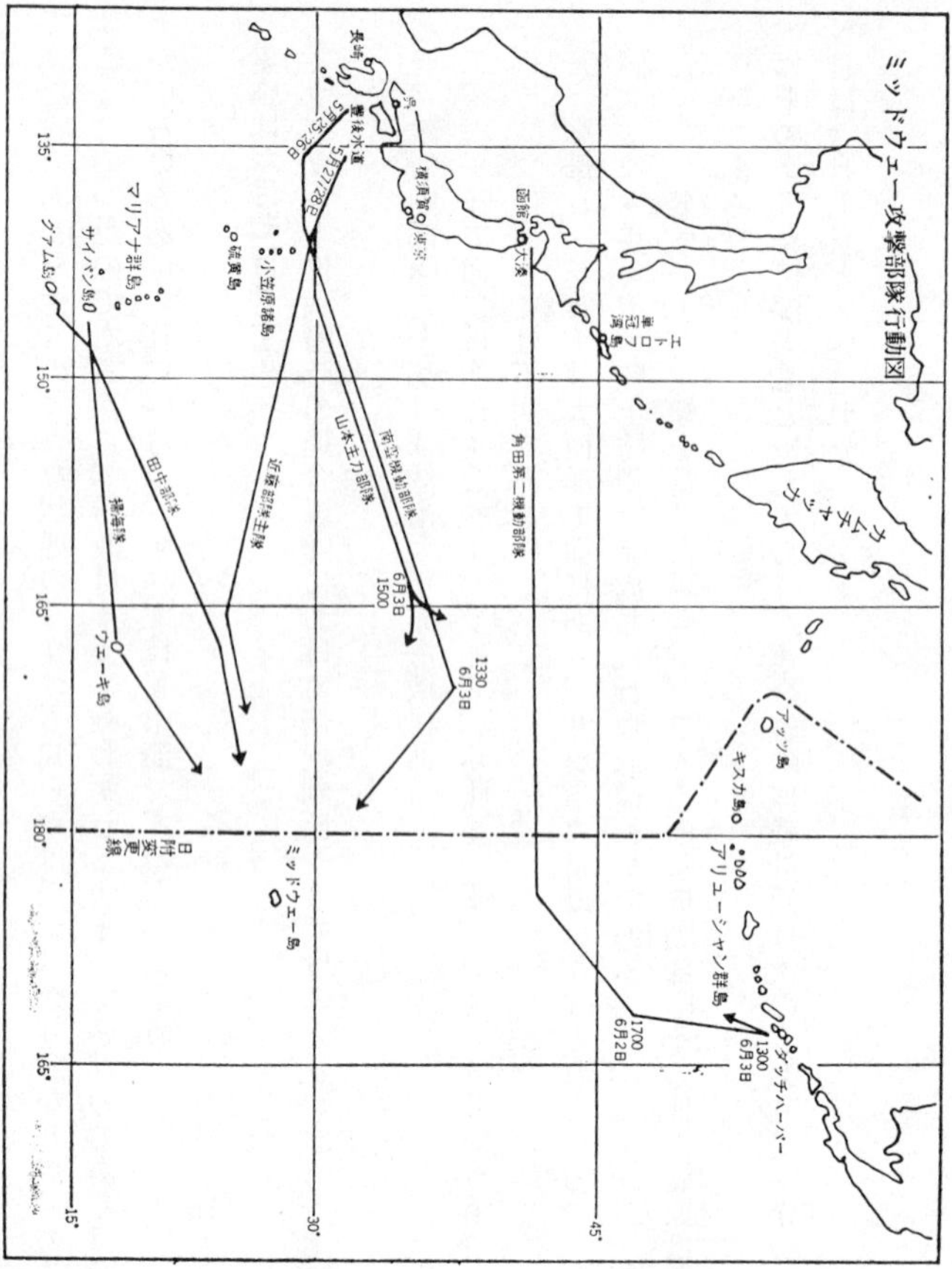
ミッドウェー攻撃部隊行動図
カムチャッカ
エトロフ島
単冠湾
大湊
函館
東京
横須賀
呉
長崎
豊後水道
5月25,26日
5月27,28日
小笠原諸島
硫黄島
マリアナ群島
サイパン島
グアム島
角田第二機動部隊
南雲機動部隊
山本主力部隊
近藤部隊主隊
田中部隊
掃海隊
6月3日
1500
1330
6月3日
ウェーキ島
アッツ島
キスカ島
アリューシャン群島
ダッチハーバー
1300
6月3日
1700
6月2日
ミッドウェー島
日付変更線
135°
150°
165°
180°
165°
15°
30°
45°

一、ミッドウェー方面の作戦

（イ）作戦目的＝ミッドウェー島を攻略し、わが基地を推進し、同方面よりする敵の機動を封止し、併せて出撃することあるべき敵艦隊を撃滅するにある

（ロ）参加兵力＝連合艦隊の決戦兵力の大部

（ハ）一般作戦要領＝機動部隊（南雲部隊）をもってミッドウェー占領隊の上陸前、ミッドウェー島を空襲し、所在兵力防禦施設を壊滅せしめ、占領隊を以って同島を一挙に攻撃するとともに、出撃し来る敵艦隊を捕捉撃滅する。敵有力部隊がハワイ方面より反撃し来る場合は、ハワイ、ミッドウェー間に潜水艦を配備し機動部隊（南雲部隊）および主力部隊（山本長官直率戦艦部隊）はミッドウェーの北ないし北東海面に攻略部隊（近藤中将重巡隊）は同島の南ないし南西海面に待機してこれを邀撃する

（ニ）　各部隊の作戦要領

（1）　ミッドウェー占領隊の第二連合特別陸戦隊（二個大隊二八〇〇名）と陸軍一木《いちき》支隊（連隊長指揮の一個大隊三〇〇〇名）は第七戦隊（大巡四）第二水雷戦隊護衛の下に五月二十八日夕刻サイパンを出撃しN日（上陸予定日）黎明上陸を決行してサンド島およびイースタン島を占領する

（2）　第一機動部隊（南雲部隊）は五月二十七日早朝瀬戸内海西部発N―2日

（Nマイナス二日の意。以下同様）ミッドウェーの北西二五〇浬附近に達し、ミッドウェーを空襲し所在敵航空兵力艦艇および基地施設を覆滅して攻略隊（占領隊を含む近藤隊）の作戦を支援する。爾後同方面を機宜行動して敵艦隊の捕捉撃滅に任ずる

ミッドウェー陸上飛行場が整備せば搭載中の基地航空部隊戦闘機をこれに進出せしめる

（3）攻略部隊の主隊（近藤部隊）即ち第四戦隊、第三戦隊、第四水雷戦隊、瑞鳳は五月二十九日瀬戸内海西部発途中サイパンより出撃の部隊を掩護しつつN－1日黎明ミッドウェーの西方四〇〇浬附近に達し、爾後主力部隊および機動部隊と連繋を保ちつつN日は概ねミッドウェーの南乃至南西に進出して上陸部隊の直接掩護を行う

（4）水上機部隊はN－1日キュア島を占領し、水上基地を設置しN日の上陸戦闘に直接協力する

（5）主力部隊（山本部隊）は五月二十九日瀬戸内海西部発、警戒部隊（高須中将指揮戦艦部隊）は特令により主隊（山本部隊）と分離、N日キスカ島の南五〇〇浬附近に達し北方部隊（細萱部隊）を支援する。主隊（山本部隊）はN日ミッドウェーの北西四〇〇浬に達し機宜行動して攻略部隊を支援する。主力部

隊（山本部隊、高須部隊）は敵艦隊出撃せばこれを捕捉撃滅する

(6) 基地航空部隊は主力を東正面に展開し、艦隊の行動に応じ広範囲の索敵哨戒を実施するとともに、大型飛行艇二を以って五月三十一日より六月三日の間に真珠湾の攻撃偵察を実施する（以下略）

(7) 潜水部隊はN—5日頃までに潜水戦隊の一隊は北米沿岸およびアリューシャン要地に、潜水戦隊一隊および第五潜水戦隊はハワイ—ミッドウェー間にあって攻略部隊および北方部隊の作戦に協力する

(ホ) ミッドウェー攻略後の防備（略）

二、アリューシャン方面の作戦

連合艦隊司令長官がミッドウェー方面作戦と併せて統一指揮するが、直接は第五艦隊司令長官細萱戊子郎《ぼしろう》中将がこれに当る

(イ) 作戦目的

(1) アリューシャン群島西方要域を攻略し、軍事施設を破壊し、米軍の北方よりする進攻を一時阻止する

(2) ミッドウェー作戦の牽制作戦とする（以下略）

濃霧に行動の自由を阻まる

これを機動部隊の立場からみると次のように要約される。すなわち第一にミッドウェーを六月七日に攻略する。その前々日中に、機動部隊はその陸上施設なり航空兵力なりを一応叩き潰せということになる。アリューシャン方面に対する作戦も、その一半の目的は機動部隊の第一撃に対する牽制佯動で、その他の計画も実質的にはこの一撃に頼り、またこれを中心として繰りひろげられている。なるほど敵機動部隊の捕捉撃滅を強調はしているものの、かつミッドウェー攻略を先決問題とし、また注意深く攻略前にその出撃の場合を想定はしているが軽重は第二義に堕している。そして主力部隊は後方で声援し、困ったら助けてやるというのである。これでは機動部隊としては金縛りにされ、しかも二兎を追うことになる。この連合艦隊司令部の思想はあとまでぬけきらず、後日南太平洋海戦にも現われたのであるが、そのときは敢然としてこれをことわった。

このような経緯があったが、すでに決まった以上文句はない。機動部隊が先陣にたてばだいじょうぶだという自惚れのもとに、五月二十七日豊後水道を出撃したのである。

出撃以来天候は良好であったが、五月三十日ごろから霧中航行をやることが多くなり、六月にはいってからは濃霧となって心配が増えてきた。もともと霧中航行は平時でも、荒天よりはむしろ厄介で、単艦で航行するときでもそうだから、大部隊が編隊航行する際はなおさらである。

普通こんな場合は編隊を縦長の隊形になおし、各艦は艦尾に長い曳索をつけた霧中浮標を曳航する。後続艦は前続艦の霧中浮標があげる白波を目標にして、常にこれを自艦の艦首附近に保つように操艦して、その航跡を進むのである。変針する場合は、旗艦は新針路を各艦に無線または探照灯信号で予告し、各艦の諒解を待って前続艦から逐次無線電話や探照灯信号、あるいは号笛で自艦の転舵変針時機を後続艦に通知する。後続艦はこの通知によって、浮標の白波に注意しつつ自艦もまた同じことをその後続艦に伝える。このようにして順次後尾におよぼして大部隊の変針を終わるのである。これがうまくいかないと、隊列を離れたり乱したりあるいは僚艦が衝突するようなことになる。

苦しまぎれの無線使用

ところがそのときは濃霧がはなはだしく、探照灯による視覚信号や号笛が全然到達せず、わずかに頼るものは無線だけであったが、この無線もまた管制を命令しているので、手の施しようがない。「六月五日未明空襲」という制約を受け、三日予定変針を目前にして、このときばかりは機動部隊司令部の苦悩は惨憺たるものがあった。三日の予定変針を延期することは、全軍の作戦を根底から変更することになる。ついに苦しまぎれの一策は、微勢力無線通信を使えということになった。私は通信参謀に、

「微勢力で、敵にとられることはないか」

と、念をおした。後から考えると、この質問はまったくのナンセンスであった。いかに微勢力であっても相手次第のことである。はたしてこの通信は五、六〇〇浬離れている味方「大和」が傍受した。いわんやひそかに聞き耳をたてて近づきつつあった敵機動部隊に聴かれたことはまちがいない。

ここにも大きな黒星が私にあった。また霧中の大部隊の変針は敵潜水艦にとっては襲撃の絶好の機会である。しかしこの結果、三日の予定の変針は、多少の遅れはあったが無事行なうことができた。ところが変針が終わってしばらくすると今までの霧は拭うように消え去った。なんという皮肉なことであろうか。連合艦隊司令部としては、自らもこの霧に悩まされたことでもある。いずれは真珠湾とは異なり、強襲を覚悟しなければならぬこの作戦に、遠く離れている自らの位置を暴露するくらいのことは部下各隊、とくに大事な機動部隊の作戦を察して、N日を一日延期する配慮がほしかったと、むりな愚痴もあとから出てくるのであった。

片袖は敵に握られた

いっさいものをいわぬ機動部隊は、枚を銜んでなんの懸念もなくミッドウェーに驀進していった。四日、太陽が西の水平線に落ちて残光が断雲に照り映えているころ、「利根」

から緊急信で
「敵機約一〇機二六〇度方向」

と報じてきた。「赤城」の戦闘機三機が直ちに飛びたって、断雲中にその姿を捜しまわったが、ついに発見することができずに帰ってきた。各隊は敵哨戒圏内にはいったのである。敵哨戒機らしいものの電波も感受される。

これより先、サイパンを出撃した輸送船団は、ミッドウェー西方六〇〇浬の地点で敵哨戒飛行艇に発見された。作戦はすでにその片袖を敵に握られたのである。しかし、まだ機動部隊は敵に知られていないと固く信じていた。むしろ敵は輸送船隊に心を奪われるであろうとさえ都合よい判断をくだしていたくらいであった。しかし全員の緊張は決して弛緩はしていなかった。

六月五日、日の出は午前二時（日本時間）ころであった。海上は比較的平穏で、断雲が空一面に蔽い、その雲間に薄れゆく星の光がわずかに数えられた。日の出三十分前、すなわち午前一時三十分、ミッドウェー攻撃の第一波は出発前の試運転を終わり出撃の命令を待っていた。淵田中佐は盲腸の手術を受けたのちの身を、かろうじて発着艦指揮所の椅子に託して発進の状況を見まもっていた。きょうの指揮官は「飛龍」飛行隊長の友永大尉である。水平爆撃隊三六機、降下爆撃隊三六機、制空戦闘機隊三六機合計一〇八機は夜のまだ明けやらぬ午前一時四十五分、ミッドウェーに向かって轟音を消し去ったのである。

淵田中佐は手術後の疲労甚だしく、源田中佐もまた風邪による発熱でいつものような元気がなかったが、それでも努めて艦橋に姿を見せているのをみて私としては一抹の心の寂しさを感じていた。

第二章　運命決す五分間の遅速

索敵に慎重を欠く

私はこの作戦について、とかく心の奥底に自惚れを感じてはいたが、敵機動部隊に対する警戒は一応行なっていたのである。そのため第一波攻撃隊発進と同時に、ミッドウェー島北東海面に水上偵察機による五線、南西海面には母艦攻撃機を割いて二線の扇形捜索を出したのである。また第二波攻撃隊の準備は、この捜索網にひっかかる敵機動部隊に、攻撃の鉾先を向けるようになされたのである。

この際計画者としての落度は二段索敵を考慮しなかったというところにある。換言すれば索敵に対する慎重さが欠けていたということである。上級司令部その他に対し、今日いろいろ忌憚ない意見を吐露する私ではあるが、この点に関してはまったく自分自身の大きな責任であった。

二段索敵ということは、主として黎明時すなわち夜の明けはなたれると同時に、自分の攻撃の手のとどく範囲、さらにそれ以上の範囲内にありと想像される敵位置を確認するか、あるいは敵の在否をひと目で知ろうとする方法であって、まず第一段の捜索機を、黎明時に所望索敵範囲の先端附近に出し、ついで第二段索敵機は、第一段索敵機が夜暗のため目視がきかず素通りした手近かの範囲を捜索させるというのが目的である。

ではなぜこんなわかりきったことに手落ちがあったのか。これは当時の海軍航空隊のもの、いな日本海軍、さらに日本人自身の特質に原因があると思う。すなわち攻撃というめざましい派手な仕事には生命をも賭していきたがるが、事前の準備とか索敵とかいう綿密地味な仕事にはいき渋るということである。偵察が大事であるということは、上杉謙信が重要な作戦には自ら偵察にあたったという故事もあるし、また私自身もこれを痛感し、昭和二、三年ごろ、はじめて航空界に身を投じたとき、第一に選んだ研究課題が「航空機による敵情偵知」であって、各種索敵法というものを考え出した元祖が私であったといっても過言ではないと思う。

その私が、この重要な一点を黙過したということは当時の参謀長としてひと言の申しひらきもできないことである。具体的にいうと、攻撃隊の機数を惜しんで索敵をゆるがせにしたということである。

ついで索敵実施のほうからいうと、「利根」「筑摩」の索敵機が故障のため三十分遅れて出発し、天候が悪かったために帰路に敵を発見したということ、また報告にあたって要点を速やかに指摘しなかったことや、あるいは機動部隊司令部に到達するまでの費消時間が多かったという戦務上の手落ちや錯誤が重なりあったのである。当時もし飛行機にレーダーがついていたら、これらの過失も大半は補われていたことと思う。

薪に油をそえて待つ

さてミッドウェー攻撃の第一次攻撃隊出発後、第二次攻撃隊が各母艦に準備された。その編制は降下爆撃隊三六機、雷撃隊三六機、制空戦闘機隊三六機の合計一〇八機で、指揮官はセイロンの勇者江草少佐である。その指揮下の隊長は雷撃隊の村田少佐、制空隊の板谷少佐と開戦以来歴戦の腕ぞろいであった。しかし前述したように、この時すでに敵に味方の全貌を知られていたのであるから、これはまったく薪に油をそえて敵が火をつけるのを待っているようなものであった。だが禍を転じて福とする術はまだあったのである。

第一次攻撃隊が出発してから三十分くらいののち、陽光は雲間を通して照りはじめた。そのころ早くも敵飛行艇の包囲触接を受けはじめた。かねて予期していたころである。味方の防空砲、機銃群は一斉に発砲を開始した。上空戦闘機も追っかけまわしている。しかし敵も巧みに雲を利用し、艦首方面を追えば艦尾に迫り、右を追えば左に迫るといった具合に、まさに常山の蛇である。

味方偵察機からはまだなんの音沙汰もない。そのうち第一次攻撃隊から攻撃成果の概要とともに、

「第二次攻撃の要あり」

といってきた。ここが大切なところであり、深呼吸いちばん、さらに腹を落ちつけねばならないところであった。いままで手ぐすねひいて待っていた第二次攻撃隊をミッドウェー攻撃に振り替える決意をした。これが悪かった。魚雷爆弾を全部陸用爆弾と取りかえねばならない。艦内は大騒動である。しかし飛行科員はなんの不平もなく懸命にたち働き、一応その整備を終わった。

このころから敵陸上機の来襲が相ついで繰り返されてきた。わずかなわが上空戦闘機は味方の砲弾、銃火をものともせずに駆け回り、襲いくる敵をこなたに三機、かなたに四機と撃ち墜とすさまはまことに三面六臂の働きで、日頃の手練、攻撃精神を遺憾なく発揮している。

防空砲火は耳を聾するばかり、これまた猛撃を加えている。艦橋では艦長、航海長が四万トンの「赤城」の巨体を面舵、取り舵と魚雷をかわし、爆弾を避けている。ほかの母艦も同様である。爆弾の水柱や黒煙のかげに味方軍艦がときどき覆われては見えなくなる。やられたかと思っていると、また悠然と姿を現わしてくる。海面のかなた、こなたには味

方機銃の集束弾がスコールのように落下している。上空戦闘機がいかに阿修羅王のように活躍しても数少なく、かつ矢種尽き燃料がなくなってはどうにもならず、第二次攻撃隊の制空隊として待機している戦闘機と交替させる。

〝敵空母出現〟に愕然

そのうち各空母は回避運動や飛行機発着などのため数度の転舵をやった結果、いままで全軍ががっちり組んでいた編隊も逐次分離し、上空戦闘機の防禦範囲も自ら拡大、また各艦砲銃火の集束威力も自然分散されて効果が薄くなっていた。

この混雑の最中に「利根」偵察機から、

「敵らしきもの一〇隻見ゆ、ミッドウェーよりの方位一〇度、二四〇浬、針路一五〇度、速力二〇ノット、〇四二八」

とはじめての報告がはいった。われわれがこれを見たのは〇五〇〇、すなわち午前五時である。なんと通達の遅いことであろう。約三十分の費消時間である。四分、五分をあらそって戦っている時の三十分である。また報告文も要領を得ていない。肝心なことは空母の在否である。平素の訓練でもまず「敵発見」を打電し、引きつづき艦種を報告するようやかましくいっている。直ちに、

「艦種知らせ」と聞き返す。その返電に、

「敵兵力は巡洋艦五隻、駆逐艦五隻なり」といってきた。

この辺に空母をともなわない敵がいるはずはない。かならず空母を伴っているであろうと一応は思ったが、何分にも所在不明のものに攻撃をかけることもできず、また「ミッドウェーは第二次攻撃の要あり」と第一波からいってきているし、それにもまして「ミッドウェー攻撃」という連合艦隊命令が胸底にこびりついて、依然ミッドウェーに第二撃を加えるということを変えることができなかった。この間に第一次攻撃隊が帰ってきた。この収容にまた目のまわるような忙しさである。

午前五時三十分ころ「利根」機から、

「敵はその後方に空母らしきもの一隻を伴う〇五二〇」

と打ってきた。想像しなかったわけではないが、さすがに愕然とした。しかし、この際、山口少将が意見具申してきたとおり、あらゆることを放棄して、すなわち護衛戦闘機もつけられるだけ、爆弾も陸用爆弾で、かついっさいの人情を放棄して直ちに第二次攻撃隊を発進させることを決断しなければならないところであった。

ところが戦闘機の護衛のない爆撃隊が、つぎつぎ食われていく状態を、いま目前にみたばかりである。それから陸用爆弾では心許ないという観念と、いままでの状況から米軍の腕前もたいしたことはないという考えも手伝って、至急また艦船攻撃に変更し、帰ったばかりの戦闘機をつけていくことに決心して命令した。

搭乗員も整備員も、またこの作業にとりかかった。いまになって思うことは、孫子にいう「兵は拙速を聞くも未だ巧の久しきを睹《み》ざるなり」の一語である。

惨! わが空母群の壊滅

六時二十分ごろから敵空母機の来襲が激しくなってきた。上空戦闘機の活躍もめざましく、対空砲火機銃の射撃開始で、艦上は再び緊張と騒音につつまれて、全軍は全速力で北上を開始した。敵は落とされても落とされても、つぎからつぎに肉薄してくる。しかし戦闘機の敢闘と対空砲火の威力、また巧妙な操艦によって、またもや危機を脱することができた。

第二次攻撃隊の準備は完成された。

この混戦乱闘のうちに乗員の努力はまことにめざましいものがあった。

「第二次攻撃隊準備でき次第発進せよ」

の号令がかけられる。「赤城」では、

「発艦始め」

と同時に戦闘機の第一機が飛びあがった。あと五分すれば全機発艦する。

そのときであった。断雲の隙き間から敵急降下爆撃機が一機、二機、三機と、まっしぐらに突っこんできた。この五分間の遅速がついに機動部隊の運命を決したのである。

打ちあげる砲弾、機銃弾もなんのその、一弾、二弾、三弾と命中して全艦震動し、一瞬のうちに艦上飛行機は燃えあがり、爆弾、魚雷がものすごい音とともに各所で自爆するといった惨憺たる修羅場と化した。乗員は猛焰、黒煙を潜って消火に駆けまわる。「加賀」、「蒼龍」も天まで黒煙をあげ、紅の焰が望見される。そのなかで「飛龍」だけが健闘している。

「赤城」はすでに焰が艦橋のガラス戸の外側をなめている。爆弾、魚雷の誘爆がひきつづき艦内を震動させる。銃側の機銃弾も誘発によって前後左右に飛び散る。飛行甲板はあちこちで燃えている。火焰は次第に中下甲板にも拡がりわずかなポンプの力ではもうどうにも手がつけられない。運用長の土橋中佐は決死の形相ものすごく、火焰をくぐり黒煙をぬけ、ここを先途と防火隊を指揮しているがすでに電信室は破壊され、檣はくだけ通信は不如意となった。かろうじて手旗によって用を便ずるありさまとなった。

各艦は一応次席指揮官である阿部弘毅少将の指揮によって戦闘を継続し、飛行機は「飛龍」のものだけが奮闘を続けている。残るただ一隻の空母「飛龍」のなんとたのもしい姿であろう。

遂に旗艦変更に決す

各艦は「赤城」の状態に不安のいろをみせている。私は旗艦変更を決意した。しかし南雲長官はコムパスの側を去ろうとしない。青木艦長が司令部の退艦を涙をもって勧告する。ついに私は声を励まし、手を引っぱるようにして長官の決意を促し、やっと旗艦変更が決まった。最初は附近の駆逐艦にもと思ったのであるが、折よく安否を気づかって接近してきた第十戦隊旗艦「長良」に移乗することにした。

火煙に通路を塞がれているのでロープをおろして艦橋を脱出した。私は体重が重いので、皆のように敏捷に行動することはできない。ロープの途中までおりたときに飛行甲板に墜落した。右足の靴が脱げて先のほうに転がっている。拾おうと思ったが、甲板の木が燃えているので、そこまで行けそうにもない。

参謀長ともあろうものが靴半足のために火傷を負うたとあっては末期までの恥である。探照灯台にのぼって全般の状況を見定めてからと思ったのでその鉄の手摺りに飛びついた。赤くなってはいなかったが、鉄が焼けていたので両手に火傷をした。

司令部員はすでに飛行甲板の前端に集まり、

「参謀長、参謀長」

と呼んでいる。そこへ行く途中は全面火が拡がってプスプス木が燻っている。機銃弾がピュンピュン眼前を無軌道に飛び交うし、片方の靴はなし、一瞬ちょっと躊躇したが、観念して火の中をノコノコ歩いていった。それでまた右足に火傷した。墜落の際捻挫したらしく両足首がズキズキ痛む。「長良」に移乗すると、直ちに将旗を揚げ替え、全軍に長官の所在を明らかにした。ときに午前八時半であった。

単独奮闘を続ける「飛龍」は午前七時四十分、待機中の降下爆撃機一八機と戦闘機六機で敵空母の攻撃を敢行し、ついにヨークタウンに三弾を命中させ、黒煙が天にあがるのをみた。生還したものはわずかに戦闘機三機と爆撃機五機であった。

にっこり、帰らぬ出撃へ

「長良」艦橋に移乗したわれわれは爾後の策を練った。まだ「飛龍」が残っている。少なくなったとはいえ飛行機もある。全軍これを守り、さらに最後の一戦を試みようと一決した。そのとき、「飛龍」から「蒼龍」偵察機の偵察結果を報じてきた。すなわち
「敵空母はエンタープライズ、ホーネット、ヨークタウンの三隻である。その位置は現機動部隊の北方約一〇〇浬、西行中」
とあった。そこでまず「飛龍」の残存兵力をもって最後の空襲をかけ、ここに戦勢転換の機を策し、つづいて夜戦に敵を導き、有無の一戦をもって勝敗を一挙に決しようと考えた。一〇〇浬といえば遠くはない。「飛龍」飛行機の戦果次第では、日没前に敵を視界内に迎えることは、さして難事ではないと思った。そこで、まだ燃えつづけている空母にはそれぞれ一、二隻の駆逐艦を配して救援にあたらせ、残存兵力である「榛名」、「霧島」、「利根」、「筑摩」と駆逐艦数隻を糾合し、「長良」を先頭に、「飛龍」を中心にして二四ノ

ットで北西に針路をとった。

午前九時四十五分、「飛龍」は最後の攻撃隊を発進させた。友永大尉の指揮する雷撃機一〇機、戦闘機六機であった。帰らぬ攻撃に彼らは莞爾《かんじ》として出ていったのである。

この攻撃隊が敵空母に対し三本の魚雷を命中させたとの報告を聞いて、まさにわが事なれりと喜んだのである。すでに一隻を屠り、さらに一隻、これで残りは一隻である。残存空母は彼我ともに一隻であると思った。しかし実際は応急修理を施したヨークタウンを再度攻撃して、これに致命的な一撃を加えたに過ぎなかったことがあとでわかった。

このとき、「筑摩」偵察機から報告がはいった。

「敵はわが部隊よりの方位七〇度九〇浬にあり〇八一〇」

この報告をみると、さきの「飛龍」の報告と位置に大分相異がある。前者は敵位置を北と報じ、後者は東と報じているのである。私はこのときまでは艦橋にたって、なんのこともなく参謀の報告をいちいち聞きながら全般の指導にあたっていたが、足の捻挫した個所が痛みだし、どうしても立っていることができなくなったので、艦橋に長椅子を持って来させ、これに仰臥しながらふたつの報告について考えた。そして「飛龍」の報告は、偵察員が帰来しての実情口頭報告の結果であるから、この方に信頼をおくべきであると判断したので、部隊はさらに北上を続けた。しかし北上を開始してから四、五時間も経てば、敵を視界内にとらえることができると信じていたのに、なかなか見えないので次第に疑念を深めた。

転機を求めて東奔西走

これと前後して午後二時ごろ敵空母機の第二次襲来が始まった。このときまで敵残存空母は一隻と信じていたのであるが、その機数が予想に反して多いことにも疑いをもった。

そして最後まで奮戦し全軍の唯一の頼りであった「飛龍」も、敵急降下爆撃機十数機の集中攻撃を受け、ついに黒煙を奔騰した。このときほどまさに万事休すと思ったことはない。

南雲長官および大石先任参謀は、もともと航空に関してはいわば素人であったので、私はじめ源田参謀らの籌画を万事頼りにして、真珠湾以来の作戦を指揮していたのが実際であった。その間、多少の遠慮のあったことも事実である。

しかし目の前の戦況をみて、航空出身の幕僚たちは万事休す、と観念したことは一様であったと思う。こうなってくると長官の年来の経験、すなわち水雷戦への愛着が頭をもちあげてくる。

航空幕僚が不安がるのをみて長官や先任参謀は、これからが自分たちの元の本領を発揮すべき時であるとばかり、今や東方にありと思われる敵に対し、夜戦をしかけようと考えたことも、一応無理からぬことであった。

しかし、敵は東方一〇〇浬にある。一〇〇浬という距離は航空戦では非常な近距離であるが、これから軍艦で追いかけるには近いとはいえない。しかも最初に得た報告では敵の針路は東に向かっているというから始末がわるい。さらに夜戦ともなれば捜索列を張るにも少なくとも五、六隻の駆逐艦は必要だ。手持の駆逐艦はこれで手一杯であるからなんとしても策がたたないが、当時の私としては、なんとかして敵の喉笛にくいついてやりたいと思ったので、無理とは知りながら一時は東に向かった。

ところが夕刻ちかくになって、敵が針路を変えて西進してくるとの報告がきた。これなら敵はわれに向かってくるのであるからと、またもや夜戦論がもちあがる。しかしなんといってもレーダーはなし、捜索に充当すべき駆逐艦も少ないし、ただ闇雲に見当をつけて突っ走るだけでは、成算のある戦闘はまず不可能である。あくまで少しでも理にかなった戦闘にもっていかなくてはならぬ。

さいわいにして「長良」には水上偵察機がまだ一機残っている。むしろ夜間は、なるべく敵に離れない程度に西進し、黎明を待って、水偵で敵位置を確認してから、昼間砲戦によって最後の勝敗を決しようということになり、全部隊は夕闇せまるころ、針路を西にとり、敵の前程に出るように行動したのであった。

しかし、これも果てない一場の夢である。いわば果てない夢を追いつつ、東に走っていたのがこのときのありさまであった。

冷静に考えれば、「飛龍」の被爆と同時に、艦を救い人を救って、速やかに引きあげるべきであった。そのときも、そう思わぬでもなかったが、戦が不利だからといって、速やかに引きあげるということは、なんとなく軍人としてできにくいことであった。後刻、連合艦隊から、

「機動部隊は西北に避退して主力に合同せよ」

という命令がでたが、この命令は機動部隊のいっさいの迷夢を解消して冷静にたちかえらせたのである。

機動部隊のこの戦況はもちろん、作戦指揮にあたる人びとの気持などは遠く離れている連合艦隊首脳にそのまま映るはずはない。電信に要する費消時間からくる情況判断の遅れと、無数に飛び交う命令報告の錯誤などと交錯して、数多の思いちがいを生じ、無理な命令がでたことも当然であった。

なんのこれしきのこと！

「赤城」「加賀」「蒼龍」の壮烈な最期については淵田、奥宮両氏の近著『ミッドウェー』その他に詳述されているが、「赤城」が爆撃を受けて黒煙、猛焔に包まれ、「加賀」、「蒼龍」もまた黒煙を噴きだしたときには、わが世もこれで終わりかと思った。祖国の山河、万世一系の皇室、七千万の国民になんの顔《かんばせ》あってこれにまみえんかと思ったが、翌日、敵の追撃も遠のいたので、火傷と捻挫の治療のため病室に横たわる身となって、しみじみ

と考えた結果、なんのこれしきのことと思いかえしたのである。

生ける者は生けるままに、死せる者は魂魄となって、さらに奮起して護国の大任を果たすべきである、戦はこれからであると思った。そこへ大石先任参謀がはいってきて、

「幕僚一同の意見としてこの際長官に善処を勧めてくれ。自分たち一同も潔く自決する」

ということであった。私は即座にこれを拒否して幕僚一同を幕僚室に集めた。そして

「このような結果を招いたことは、なんといってもわれらの責任重大である。しかしこの国家存亡の関頭にたって、徒らに自らの出所進退のみに執着することは、私のとらざるところである。なるほど、敢闘して逝った多くの将兵に対し、このままおめおめと命を永らえて国民に見《まみ》えるということは、如何にも情としてできないことであるが、また半面、将士の敢闘を思い、この敗戦の跡をそのままにして、自分ひとり、自決し去るということは私としてはどうしてもできることではない。再び起ち上がって、この失敗を償い、頽勢を挽回してこそわれわれの本分を果たすものといえよう。自決などするということは私としては大反対である。南雲長官には私から軽挙妄動はなきよう申し上げる。なお私としては将来ともできることなら現職のままとして貰い、さらに一戦を交えることを許されるならば本懐これに過ぎるものはない」

と、いって皆の翻意を求めたのである。

そして即刻、南雲長官にこの旨伝え、少なくとも長官と私は現職を変更しないよう、私

からお願いする旨を申し述べた。南雲長官はいちいち首肯しておられたが、最後に、「君のいうところはよくわかる。しかし理屈どおりにもゆかぬのでなあ」と、いうことであった。私はまたも励声一番、厳に軽挙ないよう意見を申しのべた結果、南雲長官もついに納得されたのであった。

現職のまま今一度陣頭へ

六日午前九時ごろ、洋上で主力部隊と合同した。私は自ら「大和」にいき、親しく山本長官に戦況を報告しようと思った。長濤のため舟艇の揚げ下ろしも困難であったが、私は一本の杖に身を託し、モッコに乗せられて「大和」につりあげられた。

山本長官は単独で私を長官室に引見された。私は戦闘の詳細を報告したのち、機動部隊が期待にそいえなかったことはわれわれ一同の責任まさに死に値いするが、できることなら現職のままいま一度陣頭に立たしていただきたく、長官の特別の斡旋をお願いする旨をのべた。山本長官は終始黙々として聞いておられたが、その眼底に涙が光るのをみて、私もまた涙が流れるのをどうすることもできなかった。

続いて檣楼の作戦指揮所に宇垣纏参謀長以下各幕僚を訪ねて戦況報告を行なった。いろいろいうべきことはあったが、いまさら愚痴はいいたくはなかった。ただ国民に対する発表は、その真相を伝えてほしいことを希望した。しかし、ラジオでは依然として軍艦マーチいりで大勝利のように放送された。

これは、ひとつには国民士気に影響するという配慮からであったろうということは一応肯けるが、この大戦争を完遂しようとするには、国民全体がその気にならなくてはならぬ。そのためには戦争経過の真相をよく理解し、軍隊と一緒に喜びを同じくし、憂いをともにするのでなくてはならぬ。戦闘に従事した者からいえば、このような放送は、われらの失敗をかばってくれる親心かと思えぬでもないが、また、われらの苦労をよそごとに真相も知らず、ただ有頂天になっているものと情けない気にもなった。

当時、わが方では両軍の損害は左のように判定されていた。

結果

エンタープライズ型空母	一隻撃沈
同	一隻撃破
サンフランシスコ型大巡	一隻撃破
駆逐艦	一隻撃沈

ミッドウェーのサンド島、イースタン島の軍事施設の爆破炎上

飛行機撃墜　一七九機

右は戦後判明せるところでは（キング元帥公式報告）次のようになっている。

喪失　空母ヨークタウン

駆逐艦ハムマン

飛行機　　　約一五〇機

わが方の損害

〔沈没〕空　母―赤城、加賀、蒼龍、飛龍

巡洋艦―三隈《みくま》

〔大破〕巡洋艦―最上

〔中破〕駆逐艦―荒潮、朝潮

〔小破〕給油船―あけぼの丸

駆逐艦―谷風

戦　艦―榛名

空戦による飛行機喪失　　四二機

ただしこのほかに空母の沈没とともに喪失した飛行機が二八〇機あった。

以上の両軍損失を比較しても、わが方の大敗であることは明確である。このこと以上に、戦うわれらとしては、作戦用兵という点では、いかなることがあっても米軍に敗けるものかと自負していた驕慢心が、寡勢の敵によってかくも無残にうちのめされたことは、かえすがえすも無念であった。この一戦こそは頂門の一針どころか、私は驕慢自惚れに対する天譴と思った。

しかし決してわが事終われりとは思わなかった。まだわが海軍には空母として「翔鶴」、「瑞鶴」の精鋭があり、これにつぐ「隼鷹」、「飛鷹」があり、また近く防禦堅固な「大鳳」「信濃」も完成することになっていたので、この点については私は決して悲観はしなかった。

機動部隊は途中主力部隊から分離先行して六月十四日内地に帰還した。また本作戦において、北方部隊は悪天候をついてダッチハーバーの空襲、アッツ、キスカの上陸と所期の目的を達したが、これも後日悲劇の原因となろうとは、神ならぬ身の知るよしもなかった。内地に帰投してからしばらく旗艦を「霧島」におき、参謀長室で独り想いを練ることに専念した。大西少将がある日、心配のあまり私を訪ねてきてくれた。そして、「貴様、えらい決心をしているそうだが、無理なことをしてくれるな、俺はそれだけが心配で堪らぬ」

と忠告するのであった。

「だいじょうぶだ、乱暴なことはせぬ。決して心配するな」

と、いうと

「安心した」

といって帰っていった。

一方、艦政本部および呉海軍工廠の人たちによって熱心に母艦改造の研究がすすめられた。防空火力の増備、消防ポンプ力量の増加、格納庫防火扉の改造、格納庫内に使用する消火薬液の雨下装置、格納庫と居住室との按配、魚雷爆弾の自爆誘爆に対する措置、レーダーの急設、さらに艦内塗料の対策など微にいり細を穿って研究され、できることは即刻着手することになった。その熱心、同情は感激に堪えないものがあった。

第三章　敗戦のもたらしたもの

艦隊の編制替え

ミッドウェーの敗戦は、日本海軍の各部に大きな反省を促した。しかし、もって生まれた考えは一朝一夕にはなおらぬものとみえる。すなわち、私が心ひそかに期待したことは、艦隊の大編制替えであり、大艦巨砲主義の放擲であった。

ところがフタをあけてみれば、その主なものは第三艦隊と第八艦隊の新編制ぐらいのものであった。

第八艦隊は南東方面の作戦を活発にするための要求にもとづいたもので、これにはたいした異論はないが、第三艦隊は従来軍隊区分によって定められた機動部隊が建制になり、多少増勢されたが、戦艦を主力部隊と称して後方に控置し、いざ艦隊決戦というときにその砲力にものをいわせようという大艦巨砲主義の残滓は払拭されていない。

軍隊区分とは、作戦の要求に応じ、一時所属を異にする艦隊から必要兵力を抽出配合して、一指揮下にいれて作戦させることで、いわば臨時の烏合の衆のようなものである。これが本来の部隊として編制されることを建制というのであって、この点は大きな進歩であり、かつ当時の残存空母の精鋭を結集し、それに巡洋艦、駆逐艦が多少の増勢をみたことはありがたいことであった。

すなわち第三艦隊の編制は、第一航空戦隊の「翔鶴」、「瑞鶴」、「瑞鳳」の空母三隻と、第二航空戦隊の「飛鷹」、「隼鷹」、「龍驤」の空母三隻、十一戦隊の高速艦「比叡」、「霧島」、第七戦隊の巡洋艦「熊野」、「鈴谷」、第八戦隊の大巡「利根」、「筑摩」、第十戦隊の軽巡「長良」と駆逐艦一六隻合計二九隻であった。

そして念願かなって南雲長官が第三艦隊司令長官に、私が参謀長に任命されたことはなんといってもうれしいかぎりであった。大石先任参謀、源田参謀らが去ったことは多少淋しかったけれども……。私としては前記のように多少の理屈はあったが、これだけして貰えば、不平のいえた義理ではなかった。

私は心から山本司令長官の部下を思う取り扱いと、敗戦の将たるわれわれに、ふたたびこの精鋭の指揮を委《まか》された広量には感謝のほかはなかった。

跡を断たない大艦巨砲主義

大艦巨砲主義というのは、海上戦闘の勝敗はひとつに砲戦によって決せられるという思想が根本をなしている。もうひとつ昔に遡ると、衝角戦術というのがあった。明治時代の軍艦は艦首吃水線下に前方に張り出した衝角をもっていたが、この衝角で敵艦の横腹を衝き破り、勝敗を決する戦術である。これはネルソン時代の思想であったが、日露戦争ごろまでは残っていた。

砲撃の威力が兵器の進歩に伴なって増大したので、この衝角というものが当然消えなくてはならないのにずいぶんあとまで残っていた。これは保守思想が衝角戦術を、いつまでも捨てきらなかったからであるが、わが海軍は日清、日露の海戦の経験から、列強にさきだって衝角思想を放棄した。ところが列国もこれにならって衝角の跡を絶つにいたった。そして世は砲熕《ほうこう》威力と防禦鋼鈑の競争に憂身をやつすようになった。

ドレッドノートという英海軍の新艦型は、大艦巨砲主義の始祖として当時列強海軍の間に威容を誇ったものである。わが国でも「安芸」、「薩摩」型の計画はドレッドノートに先んじていたのであるが、実現はおくれた。爾来わが国では「摂津」、「河内」型から「扶桑」、「山城」型などを経てついに「大和」、「武蔵」という世界にその比をみない大艦巨砲主義が完成されたのである。

この「大和」実現について私はひとつの挿話が想起される。昭和四、五年ごろ、私は軍令部にただひとりの航空参謀として、主として航空軍備を受けもっていた。机を並べて山口多聞参謀が一般艦船の軍備計画を担当していた。二人は互いに知恵を貸したり借りたりして仕事をしていたのであるが、ワシントン条約以来、日本海軍は保有トン数において、英米の六割とか七割とかいうので、軍備関係の参謀はどうにかして割当トン数内で、英米に対抗できる方法がないものかといろいろ頭を悩ましていた。山口参謀が、ある日私に

「なんとかうまい知恵はないか」

というので半分は冗談であったが、

「それはパナマ運河やスエズ運河を通れないような、でっかい戦艦を造ることだな」

と、答えた。そこでさっそく、艦政本部の担当者に聞いたところ五万トンでも、さらに進んで十万トンでもできないことはないという。爾来十何年かののちついにこの夢が実現したのである。

山本長官の先見の明

大艦巨砲主義が白昼堂々の戦闘によって、敵を撃破しようとするのに対し、夜戦決戦論

というのがある。これは駆逐艦の夜襲によって勝敗を決するというのであるが、最後には高速戦艦である「金剛」、「比叡」級まで夜戦にひっぱり込んで、統一のある夜戦をしかけて魚雷で留めを刺すというのである。

これらのことがさかんに論議されているうちに、時代はどんどん進んで飛行機がめざましく発達していった。日本海軍でも、アメリカでもミッチェル少将らによって、空軍万能論がさかんに唱道された。航空に身をおいた者としては、万能論とまではいかぬにしても、偏重した考えも出てくるのは自然である。これに対し、いわゆる海軍の常道をふんできた人々が、その行きすぎを押えようとすることも、これまた無理からぬことであった。

この間にあって航空の本質をよく諒解し、その将来の進歩を洞察して時勢に先んじることは、海軍の指導者として最も深慮し、英断と苦心を要したところである。山本長官はこの点においてとくに傑出したただひとりの人であった。真珠湾攻撃にあたり、機動部隊というものを敵国に先んじて編制し、海軍航空の威力に満幅の信頼をおいて、国家の隆替をかけたことは、おそらく山本長官の信念の具現であり、また英断であったと思う。

しかし、これをいきすぎとみ、ときにはこれを斜眼視する人々のあったことは推察できる。また、そこまで極言しない人でも、航空のことに熱心に耳は傾けるものの、創設されて日があさく、したがって実際の戦績をみていないままに危惧の念をいだき、海上戦闘の主兵は砲熕にあり、航空は補助戦力とみるのがおそらく大部分の考えであった。航空優先を首唱した山本長官であるだけに、その後、機動部隊側から連合艦隊司令部なり軍令部なりに向けられた辛辣な意見は、よく諒解されることであったろうが、周囲の衆議を蹴って機動部隊の意見を通すということは、さすが山本長官も意のごとくならず随分苦慮されたことと思う。

真珠湾攻撃とマレー沖海戦は、航空至上主義の真価を、事実をもって明瞭にしめした。欧州戦争の前半、ドイツ空軍は集団戦法によって連合軍の意表をついた。しかし、ヒットラーが海軍の知識に乏しかったために、英海軍を料理することはできなかった。これをもって、英海軍の大艦巨砲論者が、空軍なにほどのことがあると軽蔑したとするならば大きなまちがいであった。真珠湾とマレー沖海戦は大艦巨砲主義者に大きな警鐘を鳴らしたものであった。

しかし、皮肉にも鳴らした当人が、戦捷に乱舞してその響きが耳にはいらず、かえって戦敗に静まり返った米英が、この響きに耳を傾けたのであった。日本海軍としては、このとき大艦の建造を一時中止して、航空機の増産にふりむけ、艦隊編制も実際に戦う機動部隊の充実拡大に重点をおき、航空要員の養成につとめ、作戦目標も敵機動部隊と航空兵力の撃滅に重点をおきかえるべきであった。

それがミッドウェーのような痛い目にあいながら、なおかつ大艦巨砲主義の旧株を守り、戦艦を温存しようとする旧態が依然として跡を絶たなかったことは、単なる新旧思想の相剋といって軽視することのできない問題であった。

私は第三艦隊の来るべき攻撃目標は、誰がなんといっても敵機動部隊であると深く決意した。過去に、真珠湾、ラバウル、ポートダーウィン、セイロン島攻撃と、数々の大戦果はあげてはいるものの、いずれも総て一種の据え物切りの範囲をでていない。わが戦法の適否を試みる機会もなく、ただ戦勝に喜んでいるのみであった。ミッドウェーの敗戦については、わが戦法において、さらに心構えにおいて欠けるところはなかったか。この点については戦後に至ってもあまり論及する人がないが、当時の私にとっては、この点が最も肝心なことであった。驕慢、うぬぼれはこりごりした。そのほかの原因も多くはただ形のうえに現われた問題で改善できるが、戦法心法に至っては簡単にはいかない。私は参謀長室に独坐して、この問題について心を痛めたのである。

第三艦隊の面目を一新

真珠湾攻撃以来、戦闘隊形は攻撃隊の結集、防空砲火および上空戦闘機の力を集中する意味で、極力狭海面に全空母を集結し、その周囲を戦艦、巡洋艦、駆逐艦でとりまいた輪型陣を採用した。全軍の進退、変針はもとより、飛行機の発進や収容を長官の一号令で行動できるようにしていた。しかし、これはなるほど攻防力を集中する点では最上ではあるが、あまりに窮屈すぎる。これでは各戦隊司令官の考えを発揮する余地がない。敵機動部隊もすでに幾多の場数をふんでいることだから、その手練のほども察せられるので、わが方もただ押す退くの一本調子ではなく、敵の出方に応じて変化できる柔軟性がなくてはならない。「妙応無方朕迹を留めず」である。

航空戦はだいたい二〇〇浬の間合をおいて開始され、一撃で大勢を決するのであるが、飛行機の発進、収容には風向にたって高速航行するので、戦場から母艦が離隔することが再三ある。したがって残敵に留めを刺すためには、水上艦艇の夜戦に待つ場合が多いのである。

その夜戦を有効にするのには、あらかじめ母艦群の前程一〇〇浬に分離進出させておくことが当時の状況では必要であった。そうすることによって、水上艦艇搭載の偵察機をもって、母艦群前程の偵察範囲をひろめることもできるのである。この場合、母艦に対する警戒護衛の艦艇が減少するが、これはやむを得ない。

そのほか、各戦隊指揮官の能力を発揮さす余地をあたえたことは、その後の機動部隊の隊形の選定や作戦指揮法に大きな改革をもたらすことができたのである。

そして司令部には私の下に頭脳明晰な高田利種大佐を先任参謀に、作戦主務参謀には綿密周到な長井純隆中佐、源田参謀に劣らない航空参謀内藤雄《たけし》中佐を得て第三艦隊もその陣容を新たにした。飛行機隊のほうも、それぞれ交替補充を終え、九州南部の陸上基地に連日猛訓練を繰り返した。

第四部　ソロモンの死闘

第一章　全戦局崩壊の端緒

米、反撃にたちあがる

このころ、わが南東方面部隊は連合艦隊の作戦方針に従い、その驥足《きそく》をさらに南東にのばすためのガダルカナル島を占領し、まず陸上飛行場を設営中であった。また、その対岸であるツラギにはすでに飛行艇隊を前進させて、ソロモン群島の南東海面に捜索網をはっていた。

しかし、ここにも第一段作戦の戦果に馴れた油断と安易感があった。すなわちガダルカナルとツラギは、ラバウル航空部隊、とくに戦闘機の支援を最も必要としたのであるが、戦闘機としては距離的にはあまりに遠すぎた。もっとも、このことは連合艦隊でも南東方面部隊にとっても十分わかっていたことなので、ガダルカナル飛行場の設営を促進し、速やかに戦闘機隊をここに進出させて、同地域の制空権を獲得することに焦慮したのであるが、なにぶんにも鍬とシャベルでは遅々として進まず、それに加えて設営隊や飛行機隊の武装がいたって薄弱で、ガダルカナルにしてもツラギにしてもほとんど無防備といってよいほどの裸部隊であった。

これに対して米軍は真珠湾および南西方面で受けた瘡痍《そうい》がようやく癒え、捲土重来の第一矢を、地勢の関係もあったろうが、この弱点に向けてきたことは、戦略的着眼としてはまさに当を得たものであった。わが方としては、戦略的にのびきった腰を蹴られ、あまつさえ戦略の裏づけをなす補給、さらにその背後にある国力がともにのびきっている状態であったためで、全戦局崩壊も端をここに発したものということができるであろう。

このとき、各戦線では第一段作戦の落穂拾いに兵力が向けられ、戦闘直後の経済開発、政治指導に力をいれていた。もちろん、このことはすでに持久戦にはいりつつある大局からみて重要なことではあるが、このため作戦指揮を最も重要任務とする陸海両軍における各級司令部が、その本務を忘れて、これに狂奔し、日常生活もまた戦地であることを忘れて安易になる傾向があったというのはいいすぎであろうか。

長期攻防戦の幕あがる

七月末から八月初旬にかけて各方面、とくに南東方面に対する敵飛行機の反撃がようやく頻繁になってきた。八月四日のB17九機のツラギ来襲を皮きりに、南東方面に対する敵の動きにただならぬものがあるのを感じるうち、七日早朝、敵機動部隊は俄然ツラギに来襲し、息つく暇もなく艦砲射撃の援護のもとに海兵師団を上陸させたのである。

わが第十一航空艦隊は即日将旗をテニヤンからラバウルに進めた。ラバウルにあった第八艦隊は直ちに出撃し、敵をその泊地に夜襲して、米軍の大巡三隻、濠軍の巡洋艦一隻を撃沈し、濠軍巡洋艦一隻、米濠駆逐艦各一隻を大破し、残ったのはわずかに駆逐艦四隻という大戦果をあげた。しかし惜しいことには四〇隻にあまる輸送船団の大部に手を染めることができなかった。ラバウルに待機していた中攻および戦闘機若干も即日出撃して攻撃を加えた。

これは第一次ソロモン海戦と呼ばれるものであるが、この海戦で輸送船団の大部が助かったので、敵は直ちに上陸を開始した。ツラギのわが飛行艇隊はたちまちにして玉砕した。ガダルカナル飛行場は、設営隊長岡村徳長少佐の蕃勇も、山砲一、二門、小銃、機銃数十挺ではどうにもならず、完成を目前にして敵の手に委したのである。このようにガダルカナルの攻防を中心に、彼我の長期にわたるソロモン方面の死闘の幕が展開されたのであった。

このころ、わが第三艦隊は内海西部で訓練に忙しかった。とくに飛行機隊には、訓練において一部未完成のものもあったが、南東方面の形勢重大とみた連合艦隊司令部は、近藤中将指揮下の第二艦隊と南雲部隊である第三艦隊に急速出動準備を下命した。南雲部隊はまず直率する第一航空戦隊の「翔鶴」、「瑞鶴」の飛行機およびその搭乗員を充実し、第二航空戦隊の「龍驤」を加えて八月十六日ガダルカナルへ向けて内海を出撃した。そして残りの第二航空戦隊と第一航空戦隊の「瑞鳳」を角田少将に委せて内地でさらに訓練をやり直すことにした。

当時、すでに航空要員とくに飛行機搭乗員の補充には難渋があった。教育部隊を拡張し

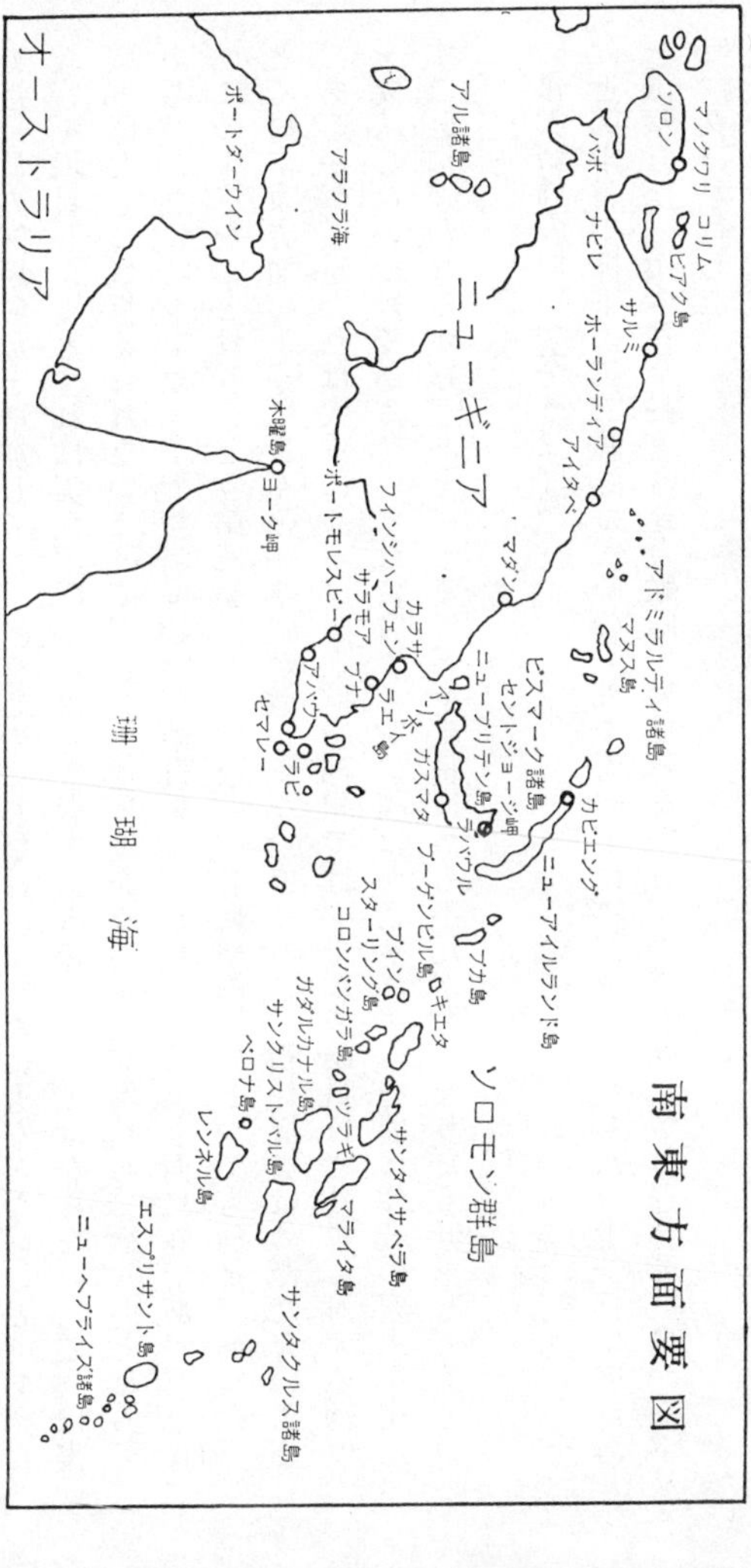

て搭乗員の採用員数を増加しても、教官を増員しなければなんにもならないことであった。教官を増員しようとすれば実戦部隊から優秀な者を引き抜かなくてはならない。これは実戦部隊としては堪えられないことで、むしろ逆に優秀な者を補充増員して欲しいところである。ことにミッドウェーで相当多数の搭乗員をなくしたことは泣き面に蜂であった。

このようなことは、ひとり第三艦隊だけでなく、各航空艦隊にとっても同様であった。とくに南東方面のように日々の航空戦が激しくなってくると、損耗機数はめだたないようであるが、度重なれば大量になる。陸上航空部隊では、母艦搭乗員ほど技量に対する練度を要求しないだけである。いずれにしても背に腹はかえられず、当面の作戦の要求を充たすことに追われるから、あとになるほど搭乗員は数も不足がちとなり質も低下してくる。

優秀装備の前に一木支隊壊滅

近藤中将指揮下の第二艦隊は、その大部をもって南雲部隊に先だち八月十一日に広島湾を出撃した。山本司令長官も連合艦隊主力部隊を率い、南雲部隊に数日遅れて柱島からトラックに急行した。

当時、ツラギのわが飛行艇隊は壊滅して、飛行場は完全に敵の手に帰していた。また、ガダルカナルの設営隊の残部は、ジャングル内に逼塞して、わずかに余喘《よぜん》を保っているにすぎなかった。

敵はわが第八艦隊の艦艇および基地航空部隊が繰り返す攻撃にもかかわらず、ブルドーザーやキャリオールなどの機械力にものをいわせ、わが方が数ヵ月もかかった工程を十日もかからないうちに完成した。そして八月二十日ごろには戦闘機約三〇機を進出させて陸上戦闘に協力せしめている。

一方、敵機動部隊はおよそ二隊にわかれ、ガダルカナルを中心に北東と南東いずれも二〇〇ないし三〇〇浬圏上に虎視眈々と遊弋している模様であった。

これに対し飛行場奪回をめざす陸軍一木支隊の主力は駆逐艦、潜水部隊の援護によって、八月十六日無事上陸を終わり東方から飛行場奪回を狙ったが勇敢な一木支隊は敵を下算した。近藤、南雲両部隊の支援を得られないような作戦を二十一日単独敢行したために、敵の優秀な装備にあい、あえなく壊滅してしまった。敵の兵器の優秀さにいまさらながら驚きの目をみはったのであった。

近藤、南雲両部隊は互に連繫を保ちながら、一路ガダルカナルに向けて南下を続けた。一木支隊壊滅のあとを受けて海軍陸戦隊および一木支隊の残部を、二十五日を期してさらにガダルカナルに揚陸させることになり、近藤部隊と第三艦隊はこれに協力し、敵陸上航空機の掃滅と機動部隊の撃滅を命ぜられた。規模に大小の差こそあるが、形はミッドウェーと同工異曲である。

ミッドウェーの戦訓をじゅうぶん嚙みしめなくてはならないところである。八月二十三日正午、第三艦隊は戦艦、巡洋艦と、一部の駆逐艦を先にたてて、ガダルカナルの真北約五〇〇浬の地点に達していた。

敵機動部隊発見に勇躍

私は前日来、各方面からの情況報告を考慮して、本作戦の眼点はガダルカナル北東約五〇浬の孤島スチュワルト島にありと判断した。二十三日は索敵を厳重にして南下したが敵情についてなんら得るところがなく、逆に敵の触接を受けたので、飛行機を収めて午後四時北上した。

二十五日は上陸するので、その前日中にガダルカナルの敵航空兵力をたたいておく必要がある。そこで二十四日午前零時ごろ、第八戦隊と「龍驤」を分離別動させた。これはミッドウェーの轍を踏むことであるが、この際仕方がない。主力は依然として敵機動部隊を狙うことにした。

午前四時、再び反転、スチュワルト島をめざして南下を開始した。午前中はなんら得るところがなかった。正午過ぎ、突然、旗艦「翔鶴」が敵急降下爆撃機二機の爆撃を受けた。転舵回避がよかったので、二発の爆弾は艦橋外側舷側すれすれに落ちて水柱を奔騰させただけであった。これと前後して、味方前衛部隊「筑摩」の水上偵察機から「敵大部隊見ゆ、敵戦闘機の追跡を受く一二〇〇」

といったまま消息を絶った。位置はスチュワルト島附近と推定された。

この報告を得てほかの索敵機がこれに向かい、まもなく、

「敵兵力空母二、戦艦二、巡洋艦二、駆逐艦一六」

と報告してきた。私としては敵機動部隊ずばりであった。ただちに関少佐の率いる第一次攻撃隊艦爆二七機、戦闘機一〇機が発進した。続いて第二次攻撃隊として高橋大尉の率いる艦爆二七機、戦闘機九機を発進させた。第一次攻撃隊は所期位置に敵空母二隻を発見し、熾烈な対空砲火を冒して猛爆を加えて相当な損害をあたえた。第二次攻撃隊は断雲のため、敵を発見することができずむなしく帰投した。

敵機動部隊はまず索敵攻撃を加えてきたのであった。索敵攻撃とは、索敵機が敵を発見するや否や、直ちに一発でも二発でも爆弾をたたきこみ、母艦の飛行甲板を破壊して、その飛行機の使用を封じようという着想である。とにかく、航空戦は一分二分でも先手をうって母艦に攻撃を加えることが肝要である。

彼は索敵攻撃機によって、第三艦隊主力と龍驤隊とを発見した。そして攻撃の主力を「龍驤」に向けた。「龍驤」はガダルカナル飛行場攻撃のため、搭載戦闘機の二四機中一五機を出していたので、自分の上空を護るのはわずかに九機であった。そこへ急降下爆撃機約三〇機、雷撃機一〇機からなる敵の集中攻撃を受け衆寡敵せずついに沈没した。

近藤中将の第二艦隊も第三艦隊のこの戦闘に策応して急遽敵追撃に移り、夜戦で留めを

刺そうと進出してきた。第三艦隊は飛行機収容に時間をとり、ついに夜暗にまで探照灯を点じて収容に従事するという始末で、追撃も意のごとくならず、前衛部隊をもって追わせたが、距離が遠いために二十五日午前零時、追撃を断念して北上した。これが第二次ソロモン海戦と呼ばれているものである。

わが方に七分の勝利

当時米軍はニューヘブリデス諸島中のエスピリッサント島に相当有力なB17の基地があり、さらに飛行艇基地を北に進めていたのである。この両基地とガダルカナル飛行基地とで珊瑚海北東縁辺を扼していた。ガダルカナルとエスピリッサントの距離は約五〇〇浬で、クモの巣を破るには手ごろである。

連合艦隊司令部では、このクモの巣を破って南下させよという。なるほど、当面の敵を一応たたいた勢に乗じて追撃の手を緩めず、戦果を拡充していくということは兵法の常道であるが、これは敵の重要な一角を崩して、全面崩壊に導くようにもっていく時のことであり、いまのような場合、敵機動部隊に一撃を加えても、このクモの巣は揺がぬのである。航空戦は従来の砲雷戦にみない激しさがあると同時に、常に機微な戦機を瞬間に捕えることが肝要である。後方から号令だけかけていたのでは、この機微を看破することはできない。

さすがに連合艦隊司令部も、長官命令を出すことは遠慮したが、参謀長から再三希望はのべてくる。しかし、これこそ現場で戦う参謀長たるものの大きな責任である。連合艦隊長官の命令とあればいざ知らず、私は万事を超越して当面の戦いにわれを忘れたのであった。

当夜は月があって断雲の間から青い光を海面に投げていた。時折り襲ってくる驟雨のなかを敵潜の散開面をきりぬけ、弱勢ながら追尾してくるB17および飛行艇を追いはらいながら、明日の補給点に引き揚げる機動部隊参謀長も、またなかなか苦労であるが、この戦闘は、わがほうにとってはまず七分の勝であった。

戦果は不徹底であったが、一応は敵機動部隊をたたいた。その後も基地航空部隊は攻撃を反復するとともに、ガダルカナルへの増援は強行された。

第二章　大勢を決する天王山

地理的不利をかこつ

八月二十九日には一木支隊の残部と陸戦隊が揚陸に成功した。陸軍では新たに川口少将指揮下の有力部隊を増派することになった。ソロモン群島中の一小島嶼にすぎないガダルカナル島は、いまや戦局を左右する天王山ともなった。両軍はここを先途と増援軍の揚陸に、兵器、物資の送りこみに全力を傾注する。なにぶんにも敵が飛行場に、すでに飛行機を送りこんでいるということは天王山の有力な一角にとりついたことであり、ラバウルから六〇〇浬距てていることは、わが方にとって常に隔靴搔痒の感をいだかせた。これらのことがガダルカナル上空の航空戦を、その敢闘にもかかわらず、効果少ないものに終わらせているのである。

南東方面部隊でもこの点を痛感して、早くからブーゲンビル島のブカに飛行場造成をいそいでいたが、これも鍬とシャベルでは捗らない。ようやく飛行機発着可能の程度となったので、基地航空戦を強化するため第三艦隊から戦闘機三〇機、攻撃機三機を新郷少佐指揮の下に派遣した。敵機動部隊は一応却けたものの、なお一部はガダルカナルを去る八〇〇浬圏外を行動し、また近藤部隊と南雲部隊はガダルカナル北方海面にあって監視を厳重にし、双方の同島に対する揚陸と航空戦はますます熾烈さを増していった。この間、敵機動部隊の一部もしくは戦艦部隊をツラギ南東近距離に発見するが、わが南雲部隊としてはたちあがりの気合がせず数回の仕切り直しであった。連合艦隊からは、突っこんだらどうかとしきりにいってくるし、幕僚もだんだんもどかしがってくるが、私としてはこの際ミッドウェーの苦い戦訓を改めてかみしめるのであった。

地上部隊、再び潰ゆ

九月四日、ガダルカナルに対する川口支隊主力の揚陸は成功した。数度の攻撃にもかかわらず、飛行場の敵機は逐次その数を増していく、飛行場こそは天王山のまた天王山である。川口支隊はまがりなりにも準備が整ったので、十二日を期して総攻撃を開始することになった。近藤部隊と南雲部隊は、この総攻撃に策応するため再びガダルカナル島北方海面に南下した。

しかるに陸軍の攻撃は一日また一日と延期される。この間にも、南東方面部隊は陸軍の攻撃を援助するため、飛行場その他に対する航空攻撃、艦艇による敵陣地の砲撃と、寸時も休まず攻撃を続けた。

敵機動部隊はガダルカナル南東三〇〇浬附近を行動している模様であるが、襲いかかるには踏みきりが悪い。九月十五日、わが伊号一九潜水艦はついに敵空母ワスプを捕えて撃沈した。これはながい対峙で焦躁していたわが軍に一味の涼風を送った。

これに反し、意気ごんでいた川口支隊の総攻撃は再び敵物量の前にあえなく潰え去ってしまった。一度ならず二度までも、「今度こそは」と確信をもって行なわれる陸軍の攻撃も装備、補給の優劣の前にはついに屈せざるを得なかったのである。

この状況を直視して陸海軍でも、さすがに事態容易ならざるものを看取した。海軍としても、いよいよ重大な決意をもって抜本的な手段を考え直さねばならないということになった。陸軍も同様である。南雲部隊も一応トラックに引き揚げることになった。

さきにブカに派遣された新郷少佐の戦闘機隊はすでに帰艦収容していた。陸上基地にあって戦う飛行機隊も、なるほど戦果はあがるが瘴癘《しょうれい》の風土には悩まされた。まして設備不完全な陸上飛行場ではなおさらで、さすがの戦闘機隊にも疲労のいろは隠せなかった。

全国力を小島に投入

当時、陸軍からは大本営参謀であった辻政信少佐がトラックにやってきた。そして山本長官の決意をきいて感激したという。連合艦隊司令部の考えとしては、所在連合艦隊の全力をあげて、さらに奪回作戦に協力する。そのため戦艦の一部も陸上砲撃に直接参加する。陸兵輸送には軍艦、駆逐艦をあて、食糧弾薬の補給には当時かなり窮屈であったが、多数の輸送船をこのために割く、場合によっては擱坐《かくざ》、着岸しても補給を強行するというのであった。

陸軍も、これに対し第十七軍麾下の精鋭、仙台の第二師団を充当することになった。陸海軍が直接全力をふるうのみならず、国力そのものが、この小島の一角に惜し気もなく投入されることになったのであった。

内地に残留して訓練に従事していた角田少将指揮下の第二航空戦隊も、急遽出航して南雲部隊に合同を命ぜられトラックにきた。

想えば近藤中将麾下の第二艦隊は、常に南雲部隊の行動に策応して、その戦果を確実なものにしてきた。海上作戦の主体はすでに砲雷戦でなく、いわゆる機動部隊であるわが第三艦隊にあるようなものの、そのあげた戦果の実を結び、後始末をするのは近藤部隊でなくてはならぬ。作戦の重点からいえば南雲長官が指揮すべきところであるが、日本海軍の不文律、否、規定によれば先任指揮官である近藤中将に課せられることになる。

ここに統一指揮に関する系統に矛盾、困難があった。しかし私は今日なお忘れることのできないのは、近藤中将の総てを度外視して南雲部隊第一に行動した宏大な度量、人格であった。八月二十四日の第二次ソロモン海戦にでもそうであったが、これからのべようとする南太平洋海戦ではとくにその感を深くした。この人格とか宏量とかいうことで、目の前に敵を控えた厳しい戦いに直面して、なにごとにもまして直接物事を解決していく活きた大きな力になることを私は幾度か体験した。南太平洋海戦が、なんら私の心の拘束なく戦われた重要なる一因がここにあるとしみじみ思うのである。

一撃、敵肺肝をえぐる方策

トラックではきたるべき戦いについて遺憾ない研究が行なわれた。とくに、近藤部隊とは密接な協力を保つための打ち合わせが行なわれた。角田少将麾下の第二航空戦隊は近藤中将の指揮下にはいることになった。私はこの際、なんとでもして敵機動部隊に有無の一戦を交えたい一心から、日夜想を練った。

第二次ソロモン海戦の実績にかんがみ、機動部隊の決戦となる場合、両軍最初の一撃は相打ちを覚悟しなければならない。そしてこの相打ちの機を逸せず、さらに一歩進んで敵に肉薄し、すかさず匕首で敵の肺肝をえぐることが肝心である。その突撃にあたっては、孫子にいう《激水の疾《と》き石を漂わしむるに至るものは勢なり。鷙鳥《しちょう》の疾き毀折に至るものは節なり。是の故に善く戦う者は其の勢険にして其の節短し》をもって全軍の進退を律する心構えとしなければならない。

エスピリツサントのB17飛行基地を奇襲覆滅することができたならば、最も足をのばす飛行艇の障害をのぞくことになり、わが行動を楽にするものであると考えたので、早速駆逐艦一隻を東方に大迂回させて派遣することにした。この駆逐艦は単艦よく敵地に潜入し、その目的を達成して、わが本隊に合同したのである。

第三章　悲惨な米海軍記念日

新兵器「三式弾」の威力発揮

連合艦隊では十月十三日を期して、第三戦隊の「金剛」「榛名」の主砲をもってガダルカナル飛行場の砲撃を行なうことに決定した。主砲といっても普通の巨弾を打ちこむのではない。当時、わが海軍でも難局打開の一策として各種新兵器の案出に遅まきながら努力していた。「金剛」「榛名」が使用しようとする砲弾は三式弾と称する高性能の焼夷弾であった。

十月十日、この金剛隊の作戦を中心として近藤部隊、南雲部隊も再びトラックを出撃してガダルカナル島北方海面に向かった。

この間、わが海軍艦艇による陸軍部隊のガダルカナル島揚陸は、基地航空部隊の掩護のもとにあらゆる困難を排除しつつ強行された。敵もまたガダルカナル島防備強化のため、あらゆる努力を傾倒している。

十三日夜、「金剛」、「榛名」は近藤部隊の援護のもとに、ついに敵地近く肉薄して猛砲撃を加え、ガダルカナル島飛行場を火の海として無事引き揚げてきた。

一方、わが南雲部隊は敵機動部隊の動静を監視しつつ静かに機会のくるのを待っていた。陸軍は飛行場に対し、その主力を南方ジャングル地帯に、残りは西方海岸寄りにおいてその包囲態勢を整えたので、いよいよ十四日を期して総攻撃を開始することに決定した。これには大きな確信があった。

敵機動部隊はガダルカナル島南方洋上にときどき姿をみせる。南雲部隊は昼間索敵網を展開し、前衛部隊を約一〇〇浬の前方にさきだてて南下するが、ただいたずらに敵機の触接を受けるだけで、これという敵に遭遇せず、夜はまた北上する。

このようなことを幾日も繰り返すので、連合艦隊からは、またしきりに、南下して敵機動部隊を捕捉撃滅せよといってくる。幕僚たちはそろそろ嫌な顔をしだす。南雲長官もときどき私に南下を慫慂するが、私はどうしても意を決することができない。それは、報告から判断してガダルカナル島南方に現われる敵は、その主力とみることができなかったことと、なんら情報は得ていなかったが、わが東側に敵の有力部隊がいるにちがいないと、ひそかに考えたからであった。この目にみえない敵の片鱗でも摑むことができるならばと、毎日苦心したのである。

敵主力所在不明のまま南下

十月二十五日の夕刻、南雲長官は私を艦橋下の長官休憩室に呼んだ。

「この二、三日来南下を慫慂するが、いつも君は僕のいうことを却けている。君の考えることはよくわかるが連合艦隊からこう再三南下希望の電報がくると、私は長官としての立場から、これをほっておくわけにはいかんのだ。この際、理屈はぬきにして、君もぜひ自分の意を汲んで腹を決めてくれないか、こんなことは艦長、幕僚らのいる前で話したくはなかったのだ」

と、その苦衷を屢々述べられるのであった。私もこのことは考えないわけでもなかったが、ただ敵の所在の兆候でも知りたかったからこそ苦心していたのである。しかし、こうなれば仕方がない。

「長官がそこまでいわれるなら、多少の冒険を覚悟で今夜急速に南下しましょう。そうれば今夜半ごろから必ず敵機の触接を受け、明早朝には東方にあると考えられる敵の有力部隊から先制空襲を受けることは明らかです。しかし決まった以上は、味方もやられるが、必ず敵を倒す手段に出ましょう」

と、私は見解を詳細に披瀝して南下を決意したのであった。

そして、同日午後六時、ガダルカナル島北東約五〇〇浬の地点から二〇ノットの速力で南下を開始した。明早朝の周密な索敵計画と、機を逸せず発進し得る攻撃隊の即時待機を完成しながら。

そのときの陣容は、前衛部隊として母艦群の前方八〇浬に第十一戦隊司令官阿部弘毅少将の指揮する「比叡」「霧島」「筑摩」および駆逐艦七隻を横列二〇浬にわたる間に散開させ、また最も憂慮した南東方面には第八戦隊司令官原忠一少将の指揮する「利根」と駆逐艦「照月」を二〇〇浬の遠距離に分派して挺身索敵の任にあたらせたのである。

ミッドウェーの教訓を想起

案の定、午後十一時ごろ、敵の触接を受けはじめた。敵信傍受班は受信感度によって触接敵機の距離を判定して、

「だいぶ近いようです。直上附近のようです」

「敵は長文の電報を打ちました」

といってくる。しかし、私はまず第一撃は相打ちと決めているから強引に南下を続行する。

二十六日午前零時半ごろだった。この触接機は積んでいた爆弾を「翔鶴」と「瑞鶴」の間に投下した。夜目にも白く水柱があがる。これは燃料の残量が限度にきたので、爆弾を投下すると、敵は触接をやめて帰路についたのである。まさに春秋の筆法をもってすれば、この一弾がわれを勝利に導いたのであった。長官はいまさら驚いたように、

「参謀長のいうとおりだ。すぐ反転しよう」

といわれる。私はいまさら、と瞬間思ったが、直ちに思いかえして、

「反転北上二四ノット」

を命じた。うしろ向きでも早朝の索敵ならびに攻撃はできるのである。その西側にあった近藤部隊も南雲部隊に呼応して北上を開始した。

黎明を待たずに南東方向に前衛部隊と母艦群から捜索の網を投げた。その総数二四機、もちろん二段索敵である。

固唾をのんで待つうち、午前四時五十分南東方にでた「翔鶴」の索敵機から

「敵空母見ゆ」

と第一電がとんできた。まさに私のヒットである。続いて、

「敵空母一、その他一五、針路北西」

ときた。その時刻および索敵機の位置から推算して敵は「翔鶴」の南東約二五〇浬である。距離も手ごろである。ほかになにがいるかわからないが、その位置からみてまだ一、二群いることは確かである。遅疑逡巡は許されない。直ちに、

「攻撃隊発進せよ」

と命令する。第一次攻撃隊は、関少佐指揮下に艦爆二二機、艦攻一八機、戦闘機二七機合計六七機が午前五時十五分発艦した。続いて第二次攻撃隊の準備を命じる。ミッドウェーの苦い経験があるので準備完成まで気が気でない。

そのとき、敵の索敵機二機が突如雲間を縫って三番艦「瑞鳳」に襲いかかって二弾を投下した。弾は飛行甲板の後部に命中したが発艦には差し支えない。直ちにその攻撃隊を発進させた。

敵はすでにわが空母群の所在を知ったのである。

必ずや一時間半後には敵襲があるであろう。ミッドウェーの戦訓は「拙速」であった。このときばかりは、さすがの私も地団駄を踏んで航空科員を督励した。

理屈を超越、全軍突込む

午前六時には第二次攻撃隊として艦攻一二機、艦爆二〇機、戦闘機一六機合計四八機が歴戦の勇士村田重治少佐に率いられて発進した。いまや飛行甲板上には一物も残さない。「翔鶴」の飛行甲板は一七本のホースで水が流され、艦長有馬正文大佐は自ら見張所に立ちあがって、いつでも敵襲来たれと待ちかまえる。私は全飛行機発進後、直ちに全部隊に突撃を命じた。

これはちょっと理屈に合わないことで、いま少し待てば攻撃隊の成果が判明するのであるから、それを見定めてから突撃に移るのが順序である。しかし航空戦が行なわれるのは二〇〇浬くらいの距離である。いかに敗走する敵にしても、二〇〇浬を追いつめて砲雷戦で留めを刺すためには一刻の猶予もゆるされない。私はわが飛行機隊に絶対の信頼をおいている故に、理屈を超越して全軍の突撃を命じたのである。

敵の第一撃は、まずわが前衛にかかってきた。そして約五〇の雷爆の攻撃を受けた。しかし疎開隊形をとっていたことと、巧妙な回避運動ならびに猛烈な機銃砲火で反撃したため、「筑摩」が一弾を受けて檣楼を破壊され、艦長以下多数の死傷者を出したが、そのほかはたいして損害はなかった。もちろん「筑摩」も、戦闘航海には差し支えなかった。

前衛部隊は阿部少将指揮のもとに敵主力めざして突撃に移った。角田少将の第二航空戦隊は、敵発見と同時に近藤部隊の指揮下を離れて南雲部隊に復帰を命ぜられた。また近藤中将麾下の第二艦隊も、南雲部隊の突撃に呼応して敵主力に向かって突撃を開始した。突撃下令後、しばらくして第一次攻撃隊の電報が逐次はいってきた。

午前六時半ごろ、前衛部隊の一艦から

「飛行機大群貴方に向かう」

といってきた。まもなく艦爆の一隊が旗艦「翔鶴」をめがけて殺到してきた。艦長有馬大佐の敏捷な措置と、航海長塚本中佐の沈着な操艦によって最初の一弾、二弾は巧みに回避されたが、連続する爆撃によって、「翔鶴」はついに大震動とともにその飛行甲板は大破されてしまった。

しかし、ここでもミッドウェーの戦訓はものをいった。火災は一時猛威を逞しくしたが、かねての準備がよかったのと、残留飛行機がなかったことによって火はまもなく下火になった。

私は直ちに駆逐艦に移乗を決意したが、作戦参謀長井中佐の切なる忠告に従い、一時空母の戦闘指揮を「瑞鶴」艦長野元為輝大佐に譲って敵の攻撃圏外にでた。野元大佐は幕僚もいない「瑞鶴」にあって、単身よく航空戦を指揮して追撃に移った。

ホーネットに留めを刺す

南雲部隊司令部はまもなく長官を擁して第四駆逐隊の司令駆逐艦「嵐」(司令有賀幸作大佐)を呼んでこれに将旗を移揚した。退艦に際し、「翔鶴」はひとまずトラックに回航し、応急修理を行なうよう命じたが、元気一轍の有馬大佐は後退しようとしない。敗れたりといえども、その大砲をもって戦闘に参加しようというのである。しかし肝心の通信能力を不能にされ、飛行甲板が破壊されたのでは無理である。私は心ならずも一喝してトラック島へ帰した。この有馬大佐こそ、後日特攻機を自ら指揮して敵に突っこんだ有馬正文少将その人であった。

午前十時ごろから角田少将の指揮する第二航空戦隊(「飛鷹」は機械故障のため不参加)は唯一の空母「隼鷹《じゅんよう》」を率いて戦闘に加入した。そして第一航空戦隊飛行機隊の力戦苦闘のあとを受けて果敢な攻撃を続行した。駆逐艦「嵐」は南へ移動する戦場を追って南下した。

そして二十六日、終夜空母群のあとを追うたがついに会合できず、翌朝やっと「瑞鶴」に会合したので、直ちに「瑞鶴」に将旗を移し、その後の戦況を聞いたところ、炎上する空母「ホーネット」を水上艦艇の魚雷で留めを刺した。しかし、その際、ともにいた駆逐艦数隻は逃がした。その後の消息はさっぱりわからない。朝からさらに四囲にわたって索敵を続行するが、敵艦の影はおろか、母艦機に至っては二十六日午後以後は全然姿を見ないということであった。一方わが艦艇も燃料の残りが少なくなってきたので、南雲部隊は鉾を収めて補給船の待機地点に向かって北上した。駆逐艦のなかには燃料がわずかに三〇余トンしかないものもあった。「瑞鶴」で帰還搭乗員から戦果の概要を聞いた時は、敵は空母一隻を中心とした三群があったが、少なくともその空母三隻および戦艦一隻は撃沈したとのことであった。しかし、わが方もまた数多の歴戦の勇士を失ったことはまことに残念なことであった。

南雲部隊はトラックに引きあげを命ぜられた。途中、「瑞鶴」艦上で戦後の研究会が行なわれたが、その結論は左のようなものであった。

一、敵に与えた損害

飛行機撃墜八〇機（うち空戦によるもの五五機）
撃沈＝空母三、戦艦一、巡洋艦二、駆逐艦一
撃破＝巡洋艦三ないし四、駆逐艦三

二、味方被害

飛行機＝自爆六九機、不時着水二三機

中破＝空母二（翔鶴、瑞鶴）巡洋艦一（筑摩）

当時米国側の放送で「この日ほど悲惨な海軍記念日を迎えたことはアメリカ海軍創始以来初めてのことである」といったそうである。

好敵手とまさに相打ちの勝負

私はこのとき、ミッドウェーの復讐とかなんとかいう気持は全然なかった。敵艦隊も幾多の戦いを経た結果、各艦の技量も、用兵作戦に対する思想も一段と向上したことであろう。われわれにとってはまさに好敵手であった。この好敵手を相手に回して心おきなく戦った。戦いは相打ちであった。最初の敵触接機が爆弾を投じて、これでもかとわが方に警告をあたえてくれたようなものであるが、その後の行動について報告がなかった。わが方はこれに驚いて引き返した。このことは、あとから考えると、敵前数歩のところで身をかわしたことになる。

敵も先制空襲を企図したが、その初太刀は「面」をはずれてわが前衛に「小手」といったが、それもかすった。同時にわが方の初太刀はまさに「面」と一本取った。敵の二の太刀は、われの「胴」にきた。「胴」は一本取られたが、防具が固かったので致命傷にはならなかった。わが方は二の太刀、三の太刀と敵の「面」にはいった。そのうちに第二航空戦隊という助太刀が遮二無二かかっていったということになる。

わが方は大勝利とはいうものの歴戦の搭乗員の四割を失った。好敵を相手に思う存分戦ったことは嬉しかったが、いまさら近代戦の激烈惨憺たる様相と、きのうまで嬉々としていた幾多の若者が、訳もなくこの世から姿を消していく現実に接して、一抹の寂しさが心に永く残されていくのであった。

敵機動部隊の敗退によってガダルカナル周辺の海戦もひと息いれた恰好であった。しかしアメリカ側もその根強いパイオニア・スピリットにものをいわせて撓ゆまず倦まず防備の増強に力をいれてくる。

陸戦は大なる確信と勇戦力闘によって、一時は飛行場を奪回したと報ぜられたが、これも陸軍の物量軽視の弱点を如実に露呈し三たび頓挫をきたした。しかし海軍はあくまでこれを確保しようとする。そして力戦死闘が繰り返され、国力の何分の一かが目にみえてここに消耗されていった。こんな情況をあとにして、第一航空戦隊は「隼鷹」に飛行機を充実し、修理再建をいそぐため内地に帰還を命ぜられた。

第四章　横須賀海軍航空隊司令として

実戦の体験を生かす

昭和十七年十一月九日、第一航空戦隊は呉に帰着した。まもなく南雲長官は佐世保鎮守府司令長官に、私は横須賀海軍航空隊司令に転補された。

新司令長官は私の最も敬愛した小沢治三郎中将であった。参謀長には兵学校が私より一期下の山田定義少将がなった。

山田少将は航空生えぬきであった。私は数々の思い出を残して退艦したのであったが、小沢中将には忌憚ない意見を吐露してあとをたのんだ。

夜を日につぐ一年の機動部隊の力戦苦闘ののち横須賀航空隊にきてみると、内地部隊にも緊張の空気が張っているとはいうものの、また別天地のような気がした。

横須賀海軍航空隊は俗に追浜航空隊というところで、日本海軍航空発祥の地である。当時は航空搭乗員の各術科に対する高等教育と、航空に関する実験研究部隊であった。術科教育は、だいたいは定められた課目についてそれぞれレギュラーな教育を施すのであるが、実験研究はいわゆる航空界における最先端をいくのであるから忙しいが、また非常に活気に満ちた仕事であった。私としては、一年にわたる実戦の体験から、多くの希望と抱負をもっていた。

横須賀海軍航空隊と隣り合わせて海軍航空技術廠というのがある。主として機体、発動機、兵器などの科学的、技術的研究の先端をいくのである。廠長は和田操中将であった。私より二期上の兵科将校であるが、若いときに航空事故のため足に重傷を受け、爾来航空技術に身を投じ、海軍における斯界の大御所のひとりである。私の方は主として術科的実験研究であるが、なにかにつけて相互に協力しなければならない立場にあった。

科学技術面に立ち遅れ

わずか一年の実戦の体験であったが、その間、わが海軍は科学技術面において、米英にくらべて数年の立ち遅れがあり、そのために作戦用兵が不如意になるということを骨身にこたえて痛感した。

レーダーひとつをとりあげても、われわれセイロン攻撃の際、すでに英側では飛行艇にこれを装備しているのではないのかと考えられたにもかかわらず、ミッドウェーのときには、まだわが艦船にもこの装備がなかった。飛行機にいたってはもちろんのことであった。かりにミッドウェーのときに、わが方でこれを装備していたとするならば、あらゆる兵術ろ的不手際や不運があったとしても、もう少し早期に敵機動部隊を発見し、わずかなところでこちらが先制空襲をかけ、あるいは事態を逆転させていたであろうことも想像される。各空母に向かって雲間からやってくる敵の降下爆撃に対して早期に発見して転舵、回避も可能であったかも知れない。少なくとも艦上に待機している多数の飛行機を発艦させ、空中に退避くらいはできたことであったろう。

ガダルカナルにおける連日の悪戦苦闘のうちで、夜戦こそはわが専売であると意気ごんだ百練のわが水雷部隊も、敵のレーダー射撃のため、一瞬にしてそのお株を奪い去られた。また飛行場つくりには、わが方は鍬とシャベルで数ヵ月も汗を流さなければならないのにくらべて、彼らはくわえ煙草でブルドーザーやキャリオールなどを駆使して旬日を出ないうちに完成してしまうのである。もしわが方も飛行場造成にこれらの機械力を使用していたならば、ガダルカナル飛行場はそれだけ早く完成して、少なくとも数十機の戦闘機が進出を完了し、その制空権下に航空戦も、周辺の海戦も、陸兵輸送も死闘をみずにすんだであろうし、また進出航空兵力が強大であったならば、ガダルカナルやツラギの悲劇もおこらずにすんだことと思われる。

また南東方面では一式陸攻のことを一式ライターと呼んでいた。それは、敵襲を受けるとすぐ火が着くからである。天下にその無敵を誇った零戦でさえも、このころには少しグラマンに食われることがあった。私は用兵者の立場から科学者、技術者あるいは術科に対して多くの文句と希望があった。このことは海軍関係のみでなく、日本人全体に呼びかけたい問題であった。

しかし海軍はまだよい方であった。陸軍となれば当時てんで問題にならなかった。鼻息ばかり荒くて、予算の取り合いとなると、実力もない癖に、東条首相を先頭にたててなんとかかとか理屈をいっては、少しでも多くとろうと粘るのである。

余談ではあるが、私が海軍航空本部総務部一課長をしているとき、なにかの会議の席上で陸軍のいい分がまことに横暴であったので、そこに出席している町尻軍事課長に、陸軍は組織という棚を造って、予算で分捕った金を積んで、その前で号令をかければ、航空のことでもなんでもできると思っているようだが、とんでもない心得ちがいである。技術の研究なくして航空が発達するか、ときめつけたことがあった。そのため寺内陸軍大臣以下陸軍省、参謀本部の幹部二〇名ほどを航空技術廠に案内したこともあった。

終戦後の今日、一夕の飲食に数百万円を浪費する大会社があっても、大学の研究室に十万円を寄附するような人は、暁天の星屑ほどあるかないかである。日本再建とかなんとかいっても、真摯な科学技術の研究がなければ、いつかは私が戦争で舐めた苦杯をまた舐めなければならないことになるであろう。

電波利用の攻撃兵器に着目

余談はさておき、私は当時の海軍の科学陣、技術陣に対して多大の希望と注文をもっていた。素人の着想というと専門家は鼻の先であしらう。これは、専門家の狭量と同時に、素人がものを知らぬことに原因している。素人が着想し注文を出すにしても、一応の科学的根拠にたたなくてはならない。

私は素人にもわかる科学書を手当たり次第に読んだ。アインシュタインの相対性理論や光粒子論、ボーアの量子論をはじめ原子物理等々に関する書物を熟読した。また一方では科学者にあって教えを聞いた。東京の海軍技術研究所にも再三訪問した。当時海軍技術大佐に伊藤庸二という人がいた。もともと私は科学的な話が好きであったので以前から同君の教えを受けていたのである。

私が彼を知ったのは、バルクハウゼン博士の愛弟子である彼が、ドイツ留学を終えアメリカを経て太平洋を船で帰国の途中、私もその船に乗っていたので言葉を交わしたのがはじまりで、以来交りをつづけていたのである。その伊藤君と私は、早くからこんな話をしていた。

何か電波を使って、自動車を止めるとか、飛行機を焼くとかいうものはできないものか。いますこし具体的にいうと、今日まで電波は戦争の間接兵器として通信なり電探なりに利用されているが、直接攻撃兵器として魚雷、爆弾、大砲などにとって代わるようなものにならないかということである。伊藤君はできないことはないという。しかし、その当時、こんなことを声を大にしていおうものなら、予算どころの話ではない、狂人扱いをされるだけである。

終戦直前には日本海軍にはZ兵器と称する極秘兵器が、まさに基礎実験を行なうまでにできていた。これは四センチぐらいの当時の超短波の大勢力を、銅のパラボラミラーの焦点に集中し、これを平行線として放出し、飛行機なり自動車なりを焼損破壊しようとしたのであった。伊藤君の研究に全海軍がもっと早く、もっと力をいれて応援鞭韃していたならば、レーダーは英米に先んじてできていたであろう。

レーダーではこういうこともあった。それは大正十四年のことであった。当時私は海軍大学校の学生であったが、あたえられた作戦課題について研究している際、数少ない日本の水上艦艇を、一〇〇〇浬も二〇〇〇浬もの間に散開し、渡洋敵艦隊を捕捉してのち、全力を結集して決戦を行なうなどということは、できないことではないにしても、多大の困難をともなうことである。これは統治を委任された島を使い、短波の方向性を利用して、来攻艦隊の位置を知るということができれば、わが方にとって非常に有利な戦いができると思って、当時海軍の電気の権威であった服部中佐という人に相談したところ、それはできるだろうといっただけで、一学生の思いつきなど一向に相手にされない。そこで、二期

下の首席だった浜野力君に意見を聞いたところ
「二島間を短波で結ばなくとも一ヵ所で探照灯のようにして敵を探すこともできるよ」
と、いう。そこで私は、
「それなら君がひとつ力をいれてこれを完成せんか。これができたら、わが邀撃配備に革命をもたらすことができるぞ」
と、大いに意を強くしたが、悲しいかな、大尉くらいではどうにもならなかった。彼は頭脳が非常に明晰で、その後米国に留学を命ぜられ、電気を専攻して帰り、技術者になった人であるが、私が航空隊司令になってから浜野少将にこの話をしたら
「そうです。あのときに自分に力があって、もっと真剣に研究しておればレーダーについても五年ないし十年は米英に先んじていたでしょう」
と、述懐していた。素人の愚見でも一応はとりあげてみることである。これはなにも技術者のみに限ったことではない。私自身、作戦用兵のことに関しても同様である。昔、孔子でさえも、七歳の聖童項橐《こうたく》を師とせられたではないか。

禍いする軍政家の官僚気質

技術関係のことについて艦政本部の人びとと話すと彼らの多くは技術行政に携わっている関係から、予算の問題があったりなにかするためか、そっ気なくはねつけるか、あるい

は用兵者がよけいなことをいうな、というような顔をする。海軍省軍務局などでは、下っ端にかぎって、職掌以外のことをかれこれいうなと叱る。すべての人がそうであったわけではないが、そういうところには相当官僚気質のふうがあった。

このようなことから、用兵者は自ら純然たる科学者か技術者と直接話をするようになる。そのうちでもとくに伊藤君とは親しくしていた。伊藤君の仲介で菊池正士博士、伊藤寧博士らも一、二度私の家に来られて食事をともにして、素人科学論を一席聞いてもらったこともあった。

淵田中佐も病後横須賀航空隊教官として私の部下にはいった。彼には開戦以来、主として私の関係した海空戦の事後研究をしてもらった。それは、私自身の立場や上司に対する遠慮ということを全然度外視して淵田中佐の忌憚のない批判を加えさせて将来の参考になるものを残すためであった。また隣の和田操中将のところへは、暇さえあれば出かけていく。和田中将もときには冗談まじりに

「どうも航空隊司令である草鹿君に、航空技術廠長たる僕が科学の指導を受けることは、世の中はさかさまとなったね」

と、いって笑うのであったが、私は和田中将のような太っ腹な技術者がたくさんおれば、日本海軍の科学や技術がもっと進歩していたのではないかと内心多大の尊敬をはらっていた。

爆弾の効果増大をはかる

また爆弾の効果については、攻撃機が敵飛行場の攻撃にいった際、地上撃破何機、全弾飛行場を覆ったと帰ってきて報告する。聞く方では敵飛行機は大方全滅したであろうと思って翌日いってみると、やはりまたかなりの飛行機が反撃してくる。敵が掩体を設けて防禦するようになってから、なおさらその感をふかくするのであった。

ガダルカナルの近況は如実にこれをしめしていた。爆弾個々の威力については相当によく調査研究されているが、実戦の成果はそれほどには思えない。

そこで、この真相を知ろうとする実験が行なわれることになった。鹿島の爆弾実験場に、わが飛行機の写真偵察によって知ることができた米飛行場の一部をそのままつくり、廃飛行機などをならべて、これにわが攻撃機の編隊が仮想敵邀撃戦闘機の警戒を突破して爆撃を行ない、その成果を仔細に調査するのである。私はその実験委員長になった。その実験で得るところが多かったが、私は従来の着発信管によって爆発した爆弾威力に対して疑問を生じた。

理屈からいっても、爆風は地上に頂点をおいた倒立円錐形になる。爆弾関係技術者にいわせると、瞬発信管を使用すれば爆風は相当に低く地上を這うという。しかし私にはどうもそうは思えない。そこで、地上二〇メートルなり三〇メートルなりの一定度で爆発させ、爆風を傘をかぶせるようにすればよいにきまっているから、ぜひそのような爆弾をつくってくれというがなかなか応じてくれない。そういう信管はいままで研究したが、いずれも不成功であったという。

では私の方の着想を出すということにして、航空隊における数学の教官や、物理の教官を集めて早速研究させたところ、早速数案ができたので航空技術廠に提案した。和田中将の斡旋で阪大の物理学教授である浅田氏が電灯光線の地上反射を利用する研究によってその目的を達成した。

当時、私の着想として、爆弾の先に三〇メートルの棒を出させ、この先端が地上に接触したときに爆弾が破裂するようにすればよいではないかといったら皆笑った。では、棒のかわりに、爆弾の尖端に小鉛錘をつけた三〇メートルの細索をぶらさげればよかろうというと、加速度の関係で鉛錘は爆弾の上にいってだめだという。それなら爆弾投下後、小形傘を急に開かせて爆弾に衝撃をあたえればよいではないか。この種爆弾は寸分違わず目標に命中する必要はない。その毀害半径をもって目標を捕捉すればよいのだから、弾道はそれほど精密である必要はないと応酬して、これも最後には制式兵器として採用された。

しかし、いずれも研究テンポが遅く、ようやく終戦すこし前、サイパン飛行場攻撃のときに使用された程度で、後者にいたってはついに実用の機会なくして終わった。

飛行場急速造成実験委員会

また飛行場急速造成実験委員会というものができた。私を委員長として前述したように機械化された設営隊がないために、飛行場の造成遅々として、急場の間に合わない。これだけでも南東方面作戦が思うように運ばない大きな原因となる。早く機械化設営隊を編制して戦地に送り出さなければならない。まず内地で腕試しをやれというのがその趣旨である。

そこで千葉県茂原に土地を選定して、実用飛行場をつくることになった。私はなるべく実戦の状況に似せるため、ひとつの演習を仕組んだ。すなわち茂原海岸に陸戦隊の敵前上陸からはじまり、逐次予定地点を攻略して要点を防禦し、敵が反撃してくるなかで、飛行場を急設し、そこへ戦闘機を進出させるという構想であった。なにぶんはじめてのことであり、計画どおりには進まなかったが、いままでは多数の労力によって行なわれていたものが、ブルドーザーの力によって、松の木は片っ端から根こぎにされ、相当の松林がみるみるうちに平地になって簡易舗装が施される。

このことは、ウェーキ島攻略後、飛行場修理に労力提供を米軍捕虜に申し入れたところ、何人出せばよいかというので、わが軍として、自分の方の経験から二、三百人を要求したところ、そんな多人数をなにに使うのかという。飛行場の修理だというと、それなら十人くらいでよいという。そこで彼らのいうようにやらしてみていると、数台のブルドーザーを引っ張りだしてきてパイプをくわえながらなんのこともなくやってのけた。戦いには勝ったがこれには呆っ気にとられたという話もあった。

それを、いまごろになって真似をするのではすでに遅いのである。ブルドーザーは捕獲した米軍のもの一台と、国産の数台を使用した。ところが米国製のものは、相当太い松の木でも難なく根こぎにして押し倒すが、国産のものは力量が少なく、太い松の木には歯がたたない。無理をして押すと無限軌道の鋼帯がきれてしまう。米国製のものはりっぱな鋼材が使用してある。国産のものは技術的に良質なものができないのか、あるいは安価につくったのか知らないが、とにかく比較にならぬほど貧弱であった。これでは戦争もなかなか難儀であると思った。

すべては時機すでに遅し

そのころ零戦の声望はすでに凋落の兆しをみせ、その代り雷電、紫電とつづくものができてきた。雷電は敵の大型攻撃機を目標としたもので、高々度から急降下し、一撃にして敵を屠ることに重点をおいている。紫電は零戦の後継者として考えられたもので、したがって戦闘機同士の格闘戦を重視するものであった。格闘機では高速であるということと、旋回圏が小さいことが必要であるという矛盾した性能が要求される。すなわち、高速は追尾、離脱、占位などに必要であるが、高速のものはどうしても旋回圏が大となり、格闘戦には自由がきかない。この矛盾をなんとか調節して、高速にして小旋回圏を得たいということから、空戦フラップというものが考えられた。格闘戦にはいるや否や、自然にフラップが出て有利な態勢にもっていけばまず完全である。

当時、川西航空機会社の一青年技師——私はその名前を忘れたが、そのままでいけばいまでは相当な地位におられると思うが、その当時は名もなき一青年技師であった——はこの空戦フラップの研究のために、両眼がまさに失明しそうになるまでの努力のしかたであった。私はその熱烈な研究態度に感激したので、とくに一大尉を指定して協力させ、その研究の完成を祈ったのである。

航空偵察ということに関心がうすく、ミッドウェー敗戦の一因も、またここにあることはすでにのべたところであるが、航空偵察能力向上研究委員会というものも設けられた。これは直接腹にこたえた事柄である。これにも私は委員長となり、航空本部、海軍技術研究所、航空技術廠そのほかからも委員が出て、熱心な研究討議が重ねられた。

飛行機にレーダーを装備することも促進された。潜没潜水艦を捜索することも考案された。日本の八木秀次博士の考案されたアンテナが、日本ではあまり知られていないのに、アメリカの飛行機にはヤギアンテナと銘うって装備されているのには驚いた。戦闘機用レーダーもくふうされた。電探偽瞞方法も考案された。しかし残念なことには、すべてについて時機はすでに遅かった。

第五章　ラバウル航空要塞

南東方面に敵の反撃熾烈

昭和十八年になると、各方面にわたって敵の反攻がいよいよ熾烈となり、ソロモン方面ではひきつづき激甚な国力の消耗戦が展開され、わが方の力闘によって敵の消耗も相当のものであるが、その国力と不撓不屈のパイオニア・スピリットを発揮して、群島内の一島一島と西進してくる。わが方はこれに対抗するだけの十分な力がないために、いわゆる転進作戦を行ない、悪戦苦闘を重ねながら、やむなく後退を続けなければならなかったのである。

敵はさらに、ラバウルの所在するニューブリテン島の南にも攻撃の鉾先を向け、逐次ラバウルをめざして包囲網をだんだん縮めてくる。マキン、タラワの玉砕、アッツの玉砕、キスカの撤退と全戦線にわたってたちあがった敵の猛反撃によって、わが方の戦況は日一日と不利に傾いていった。

とくに、われわれに最も強い衝撃をあたえたものは、われらの最も尊敬し心服していた山本長官の戦死であった。私は直接戦線におらなかっただけに、なおさら戦況の前途に対して人一倍憂慮に堪えないものがあった。十一月中旬ころ、南東方面戦況を視察して帰った当時の人事局長三戸《みと》少将が、横須賀航空隊に着陸するや否や私を訪ねてきた。

「草鹿少将、またひとつ、あなたのご苦労をわずらわさなくてはならないことになりそうです。あらかじめご了承を願いたいが、近ぢか、南東方面艦隊参謀長として、ラバウルに行ってもらいたい。いずれ正式発表をみることになるでしょう」

と、いうのであった。南東方面艦隊司令長官は私の従兄である草鹿任一中将である。その参謀長というのであるから、あまり前例のない人事異動であるし、普通からいえば避くべき人事行政である。前任者は中原少将といって私と同期であるが、最近敵戦闘機の射撃に遭って足部に負傷したので、その後釜になるのである。私が予定されたのは、要するに従兄の切なる希望であるということであった。懇望されていくということはありがたいことである。とくに従兄が前例を無視してまでの懇望とあれば、なおさら感激せざるを得ない。

任一中将は中学時代に、一時私の家におって兄弟のようにして、私の父の薫陶を受けた間柄である。よし！　ラバウルは草鹿一家で守りとおすぞ、と決心した。そしてまた、そこをわが墳墓の地とも決意したのである。

ちょうどそのころ、学習院にいる次男が兵学校の入試に合格してその入校が迫っていた。

そこで一日、私のラバウル出陣と次男の入校を兼ねて、家族のものが歓送会をやってくれ、数杯の美酒に陶然としているとき、突然、有村某という画家の来訪をうけた。彼は有村治左衛門の甥で、次男の学習院の大先輩であり、また毛筆で油絵を画くのが得意であったが、その当時は頗る零落している模様であった。彼は次男を訪ねてきたのである。私にとっては初対面であったが、一杯機嫌で食堂に招きいれた。

雑談の末、結局、自分の絵を買ってくれという。その絵は虎であったがまことにみごとなものであった。その爛々たる眼光は人を射、ひとすじひとすじを筆でかいたという毛の光沢は、手でも触れてみたくなるくらいであった。値段は五百円だという。私は欲しかったが、そんな金がないので断わった。後で親類のだれかれにこのことを話すと、皆が残念がった。虎は一日にして千里を行き、千里を帰るといって、武士の出陣に虎が舞いこむとは、こんなめでたいことはない。ぜひとも探し出して買えというが、私は帰らぬことに決めているし、めでたいことは一時舞いこんだだけでも結構であると結局買わなかった。

横須賀からラバウルまでは二五〇〇浬ある。飛行機で出発して、二日目の十一月二十九日、ラバウル飛行場に着陸した。

数日前の敵空襲によって焼かれたという軍需品集積所跡の累々たる残骸を眺めながら、自動車で司令部に着いた。連日の空襲にもかかわらず一般にたいしたことはない。司令部は厳然として檣頭に将旗を翻している。

早速南東方面艦隊司令長官である従兄に着任の挨拶をした。従兄は非常に喜んでくれた。参謀長には富岡定俊少将がいた。各参謀とも多くは顔見知りであった。当方面の陸軍最高指揮官は今村均大将であった。参謀長は加藤中将、その下に旧知の仲である公平《きみひら》少将が参謀副長であった。

日日、はげしい空中戦

ラバウルを中心として、当時の南東方面の状況は、ガダルカナルはすでに敵の掌中に帰し、ムンダ、コロンバンガラも敵の占めるところとなり、南東方面艦隊麾下の第八艦隊司令部は、その部下の根拠地隊をブーゲンビル島ブカにおき、自らはわずかな手兵と陸軍第十七軍に近くのブインに鮫島具重中将の将旗を掲げていた。

敵はすでにブーゲンビル島トロキナに兵力をあげ、飛行場の設営をはじめていた。ニューギニア方面も、その東部のラエ、サラモア、フィンシハーフェンなどはすでに敵手に落ち、敵機の来襲もまた激しくなってきた。わが航空部隊はこれに対して全力をラバウルに集結して、日々の攻防戦を展開していた。

ブインに進出していた酒巻宗孝中将指揮下の戦闘機隊も、連日いれかわりたちかわり来襲する敵機に、日に二回、三回と空戦を余儀なくされる。いかに敢闘しても物量のあまりにも大なる懸隔のまえには、わずかな数はついには消耗に終わる結果となり、結局ラバウルを引きあげたのであった。

酒巻中将は私と同期で、海軍航空の大先輩であり、若いころは名パイロットのひとりであった。ラバウル着任後、たびたび私を訪ねて来て、

「ラバウルの空戦は貴様のように名刀一閃、強敵を両断して万事終わるのではない。切れ味は鈍刀でも、鉈で木を切るように撓ゆまず倦まず、日々敵を叩くことである」

と注意してくれた。まことに心強い次第であった。同期の上野少将も第二十五航空戦隊司令官としてブナカナウ飛行場にいた。ラバウルの海岸飛行場を中心としてブナカナウとトベラの両飛行場を主に使用していた。

このほかにもラバウル航空要塞は理想のもとに三、四の飛行場を近郊にもち、さらにこれらを中心として外郭にはニューブリテン島、ニューアイルランド島などにも数ヵ所の飛行場をもっていたのである。そして前記の三飛行場には当時、陸上攻撃機、艦上攻撃機、艦爆戦闘機などのほか、水上偵察機隊もわずかながら海岸にがんばっていた。その機数は、日々の空戦と、内地からの補充によって異なっていたが、十九年一月十九日の状況は

戦闘機	八〇	計一三八機
艦爆	一五	
艦攻	一一	
陸攻	三二	

であった。これらの飛行機が、いまだに続くソロモンの陸上戦に、海上戦に、それにも増して日々の空中戦にのべつ幕なしに使用されるのであった。

私が着任後、まず第一に考えたことは、この激しい戦争のなかで、案外司令部の人たちがのん ん気なことであった。長期にわたる戦陣であるから、悠々と構えるのは必要であるが、戦況に対して、いますこし全般が関心を向けることが必要である。

すなわち、日々仕事があってもなくても、一日に一回は必ず作戦打ち合わせ会を行ない、幹部の関心をこれに集中することである。当時の戦況としては、ラバウルが急に敵の攻略作戦をうけるということはありえないにしても、司令部幕僚のひとりは必ず昼夜にわたり当直を担任し、夜間は電話を自分の枕元におくくらいにして、警戒すべきところは警戒しなくてはならない。一事は万事であり、まず隗《かい》よりはじめよである。

南東方面艦隊司令部は直ちに私の着任を機会にこの方針になった。こんなことは、誰でも内心ではそのように思うのであるが、機会をえてやればやりやすいものである。

さて、着任しての感じは、敵のフィリピンへの進撃路であるニューギニア北岸沿いはダンピール海峡でこれを扼し、ラバウルは防備を固くして敵の攻略から守り、トラックとの連絡を確保すれば、米濠軍の北上をくいとめるのに絶好の拠点であることをさらに確認した。これにはわが航空兵力さえ強力であるならば不可能事ではない。

当時、内地はもちろん南洋、フィリピンその他のどこを探しても、ラバウルほどいわゆる航空要塞として完備したところはなかった。当時の日本海軍の全飛行機をも包容することができた。飛行場ばかりでなく、レーダーそのほかの空戦に対する装備もまた完備していた。

私は我田引水のようであったが、いまや倒れんとする大厦《たいか》を支うるはまさにラバウル航空隊である。ほかの局面は一時我慢してでも、ラバウルには全力をあげて、その補充をゆるがせにしてはならないと確信した。南東方面艦隊司令長官である従兄をはじめ司令部の幕僚全部が同意見であったことはもちろんであった。

物量の前に各地で敗退

これに対して敵作戦の方向からみれば、初期には明らかにラバウル攻略に重点がおかれていた。すなわち、あらゆる犠牲を顧みず、ソロモン群島を東から西に歩々飛行場を固めて、その制空権のもとに攻略部隊を進めてくる。これを守ろうとするわが方の損害も多かったが、攻めてくる敵の損害もまた多大なものがあったことと思われる。

しかし、敵はさらに十二月十五日にニューブリテン島のマーカス岬に上陸してきた。わが海軍飛行機は全力をあげてこれを阻止し、陸軍もまた、ラバウルから有力な一部隊が逆上陸を敢行して、幾度か反撃を加えたが、これもつぎからつぎへと繰り返される敵の増援に対して、かぎりあるわが陸軍はその敢闘もむなしく、ついに力つきて後退のやむなきにいたったのである。

ひきつづき敵は二十六日にニューブリテンのツルブに上陸してきた。わが戦闘機、艦爆は大挙して上陸しようとする舟艇群に猛襲を加え、これを壊滅したが、これまた、敵の物量と不屈の戦力のまえに、わが方の力が続かず上陸を許したのであった。

ブーゲンビル島のトロキナに上陸した敵は、ここに有力な飛行場を設営し、多数の飛行機隊を進出させた。そしてトロキナを中心にして海上戦、逆上陸、航空戦といまや攻防戦はガダルカナルを去ってトロキナに移った感があった。

十九年一月にはいってから、ラバウルに対する敵の空襲はますます熾烈さを加えてきた。その当時には毎日二〇〇機前後の戦闘機ないし軽爆、ときには大型機による夜間爆撃を交えて来襲するのである。

わが戦闘機隊の敢闘もものすごく、あるときは来襲敵機の大半を撃墜したこともあった。敵の攻撃主目標はわが航空部隊であったと思われるが、港内にある艦船や陸上施設にももちろん攻撃を加えてくる。飛行艇隊は夜間、ニューアイルランド島西側のわが輸送船航路を襲ってくるので、ラバウルの海上補給は逐次杜絶するようになった。

ここにおいて、ラバウルは故国を去る二五〇〇浬の南域に、孤塁を守って戦いぬかねばならない様相を現実に呈するにいたったのである。しかし当時、これほどの状況にもかかわらず、ラバウル市街はまだ厳然としてその外観を変えていなかった。これはわが戦闘機隊奮戦の賜物であった。

二〇〇機対三〇機の苦戦

この奮戦にこたえて、連合艦隊も、大本営も、全力をあげてその器材、戦士の補充に努力してくれた。戦闘機はだいたい七、八〇機を保有して連日敢闘した。しかし一日二、三機の損害も、物量の少ないわが方にとっては大きな傷手であった。どうかすると二〇〇機以上の敵襲に対し、実動三〇機をもって邀撃することも稀ではなかった。

電探もよく働いた。ニューブリテン島北端にあったセントジョージ岬は、つねに敵襲を三十分以前に確実に予報した。電探報告は直ちにわが司令部に拡声機でアナウンスされると同時に、飛行場に伝えられる。飛行場指揮所は直ちに待機戦闘機に警戒を伝え、ひきつづき発進を命ずる。四〇機、五〇機の戦闘機は瞬時にして、爆音たかく一隊また一隊と一斉離陸を開始する。五分くらいで全機離陸を完了し、編隊を整えながら来襲敵機の上に高度をとり、空中高く悠々と旋回しながら敵を待つ。

すると、やがてセントジョージの方から陽光に銀翼を閃めかせて敵爆撃機の大群が編隊も堂々と進入してくる。その上にはさらに高く護衛戦闘機がくっついている。わが戦闘機隊は巧みに敵戦闘機をかわしながら爆撃隊群に突入する。ここに壮烈な空中戦が展開され、みるまに敵の数機が黒煙、白煙をはいて晴れわたった南洋の空に落ちてゆく。下からみていて思わず手に汗を握る光景である。

連日、このような航空戦を繰り返す一方、これと呼応して敵のラバウルをめざす攻略は、一歩一歩と迫ってくる。このなかにあって、私は飛行機こそ十分とはいわないまでも、せめて敵の三分の一の各機種を常時もたせてくれれば、なんとかして敵の反撃をくいとめることができると信じていた。

飛行機の増援を懇請

そこで二月十日ころ、私は長官の命を受け、連合艦隊と大本営にこの実情を報告し、あらためてラバウル航空隊の増勢を極力要請するためラバウルを飛び出した。トラックで古賀峯一長官に会い、われらの所信を披瀝して、目的達成のために努力していただくよう懇望した。長官はその私を激励された。

さらにサイパンに寄った。そこには南雲中将が中部太平洋方面艦隊司令長官としておられたので、ラバウルの戦況を伝え、一瞥したところによる、サイパン防備の薄弱な点を指摘して注意を促した。私の以前の長官に対する隔意ない好意の披瀝であった。しかし南雲長官は、サイパンに敵が上陸してくることは考えられないといって私の好意を謝し、長官の宿舎で夕食をごちそうになり懐旧談に花を咲かせた。

東京に着いてからは軍令部に対し所信を披瀝してその善処を熱望した。誰も反対する人

はなかった。嶋田海軍大臣は、

「巷間にはいろいろ噂をする者があるが、そんなことは気にせずに敢闘を続けるよう希望する。君の要求に対しては極力そうよう努力する」

と誓約された。具体的に示された増勢案は、もちろん私を十分満足させるものではなかったが、それでもうれしかった。参謀本部にもいって実情を伝え陸軍の善処を要望した。

嶋田大臣のいわれる巷間の噂云々については、ラバウルで戦っている私にはなんのことか腑に落ちなかった。後できくと、陸海軍航空で、このときなお予算の奪い合いをやっており、嶋田大臣が東条首相に押えられて折半に終わったというので、海軍部内では嶋田大臣に対する不信の声が起きていたのだということであった。率直にいって、陸軍飛行機は全戦線にわたりほとんどなにもしていないことは事実であった。それに、なおこんなことをいっている陸軍に対しては憤慨にたえなかった。

味方からも遂に見棄てらる

二月十七日ラバウルに帰任しようと、早朝横須賀航空隊に行った。そして、同日早朝、トラック島に対し敵機動部隊の大空襲がかけられていることを知らされた。私は、これは一大事とばかり、出発を延期して東京にひきかえした。

軍令部ではラバウル増援に関する私の約束を破棄するのみならず、ラバウルの航空部隊は全部トラックに移動することに決定したという。私は大いに抗議したが、トラック島の敵襲をみている現在、なんとしても私の要望がいれられず、ラバウルは今後飛行機なしで自力で敵にあたれということであった。このようにしてついにラバウルは海軍作戦の希望のなかから放棄されたのである。ここまで敢闘してきたラバウルに対して、これがあたえられた結論かと一時は憤慨してみたが、致し方ないことであった。私は、誰の援助も借りるものか、石に噛りついてでも独力でラバウルを守りぬく決心をした。ラバウル海軍は、今後艦艇はなし、飛行機はなし、いまや陸軍と同じである。しかし、それでもよろしい。あらゆる工夫を凝らしてラバウルを守りとおすことに決めた。

当時、神奈川県辻堂の海岸で六〇キロ爆弾をロケットで飛ばす実験をしていたので、私は早速これをみにいった。ラバウル防禦の有力な兵器であると考えたからである。

二月二十二日、私は飛行機で内地を飛び出し、一路テニヤン島に向かい、同日午後テニヤン飛行場に着陸した。早速、最近同島に進出した第一航空艦隊司令部に角田司令長官を訪問した。

長官、参謀長以下各幕僚が緊張した顔をして作戦図を覗きこんでいる。挨拶もそこそこにして事情を聞いてみると、

「テニヤンから出た哨戒機が東方洋上に敵機動部隊の一群を発見したと報告してきたところである。明朝はいずれにしても空襲はかかる。いまのところ、輸送船団はみていないか

ら上陸はないと思うが確かではない」

という。

「それでこれから夜間攻撃をやろうと思っている」

とのことであった。

私としては他部隊のことであるから別に口を出すこともないのであるが、参考のため一、二の意見をのべた。私はなるべく早くラバウルに帰りたかったので、これは困ったことになったと思った。

テニヤンで危うく斬り死に

明朝、敵空襲前にトラックに行こうかと思ったが危険だというのでひと空襲浴びてから帰ることにして、搭乗機はグアム島に即刻避難させた。

そしてテニヤンから同行する砲術参謀である土井少佐と、落下傘部隊の山辺大尉とともに、飛行場からほど遠いテニヤンの市街にある南洋興発の倶楽部に宿泊することにした。

その夜、テニヤン市街の海岸地帯の陸上防備を担任している陸戦隊の若い将校が訪ねてきて、防備状況を説明してくれた。敵機動部隊の攻撃にあうというのは通りあわせのできごとであるが、もし敵の上陸でもあれば、臨機応変、これらの人びとの先頭にたって斬り死にするのも運命と諦め、鶏を割いてスキ焼をやり、砂糖で作った酒で小宴を催し、明日の奮戦を約して熟睡した。

翌朝は青年士官の懇望で午前四時海岸の塹壕に行った。一線の塹壕と要点に、数基の二〇ミリ機銃が配備されていた。

「部隊は一個中隊くらいいるが、昨夜半、第一航空艦隊の命によって飛行場の蛸壺掘りに行ったので、いまは下士官、兵二〇名あまりしかおりません」

と、心細いことをいう。これではなんとも致し方ない。いよいよもって斬り死にであると覚悟した。空襲の方は飛行場に重点をおくだろう。テニヤンの町の方はたいしたことはないと内心たかをくくっていたが、午前六時には艦爆、戦闘機が早速来襲した。砂糖会社はみるまに大火災をおこした。港内碇泊の小船は片っ端から燃えあがる。グラマンが海岸を掃射する。天蓋のない塹壕では危険このうえなしである。観念の目を閉じて静坐する。その日は乾パンを噛って塹壕内に一泊した。

夜半にサイパンから陸軍一個連隊がやってきて配備についた。これでまず真っ先の斬り死には助かった。ついに上陸をせずに敵機動部隊はひきあげた。宿舎であった南洋興発の倶楽部は灰燼に帰していた。ラバウルに持ち帰るために携えてきた衣服類も全部焼いてしまった。グアム島に避難した搭乗機も、来襲戦闘機の機銃弾を受けて使用不能となった。そこで代用機の工面に数日をすごしトラックに行った。トラックでの話では、最近ラバウルは敵戦闘機の監視が厳重であるため、昼間の着陸は無理である。日没と同時に滑りこめという注意を受けたので、その日のうちにトラックを出発した。カビエンをすぎるころから咫尺《しせき》を弁ぜぬ豪雨に遭い、それを衝いて危うくもラバウルに帰着した。

陸軍と協力籠城始まる

飛行機と搭乗員をトラックにとられて、残るものはラバウル航空戦を夢みて集積された多量のガソリン、爆弾、魚雷そのほかの兵器と、人としては上野少将の航空戦隊司令部と航空基地員であった。なおほかに破損した飛行機と、度重なる戦闘とマラリヤやデング熱によって病床に悩む少数の搭乗員がいた。

ラバウルに対する敵の空襲は連日激甚をきわめたが、わが戦闘機の敢闘によって、わが方の被害を最少にくいとめていた。市街をはじめ陸上施設はわずかに五パーセントを破壊されたのみで、九五パーセントは依然として威容を保っていた。

戦闘機隊のトラック移動後、一週間を出ないうちに市街は廃墟と化してしまった。港内はもはや一隻の舟艇も完全を期することはできない。海軍は本来の任務を根底から奪い去られてしまった。しかし全員は決して悲歎はしなかった。そして陸軍と協力してラバウル籠城がはじまった。

陸軍はニューブリテン島に揚陸した敵の陸上からの攻撃に対し、ラバウルの背面防備を担当し、海軍はラバウル港内および附近海岸よりする敵の上陸に対し水面、水際および陸上防備を担当することに協定した。

当時、陸軍の第八方面軍はブーゲンビルに百武中将麾下の第十七軍が、トロキナ作戦に最後の敢闘をつづけ、ラバウル附近には、影佐中将の師団を中核として各種部隊の新編制と、ニューブリテン各地に戦っていた部隊をひきあげ、総計実動二個師団半ないし三個師団はあったであろう。

このほかにトラックから移動してきた特別編制一個旅団が、ニューアイルランドのカビエン、ナマタナイ附近に配備されていたと思う。海軍は第八根拠地隊麾下の警備隊を主とし各設営隊、航空部隊の残留整備員その他を全部陸戦隊に編制して、二万五千から三万名はいたであろうか。その装備は固有の陸戦隊員をのぞいてはいずれも竹槍部隊に属するものであった。しかし、われわれは利用し得べきものはすべて利用した。

発電所も工場も洞窟内に

敵上陸舟艇に対して機雷を敷設したことはもちろんである。水際には機雷や地雷の敷設を考案した。八〇〇キロ以上の大型爆弾は海岸の要所要所に横穴を設けてこれに装備し、電気発火によって舟艇群を噴き飛ばすことにした。六〇キロないし三〇〇キロ爆弾はロケットで一〇〇〇メートルくらいは射出することに成功し、海岸附近のジャングル内から射ち出すことにした。

魚雷は海岸に据えつける滑走台から滑べらせる。あるいは筏で発射する。戦車攻撃用の手擲弾など廃物利用による新兵器の考案に、人びとは明日にせまる玉砕の運命を忘れたかのように興味をもって精進するのであった。

全軍の士気のたてなおしと、敵が上陸してきた際にまごつかないように、まず全軍をその戦闘配備につけ、その配備についたままで壕をつくらせ、洞窟を掘らせた。また各種訓練を励行させると同時に食糧対策として農耕を奨励した。洞窟は空襲の激化とともに各部隊ごとにさかんに掘らせた。

まず艦隊司令部用としてラバウル市街の背後にある丘の脚地の渓谷を利用して長さ約一五〇メートルの洞窟をつくった。通信室あり、作戦室あり、寝台車のような寝室あり、後にはりっぱな長官室も、参謀長室もできたということである。洞内は自家発電によって電灯は煌々としている。これを称して金剛洞といった。こうすれば艦砲射撃があろうが、一トン爆弾が落ちようが平気であった。ただ洞内には湿気が多いのが欠点であった。

各隊もまた司令部に劣らない洞窟をつくった。工場も全部洞窟にいれた。病院としての洞窟もつくった。最後には全洞窟の延長が総計七〇〇〇メートルにおよんだということであった。

これをやった私の念願は、敵が上陸してきたときに戦闘部署をそのままに日常の生活を規定し、いざというときはなんの顧慮もなく全力を発揮できる構想のもとに計画したことであった。

そのためにはずいぶん無理を強いたところもあったが、富岡少将の辛苦によって、無理と思われたことも全軍の努力で完遂できたのであった。なお富岡参謀長は食糧対策の大事業から製紙、マッチ、縫針といった細かいことにいたるまで、日常生活にこと欠かない自給自足をはかり、ついにこれをも完遂したのである。

敵もわれを置き去りに

長官は私にとっては従兄ではあるが、ラバウル海軍が死の苦闘を続けつつ、しかもこの難事業を完遂することができたことは、ひとつにその人格に俟《ま》つところ大なるものがあったといまでも確信している。短気でときには部下である提督連をなんの仮借もなく叱り、また理に合わぬことがあれば、今村大将でもなんの遠慮もなくやっつけたが、一点の私心もなく、国を思い部下を思う熱意と純情は、すべてを償ってあまりあるものがあった。私自身も、もちろん従兄とともにラバウルを墳墓の土地ときめていた。おそらく米軍の大兵力をもってしても、十万以上の大出血をしなければラバウルを攻略することは不可能であったろうと思う。

しかし飛行機のなくなったラバウルは作戦上無意味であった。味方から捨てられたラバウルは、やがてはまた敵からも見捨てられた。

二月十五日ラバウル南東一〇〇浬の小島グリーン島に米軍が上陸してきた。そのときは、いよいよラバウルに対する本格的攻略もちかづいたと思った。暗夜に敵水上艦艇の砲撃を受けることも二、三回あったので、いよいよきたなと思った。また機動部隊の姿をニューアイルランド北方海面に散見した当初は、カビエン攻略かと思ったが、これもそのことなくして終わり、二月二十九日敵はラバウルの北西三〇〇浬のアドミラルティ諸島に上陸を開始した。旬日にわたる守備海軍部隊の勇敢なる反撃もついに悲悽な玉砕に終わり、われらはただ涙をのんでその最期の電報をみるにすぎなかった。

このころから、私にはいよいよラバウルが敵から置き去りにされつつあるのを感得された。そして移動する戦線を眺めて情けない思いに耽った。

ブーゲンビルにおけるトロキナ決戦は三月八日から第十七軍主力と第八艦隊の一部をもって行なわれ、悽惨な突撃につぐ突撃が繰り返され、ついに飛行場に突入したが、これも場内にて敵戦車のために文字通り蹂躙され、大隊長以上の過早の戦死が、いかに部隊の戦闘力を萎縮させるかという戦訓を残したにすぎなかった。

相次ぐ最高指揮官の戦死

三月三十一日、古賀峯一連合艦隊司令長官遭難の悲電が受信された。すなわち古賀長官はパラオの陸上戦闘指揮所からミンダナオ島のダバオにその将旗を移すため、司令部員と二機の飛行艇に分乗して飛行中、悪天候のためついに遭難したのであった。山本長官の戦死といい、ひきつづく古賀長官の遭難といい、わが国の前途に多大の暗影を投じたものであった。

四月五日早朝、長官自ら翻訳すべしという暗号電報がきた。私と従兄とふたりで暗号書を繰った。第一語は「草」とでてきた。従兄は先日来「連合艦隊参謀長の後釜は貴様よりほかにない」といっていたやさきである。

「それみよ」

という。全文を翻訳すれば「草鹿(士官名簿番号)連合艦隊参謀長至急東京に赴任せしめられたし」とあった。

私の後任は富岡参謀長の昇格であった。ほかに二、三の転出もあった。ちょうど当日早朝、敵戦闘機の目をかすめ要務をもって飛来した陸攻二機があり、それは翌早朝、内地に向かって出発する予定であった。

「こうと決まったら早速行けよ」

と、いう従兄の顔にも、思いなしか一抹の淋しさがただよっているようにみえた。私はなんともいいようがなかった。ただひとこと、

「うん」

と、いった。早速、送別会が開かれることになった。陸軍司令部は、海軍の金剛洞の向

こう側の奥に、千早城と称して洞窟を造っていたので、そこにも挨拶に行った。陸軍の人びとはあまりの突然にびっくりしていた。

送別会のご馳走はアナゴの罐詰がふたきれと、茄子のシギ焼ふたきれと、雑草の吸物と麦飯であった。酒は一滴もなかった。これではあまりに無風情なので、陸軍に無心に行ったところ、快く一級酒の一升瓶一ダースを贈ってくれた。これで心ゆくばかり、長官以下幕僚と名残りを惜しんだ。

夕刻、ブナカナウ飛行場に行き、級友上野少将の司令部に一泊することにした。上野少将もまた一本きりのウイスキーをとりだして脱出の成功を祈ってくれた。

六日未明、ブナカナウ飛行場に行った。飛行機はすでにひきだされて試運転を終わっていたが、敵の夜間戦闘機が上空にいて、空襲警報発令中であり、出発を見合わせていた。私はやむなく出発は明朝に延期しようといったが、連合艦隊参謀に転補され、私と同行の立花大佐が、

「ただいま出発しないと飛行機は必ずきょう昼間に撃破され、ついに脱出の機会を失うでしょう」

という。私も結局同意して出発することにした。

午前四時すぎ離陸し、海面をはうようにして北上した。ニューアイルランド島を横ぎるため高度をあげたとき、カビエン爆撃を終わって帰途に向かう敵の艦爆六機と遭遇した。

機銃員は銃座につき射撃姿勢をとったが、不思議なことには敵機はわが飛行機には目もくれず、後尾上方を東に飛び去って難をまぬがれた。

防備にのんきなサイパン

トラックで燃料を補給し、その日のうちにサイパンのアスリート飛行場に着陸した。早速、南雲司令長官を司令部に訪い、挨拶ののち再びラバウルの現状をのべた。それから私はサイパン防備ののんきさを指摘した。こんどは南雲長官も大分傾聴した。帰京を一日延期して、麾下各部隊の幹部に講演してくれとのことであったので、私は快諾して翌日講演をした。みな一応は熱心に聴講したが、なんだか私には割り切れないものがあった。陸軍の人も聴講していたが、陸上防備は自分たちが本家本元であるといったような空気もないではなかった。

翌日早朝、サイパンを出発した。途中硫黄島に着陸した。燃料補給のときを利用して島内防備の状況を視察した。警備隊和智司令の案内をうけて説明を聞いた。装備は不備であったが、小島であるせいか、非常に熱心で細部にいたるまで注意がいき届き、サイパンにくらべて非常な感銘をうけた。

その日のうちに横須賀に帰着、東京の軍令部に出頭して、今後の指示をうけてからひさしぶりに帰宅した。

家族はびっくりした。帰らないと思った私が突然帰って来たのであるから。これは虎の絵のせいであろうか。

第五部　敵反攻主力の撃滅へ

第一章　作戦を拘束する燃料不足

すべてを航空第一に改編

軍令部では私の補職はもちろん、すべてしばらく極秘にしてくれとのことであった。海軍省にもあまり顔を出さないようにしてくれという。まことに手もちぶさたな次第であった。霊南坂教会の前に海軍次官官舎という大きな古い空家があった。

ここを連合艦隊司令部の隠れ家に指定された。新連合艦隊司令長官には横須賀鎮守府司令長官である豊田副武大将が内定しているという。第三艦隊時代の首席参謀高田大佐が首席参謀であり、同じく長井純隆中佐が作戦参謀であり、淵田中佐が航空参謀である。なんとこれは好都合なことである。高田君が黒幕であろうと思った。

大本営および豊田大将との連絡は軍務局員たる高田君があたるという。連合艦隊の指揮は次席指揮官である南西方面艦隊司令長官高須四郎中将が形式上継承することになった。これはちょっと困ったことであったが大本営の適当な措置に委した。そして私は毎日この次官官舎に通いながら、まずつぎにきたるべき作戦の構想に没頭した。

作戦参謀である長井純隆中佐は、毎日作戦図ととりくんで、具体的計画の作成に懸命である。軍令部にはすでに源田中佐が、作戦部員として例によって智嚢をしぼり東奔西走している。心強いかぎりである。

われわれが開戦以来不満に思っていた戦艦至上主義も払拭され、「大和」、「武蔵」も機動部隊指揮官の指揮下に編入され、その重い尻をもちあげることになった。すべては航空重点主義に移行し、戦艦「伊勢」、「日向」までが航空母艦に改装されつつあった。

従来、海軍航空界においてさかんに論議されていた空地分離問題も編制上に具現され、陸上航空部隊も、太平洋上に点在する島嶼における飛行場を手軽に移動して、作戦の機微に応じ得るように、その機動性の発揮に多大の苦心がはらわれるようになり、空母群にも米軍の制度を採りいれ、母艦と飛行機隊の性格を明らかに分ち、飛行機隊の用法に一段の変通性をあたえた。

それにもまして、わが意をえたことは、連合艦隊司令部がまず旗艦として特別に艤装された軍艦「大淀」に将旗を掲げ、実戦部隊を離れて戦線全局を大観して作戦の案画にその磐石の力をしめすことができることであった。これは、さらに一歩を進めて陸上に移ることが望ましいのである。ミッドウェー敗戦、ソロモンの苦戦を経てはいるが、わが海軍力はまだ戦うに足るだけの威容をもっていたのである。

敵の狙う本土への道

このころになると、敵の反撃はいよいよ急となり、北ではすでにアッツ、キスカを失い、アリューシャン全域は敵の奪回制圧するところとなり、ようやく千島列島によって北辺の守りを支えている状況であり、第一段作戦における最外郭をなしていたマーシャル、ギルバート諸島もまた等しく敵の手に落ち、ラバウル、トラックは置き去りにされ、敵の攻略進撃の先鋒である機動部隊はサイパン、パラオに対してすでに空襲をかけ、わが海軍作戦の最後の拠点であるマリアナ、西カロリンの線も、いまやその攻略をうけるのは、きょうかあすかと待っているようなありさまであった。敵の最後にめざすところは、いわずとも知れた日本本土に対する上陸である。

アリューシャン、千島列島伝いに北海道を窺うことも一法であろう。しかし、これは誰が考えても天候、気象の関係もあり、下策である。急遽、九十九里浜に上陸することも考えられるが、これも一時上陸には成功しても、防禦されないながい補給線を、そのままでは長続きはできない。結局、来る途はマリアナから火山列島、小笠原諸島と北上し、直接東京を衝く道と、西カロリンに地歩を占め、フィリピンを奪回し、台湾、琉球列島を席巻して、九州南部に上陸する確実な道が残される。はたして、しかりとすれば、これに対してわれわれはいかなる応手を打つべきか。わが攻撃目標はあくまで、まず敵の機動部隊でなくてはならない。

当時B17、B24、B29と長距離大型攻撃機が発達しつつあった米国としても、太平洋上の島嶼に逐次基地を進めてかかる進攻作戦に、神出鬼没、一刀にまず敵に大打撃をあたえる機動部隊の特性をその先鋒に駆使しなければ、逐次の攻略ができたとしても、それには多大の年月と兵力がいるので、まずわが機動部隊を捕捉撃滅することがなにをおいても先決問題である。

敵機動部隊撃砕の好機

サイパンを中核とするマリアナ諸島は、すでに完成したアスリート飛行場と、それに隣接するテニヤン島の飛行場およびグアム島飛行場とひとつの飛行場群をなし、またパラオを中核とする西カロリン諸島も、そのペリリュー飛行場、パラオ本島飛行場、ヤップ島飛行場と飛行場群をなしている。こうして前者は硫黄島飛行場、小笠原飛行場を点綴して内地に通じ、後者はフィリピン、ミンダナオ島に通じている。敵がその攻略を進めようとするならば、まず両島を制圧して手中に収めることが先決問題である。

わが艦隊が、その主目標としてつけねらう敵機動部隊を捕捉撃滅するのは、まさに敵がこれら両島のいずれかに攻略の手をつけた時機こそ、その機でなくてはならない。

しかも敵は攻略に手は着けたが、わが陸上の防備が強靱で、敵艦隊を前面にひきつけ、力戦して敵を泥田のなかにひきこみ、抜き差しのならない状態に陥らせることができるならば、たとえそれが十日でも二十日でも、これこそまさに絶好の機会である。私がとくにサイパン、パラオの防備をやかましくいうのも、ただその島自体のためにのみいうのではない。敵機動部隊撃滅の成否が、ひとつにここにかかると思うからいったのである。

連合艦隊司令部から、再三陸軍に対し防備強化に対する申しいれをしたのであるが、ついに東条参謀総長は

「防備に関しては参謀総長が太鼓判をおす、海軍はよけいなことを心配せずにしっかりやれ」

といった。私は当時、まことに長袖者流《ちょうしゅうしゃ》、兵を誤ると思った。

当時、ニューギニア方面は、アイタペ、ホーランディアと敵の飛び石作戦はわがすでに力尽きはてた陸上部隊を寸断し、ビアク島に対する攻略必至の状況を呈していた。以上の結論として、わが方はパラオもしくはサイパンに敵の攻略を期待し、この機会に敵機動部隊を捕捉撃滅する。しかしパラオがさきか、サイパンがさきかということは甚だ判断に苦しんだのであって、結局パラオ第一、サイパン第二と判定した。ただし、いずれに来ようとも万全の構えはとっていた。

水上部隊主力をリンガにおく

当時の連合艦隊の水上部隊、すなわち水上艦艇の小沢部隊の大部はリンガ泊地にいた。リンガはシンガポールの南方約一〇〇浬ぐらいのところにある南北約四〇浬、東西約三〇浬の島に囲まれた非常に静かな泊地である。

リンガ泊地の主力は小沢部隊であった。西の方にはスマトラ本島、東の方にはリンガという島がある。またその泊地の周辺には小さい島がたくさんある。このように島に囲まれているから、敵の潜水艦に対する危険も非常に少なく、また敵の飛行機に対してもあまり顧慮する必要もない。

ただ飛行機の方は、イギリス艦艇のものがスマトラを越してくれば来られないことはないが、わが海軍の飛行機が非常に警戒を厳重にしているから、そこをおしとおしてくるということもできないし、その泊地が相当に広い海面なので、そのなかで出動訓練ができる。一般艦船でもそうであるが、とくに航空母艦は暇さえあれば出動して、訓練しなくてはならない。それは航空母艦に積んでいる飛行機搭乗員の訓練である。まず手ぢかいところで飛行機が完全に発着する訓練にも特別の技術を要するのであるが、それには、この海面の広さは非常に好都合である。

それで、場所としては非常によいが、なぜ日本の艦隊が内地を離れたシンガポールの近くにいるかというと、要するに燃料の問題なのである。

すなわちわずかの石油は内地から出る。それだけでは日本の海軍、まして日本全体に必要な燃料は到底賄えない。

ことに海軍の要する燃料は莫大なものであったので、戦争前、主としてカリフォルニアの燃料を買っていた。その他、ボルネオのタラカンとか、樺太のオハなどからも買っては蓄積していた。考えてみれば変な話で、仮想敵国から油を仰いでいたわけである。それを山口県の徳山にある海軍燃料廠で精製貯蔵した。

そのほか各軍港、要港というようなところに重油タンクをずいぶんたくさんつくっていた。なかには地下油槽もあって、表面からみえない、土中に大きな油タンクをつくって、蓄積していた。これが戦前どのくらいあったものかよくわからなかったが、だいたい六〇〇万トンくらいはあったのではないかと思う。

ところがかりに六〇〇万トンあったとしても、戦争をやって、各艦船がみな活発に活動すると、二年もつかもたないかの分量である。ちょうど「あ号作戦」を考えているときは、開戦後すでに二年あまりを経過している。そうすれば、ほとんどその内地の貯蔵燃料を使いつくしていることになる。

こういう状況であったので、その当時わが勢力下にはいっていたタラカンとか、スマトラのパレンバンからタンカーで内地へ運んでいる。一般の民需もいるし、陸軍の方も燃料がいる。ことに海軍がいちばんいる。このころにはすでに敵の潜水艦の跳梁が相当激しくなって、運んでくるタンカーがつぎつぎ潜水艦にやられるので、タンカーの数も少なくなっていた。

航空部隊も燃料を求めて

この燃料について憂慮しだしたのは、古賀長官がまだトラックにいて連合艦隊の主力部隊を率いておられたとき、すでに艦隊燃料の補給ということを非常に心配されるし、また実際困難が生じてきていたので、燃料は南方から横すべりをして直接艦隊に運ばれていた。

これは艦船用の重油についてであるが、重油がないと、それに関連して航空機用のガソリンも足らなくなる。いちいち敵潜水艦が跳梁しているなかを油槽船に積んで日本へもっていって、内地で艦隊に供給するということはとうていできない実情であった。

それで航空用ガソリンも欠乏をつげる。したがって内地における飛行機隊の訓練も非常にやりにくくなってきた。そこで実際問題として、その当時の飛行機隊の一部は、結局燃料を求めてシンガポール附近で訓練しなければならなかった。だから日本の艦隊が国を遠く離れて、リンガ泊地にいるというようなことになるのであった。

リンガ泊地はスマトラ本島に一方を託しているのでパレンバンの油田が非常に近い。距離にして一五〇浬ぐらいのものであろうか。そのパレンバンの油田から、大げさなタンカーでなくて、小さなタンカーで、とにかく毎日リンガへ運んでくることができる。だから艦隊司令部でもなんの心配もなく日々の訓練ができた。それからまた艦の中にたえず油を蓄えておくこともできる。

また、その当時、飛行機搭乗員の技量がだんだん低下していた。歴戦の技量の非常に優れた、いわゆる精鋭と称せられるものが、開戦以来から数えてみると、わずかな損害でも累計してみると相当に大きな損害になる。ましてミッドウェーの敗戦、それからソロモン附近の日々の苦しい戦闘でずいぶん搭乗員がなくなっている。だいたい、精鋭部隊の半分とまではいかなかったと思うが、三分の一ぐらいの犠牲者はすでにでていた。

それで、それを補充するために、新しい搭乗員をどんどん採用して訓練しなければならない。しかし、訓練する一方戦死者がつぎからつぎへとでるから、練度のあがっていないものまで母艦に乗せなければならない。だから母艦の出動訓練は、日々の戦闘を控えていても、なお一日でも二日でも訓練をゆるがせにできないのであった。

その場合、このリンガ泊地にいるということは非常に有利で、なんの心配もなく訓練できたのである。またここは日々激しい戦闘をしている前線からみれば、まるで別世界のようで、なにごとも意を安んじて訓練に従事することができたのである。

決戦場に遠すぎる欠点

そういう面では非常に都合がよいのであるが、サイパンか、パラオか、つぎにおこる大きな決戦を予期しているときに、シンガポール附近のリンガでは位置があまりにも悪い。

第一に位置が片寄りすぎている。リンガからパラオまでは約二〇〇〇浬ある。サイパンになると約三〇〇〇浬ちかくもある。こう距離がながくては敵の機動部隊が出現してきたときに、これをみてからサァといって行動をおこしても、なかなかすぐに間に合わない。すなわち「短節」な攻撃を仕掛けるということができない。「短節」というのは孫子の言葉で、そのものの節が短いということ、たとえば、ある場所へ敵が出てきたのを、遠くの方から出動していったのではパッとゆく攻撃ができない。そこで、あるところまでずっとつめておいて、敵が出てきたら一挙に思いきった戦争をやる。これを「短節」というのである。もとの言葉というのは、孫子の兵法に「勢は険」――その勢というものは険でなくてはならない。そして「其の節短」――その節は短くなくてはならない、というのからでている。

決戦場と予想される場所から、このように遠距離では、その短節な攻撃を仕掛けることができない。普通からいうと、こういうふうにサイパンなり、パラオなりに敵の出現を予期している状況では、日本の海軍が戦前〝海軍の作戦計画〟として考えていたように奄美大島くらいがいちばん適当な根拠地であろうと思う。奄美大島あたりで悠々と敵の動静を静観して、そして、ここというときに疾風迅雷の攻撃を加えるということが、作戦という点からみると本筋でなくてはならない。

しかし、そのような状況であったので、なかなか作戦ということを自由に考えて、艦隊を動かすということができなかった。まったく、その当時は窮迫している燃料にしばられていた。

また、燃料が足りないということからおきる航空機搭乗員の訓練ということにしばられてしまって、作戦本来の立場から艦隊を自由に振り回すということは、そのときにはもうできなかったのである。非常に窮屈な状態でわれわれは「あ号作戦」の計画をたてなければならない苦しい羽目におかれたのである。

踏切り台をタウイタウイへ

そこで、戦機を察するのに非常に明敏であって、そうしてそれを把握する、すなわちこういうふうに戦争をやろうと思っても、こう遠くでは戦争というものがものにならない。もっと距離をつめなければならないということが非常に大きな事柄になってくる。要するに、ジャンプの踏切り場所をもっと前へ進めなくてはならない。

そこで、この踏切り場所をどこにもっていけばよいかということが問題になる。そしていろいろ候補地が考えられた。ひとつは、フィリピン群島のなかで、なるべくパラオなりサイパンなりに近いところ、これは後で出てくるがギマラスというところがひとつの候補地であった。しかし、当時フィリピンは日本の占領下にあったとはいうものの、方々にはまだ敵の残兵がいて、しかもそれが相当に組織をもっている。りっぱな無線電信所をもっていたり、りっぱな部隊組織をもっていたり、なかなか軽視のできないものが残っていた。だからフィリピンの叢島内で、これを求めるということは、敵の状況から考えてできないことであった。

いっぽう、そうかといって、タンカーが少ないから、ずっと北上して、琉球とか、それからさらに北上して、どこか日本の内地へでも艦隊を集合して、そこから決戦を求めていくということもできない。そこで結局、いろいろな不便もあったけれども、ミンダナオ島の西南のスルー諸島のタウイタウイにきめたのである。

タウイタウイという島は長さが約三〇浬、幅の広いところが一〇浬ぐらいある。そのタウイタウイ島を北に控えて、その東西南の三方面を非常に低い環礁がとり囲んでいる。その泊地の広さはだいたい広島湾の、いわゆる柱島の錨地くらいの広さがあるというから優に大艦隊を碇泊させることができるのである。

しかし、リンガとちがって、そのなかで安心して訓練をすることはできない。訓練しようと思えば、外洋に出なければならない。外洋に出て訓練をしなければならないということと、近所に適当な飛行場がないということが非常な欠点であって、これは艦隊としてはいちばん大きな悩みである。そこで実戦部隊である小沢部隊としては、なるべくギリギリのところまで訓練をつづけるためにリンガにいたいわけである。

ところが一方、その作戦を指揮する連合艦隊司令部の立場からいうと、へんぴなリンガにながくおいておくということは、戦争の、いわゆる戦機をみて動かすということから、どうも具合が悪い。だから連合艦隊司令部としては、なるべく早くこの踏切りの都合のよいところまで出てほしい。これが連合艦隊司令部の切実な作戦上の要望であった。

これはまことに仕方のないことであって、要するに、油をもたないで、無理な戦争をしようとするものの大きな苦しみであった。それからまた、その物がないという苦しみが、現実に無理な作戦計画をたてなければならないという状況であった。

航空部隊の全勢力を投入

当時の戦いに対する考えかたは、従来の大艦巨砲主義から決戦の主力、主兵をなすものは航空部隊であるとする航空第一主義に移っていた。

その決戦の主兵をなすわが方のそのころの航空兵力はどうであったか。小沢中将麾下の第一機動艦隊がもっていた各種の飛行機は合計約四五〇機ぐらい。それから「あ号作戦」に注入する第一航空艦隊があった。第一機動艦隊は母艦群で、これに策応して働くのが第一航空艦隊である。これは陸上の航空部隊で、約一五〇〇機ぐらいをもっていた。この司令部はテニヤンにおいていた。

しかし、実際の実動機数は非常に減っていた。それだけではなお足らないのでそのほかに、横須賀航空隊の教官、教員をもって編成している、その当時、〝八幡部隊〟と称するもののこの決戦に投入しようと思っていた。これも使えるのが五〇機ぐらいあった。

機動艦隊の方は母艦群であるから、海上で自由自在に動くことができるが、これに呼応して働く第一航空艦隊の一五〇〇機の飛行機をどういうところに使用してやるのかというと、だいたい硫黄島に飛行場が一つある。それからサイパン島に二つ、テニヤン島に三つ、グアム島に二つ、ロタ島に一つ、ヤップ島に一つ、それからパラオ島に二つの飛行基地がある。それらの基地を利用して、これらの飛行機が自由自在に活動しようというのである。

そのほかに、この「あ号作戦」に注ぎこもうという大きな期待をもっている兵力は、先遣部隊としての潜水艦部隊が司令部をサイパンにおいていた。高木中将が長官であったが、この潜水艦をひとつの大きな力として、マリアナ周辺に集結する。

これらの兵力を按配して「あ号作戦」を遂行しようと構想を練っていたのである。

情けない「泥縄式」パイロット

それに使用する飛行機自体についていうと、質についてはは相当に優秀なものがあって、たとえば零戦――これは非常に優秀な飛行機で、第一段作戦中はずいぶん零戦零戦といって、零戦が出てくると米国の飛行機がおそれをなしたものである。しかし、アメリカも、それに対抗してどんどんよい機材を出してきた。そしてミッドウェーの敗戦あたりから敵機の優秀さについて、いろいろやかましくいわれていた。

この「あ号作戦」を計画するときには、日本の国でもおそまきではあったが、新しい機材がだんだんでてきつつあった。

たとえば艦上攻撃機には「天山」という優秀なものがでてきた。艦上爆撃機には「彗星」といったような非常に秀れた飛行機も出つつあった。

しかし、このようによい機材が出つつあったが、これも第一段作戦のときの安易になれてしまって、それらの機材の出しかたが遅れたわけである。

ちょうど第一段作戦をやっていたときは、零戦あるいは九七式艦上攻撃機、九九式艦上爆撃機にしても整備員や搭乗員がそれの取りあつかいにおいて十分馴れていた。

しかし「あ号作戦」のころになると、機材そのものはよいものが出つつあったが、搭乗員や整備員はまだそれに馴れていない。加うるに搭乗員は未熟なものがだんだん多くなってきた。

表面上の数は相当揃っていたが、その内容にいたっては、戦争がだんだん思わしくないから、あわてて勉強しだしたもので、つまり泥縄式といった弱点が、そのときすでに内部においては掩いかくすことができなかったのである。

第二章「あ号作戦」を指示

頽勢をかえす確信あり

これを総括的にみると、そのときの全戦局における大勢はすでに崩れかかっていたのである。しかし、私の考えとしては、この崩れかかっている大勢を、うまく自分たちの手でやればなんとかもり返せないことはない、かならずもり返すことができると、ある確信をもってこの計画を進めていた。

私が連合艦隊参謀長に四月上旬に任ぜられて、東京の海軍次官官舎に一種の軟禁をされているような状態にあるときに、一生懸命にこの「あ号作戦」の計画をめぐらしていた。もちろん、これについては大本営と緊密な連絡をとっていたし、また、そのうちでも重要なことは新連合艦隊司令長官に内定していた豊田大将にも極秘のうちにいちいち連絡していた。

四月三十日に新連合艦隊司令長官の発表があった。豊田大将はただちに東京湾内の木更津沖に碇泊していた「大淀」へわれわれ幕僚を連れて着任され、そこに将旗を掲げられたのである。

形のうえでも連合艦隊司令部ができたので、早速われわれが三週間あまりかかって考えていた計画がつぎからつぎへ、いろいろな命令となって出たのであるが、五月三日には大本営から大海指第三七三号として次の指示が出された。

大海指第三七三号

昭和十九年五月三日

軍令部総長　嶋田繁太郎

豊田連合艦隊司令長官ニ指示

連合艦隊司令長官ハ大海指第二〇九号「連合艦隊ノ準拠スヘキ作戦方針」ニ拠ルノ外当面ノ作戦ニ関シテハ別紙「連合艦隊ノ準拠スヘキ当面ノ作戦方針」ニ準拠シ、作戦スヘシ

大海指第三七三号別紙

連合艦隊ノ準拠スヘキ当面ノ作戦方針

第一　我カ決戦兵力ノ大部ヲ集中シテ敵ノ主反攻正面ニ備へ、一挙ニ敵艦隊ヲ覆滅シテ敵ノ反攻企図ヲ挫折セシム、之カ為

一、速ニ我カ決戦兵力ヲ整備シテ、概ネ五月下旬以降中部太平洋方面ヨリ比島竝ニ

濠北方面ニ亘ル海域ニ於テ敵艦隊主力ヲ捕捉之カ撃滅ヲ企図ス
二、右決戦兵力整備以前ニ於テハ、特定ノ場合ノ外決戦ヲ避クルヲ本旨トス
第二　決戦海面ニ於ケル作戦要領ハ左ニ拠ル
一、五月下旬第一機動艦隊及第一航空艦隊ノ兵力整備ヲ俟チ、第一機動艦隊ヲ比島中南部方面ニ於テ待機セシメ、第一航空艦隊ヲ中部太平洋方面比島竝ニ濠北方面ニ展開シ、以テ決戦即応ノ態勢ヲ持シ、好機ニ乗シ特ニ右両艦隊ノ適切ナル運用ヲ期シ、全力ヲ挙ケテ敵主力ヲ捕捉撃滅ス
二、決戦海面ハ、為シ得ル限リ我カ機動艦隊待機地点ニ近ク選定スルモノトス
第三　我カ決戦兵力ノ整備ニ先立チ、敵来攻スル場合ノ作戦ハ左ニ拠ル
一、特定拠点ノ確保竝ニ情況特ニ我ニ有利ナル場合ヲ除ク外、海上兵力ヲ以テスル決戦ハ之ヲ避ケ、主トシテ基地航空兵力竝ニ局地防備兵力ヲ以テ敵ヲ邀撃撃滅ス
特定拠点ハ別示ス
二、此ノ場合、基地航空兵力ノ使用ニ関シテハ、全般戦局ノ推移ヲ洞察シ、特ニ自後企図スヘキ決戦ヲ有利ナラシムル成算アル場合ノ外、努メテ兵力ノ過大ナル消耗ヲ戒メ、以テ次期海上決戦ニ支障ナカラシムルヲ本旨トス
第四　決戦期間ニ於ケル自他方面ノ作戦ハ左ニ拠ル
一、陸海軍緊密ナル協同ノ下ニ、概ネ所在兵力ヲ以テ来攻スル敵ヲ邀撃シ、為シ得

ル限リ既定方針ニ即シ、所定ノ要域ヲ確保ス
二、努メテ奇襲的作戦ヲ実施シ、敵進攻気勢ノ破摧《はさい》ヲ策ス

第五　決戦準備ニ関シテハ特ニ左ニ留意ス
一、海陸一如ノ作戦準備ヲ行ヒ、概ネ五月下旬概成ヲ目途トシテ中部太平洋方面ヨリ比島濠北方面ニ亘ル地域、就中「西カロリン」諸島比島中南部竝ニ春（「ハルマヘラ」）亀（西部「ニューギニア」）地区方面ノ作戦準備ヲ促進スルト共ニ、之等要域ノ防備ヲ強化シ、速ニ決戦海面ニ於ケル我有利ナル戦略態勢ノ確立ニ努ム
二、航空作戦準備ヲ優先実施シ、極力基地ノ造成竝ニ防備強化、所要燃弾ノ集積ニ努ム、特ニ航空基地ノ強靭性ヲ重視ス
三、航空基地ハ既定使用区分ニ不拘、陸海軍部隊ノ一体的航空作戦実施ニ最モ便ナル如ク活用シ、防備竝ニ燃弾ノ集積等モ両軍一体トナリ、之ヲ実施スルモノトス

第六　本作戦ヲ「あ」号作戦ト呼称ス　（終）

敵機動部隊の所在確認が必要

それで、その大海指にしたがって連合艦隊命令というものが出るのである。では、この命令によって、連合艦隊がどんな作戦計画を樹てたかということは後にして、その前にいっておきたいのは、われわれの攻撃目標は、敵の機動部隊でなければならない。自分たち

がいままで連合艦隊麾下の部隊におって
〝連合艦隊は認識不足である。敵の機動部隊をやらねばいけないじゃないか〟
とやかましくいっていたが、こんどは自分たちが連合艦隊にはいったのであるから、いままで考えていたことで、いけないというものは改めなければいけないという気分になっていた。そして作戦に関しては、敵の機動部隊を潰すことが目標でなければならないと考えていた。

それでは敵の機動部隊はいったいどこにいるのか、それを知るためには通信諜報というのがある。通信諜報というのは敵の通信状況――敵信を傍受する特別な専門の組織があって、それで敵信を傍受していて、たとえばマーシャルならマーシャルの方でさかんに通信が出るところがある。通信量が非常に多いというと、そこになにか部隊の中枢があるにちがいないということがわかる。もっと欲をいうと、そのたくさん出る敵の通信を、わが方の幾ヵ所かでとって、その方向を逆にのばしていくとクロスするところがある。そこが敵の位置ということになる。これはできたりできなかったりするが、いずれにしても、およそマーシャル附近、そのなかでも、たとえばメジュロという島があるが、メジュロならメジュロからの通信量が多いということになると、そこになにかがあるということがわかる。

それから、たとえばそこから非常に通信が多く出ているが、ある時期になるととくに通信が急に増えてくる。それが、ある時期になるとパッタリやむことがある。それはなにを意味しているかというと、非常に増えてきたということは、作戦を起す前の準備で、非常に忙しいから各方面との通信が増えるのである。パッタリやむというのは、いよいよ動き出したということが考えられる。

このようなことをこと細かく気をつけて調べているのが通信諜報の役目であるが、こういう通信諜報とか、それから前線に飛んでいる飛行機とか、あるいは活動している潜水艦が、敵の機動部隊をチラッチラッとみかける。このような断片的な情報を集めて綜合し研究して、敵はここにいるだろうということになるのである。

しかし、これは人間の推理であるからまちがうこともある。だからなんといっても〝ここにいたぞ〟という目でみたことがいちばん確実である。作戦指導にあたる最高司令部としてはこれが非常にほしい。いくら戦勢が崩れかけていても、ただ敵の攻撃を待つということではいけない。戦いが守勢になっていても、そういう戦争をするということは下の下であるから、なんとしても敵の位置だけでも、こちらから積極的にみつけなければならない。

さらに、敵を探し出して、そして、もっと積極的に敵の機動部隊をこちらの所望のところにもってきたい。戦争というものは、ここまで積極的にもっていかなければならない。しかしなんといっても、まず第一に敵の位置を確認するということがいちばん大事である。

千早機の挺身偵察による功績

当時、千早猛彦という大尉がいた。彼は飛行機による偵察には非常に熱心な人で、エキスパートのなかでもエキスパートであった。この人は当時、角田中将の指揮する第一航空隊の偵察飛行隊長をしていた。この人が自分の本領が飛行機偵察であるから、飛行機の機種は忘れたが、そのときにできあがったいちばんよい飛行機に乗って、五月三十日の朝早くトラックを飛び出して、一〇〇〇浬をいっきに飛んでナウル島に向かった。ナウル島はガダルカナルから東北方約六〇〇浬のところにある。そこはすでに日本の手にはいって不完全ながらも飛行場があった。そこは、当時取り残されて、食糧もいかないし、非常に困っていた。千早機はそこで燃料補給をやってもらったが、そこの人びとは、まるで鬼界ヶ島の俊寛のように大変な喜びようだったという。

そこからさらに五三〇浬離れたマーシャル群島中のメジュロへ向かった。このメジュロは、敵がいるのではないかと想像されていたところである。そのメジュロへ進入して、手っ取り早く環礁内の状況をすっかり写真に撮って、トラックへ直航して還ってきた。この距離は一二〇〇浬ぐらいある。そのときは燃料もカツカツであったらしい。

撮ってきた写真を現像したところ、港内に正規航空母艦五、補助航空母艦二、戦艦三、巡洋艦三、駆逐艦一〇、輸送船二、油槽船一六計四一隻がいることが歴然とあらわれた。

大機動部隊である。そして、そのほかに正規航空母艦二、戦艦または巡洋艦三、駆逐艦八計一三隻が、ちょうどそのときに出港中であった。

ところが、千早機が出ると同時に、また別の偵察機がトラックから出て、ニューギニアの東海岸のフィンシハーフェンを偵察したところ、そこには輸送船大型五、中型六、小型五、駆逐艦三計一九隻が碇泊中であるということがわかった。

また五月三十一日にはクエゼリンに対する偵察がトラックから行なわれ、その結果、クエゼリン環礁内の泊地に駆逐艦八、小型艦艇九、飛行艇母艦一、輸送船一八、油槽船一、その他二〇。クエゼリン飛行場にはB24一、中型機七、小型機三、輸送機一。さらに、その近所のルオットの泊地には駆逐艦二、輸送船二。ルオット飛行場には中型機五、小型機八四がいることがわかった。

ラバウルの残骸機も協力

ところがもうひとつ、そのときに非常に感激したことは、いってみれば、いまや孤城落日のようなラバウルから、この計画に呼応して飛行機が偵察に出たことである。

そこの飛行機はすでにトラックへいってしまって、あとに残っているのは、ものの用にたたない飛行機がわずかに残骸をとどめているのにすぎなかったのであるが、その残っている整備員と搭乗員が、非常な闘志にあふれて、飛行機の残骸を組み合わせて戦闘機をひとつくりあげ、五月三十一日のクエゼリン偵察と同時にラバウルから出て、ラバウルの北西方にあるアドミラルティ島の偵察を行なった。そして同泊地にあるサラトガ型空母一、戦艦一、巡洋艦一、小型艦船四〇、輸送船一と飛行場には大小約一五〇の飛行機のあるのを確認して還ってきたのである。その報告がラバウルから伝えられてきたわけであるが、私はそれを聞いてほんとうに涙が出た。私自身がこの間までラバウルにいたのだからラバウルの状況は十分知っている。そのなんにもないところで、これだけのことをやって連合艦隊のこの大きな作戦に寄与しようという努力はたいしたものである。

また六月二日には、トラックの北東六六〇浬にあるブラウン、これもやっぱりマーシャルのなかにある環礁、一名エニウェタックーへも偵察機が飛んで、そこに巡洋艦一、駆逐艦一、輸送船一七、油槽船一が碇泊しているのを認めた。飛行場には大型機三〇、中型機一〇、小型機二〇。それからその他環礁の北部の方に輸送船大型三のほか飛行場には中型機、小型機各一〇のあるのを発見した。

六月五日にはまた千早機が、もう一度ナウルを通ってメジュロを偵察した。そして、このときは正規空母六（全部エセックス型またはエンタープライズ型）補助空母八（そのなかの二隻はインデペンデンス型）戦艦六、巡洋艦八以上、駆逐艦一六以上、油槽船一〇、その他多数の在泊を確認している。ところが、その日またラバウルの戦闘機がアドミラルティ諸島を偵察して、アドラという港のなかに空母一、戦艦または巡洋艦二、駆逐艦三を発見している。

以上のべたようなことは、非常に冒険である。これは挺身飛行ということで、とにかくその当時すでに敵の勢力範囲になっているなかを、単機で駆け回って、これだけの敵の所在を認めてくるということは非常な手柄である。

このような挺身飛行によって当時の敵の所在を確認したのであるが、所在がわかっても、さてどちらに向いて出てくるのか、その判断のくだしようがない。サイパンにかかってくるか、あるいはパラオにかかってくるかということが、依然として不明のままで残されている。

第三章　要衝・ビアク島争奪戦

敵を誘い出してたたく

これらとは別個に「渾作戦」というものがあった。これはニューギニアの西北方にあるビアク島の争奪戦である。そのビアク島に対して五月四日ころから敵の空襲が非常に執拗にかかってきた。そこの守備隊は敢闘中であった。そこには戦闘機が六機あったのが、五月四日ころからしばらくすると、一機を残すのみとなってしまった。

これに対してニューギニアの西端にあるソロンにいたわが戦闘機一二、陸上攻撃機六がビアクに対してやってくる敵に向かって邀撃作戦をやっていた。ところが五月二十六日に敵約一個師団がビアク島へ上陸してきた。

ビアク島というのは小さな島であるが、ここには相当に大きな飛行場ができる。もし敵がそこに上陸し、攻略して立派な飛行場をつくり、その当時いちばんものをいっていたB24が進出でもすれば、それこそわが南西方面は、まったくB24の勢力範囲にはいってしまう。そうなるとタラカン（ボルネオ）の大事な油田地帯もその空襲の的になるわけで、非常な脅威をうける。だからなんとかしてここを奪われないようにしなければならないと考えた。これはわれわれが「あ号作戦」を計画しつつあるときで、すでに計画はほとんどできていた。

しかし私はビアクに対してこのように考えていた。それは、わが方からいってもビアクは非常に大事なところであるし、その反対に敵からいっても、これはちょうどマッカーサー・ラインの尖端をそこへもってきているから、そこを奪うということは、これまた大事なことである。日本の南洋方面の枢要な地を空襲下にいれるのであるから大事な要地になるわけである。

私のその当時頭にあったことは、いくら守勢作戦になっても、ただ手をこまねいて敵の来るのを待つという手はない。まず第一に積極的に敵の所在を知らなくてはいけない。所在を知ったならばなんとかして所望のところに敵をひっぱらなければいけない。

そこで、どうしてひっぱるかということを考えていたのであるが、そのとき、このビアクに敵がやってきて、しかも大事なところであるから〝よしッ、そのビアクをうんと叩いて、そこで上陸する敵をさんざんやっつけて、どうしても、敵がそこを防がねばいけないというふうにもっていって、そこへ敵の機動部隊をひきつけてやろう〟と考えていた。この考えは私ひとりの考えではなく、もちろん、幕僚がいろいろ研究もし、豊田長官もちゃんと承知されてのことである。しかし、参謀長である私自身も深くそう考えていた。

千田タル敏の勇戦

そこで敵の機動部隊をひきだすため、五月二十九日に連合艦隊から命令が出されたのであるが、それがつまり「渾作戦」であった。その命令というのは

連合艦隊は一部兵力を以て在ザンボアンガ海上機動第二旅団を急速、ビアク島に輸送、同島の確保を期し本作戦の実施に依り敵機動部隊を誘出云々

つまり、その島をしっかりつかまえるという作戦を強硬にやることによって、敵の機動部隊をそこにひっぱり出すことであった。そして「あ号作戦」の途を開くということを企図したのである。これを「渾作戦」といい同部隊を渾部隊と呼んだ。

一、ビアク突入期日（×日）を六月三日（五月三十一日中にダバオ集合）
二、第十六戦隊司令官指揮官となり、輸送隊（青葉、鬼怒、浦波、敷波、厳島）警戒隊（第五戦隊、駆逐艦四隻）間接護衛隊（扶桑、駆逐艦二隻）
三、第三航空部隊はニューギニア北岸を制圧支援
四、南西方面艦隊は在ソロン陸軍部隊を急速にマノクワリ方面に輸送
五、あ号作戦部隊は渾作戦に所要の協力を為すと共に、その推移に深甚の注意を払うべし
六、決戦用意にて警戒隊、間接護衛隊は原隊に復帰

こういう電報命令が出された。

ところが、それにさきだって五月二十七日に角田部隊の一部戦闘機七〇機、艦爆一六機、偵察機四機が西部ニューギニアに転進を命ぜられている。

ビアク島にいたのが、千田貞敏少将といってクラスは私のひとつ上である。太っているので同僚呼んで千田タル敏と称し、快男子であった。飛行艇乗りであるが、これがそこの陸上の海軍部隊の指揮官をして非常に勇敢に奮戦した。

そこで五月三十日にはビアク島の部隊が反撃して、ボスネックまで敵を圧迫していった。

そうして一部の敵をビアク島から追っぱらって、ビアク島のなかにあるソリド飛行場をしっかり確保しているという電報がはいってきた。

この千田少将は最後に洞窟の中で腹を切って死んだ。人の話によると、敵があとでそこへ上陸した際に千田少将の勇戦に感心して、そこに記念碑を建てたということである。

ビアク突入に失敗

「渾作戦」の突入は、六月三日の予定であったが、陸軍の第二機動旅団が少し準備が遅れたために、三日に突入できないというので四日に延ばした。そして四日の予定で陸軍部隊を輸送して、このビアクに向かっていたところ、三日に敵のB24にみつけられて触接された。そこで、連合艦隊参謀長井純隆大佐は〝これはいけない〟と思って「渾作戦」の中止を考えたが、これだけで中止というのではなくして、通信諜報によると、どうも敵の機動部隊はビアクの附近にありそうだということをいってきた。そこで連合艦隊から「渾作戦」のビアク突入の一時中止を命じた。

ところが翌四日になると、あの辺にいた陸軍の偵察機が敵の機動部隊を発見したという電報をうってきた。そこで、われわれとしては、敵の機動部隊がいよいよ思う壺にはまってきたな、という感じがあるし、一方、敵の機動部隊が出てきたのでは、いま急速にビアクに突入することはいけないというので「渾作戦」部隊は一時ソロンに引き揚げた。ソロンへ陸軍部隊を上陸させて、海軍部隊は全部アンボンに行けと命令が改められた。ところが、この陸軍機の敵機動部隊発見ということが、いかにもおかしいということで、あらためて海軍の偵察機が索敵にいった。それによって陸軍機の電報はなにかのまちがいであったことがわかった。

陸軍機の報告が誤報であることがわかったので、こんどは「渾作戦」を再びやることになった。これは十六戦隊と十九駆逐隊、二十七駆逐隊の駆逐艦一七隻、これが陸軍部隊二個大隊をビアクに突入させる。それからあとの兵器資材はマノクワリに揚陸する。第二機動部隊の大部はソロンに残しておく。このような「渾作戦」再興の命令が出た。

したがって、そういうふうに準備を進めていたのであるが、五日になって、わが方はだんだん追いつめられて、形勢は非常におもわしくなくなってきた。そこで最後の命令をうけた渾部隊は、八日の日に命令によってソロンを出てビアク突入をもくろんでマノクワリの北の方にいった。

そこで敵B24一〇数機とP38戦闘機三〇機ぐらいがやってきて、これと激しく交戦した。そうして敵を相当撃墜して敵を追っぱらい、十六戦隊（司令官左近允少将）が勇猛果敢に突込み、その夜、ビアク島のコリム附近で敵の戦艦一隻、巡洋艦四隻、駆逐艦八隻と激戦を交えた。その際わが駆逐艦一隻が沈没し、同三隻は損傷を受け、ビアク突入の目的を十分果たすことができず一時ひきさがった。

武蔵、大和を加え再度決行

六月十日にもう一度ビアク攻撃を企て再び「渾作戦」が行なわれた。その命令は、

GF電令作第一二七号

一、渾部隊に第一戦隊（「大和」、「武蔵」）第二水雷戦隊（「能代」、駆逐艦二隻）を編入、同部隊指揮官を第一戦隊司令官とす。

この第一戦隊の「大和」、「武蔵」は世界に誇る超弩級戦艦であった。この司令官は宇垣纏中将で、この渾部隊の指揮官を第一戦隊司令官にした。

二、渾部隊は左に依り渾作戦を続行すべし

（イ）ビアク島方面の敵増援兵力、敵機動部隊の撃滅及びビアク島アウイ島の敵上陸部隊の砲撃撃滅

（ロ）好機第二機動旅団をビアク島に転送、あ号作戦決戦用意の令あるも、特令なければ渾作戦を続行、敵状に応じ機動部隊を決戦場に誘致する如く行動すべし。

第一戦隊というのは小沢部隊の所属で、小沢部隊からこれらの兵力を割いたのである。そして、これは一時小沢部隊を離れてハルマヘラのバチアンというところへ集合したのである。これが六月十日ぐらいまでの「渾作戦」の状況である。

一方、連合艦隊の方としては、リンガはどうも作戦上具合が悪いというので、五月十一日小沢部隊にタウイタウイへ進出を命じた。リンガを出発して小沢部隊は五月の十五日タウイタウイに着いた。

それではマリアナ方面はどうであったかというと、五月二十一日に南鳥島、同二十四日にはウェーキ島に敵の機動部隊が空襲してきたが、それ以来機動部隊はあらわれず、割合閑散であった。それだけに敵機動部隊はじかに本土へやってくるかもわからないという懸念があったから、「東号作戦」が一時下令されていた。そして、内地の霞ヶ浦にいった航空艦隊が、全部それにかかっていくという態勢をとったのであるが、まもなくその緊張はとけた。そういうふうでマリアナ方面は、どちらかというと閑散であった。

第四章 「あ号作戦」決戦準備を号令

サイパンの防備が絶対必要

この前は五月の末に敵の所在を確認しているが、このごろ、しばらく遠のいているので、もう一度第二回の千早大尉の挺身偵察をやらせた。するとと、六月九日に、マーシャル群島のやはりメジュロに、敵は非常に厳重な警戒網をはっていた。しかし泊地に進入してみると意外にも空っぽで、わずかに輸送船一、駆逐艦三を認めたにすぎない。

それから同じ日にトラックにあった百五十一航空隊の偵察機はアドミラルティの偵察を行なったが、ここにも敵の空母はいない。しかし、前回と同じく戦艦一、巡洋艦三、輸送船二〇の姿を認めた。

そこで、この偵察によって、われわれが判断したことは、五月の末には敵の大部隊がいたのに、六月十九日にはいないというから、その間に敵はどこかへいったということがわかる。そこで連合艦隊は、いよいよ「あ号作戦」の決戦準備の号令を出した。

ちょっと聞くと、決戦というと、すぐに行なわれるものだと思われるが、その準備が必要なので、まず決戦準備ということになった。そこで、第一航空艦隊の角田部隊の第一、第二攻撃集団に対してマリアナ東方海面で邀撃待機するように下令した。第一、第二攻撃集団というのは、だいたいサイパン、テニヤン、グアム、ロタあたりにいるのが第一攻撃集団で、ヤップ、パラオにいるのが第二攻撃集団ということになっていた。マリアナの線から西カロリンの線に展開している角田部隊に対して、いつでも出発できるような準備が下令されたわけである。以上はだいたい「あ号作戦」のはじまる前の状況である。

これを要約すると、六月九日の千早機の偵察によって「あ号作戦決戦準備」が下令されたのであるが、その間に私の考えておったことは、あくまでビアクを攻撃する。すなわち「渾作戦」をやることであった。私自身は、この作戦を非常にたかく評価していた。ビアク島そのものが、わが南西方面に対する敵作戦の要衝であることと、またそれだけに、敵の進攻作戦を防ごうとするわが方からみると、このビアク附近というものは第二のラバウルといったようなところで、わが方としてはどうしてもそこを守りたい。敵からいうと、どうしてもここをとらなくてはならない。ここで失敗したならば比島攻略の出端を挫かれることになるということで、敵としては、いや応なしにここを奪《と》らなければならない。したがって、ここの作戦をわれに有利に展開することは、敵機動部隊をここへひっぱりつけることになると私自身も考えていた。

ただ、それにつけても私が非常に考えることは、そういうふうにやるにしても、サイパンの防備というものが、われわれの作戦のうえからいって難攻不落であるということが絶対必要になってくる。サイパン附近で戦うということは油の問題に大きく関連してくる。この附近で戦うということは、わが機動艦隊の作戦線が一〇〇〇浬ぐらいのびることになるからである。かつまた戦線の伸びすぎることは、短節の作戦を不能ならしめる。孫子にある「是の故に善く戦う者は其の勢険にして其の節短なり」ということをそのとき、さらに深く感じた。サイパンの防備さえ強靭であるならば、「第二次渾作戦」の兵力と南西方面の航空兵力をもって、ビアクにおいて、それこそ必死の決戦をしかけることができる。そうすると敵の機動部隊はこれに向かって動いてくる。そうなればわが小沢部隊はまさに会心の一戦を交えることができたであろうと思う。もし敵が動かないとするなら、敵はサイパンに膠着する。サイパンの防備さえ強靭であれば、敵部隊がそこへひっついてしまう。そうなればわが方は落ちついて仕事ができるということになる。どっちからいっても、サイパンの防備――パラオも同様であるが――は大きな戦略的見地からいって非常に必要である。

綿密をきわめた計画

サイパンの島自体のこと、あるいはパラオの島自体からいっても防備が厳重であるということが必要であるが、われわれ海軍としては、それ以外に大きな戦略的な見地から、両島の防備を非常にやかましくいったのである。それを陸軍は〃よけいなことをいうな〃という態度であった。

　連合艦隊としては、その当時、この「あ号作戦」計画、それからその作戦に対する準備については、我田引水ではないが、それ以前の連合艦隊において、これくらいに綿密周到な計画準備を完成したことがあるかというくらいに、われわれの心のなかでひそかに自信をもっていた。それは実に細かい点まで気を配って苦しいなかでつくられたものである。

　それから、この陸上部隊と小沢部隊との連絡についても、ほんとうに痒いところへ手が届くようにしてやった。そして陸上部隊がそのとおり動けば、小沢部隊は意を安んじて、あの広い海面を行動することができ、ミッドウェーのように、側方から敵の機動部隊にたたかれるという心配もなしに敵の機動部隊にくってかかるだけのお膳立ができていたと思っていた。

　ただ内心、心配していたことは、実戦部隊の練度の低下ということであった。技量が一般にもそうであるが、とくに航空部隊の技量は低下していた。基地航空部隊も非力で、第一航空部隊がサイパン進出のときにも、なかなか思ったとおりの進出ができない。それから進出後もあっちこっち移動させるのであるが、その移動のたびに戦わないのに実動機数が急に減ってくるということであった。

これは要するに練度というか、技量というか、それが非常にさがっている証拠である。航空母艦でも、飛行長とか飛行隊長とか、ないしはそれ以上の幹部が非常に心配して努力するが、この訓練不足は日常の事故を頻発させた。

国力の低下めだつ

一般の水上部隊の乗組員の技量もだんだんさがっている。それは敵の潜水艦によるわが駆逐艦の損害が非常に多いことにもあらわれている。

だいたいわれわれが開戦当初考えていたのは、駆逐艦は潜水艦にとっては大敵なのである。大きい艦こそ図体が大きくて潜水艦の餌食になりやすいのだが、駆逐艦はどんどんつっ走って、爆雷で潜水艦を制圧するので、潜水艦にとっては大敵であった。それなのに、そのころは駆逐艦が敵潜水艦のためにちょいちょいやられる。これは敵の潜水艦が非常に進歩し、勢いをもりかえしてきて、跳梁の程度がはげしくなってきたせいもあるが、一方からいうと、わが方の一般艦船の乗員の技量が非常に低下したということはどうにも否めない。

そこで総括して、人にしても、機材にしても、数量に余裕がないこと、さらに全体的に疲労のいろがあらわれてきている。戦争がはじまった当初のような勢いはどうもみられない。それに敵潜水艦の跳梁によって、わが油槽船の損害が非常に激増してきた。そこでわが方の作戦上の補給量もそうだし、それから国内に対する補給量も急激に弱ってきた。そしてその当時、われわれからみていると、国力の低下が、もう目にみえるように感じられ、それが海軍としても、のっぴきならないまでに、この作戦を苦しいものに追いこんできているということが、そのとき私ども作戦の衝にあたっているものには、ひしひしと身に迫るように思われたのであった。そういうようなことがいろいろあったが、最後の結論としては「あ号作戦」を行なうまえのときは、ただこの一戦に非常に大きな期待をかけておって、この一戦にさえ勝ったならば、崩れかかっている頽勢を一挙に逆転することができると思っていたし、また、いまでもそう信じている。

第五章　攻略の手「サイパン」にのびる

好まざるも準備あり

しかし敵は、わが軍のもっとも欲しないマリアナにかかってきたわけである。こちらとしては欲しないところではあったが、そうかといって全然覚悟していなかったわけではない。敵のことだからどこへ来るかわからない。サイパンに来るだろうということも、かねて覚悟はしていた。

連合艦隊の情報参謀に中島親孝という中佐がいたが、彼は情報参謀としてはなかなか優秀な人で、判断が非常に明確で連合艦隊の終末まで、情報参謀をしていた。

開戦前は、まだホノルルにあったいろんな外交機関を使ったり、そのほか多少ともスパイのようなものがあって、日々の真珠湾の状況をこちらへ知らせるということがあったが、もうこのころになると、そういうことはもちろんできないし、アメリカのように金をつかって、戦争最中にスパイ網を張りめぐらすことなどにいたってはとても日本ではできない。戦前からでも、そんなぜいたくな諜報機関をもつことはできなかった。

だから、ちょうど、この「あ号作戦」のころになると、情報のはいるところがない。したがってわれわれは敵のだす電報を傍受することだけによって、向こうの状況を判断するくらいが関の山であった。

傍受によって判断するためには相当な経験と組織、それから頭がいる。ところが、この中島君は、そういう方面にかけてはなかなか偉い参謀であった。

その当時、多くのものは、ひとつにはパラオ方面で決戦をやりたいという希望も手伝って、敵の機動部隊はニューギニア近くにくるだろうといっていた。しかし、この中島参謀だけは、明瞭にマリアナにくるといった。

私たちにしてみれば、とにかくビアクの敵をたたくことによって、うまくいけばパラオの方に引っぱってやろう。消極的に敵のくるのを待つばかりでなく、こちらから、敵がどうしてもそこを通らなければならないというところを強くたたいて、そこへ敵を引っぱり寄せてやろうと思っていたが、敵はその手にはのらなかった。しかし、前記のようにマリアナに来ないとは断定していなかったので、かねて覚悟していたから、別にあわてはしなかった。

陸軍の高言に少しは期待

六月十一日になると、敵の機動部隊は、サイパン、テニヤン、ロタ、グアムに一斉に空襲をかけてきた。

その日、わが偵察機は、グアムの真東約一一〇浬に敵の機動部隊の一隊を発見した。サイパンの防備については、かねてから陸軍に対して、その薄弱なることを指摘して強化を要望したが、東条大将は、「参謀総長として太鼓判を押す」というし、そのもとにいる陸軍のものが、みなだいじょうぶだという。

そのころ、連合艦隊専属の陸軍参謀として島村という大佐がいた。島村大佐は、敵がサイパンに上陸でもしてきたならば、こんないいことはない、それこそこちらの思う壺にはまることであるとまでいっていた。私自身としてはサイパンの防備は非常に薄弱であると思っていたが、陸軍がそこまで強く主張するから、多少は手痛い防禦戦闘を展開するだろうと思っていた。

連合艦隊のなかでも淵田中佐などは、われわれと少し考えがちがっていた。彼は連合艦隊に来るまえは、テニヤンにある角田中将指揮下の第一航空艦隊の参謀をしており、真珠湾のときには母艦に乗っていたが、双方に深い経験があり、そのころにはもう母艦の時代はすぎて、陸上基地の大型飛行機の方がだんだん主になってきたという考えをもっていた。表面はそこまで強くはいわなかったが、内心はそう思っていたのだろうと思う。

私自身、二十四航空戦隊司令官としてパラオにいたころ、同様の感をもっていた。極端ではあったが、なに連合艦隊なんてものは左うちわでおれ、敵の艦隊が来れば二十四航空戦隊だけでひきうけてやるという、うぬぼれではなく、自信があった。

淵田中佐でも同じだったと思う。角田部隊が主になって向こうの艦隊をやっつけてやる。第一機動艦隊、すなわち小沢部隊はそれを手伝ってくれればいい。これには極端ないいかたであるが、そういう考えはたしかにあった。

そこで、小沢部隊は速やかに進出して、角田部隊に協力しなければ、敵に各個撃破される。だから、小沢部隊は速やかに全兵力を結集して一刻も早く進出してほしいと思っていた。

敵の本格的出方を注視

ところが、問題は燃料にかかってくる。敵はサイパンに空襲をかけているが、本格的に上陸するかしないか決定していないときに、過早に小沢部隊が進出すると、敵は上陸をやめてしまう。場合によっては小沢部隊をみてひきあげてしまうかもしれない。そうなれば、ケチな話であるが、燃料がないものだから、爾後の作戦ができなくなるということが、われわれの頭のなかに強くこびりついていた。

だから、敵が空襲をかけ、そのつぎに艦砲射撃をして、一部の兵力が上陸するまでみとどけねばならない。ここまでやると、敵としてはぬきさしならぬことになり、陸上ですでに戦闘を展開している味方の兵力を救わなければならない。そのためには、どうしても艦隊を海岸にくっつけて砲撃しなければならない。これをまた救うために、敵の機動部隊はその附近を離れることはできない。ここまで抜きさしならないようになるのをみさだめておいて、そこへ小沢部隊をもっていけばよいというので、小沢部隊の出動をしばらく躊躇した。このようなわけで連合艦隊のなかでも淵田中佐などははやくやってくれというが、作戦参謀の長井大佐はそういう考えをもっていたから、両者で多少議論もあったらしく、結論を私のところへもってきた。私はだいたい長井大佐と同じ考えをもっていたから、もうしばらく待てといって待たせておいた。

翌日の十二日になると、敵はサイパンに対して艦砲射撃を開始してきた。非常に熾烈な空襲がかかり、そのつぎに、海岸に対して本格的な艦砲射撃がかかってくるということになればこれは、従来の経験からいって、上陸作戦必至であるとみた。

しかし、ここにいたっても本来の作戦のかけひき以外に、どうしても燃料というものが頭にこびりついて、それが作戦を拘束してくる。それは、もはややむを得ないことで、そのときの状況として、われわれの思うとおりの作戦ができなかった。いくら連合艦隊司令部で智慧をしぼって、うまく作戦計画がたち、そして敵の意表に出るような方略を胸のうちに蔵していても、燃料の点で、兵力が動けぬということになればどうにもならない。だから一日、二日のところをよく見定めて、そして、これならばというところで行なった。

こうなってくると、いくら作戦計画とか、なんとかいっても、結局は燃料のない戦争というものはできない。これは戦争ばかりでなく、世の中のことが万事がそうだろうと思う。いくら商売上手でも、金がなくては商売ができないのと同じである。

上陸必至、決戦用意！

十三日も、敵はそれらの島々に対して空襲を続行し、とくにサイパン島の海岸陣地や砲台には猛烈な艦砲射撃を加えてきた。そのうちに敵の駆逐艦か掃海艇かが、ガラパン泊地の掃海をはじめた。そこで、いよいよ敵の上陸が必至であるとみたので「あ号作戦決戦用

5月22日発
大淀
5月23日
城島部隊（空母六隻基幹）
小笠原諸島
沖縄島
硫黄島
台湾
海南島
ルソン島
合同
6月16日16時
5月15日
サイゴン
ギマラス
ヤップ島
6月13日
発
ミンダナオ島
ダバオ
渾作戦部隊
パラオ島
小沢部隊本隊
（空母三隻基幹）
栗田部隊
ザンボアンガ
タウイタウイ
第五戦隊外
タラカン
5月16日
集結完了
第一戦隊外
メナド
シンガポール
ハルマヘラ島
5月27日
5月17日
ボルネオ島
マノクワリ
4月22日
リンガ泊地
5月11.12日発
バチャン
泊地
ソロン
ビアク
ワリデ
サルミ
ホーランデア
セレベス島
ケンダリー
スマトラ島
ニューギニア
あ号作戦要図

意」が発令された。それと同時に「渾作戦」は一時中止することになった。そして小沢部隊はその全力をマリアナに傾注することになった。

同部隊は十三日まではタウイタウイにいたが、タウイタウイの泊地では、どうしても訓練が不如意である。飛行機隊の連中としては、訓練のできないことは致命的である。とくに第二航空戦隊には、新鋭機の「彗星」という艦爆を積んでいたが、性能がいいものだから、第二航空戦隊の「隼鷹」、「飛鷹」では少し風がないと飛び出すことができない。したがって、タウイタウイでは全然訓練ができない。

そこで小沢部隊は、この決戦用意発令の前、十三日の午前九時にタウイタウイを出てギマラスへいくことになった。そして、十四日にギマラスへ行く途中で決戦用意の命令を受けとった。

小沢部隊は大急ぎでギマラスで最後の補給を行なって、十五日朝早くギマラスを出港した。しかし小沢部隊がタウイタウイを出るときに、すでにその附近で敵の潜水艦がそれをみつけて相当長文の電報をうっている。連合艦隊司令部でもそれを傍受した。

ギマラスを出てからサンベルナルジノ海峡を通ったのが午後五時半。日没ちかいころで相当波があったらしいが、夜にはいってから再び敵の潜水艦にみつけられた。サンベルナルジノ海峡を出たころの小沢中将の情況判断はつぎのようなものであった。

一　情況判断

（1）敵兵力

（イ）マリアナ列島線方面＝敵は概ね五群よりなる正規空母七隻、巡攻空母八隻計十五隻を基幹とする、殆ど米国の機動兵力の大部を挙げ来襲せるものと認む。

現在、列島線東方四〇〇浬附近に補給部隊を、列島線附近にLSTの一部揚陸開始を認むるのみなるも、早晩大規模の攻略船団の来攻は免れざるべし。特空母乃至護衛空母は、列島線東方に一部を認めたるのみなるも、決戦前後には相当多数列島線附近に来攻の算大なり。

（ロ）アドミラルティ諸島方面＝戦闘機の偵察にして充分の信頼を置き難きも、空母八隻内外、戦艦以下の艦艇輸送船多数待機しあり。

（2）敵の戦略企図に対する判断

敵の戦略目的は、左の何れかに依るか、又は同時に二以上を達成せんとするものなるべし。

（イ）マリアナ列島線枢要基地の攻略。

（ロ）前作戦と併行、西部ニューギニアの進行作戦の強化、又は西カロリン要地の攻略。

（ハ）我機動兵力の誘出決戦。

（3）機動部隊決戦前後に於けるマリアナ列島線方面敵兵力配備の予想考察
（イ）敵は我機動部隊の企図を察知せる算大なり。
（理由）十三日タウイタウイの出撃、十五日ギマラス出撃は、附近敵潜に対する通信諜報に依り推定するに難からず。依て従来米国の使用せる戦略速力より推すも、敵は十八日乃至十九日、我の列島線附近攻撃を察知すべし。
（ロ）十五日迄の敵の配備を見るに、敵は列島線に機動兵力の大部を配するも、一部を常に後方に補給または予備兵力として控置せり。列島の攻略戦は支援を続行するの要あるを以て、敵の兵力配備は概ね左の如きものなるべし。
a　列島線附近＝最も兵力を多く配する場合、空母三分の二即ち十隻前後を基幹とする兵力を配備すべし。
而して攻略戦の現状より、其の西進する距離は大なるべし。三〇〇浬以内と推定す。
b　列島線西方に二分の一乃至三分の一を配し、残余は陸戦協力及び後方に予備兵力として控置することあるべし。
c　全兵力を攻略戦より撤し一時列島線の東方に全部配するは、現戦局に鑑み其の算小なるべし。
d　一部機動兵力を遠く西方に先遣し、以て我機動部隊の出撃に対し、横懸り又は奇襲攻撃の企図は、我が基地航空兵力の哨戒圏に入ることとなるを以て、其の算小なるべし。

e　我が航空基地は南西方に列島線の奥行きあり、北方に薄きを以て、敵は南方諸島を攻撃、飛行機等の補給線の遮断に努むると共に、北寄りに一部西進機動する算あるべし。

f　列島線附近に敵は特空母を相当数配し、陸戦を支援する算は相当大なり。

「あ号作戦決戦用意発令」と同時に、「渾作戦」を中止したから、「渾作戦」をやるために小沢部隊から出してあった第一戦隊の「大和」、「武蔵」、五戦隊そのほかの駆逐隊なども呼びもどさなければならないというので、ハルマヘラにいっていたのを呼びもどす処置が講ぜられた。

また「渾作戦」のためにハルマヘラ方面に展開していた第一航空艦隊の攻撃集団に対しては西カロリン、パラオ方面に転進を命じ、サイパン決戦の配備につかせた。

十三日に敵は千島の松輪島に砲撃を加えてきているが、これはたいしたことではなく、明らかにサイパンに対する牽制行動であると思っていた。

ふたたびZ旗あがる

敵の上陸意図が明確になってきたし、それに対するわが方の態勢も整ったので、十五日にはいよいよ「あ号作戦決戦」が全軍に発令された。それと同時に「皇国の興廃この一戦に在り、各員一層奮励努力せよ」という電報がうたれた。

私は「皇国の興廃この一戦に在り、各員一層奮励努力せよ」という文句のよしあしは別として、この信号は、われわれが尊敬する東郷元帥が、日本海海戦ではじめて揚げられて以来、われわれの脳底深くしみこんでいる信号で、わが海軍の伝統を伝えるものである。よけいな文句を直したり、へたな信号をやるよりも、Z旗そのままでやれというのが、私の真珠湾のときからの持論であった。

だから、そのときも連合艦隊から「皇国の興廃この一戦に在り、各員一層奮励努力せよ」という、そのままの電報をうっている。Z旗をあげたのは全作戦を通じ真珠湾のときと、このときと、もう一回はレイテのときと三回出している。

これと同時に、連合艦隊命令としてつぎのような命令が出された。

一、敵は十五日朝、有力部隊を以て、サイパン、テニヤン方面に上陸作戦を開始せり

二、連合艦隊は、マリアナ方面に来攻の敵機動部隊を撃滅、次で攻略部隊を殲滅せんとす

南雲中将からは、サイパンの状況を逐次電報で知らせてくるが、敵が上陸したその晩に、海岸附近で夜襲、逆襲を繰り返しているが、どうも戦況が思わしくない。サイパンにガラパンという町がある。サイパン一の大きな町である。その南の方にチャランカという町がある。敵は最初ガラパンの前の掃海をやっていたが、チャランカへまず上陸してきた。そこで、わが方はガラパン方面からチャランカに向かい、夜襲突入を試みるが、敵の戦力、戦意が旺盛で、わが方の果敢な斬込隊も効果があがらず、戦況甚だ思わしくなかった。

当時、小沢部隊はその位置からみて、だいたい十九日には会敵決戦を行なう算がたったので、これを全軍に布告した。もちろん第一航空艦隊——角田部隊にも攻撃開始が下令された。

八幡部隊も決戦に参加

連合艦隊の当時の作戦の方針は、まず基地航空部隊である角田部隊の挺身攻撃をもって敵の漸減をはかり、これがためにはトラックもしくはパラオ方面から、機をみて行なう大型機の長駆挺身の奇襲に重点をおき、小沢部隊の来着を待ってサイパン周辺に基地を進め、十九日を期して小沢部隊に策応して全力をあげ、短節果敢な本攻撃を加えるというにあった。

それと同時に、関東地方に配備されている航空部隊の兵力、および横須賀航空隊（教育部隊）の教官などの優秀なもので八幡部隊を編制して、これらも機を逸せず決戦に投入する。すなわちわが海軍基地航空兵力の全力を集中して、小沢部隊をして、遺憾なき一戦を交えさせようとしたのであった。

これよりさき、五日には松輪島に対する敵の攻撃があった。また同じ日に硫黄島に敵の機動部隊が来襲している。それからたぶん大陸からだと思うが、北九州にB29の攻撃がはじめて行なわれ、敵は非常に大がかりな全面的な作戦をやっている。北と南に同時に攻撃をかけてサイパン攻撃に側面からこれに協力している。

この硫黄島に対する機動部隊の攻撃のごときは、いうまでもなく、硫黄島の基地がサイパンに近く、ここに基地をおいているわが航空攻撃を重視して、これを制圧しようとして攻撃をかけてきたのである。六月十六日にも、ひきつづいて硫黄島に敵の機動部隊が来襲している。

「渾作戦」を中止したために、ビアクにあげるはずの陸軍の海上機動第二旅団はビアクの進出をやめて全部ニューギニアのソロンにあげる。そしてこれに協力していた飛行機隊をマリアナ方面にふりむける。ただし、角田部隊以外の飛行機隊および左近允少将の率いている十六戦隊、これはもと南西方面艦隊の麾下であるから、依然としてビアク方面の敵攻撃に充当する。こういうことを同時に発令して全般的にこちらの作戦をマリアナ中心にして、そのほかの方面は敵をおさえるだけにとどめておくことにされた。

十六日にロタの見張りから、

「今朝来、敵機動部隊の主力は、ロタ島の二四〇度を游弋しあり」
という報告があった。これが「あ号作戦」において敵の機動部隊をみつけた最初で、それまで空襲はかかっているが、どこに敵がいるのかさっぱりわからなかったのである。

角田部隊振るわず

十六日までの戦況はだいたいこんなふうであったが、連合艦隊にあって、この戦況をじっとみていると、テニヤンにいる角田部隊の成績がどうもあがらない。角田部隊は非常な抱負と希望をもって行なっていたが、なんといっても搭乗員や器材の準備を非常にせかされて出ているものであるから、練度がこれにともなわない。そして、ビアクの攻撃をやれ、というのでそちらへ行かなければならないかと思うと、パラオの方へも向かわなければならないし、そうかと思うと、またハルマヘラの方へいく。そのたびに飛行機がいたむ。搭乗員に病人がでる。それをこっちの作戦だ、あっちの作戦だとひっぱりまわすので搭乗員の技量もまずいし、器材もそろわないし、角田中将がいかに果敢な人でもどうにもならない。そんなわけで戦果があまりあがらないので、これはいけないと思っていた。

六月十七日、この日小沢部隊すなわち日本の機動艦隊は、だいたい補給が終わって、十九日の早朝にはサイパンの西方に到達する見込みができている。

ところが連合艦隊で敵信を傍受していると、どうもわが機動艦隊の行動海面に近く、さかんに通信を出す敵の潜水艦が多いので、敵の飛行艇なんかの行動と関連してよほど注意しないといけないという気がしていた。その晩南雲長官から

一、敵上陸以来、連夜夜襲を決行せしも、敵陣堅固にして未だ成功せず。敵は第一飛行場に対し攻撃を指向し来れり。
二、輸送任務隊の電話によれば、敵は本日をもって揚搭を終了、上陸兵力は約三個師と判断す。
三、本日敵飛行艇五、泊地に着水せるを認む。本日、敵艦上機の陸戦協力減少せり。
四、テニヤン、グアム島に対しては、直ちに上陸作戦を行わざるものと判断。
前諸項により、サイパンに対する敵の第一次上陸作戦は、一段落に近き感あり。空母の大部、当方面を去りたる算あり。あ号作戦の遅延は、戦機を逸する虞あるのみならず、当地の確保も困難を加うるものと認む。


というサイパンからの報告とともに、小沢部隊に早くきてくれといっている。またサイパンにあった先遣部隊である高木武雄中将指揮の潜水部隊は、

「二十日前後に約二〇隻がマリアナ方面に集中可能」

といっている。

日本海軍の運命をかけて

この「あ号作戦」は、要するに日本海軍が全力を結集してやっている戦闘であって、そのなかのいちばんの立役者は小沢部隊すなわち第一機動艦隊、それとテニヤンにいた角田中将の率いる第一航空艦隊であって、そのなかへ関東方面の内地部隊も硫黄島に進出して、小沢部隊がもっとも心配している北方からの敵の奇襲に対して協力する。それから潜水艦も、集結し得るものは全兵力をもってマリアナ方面につぎこむ。そのほか台湾、沖縄附近の航空隊も小沢部隊の前路を警戒すると同時にその側面を警戒する。

その計画はまことに周密を極めたものであった。角田部隊こそその全力を発揮することができなかったが、そのほかの部隊は小沢部隊の前路警戒をはじめ、あらゆる努力をした。直接連絡のとれないところは、連合艦隊でよくその状況をみて、連絡にこれまた全力を尽くしたのである。決戦兵力である小沢部隊を決戦海面に進出させるために、連合艦隊司令部で細事にまで気を配り、痒いところに手が届くごとく努力したことは並大抵のことではなかった。

小沢部隊がフィリピンを離れてから、次のような電報を打ってきている。

第一機動艦隊参謀長から連合艦隊、第五基地航空部隊（第一航空艦隊――角田部隊）、

中部太平洋艦隊(南雲中将の司令部)に宛て
　第一機動艦隊は、十七日夕刻E点において補給終了後、敵の西方進出並に北側よりの機動を警戒しつつ、C点(北緯一五度、東経一三六度)を経て、十九日黎明サイパンの概ね西方に進出。まず敵正規空母群を撃砕し、次いで全力を挙げて敵機動部隊及び攻略部隊を覆滅せんとす。基地航空部隊に対する協力要望左の通り
(一)決戦前日夕刻以後のマリアナ附近敵正規空母に対する触接持続、不能の場合は正午ころの正規空母配備状態の速報
(二)決戦前日、マリアナ西方海面に対する各基地警戒を強化、特に硫黄島よりする一六〇度より二一〇度間の索敵を重視
(三)八幡部隊兵力の展開遅延の場合は、決戦を一日延期するもまた止むを得ずと思考せらるるにつき、見込速報を得たし

懇切ていねいな注意

　小沢部隊でも八幡部隊には相当期待をかけていた。とくに硫黄島の一六〇度から二一〇度にいたる間に対しては、ミッドウェーあるいは南太平洋海戦にもかんがみ、その側面を非常に気にしていた。この作戦計画立案中に小沢部隊の首席参謀がやってきて、いろいろ連合艦隊と打ち合わせをしたが、小沢部隊司令部としても連合艦隊司令部以上に本作戦指

導に肝胆を砕いたことは想像にあまりあるものがあった。
　とくに小沢中将自身については、私は若いときから仲よくしていた。私より四つ上のクラスであるが、私の従兄の草鹿任一中将とは同級で非常に懇意にしていた関係もあり、南雲中将と第三艦隊司令長官を代った際、私は自分の考えていることを腹蔵なく小沢中将に話していた。
　だから小沢中将は、私から真珠湾のことも聞いておれば、ミッドウェーのことも聞いている。そしてミッドウェーでわれわれが失敗して、そのあとでいかにして第二次ソロモン海戦、南太平洋海戦をやったかということもことこまかく承知している。作戦指導に関する小沢部隊と連合艦隊司令部間の意思の疎通は、まさにうてば響くものがあったと思われた。私自身もまた、数々の体験にもとづき、気にかかることはいかなる細事でも躊躇なくこれを伝えたのである。例えば草鹿参謀長発電として、
　敵は攻略作戦に多数の特空母を協力せしめありと認められるところ、わが機動部隊の決戦に際し、第一撃を特空母に指向するがごときことあらんか、破局遂に救うべからざるに至るべきをもって、空母発見報告は左により、正規空母及び特空母に区別慎重を期すること
一、発見報告は単に空母とせず、当時発見報告せる艦型識別の確度に従って大型（正規

空母）小型（巡洋艦改造型）及び特空母（商船改造型）に区別、識別正確を期し難き場合は、（……らしき）を附すること

二、敵艦上機来襲の場合は、その機種機数及び高度を正確に観察し、且附近を行動中の敵空母群に関し、確実と信ずる判断を通報すること

すなわち、どうしても敵の機動部隊をつぶさなければならない。その敵の機動部隊のなかでも正規空母をまずやっつけなくてはいけないと考えている、たとえば敵の航空母艦を見つけたときでも、それが正規航空母艦であるのか、補助航空母艦であるのかということの判断を明確にせよということを注意した。少しこまかいことのようだが、こうなってくるとこっちも一生懸命であるから、他意なき老婆心からの注意であった。機動部隊の周辺に対する警戒も、自らの、いままで数度の作戦における苦い経験の数々からまさに懇切ていねいをきわめていた。

第六章　小沢部隊、空母群をつかむ

決戦を一日延期

十七日はあまり天候はよくなかったが、翌十八日になるとうって変わって非常によくなった。会敵予想は十九日であったが、十八日には小沢部隊はすでに敵の機動部隊と触接している。この日はサイパンの西の方約七〇〇浬に達していた。もし敵がマリアナ列島線から多少とも西の方に進出しているならば、もうこの日から警戒しなければならない。したがって、小沢部隊としては、朝早くからその前路に対して索敵警戒をしていた。このときの索敵機は四十数機をあげて三段索敵をやって警戒した。

偵察ということについては、ミッドウェーの戦訓が、ここでも、われわれの頭に非常に強くしみこんでいる。私が横須賀航空隊司令をしているときに、偵察能力向上の声がやかましく、偵察能力向上研究委員会ができて、私がその委員長となって、あらゆる方面の人を網羅して、その措置を急速に講ずるとともに飛行機もまた偵察機として優秀なものが出現するなど、一般の偵察に対する関心も非常にたかまってきたことはすでにのべたところである。ミッドウェーのときには、前路捜索にわずか七機しか使っていなかったが、このときは実に四十数機を使っている。それらの飛行機は午前中たびたび敵の飛行機とすれ合っており、なかには空中戦闘をやったものがあったらしく、帰って来ないものがあった。

午前二時十五分以後は全面的に敵空母を発見している。それを綜合してみると、約三群発見している。そこで、すぐその発見した敵の機動部隊に対して、ただちに攻撃をかけていくかどうかということが、そのときの、おそらく小沢中将の頭を悩ました重大な問題だったと思う。

ミッドウェー敗戦後、敵機動部隊に対する攻撃法に関し種々研究工夫がなされたが、わが攻撃距離の延伸ということに対してはとくに力が注がれた。すなわち敵をアウトレインジ（味方の攻撃距離〔大砲または飛行機〕のながいことを利用して、常に敵の攻撃圏外に位置しつつ、敵に対し、われに有利な攻撃を加えること）しつつ先制攻撃をかけるのである。そのためには相当遠い距離から飛行機の攻撃をかける必要がある。しかし、この十八日における距離はだいたい三八〇浬で、いくら遠くからやった方が先制になるといっても、これでは少し遠すぎる。かつ敵発見の時機が少し遅く、したがって徹底的空襲を期待できないなどの考慮から、その攻撃を断念して、あすを待ったのである。

ところが、攻撃隊発進の遅延に先手を敵からうたれた経験のある大林少将が指揮していた第三航空戦隊では、この日も、その苦き体験にかんがみ、すでに攻撃隊を発進させた。しかし、結局小沢中将は慎重を期して、きょうの攻撃をとりやめた。その日は敵をみただけに止め、改めてあすを期し、南がかりに敵を攻撃しようという構想のもとに全軍南下したのである。

まさにベスト・コンディション

翌日十九日、この日はきのうとちがって天気があまりよくなかった。雲が多く、ところどころスコールがあって、視界もあまりよくなかった。しかし、例によって索敵を開始した。

ところが、午前六時半ごろからまた敵の機動部隊を発見した。やはり順を追って三隊発見している。そのときの針路は六〇度で、だいたい北東の方に向かって進んでいる自分の前面真前から少しはずれて一隊、そのつぎには、その少し北の方に一隊、また少し遅れて南の方に一隊を発見した。

その日の日の出が午前五時二十二分であるから、日の出後一時間くらいたってから敵の全貌をみているわけで、距離は、やはりきのうと同じように、あまり近くなっていない。しかし、その日の攻撃を決心しているから、八時半ごろから各部隊は逐次攻撃隊を発進させていった。

連合艦隊司令部でも、もう一生懸命で、飛行機の無電、各艦からの無電に耳をそばだてて聞いている。従来の私の経験からして、そのときの小沢部隊くらいその周辺について、まことに懇切ていねい遺漏なき警戒を加えられたものはない。そして、この小沢機動艦隊を無事に決戦海面までもってきたのである。

しかも小沢部隊は敵に先んじて敵の位置を発見している。そして攻撃隊は勢いだって全部出ていった。まさにベスト・コンディションである。いまやなんの心配することもない。

らいうれたといっても、まだ角田部隊はいるし、それこそ祝杯でもあげようかというくらいまでに勝利を信じていた。そして距離からみれば、攻撃隊が出てだいたい二時間くらいたつと、攻撃にいった飛行機から、敵の航空母艦を攻撃、大損害をあたえたとか、あるいは敵の戦艦に魚雷命中とか、どんどん景気のよい戦果報告がはいってくるわけで、それをいまかいまかと連合艦隊では待っていた。

なんとしたこの敗報

ところが、待てども待てども一向になんともいってこない。まず最初に一時間半たてばなんかいってくるだろう。しかし、少し距離が遠いから二時間たてばなんかいってくるだろうと思っていたが、二時間たっても、二時間半たっても、三時間たってもなんともいってこない。いままでの安心は不安となり、非常に疑問をもちはじめた。つづいてこれは失敗したかなと思いだした。

そのうちに、小沢中将の旗艦である「大鳳」のようすが、どうも少し変だというので、皆いよいよ心配しはじめた。あとで考えてみると、その時期に「大鳳」は敵の潜水艦の魚雷をくったのであった。これは八時ごろのことで、魚雷はくったが、そのときはまだなんともなかったのである。

こんなことで連合艦隊司令部は憂鬱の気に沈み非常にがっかりした。そのうちに方々から情報がはいってきて、どうも戦況が思わしくないということになった。どの報告を聞いてみても、敵にこれという打撃をあたえていない。しかも、味方の飛行機は相当に損害を受けているらしい。

そうするうち、魚雷を受けた「大鳳」は、最初のうちはたいしたことはなかったのであるが、魚雷のために飛行機用のエレベーターがやられたので、そこを修理するために板をあてて穴をふさいだ。ところが、ガソリンタンクがすでにこわれてガスが艦内に充満していたが、穴をふさがなければガスはそこから抜けて換気できるのであったが、穴をふさいだために中にたまって、それになにかの拍子で火がついて爆発したため、「大鳳」は大爆発を起して沈没してしまった。ひきつづいて「翔鶴」がまた敵の潜水艦にやられて沈没してしまった。

そこで、小沢中将は旗艦を「羽黒」に移した。発進した飛行機は、ほとんど全部帰って来なかった。飛行機を失った機動部隊は生ける屍である。その晩、残っている飛行機で夜間攻撃をやろうとしたが、これも思わしくない。

これに先だって、栗田部隊の前衛部隊が夜襲をやろうと計画していたが、それも、うまくいかないのでとりやめとなった。このような状況が判明して、連合艦隊としてはどうするかという問題がおこってきた。

戦場における主将の心理は格別である。とくに惨憺たる不利な戦況に直面しての主将の気持ちは、経験ある者のみの知るところである。そのときに連合艦隊司令部においては、連合艦隊司令部は大局の作戦を指導するために内地にいる。だから、局地の戦争はどんなことがあっても、小沢中将の意思にまかせておけばいいという意見が強かった。しかし、私はミッドウェーでその間の主将の心理というものがよくわかっているから、引きあげ命令を連合艦隊司令長官の名で出せ、といった。しかし、そこまでいう必要はないという意見が強かったが、私は出さなければならないと思った。

その衝にあたっている指揮官にしてみれば、こうと勝負がきまっても、あっさり引きあげるということはなかなかむつかしいのである。責任感にとらわれすぎて、それで無理をする。やってもどうせだめなことを、無理やりにやろうとする。指揮官としては、なかなか引きあげるという決心はつきにくいものだし、また引きあげなければならないと思っても、それが簡単にできないのである。

だから、そんな時に、もうひとつ上のところから引きあげろといってやれば、意を安んじて引きあげることができるし、がむしゃらな人が、がむしゃらなことをやろうとするのを、戦場を離れて冷静にみているものが押えて引きあげさせ、その始末をうまくやらせることが必要で、そのためには、どうしても連合艦隊司令長官が引きあげ命令を出さなければならない。私はかたくそう信じていた。そしてついに豊田大将から引きあげの電報が出たのである。

小沢部隊に引きあげ命令

ただ、そこにのこる問題は、サイパンにいる南雲部隊、それからテニヤンにある角田部隊、これらが苦しいなかにも奮闘をつづけているのも、一面、小沢部隊の来着を心に期して待っていたからである。それがこういうことになると、これらの部隊の失望落胆はいかばかりであろうか。

これにもまして、サイパンの失陥がなによりも一大事である。ここを基地とするB29によって、直接日本本土に攻撃がかけられることになり、わが方にとって非常に痛いことになるので、なんとかして、それを防ぎたい。

これが対策についてまた種々論議が重ねられたが妙案がない。直ちに「山城」、「扶桑」を反転、サイパンに突入させ、敵陸上部隊をその主砲をもって撃ちまくり、反撃の機をつくろうと考えたが、しかし、その当時としては、これはどうも過激な考えであって、いれられず、豊田長官によって

「その方針はよいとしても時期についてはあらためて研究する」

ということにきめられ、小沢部隊は全軍引きあげることになった。

そして、それに際していろいろこまかい命令が出ている。要するに傷ついた航空母艦その他の艦船は、すぐ内地に引きあげて修理にかかること。残っている飛行機は完全な航空

母艦に収容して、これは次回の作戦のために栗田部隊とともにもう一度リンガへ返えすこと。あとはいったん中條湾に入って、そこで応急修理をし、燃料を補給、そして内地に帰るということなどであった。

これに従って小沢部隊は二十日はまず朝から補給してひきあげつつあった。ところが、その午後になって、敵の追撃をくった。これはたいして猛烈な追撃ではなかったが、それでもその追撃によって、「隼鷹」、「飛鷹」と二隻あった空母のうち「飛鷹」がやられた。そのほか二、三の被害があったが、敵もいいかげんで打ちきってしまったので、やっと中條湾に引きあげてきた。

虚を衝く敵の空襲

この「あ号作戦」において、基地航空部隊のうちで割合に働いたのは、トラック島にいた澄川少将の二十二航空戦隊であった。トラックは空襲を受けていないから、距離は非常に遠いが、出撃して相当に効果をあげている。

角田中将の指揮する第一航空艦隊は、当時司令部をテニヤン島においていた。われわれの角田部隊に対する期待は相当に大きかった。内地において編制され、訓練をつんで南洋方面に出ていったのが二月の下旬であった。

角田中将という人はもともと鉄砲屋、すなわち砲術家で、少将になってから航空部隊にはいってきた。非常に勇敢な、それこそ敵をみたら必ずくいついていくという闘志にみなぎった人であった。部下に対しても、なかなかやかましい人でもあったが、海軍の航空部隊内からも大へん期待をかけられていたし、自らも非常な抱負をもって出かけていったが、テニヤンに将旗を掲げた翌日、早速第一回の敵機動部隊の空襲を受けた。

爾後、当時の連合艦隊からは早く全部隊の進出を督促されるので、訓練も準備も完全でないときに飛び出していって、まだしっかりした摺り合わせがものになっていなかった。そこへビアクへ行け、あっちへ転進せよ、と方々ひっぱりまわされる。ところが、練度が低いから、飛行機をいためる。搭乗員には病人が多くでるといった工合で、戦争をしないうちにすでに相当な消耗があった。それで、最初に空襲のかかってきた六月十一日には、一六四四機をもっていたうち、わずかに二〇パーセントしか残っていなかった。

六月十一日の敵の空襲は午後一時半からかけられたが、従来は基地を攻撃するのには黎明攻撃をやるのが敵、味方とも常識であった。

だから黎明に対しては非常に注意する。朝、攻撃がかかってこないと、まずきょうは攻撃がないと思う。その虚をついて午後一時半にやってきた。油断していたので相当に損害が多かった。

これはアメリカ軍が、はじめからそのつもりでやったとすれば、その着眼は満点であった。これは連合艦隊にも罪があるが、小沢部隊の決戦に主点をおき、その機に全力をあげて角田部隊もこれに呼応するという方針に従い、初期に敵をみつけても少し手心を加えていた。これは連合艦隊もまた巧妙な作戦を企図したために、大体の作戦が守勢低調となり期待ほどに動かなかった。

角田部隊の最期

六月十五日に敵が上陸を開始したので、そのときから積極的な攻撃を計画してやろうとしたが、そのときにはすでに機能を失い、敵の優勢を向こうに回して太刀打ちができなかった。テニヤンの基地は敵の攻撃目標になって、絶えずたたかれるし、そうかといって、自分の麾下にあるパラオやヤップの基地は離れているから、どうも打てば響くような迅速な戦闘ができない。結局全体としての戦果があがらなかった。

そのなかでもよかったのは、前述のトラックの第二十二航空戦隊であった。

その当時、トラックはB24の空襲は受けていたが、艦上機の攻撃を受けていなかったので割合に飛行機の使い方が楽であった。だから、トラックからサイパンまで約六〇〇浬あるが、その後方海面の索敵を連日行なって、とくに敵の輸送船団の捜索に重点をおいていた。機動部隊の空襲はかかっているが、はたして輸送船団がその後方に続いているかどうかということは、ひとつは敵の上陸の企図判断をつかむのに重要なことであるから、その捜索を受け持っていた。

十五日以後、サイパン周辺の敵艦船を攻撃したが、十五日には「天山」という、その当時の最新式攻撃機一五機が薄暮攻撃を行なって、輸送船四、巡洋艦一に損害をあたえた。十六日夜には、陸上攻撃機と天山各五機をもって、三隻の巡洋艦を雷撃して魚雷を命中させている。

十七日には駆逐艦、油槽船を攻撃して大損害をあたえたと報告している。小沢部隊から、十九日に敵とぶつかる見込みだからという電報を受けて、角田中将は自分の部下の残っている全部の飛行機をグアム島に集まらせた。テニヤンからではどうにもならないというので、グアムに集結を命じたところ、そこに集まったのはトラックからきた零戦一五、夜間戦闘機二、艦上攻撃機二などを合せて約五〇機しか集まらなかった。これらの飛行機は、ちょうどそのときグアムの上空にきた敵の艦上戦闘機と空戦をやって約三十機を落としたと報告している。

ところが、この日はグアム、テニヤン、サイパンに終日敵の飛行機に制圧されて、小沢部隊から発進した飛行機が艦へ帰れないので、グアムへ着陸したところを敵の飛行機にさかんにやられた。そんな状況で、あまり索敵もできなかったらしい。結局、角田部隊もたいした手柄もたてることができず、そこで潰えた。

第七章　理屈に勝ち智慧に敗る

態勢はわが方に有利だった

大体、この「あ号作戦」とは、私が連合艦隊参謀長になってから、これこそは、と思う戦争であったが、結局、このようにして潰え去ってしまった。

連合艦隊としては、それまで何度か戦われた機動部隊の作戦の結果からみて、ミッドウェーのような悲惨な戦闘による戦訓も多かったし、それ以後、私自身が機動部隊の参謀長として体験した戦訓なども全部採り入れて、できるだけ細かい注意を払い、気のついたことはすべて計画のなかに織りこんで、こんどこそは、これで頽勢をもりかえしてやろうと、万全を期して決行したのであった。

それで、西カロリン附近に敵がでてくることを期待もし、また希望をもって、余計な戦争のように思われるかもしれないが、ビアク方面に相当力をいれ、そこをたたくことによって、敵を西アロンにもっていきたいと思っていたのであるが、その希望がすべて裏切られて、敵はマリアナ、すなわちサイパンにかかってきたのである。

これに対し、わが方は燃料の不足やその他、実際に作戦を実施するうえにおいて、前述のような種々な困難はあったが、とにかく無事に小沢部隊をその戦場までもってきたのである。ただ、そこまでもってくる間に、マリアナに展開していた基地航空部隊との協力が不手際ではあったが、それらのことを考えても、とにかく、小沢部隊を無事敵の機動艦隊より有利な態勢において戦場に投入することができたことは非常な大成功であった。十九日午前八時半、小沢部隊が攻撃隊を発進させ、全部の攻撃隊が出撃したという電報がはいった瞬間には、われわれはこの「あ号作戦」は八分の勝利だと思ったほどであった。ところが意外な結果に終わったのである。それでは、その原因は一体どこにあったのであろうか。それについて、いろいろ憶測するよりも、事実をとりあげて考えてみよう。

有効な敵戦闘機の防禦

まず、なんといっても、わが方の飛行機隊が予期したような成果をあげることができなかったこと。つぎに、敵の戦闘機の反撃が非常に有効であったことをわれわれは認めざるを得ない。そのことは、敵が防禦ということに相当力を注いだことがうかがわれる。

終戦後に聞いたところによると、この日、敵の機動部隊は、まず戦闘機によってこちらの飛行機をくい、それから本格的な攻撃を加えるという計画であったそうだが、その真偽は別として、この日の敵戦闘機の防禦は非常に有効的であった。

具体的にいうと、艦隊の前方約三〇浬ないし四〇浬のところに、強力な戦闘機の防禦の網をはっていて、わが方の飛行機を邀撃した。そのため、日本の飛行機は敵の機動部隊より三〇浬、四〇浬も手前で空中戦闘をやらなければならなかったし、ここで大分敵の戦闘機にくわれてしまった。

そのころには、敵は戦闘機にしても相当いい機種もでてきたし、訓練も相当やっていたらしいが、さらに私の推測では、戦闘機を指揮するレーダーの用法がだいぶ進んでいたらしい。実際、日本の攻撃隊が攻めてくるのを、三〇浬、四〇浬さきに戦闘機の網をはっていてとらえることは容易なことではないことから考えると、すでにレーダーの活用が相当に進んでいたものと思われる。

これも私の推測であるが、アメリカの勝利に帰したミッドウェーにおける戦闘では、アメリカの飛行機はずいぶん日本の飛行機にくわれた。アメリカとしては、これをもっても厳しい戦訓を得たことと思う。続いて第二次ソロモン、南太平洋両海戦においても、日本の飛行機が、相当の損害をも顧慮せずに、米軍に殺到していった。その戦法に刺激されて防禦砲火についても種々研究工夫をしたことであろうし、戦闘機によって防ぐという方法についてもふかく研究をしたことと思う。

わが飛行機搭乗員の劣質

アメリカは大体一海戦ごとに自らの防禦について非常な熱意で研究改良をくわえ、それを膨大な工業力にものをいわせて急テンポで具体化してきたことが看取された。

これに反し、わが方の飛行機隊は技量がだんだん低下し、真珠湾攻撃当時のように、雷撃する飛行機隊と降下爆撃をする飛行機隊とが、巧妙な共同動作によって敵に肉薄していくという戦法は、このときにはほとんど見られないばかりか、的確に敵の機動部隊を捉えて、自信のある攻撃をくわえることができる飛行機隊があるかどうかすこぶる疑問になってきていた。事実、この「あ号作戦」のときには、第一敵にとりつくことが精一ぱいのような状態であった。

この飛行機隊の練度が非常にひくかったひとつの例として、一番優秀といわれた第一航空戦隊の「大鳳」から飛び出した飛行機が、味方の前衛部隊に味方識別を行なわずに近接し、わが前衛部隊から射たれるといった同士打ちをしている。このようなことは搭乗員の常識であって、例えば高度を下げて波状運動をしながら接近をするとか、バンクをするとか、識別用号星を発するとか、規定に従って当然しなければならないことをしなかったために、味方高角砲の射撃を受けて機が落とされている。また航法未熟のため、発見すべき敵を発見せずに帰っている。この一事をもっても、当時の飛行機搭乗員の練度がいかにひくかったかがわかると思う。

また、機動部隊からでた飛行機が、グアム島に着陸するときに、敵の戦闘機にずいぶんくわれたということがあった。その前に、トラックへ帰った基地航空部隊の戦闘機が、敵戦闘機を相当にくっていることから考えて、ずっと前からいた部隊と、新しく編制された部隊との間に、同じ海軍の航空隊でも相当のひらきがあったことがうかがわれる。これは私の邪推かも知れないが、陸上基地へ着陸するときの警戒を怠ったためではないかと思われる。

これは、うっかりしているとよくやられるのであるが、着陸した瞬間に、上からダダッとやられると、なんとも手の施しようがないものである。だから着陸するときはひととおり上空を見るか、それでなければ、味方の飛行機が上空にいて援護するかが常識であるが、こんなことでも果たしてやったかどうか、怪しいものだと思われる。

こういうことは小沢部隊にかぎらずほかの部隊もやはり同様で、要するに、一般的に搭乗員の練度が非常にひくかったことが、この「あ号作戦」が不結果におわった最も大きな根本原因であったことは否めない事実であった。

それではどうしてこんな状態になったのかといえば、要するに開戦初頭の真珠湾の大戦果に酔って、みなが油断してしまい、つぎの戦争に対する戦備を怠っていた。それがミッドウェーの敗戦にもなったわけであるが、ミッドウェーの敗戦によって気がつき、あわてて対策を講じ、これが実現にとりかかった結果、逐次改善の実績もあがった。

しかし一方、戦局の進展はあまりにも急ピッチとなり、すべてのことが後手後手となり、絶えずものに追われる。新しい兵器ができても、搭乗員がこれをこなしていない。そして完熟しないうちに戦場に駆りたてられるという状態になり、せっかくの新兵器も、これを使うのではなくて、機材に使われるという状態のもとに戦場にのぞまねばならなかった。

巧妙すぎた作戦

それでは、このような搭乗員を抱えて、作戦指導の面に欠点はなかったかというと、作戦指導があまりに敵の機先を制するということに重点がおかれすぎていた感がある。もちろん、戦いに先制ということは重要なことであるが、あまり先制ということに着目しすぎて、アウトレインジという巧妙な運動に捉われすぎた。

海戦においては、敵に先んじて、まず敵の航空母艦の甲板に一発でも二発でもいいから爆弾をたたきこむ。そして敵機の発着を不可能にすることは、なによりも大事なことである。米軍もこのことは重視していた。だから敵の索敵機はいつも爆弾を抱えてき、部隊を発見すると、すぐ二機ぐらいの索敵機が急降下にはいってきた。

そのことが、別の面においていいか悪いかは問題であるが、とにかく、索敵機が敵を発見してそれを母艦に報告する。報告を受けた母艦が、それから攻撃部隊を前進させるのではもう遅い、という考えであったようである。

索敵機であっても、まず敵の空母の甲板に一発でも二発でもいいから爆弾をたたきこんで、飛行機を封じこんでしまうことはぜひやらなければならないことである。

それでわが方としても、敵機の手の届かない遠距離から飛行機を発進させるという考えをもってのぞんだ。しかし、非常に遠くから発進するということは、飛行機搭乗員の練度とのかねあいの問題であって、このような練度のひくい搭乗員を擁していたということを思えば、やはりそこに疑問の点があったようである。

そこで、アウトレインジということをめざして、巧妙な艦隊の運動をしていく。これを具体的にいうと、敵機は三五〇浬あるいは四〇〇浬ではとうてい手が届かないが、わが方としては手が届くとすると、敵の艦隊に対し、わが艦隊はつねに三〇〇浬ないし四〇〇浬の距離を保って、こちらから攻撃をしかけていく。

これは、なるほど、理屈としてはそれでいいが、実戦の面からみると少しかけ離れたきらいがある。あまりにも巧妙すぎる。実戦というものは、三〇〇浬でだいじょうぶと思っても、二〇〇浬、一五〇浬と踏みこんで戦争しなければならない。また、そのようにやった方がよかったのだと思う。

死地に投じて後生きる覚悟

十八日の午後、敵の機動艦隊を発見してからのわが機動部隊の行動は非常に慎重であって決してあわてていない。あたかも下腹にぐっと力をいれて、手をだしたいところをださずにいたところは、連合艦隊司令部にあって逐一現地からの電報をみていた私たちにとって、さすがに小沢長官だなと思っていた。大体はじめて戦争をするものにとっては、前後の区別もなく、いきなりかかっていきやすいものであるが、そこをじっと耐えて、敵を見据えておいて、その日に戦争をしなかったということには非常に感心した。

ところが、その日の晩のうちに敵が接近するということを心配して小沢艦隊は南下していた。これは間合いをとるといえばそうもいえるが、南下した行動が少し数学的であり、慎重にすぎたきらいがあった。こんなことをいえば、

「何をいうか、おまえだって失敗ばかりしているじゃないか」

と、いわれるかも知れないが、これを批判的にみると、十八日の晩は、むしろそのまま敵に近づいていった方がよかったのではないか。

もうひとつ率直にいうと、戦争をするのに少し都合がよすぎるようにもっていくような気がした。私の過去何回か機動部隊の戦争をした体験からいうと、航空母艦による飛行機をもってする戦争というものは、なかなかそう巧妙にいくものではない。ズバッと相討ちになって、その相討ちになった瞬間に、それに屈せずにおしてでるものが最後の勝利を得るので、どうしても初太刀は相討ちを覚悟しなければならない。これは一般にもそうであるが、この「あ号作戦」のときも、これよりほかに手がなかったのではないか。

敵の全貌は、ほとんど十八日に判明しているのであるから、ミッドウェーなり南太平洋なりのときのように、その側背を警戒するということにはほとんど心配する必要はなかっ

た。それだから相討ちを覚悟して、十八日の晩に踏みこむべきではなかったろうか。

数理にもとづいて、合理的に戦争を指導するということは必要なことであるが、その合理的とか数理による仕組みができれば、それからさき、ことというところがくれば一切をぬきにして、いわゆる死地に投じて後に生きるという覚悟がたいせつであろうと思う。私の先輩のなかでもとくに尊敬し、ずいぶん教えられるところが多かった小沢中将であるだけに、いまでもこれが惜しまれてならない。

それでは米国側の作戦はどうかというと、決して戦争上手とは受けとれないところがある。こういうと米国は憤慨するかも知れないが、要は物量にものをいわせた平押しの戦争よりほか一歩もでていないと私は思う。

小沢中将の苦衷

こういった、あまり手のない敵に対して、わが方は戦争の理屈では勝っているが、結局、自らの智慧に敗れたということができると思う。敗戦の将が、あとからいろんな理屈をいって人を批判することは工合が悪いのであるが、小沢中将としても、それだけのことは考えていたと思う。

ただ同情しなければならないことは、米国はどんなにたたかれてもたたかれても、すぐたちなおってくる。ガダルカナルを中心とするソロモンの攻防戦にしても、これからあとの台湾沖海戦にしても、つねに感じたことは、航空母艦一隻を大破した、また大破したと相次いでいってくるので、もう大分減っているだろうと思うのに、また航空母艦がでてくる、平気な顔をして、つぎからつぎへでてくる。それには味方飛行士の誤認もあったことと思われるが、半分はやはり敵の工業力が非常に盛んであったことによるのである。

わが方はどうかといえば、一つ物がなくなると、もうそれっきりで、どんどんマイナスになっていく。もともと、あまりたくさんないものがなくなるのであるから補充が遅い、再建も遅い。これらのことを考えると、機動艦隊を率いて戦争をして歩く小沢中将としては、どうしても大局からみて自分の兵力の損耗を惜しむのもまたやむを得ないことだと思う。そこで巧妙な戦争をやって、わが艦は傷つけずに敵を倒そうと考えるわけで、自然戦争の仕方もそうなってくる。

私自身の体験からいっても小沢中将の苦衷は十分に察せられる。連合艦隊司令部としても、すでに燃料燃料といって、作戦計画をたてるときから燃料に非常に悩んだのであるが、これが第一線で大部隊を率いていく小沢中将にしてみれば、われわれ以上に腹に直接こたえる問題で、燃料不足の問題にはずいぶん苦労したことと思われる。

艦船乗員の技量も低下

また当時いちばん大きな航空母艦であり機動艦隊の旗艦であった「大鳳」が、六月十八日敵潜水艦に沈められ、ひきつづいて「翔鶴」がやられたが、当時の状況として小沢部隊が敵潜水艦の追躡を受けていることは当然覚悟していなければならないことであった。それに手もなくやられたということは、飛行機の搭乗員もさることながら、一般艦船の乗員の練度も、開戦当初の練度にくらべて非常におとっていたのではないか。

また、そこへくるまでに、小沢部隊麾下の駆逐艦が潜水艦の攻撃を受けて、七隻か八隻沈没している。したがって、警戒駆逐艦が少なくなっていたということは、「大鳳」、「翔鶴」が潜水艦にやられる大きな原因であったとも考えられる。

しかし、もともと駆逐艦というのは潜水艦をかりたてる船であって、駆逐艦が潜水艦にやられるなどということはずいぶん不体裁な話である。やはり駆逐艦の乗員が、操艦技術はもちろんであるが、敵の潜水艦を探知する技術の練度も相当おとっていたのではないかと思われる。

この「あ号作戦」で被った味方の損害は、空母で沈没したのが「大鳳」、「翔鶴」（潜水艦による）「飛鷹」（飛行機ののち潜水艦による）中破、小破では「瑞鶴」、「隼鳳」、「龍鳳」、「千代田」（飛行機による）戦艦では「榛名」が小破（飛行機による）補給船で沈没したのが「玄洋丸」、「清洋丸」（飛行機による）小破したのは「速吸」（飛行機）飛行機の喪失数は、母艦へ帰らず陸上基地へ向かったものが相当あるので的確なことは不明であるが、戦争前もっていた総数約四五〇機のうち二十日の夜までにわかった使用可能機数は艦上機がわずかに三五機しか残っていなかった。

敵にあたえた損害は、未帰還機が相当あるのではっきりしたことはわからないが、その当時、報告などによって推測した戦果は、正規空母二隻に二百五十キロ爆弾が各一発命中し、そのひとつは黒煙天に冲するのを見ている。また巡洋艦一隻にも二百五十キロ爆弾一発を命中させている。そのほか、敵空母三隻に対して彗星艦爆が攻撃を加えているが、その成果は不明である。角田部隊麾下の第二十二航空戦隊が、トラックからいった攻撃結果は輸送船四隻、巡洋艦四隻に魚雷を命中させ、駆逐艦、タンカーにも相当の損害をあたえた模様であるが、これも判然としない。

第八章　作戦失敗のあと

機動部隊の再建を急ぐ

「あ号作戦」の失敗のあと、わが方は飛行機隊の再建と損傷艦船の修理に全力を注ぎ、航空母艦の建造も逐次進み、また部隊を編制することができた。

そのなかでも新航空母艦として「信濃」という大きな母艦も大分竣工の工程が進んでい

た。これは戦艦「武蔵」、「大和」についで第三号艦として計画されていたものであるが、「信濃」はその第三号艦を改造したわけで、排水量六万八千トン、速力二七ノットという「大鳳」よりももっと大きい母艦であった。

そういうものが漸次できてきたが、こんどは飛行機搭乗員の養成とか機材の補充が追いつかず、結局、母艦はできたが積むものがないという恰好になってきた。

一方、沈没をまぬがれた空母群は、小沢中将指揮のもとに瀬戸内海西部に帰ってきて修理と航空部隊の再建、訓練、整備に従事することになり、「大和」以下の水上艦船のなかで修理を要するものは別として、大部分のものは栗田中将が指揮して、またリンガ泊地に帰って訓練に従事することになった。

専守防禦に転換

日本の潜水艦は、戦前はむしろドイツのそれをしのいで世界一の水準にあったことは自他ともに許していたが、それが、このころになると昔日の面影はなくなり、かえって米国の方が日本のお株を奪ってきて、その跳梁が方々で激しくなってきた。

これは直ちに日本の重油の問題に響いてきた。それまでは南洋と北はソ連のオハの重油だけで作戦をたてていたのであるが、敵の潜水艦が方々へ出没して、タンカーを沈めるようになってきたので重油が欠乏してきた。それに附随してガソリンが不自由になる。こんなわけで、「あ号作戦」のあと始末として飛行機搭乗員の養成が急を要するのに、その訓練に必要なガソリンにまでようやくこと欠くようになってきた。

だから「あ号作戦」のあとは、少なくとも私自身としては、自信のある計画のもとに、敵機動部隊を打ち破るということは、それこそ算がたたなくなった。これからあとは、まったくの専守防禦ということによって敵が進攻上陸してくれば、その企図を打ち破るよりほかに手がなくなった。したがって、それに必要な陸上航空部隊の充実ということが第一義になってき、今後は国家の総力をこれに打ちこまなくてはならない事態に追い詰められてきた。

そのためには、従来艦船を造ったり、大砲を造っていた工場を飛行機製造工場に変えていかなければならない。一方飛行機は、どんどんできるが搭乗員がないのでは困るので、搭乗員の養成も大事になってくる。また同じ航空搭乗員でも、陸上航空部隊としては使えるようになっても、母艦からの発着艦という特殊技術を必要とする空母搭乗員とするためには、さらに一歩進んだ訓練を施さなければならない。そのため、まず陸上航空部隊の充実ということを優先的に考えて、そのあとで余裕があれば母艦搭乗員に回していくということになった。

その結果、もう少しで母艦の搭乗員に役立つと思われるときに、敵が方々の陸上基地に空襲をかけてくると、やはり足らないために、せっかく養成したものをその航空戦に注ぎこんでしまうので、自然、母艦の搭乗員の充実ということは第二義的になってしまった。

サイパンなど相次ぎ消息断つ

「あ号作戦」ののち、サイパンはどうなっていたかというと、まことに悲壮な抗戦をつづけていたが、わが方としてたのむところは、潜水艦の一部をもって、その附近海面で邀撃作戦を続行するよりほかに方法がなかった。

かくして六月二十二日にはサイパンのアスリート飛行場も敵手におち、その日のうちに敵の飛行機が進出してくるという状況であった。

その後も、戦況報告は毎日毎日電報できていたが、それも次第次第にとだえがちとなり、ついに七月六日、南雲中将、高木中将からの、

「もはや力つきてしまった。きょうまでの各部隊の協力を謝し、皇国の将来における隆昌を祈る」

と、いった壮烈な電報を最後として本格的な戦闘に終止符をうってしまった。

七月十日には敵はサイパンの完全占領を発表した。

七月十八日になると、こんどはグアム島に対して猛烈な砲爆撃を加えてきてリーフの爆破作業をやりだした。

二十一日には上陸を開始してきたので、グアム島のわが部隊はその晩猛烈な反撃を加え

たが、たいした戦果は得られなかった。そして、戦況は日に日に不利となり、七月二十五日、これまた壮烈な総攻撃を敢行し、ある部隊のごときは一時戦線を突破して相当な戦果をあげたが、その後各隊の連絡が思うようにいかず、八月十日ごろまで連絡はときどきあったが、以後まったく消息を絶ってしまった。しかしグアム島は相当にしつこく抗戦したとみえて、八月四日に敵の機動部隊がもう一度グアム島を爆撃している。

サイパンの隣のテニヤン島へは七月二十四日敵は上陸を企ててきた。わが方はその上陸第一波を反撃して撃退したが、一部はついに上陸してきた。その晩に夜襲をかけたが、ついにこれを撃退することができず、八月一日には連絡を絶ってしまった。勇猛な角田中将も、ついに最後の電報を発して、八月一日には連絡を絶ってしまった。七月三十一日、私はサイパンやテニヤンの地勢をよく知っているので、当時、どこの山がどうなったといってくると、その状況が目にみえるようで、実に気の毒な思いにかられたものであった。

南方では、七月二日に敵はビアクの西の方のヌンホル島へ上陸してきた。

八月一日にはニューギニアのミオス島へ上陸し、ビアク島を中心にして附近の進攻作戦の地固めをしてきた。

八月下旬にはハルマヘラ、セラム島方面に対する空襲を激化してきた。また英国の機動部隊と一般艦艇の一部がスマトラの北、マラッカ海峡の入口にあるサバンに来襲してきた。

さらに七月二十二日、米機動部隊はパラオに来襲してきた。

マリアナ方面では、七月三日敵機動部隊の一部が硫黄島に来襲したが、そのときにはわが方には約八〇機の戦闘機があって、これを邀撃して一七機を撃墜している。しかし、味方も二七機の未帰還機を出している。この未帰還機の戦果を合わせると、敵にあたえた損害は、おそらくもっと多いと思われる。

翌四日にはひきつづき硫黄島、小笠原島に対して来襲してきた。八月四、五両日、機動部隊がまた硫黄島方面に来襲してきた。「あ号作戦」以後の敵機動部隊の動きは大体こんな状態で、あまり顕著なものは見られず、ただサイパン戦の終末の完成と、次期作戦の準備にかかっているようにみえた。

各守備隊も玉砕の運命

「あ号作戦」の敗退以後は、こんどは敵がどこへ攻撃の手を向けてくるかということが問題になった。

まず第一に考えられるのはパラオ、ひきつづいてフィリピン方面、これはいわゆるマッカーサー・ラインの狙いからいって明らかである。もしフィリピンを自分の勢力圏下におさめてしまえば、日本の南方からの補給線は断たれ、日本の生命線は寸断されるのであるから、敵がフィリピンを狙うのは当然である。

そのつぎに考えられるのは、マリアナ作戦にきたいわゆるニミッツ・ラインで、これがどこへ鋒先を向けてくるかということが問題になる。だいたいの考えとしては、さかんに機動部隊による空襲を反復している硫黄島、小笠原群島、八丈島、伊豆大島と順次攻略してきて、直接関東地方をめざして帝都に迫る線。もうひとつは、どこにも手をつけずに一挙に台湾か沖縄を陥れ、フィリピン攻略のマッカーサー軍と合流して九州を衝く線が考えられるが、もはや、わが方には、これらの敵を求めて遠く洋上で決戦をする戦力がなく、基地航空部隊も壊滅しているので、わずかに各島々に取り残されたものに対して、あらゆる困難危険を冒して部隊の増勢とか、そのほか防備力の強化に努力をする。そして、敵がもしそれらの島々へ来襲してきたならば、いままでとは違って、その島ではそのときの自分の兵力のみでその島を守りとおし、頑強な抵抗によって日本本土、あるいは南西諸島、台湾、フィリピン防備の完成、海上部隊、航空部隊の再建強化に対して時をかせぐ。さらに敵に多大の出血をあたえて鋭鋒をくじく。そのことは結局、それらの島にいる人たちは、その守所において、善戦敢闘の末、全員悲壮な玉砕に終わる運命を甘んじて受けなければならないということであった。

私は海軍に身を投じて三十年間、その間たゆむことなく兵術を学び、兵術の訓練に励み、ただ一筋に日本の国を守ろうとしてきたのであるが、しかも、この国家の重大時期に、連合艦隊参謀長という要職にあり、作戦の中核に携っていながら、こういう破局を招いてしまったことは、ひとつひとつのことについてはそれぞれ原因もあろうし、種々失策もあったろうけれども、帰するところは私自身の無能によるところ大であり、ただ申しわけないというだけではすまされない気持ちでいっぱいであった。

当時の連合艦隊司令長官豊田大将という人は非常に明敏鋭利な人であって、いかなることにでも、よく目の届く人であるが、この豊田大将が、どういうわけか魯鈍不敏な私を非常に信頼され、参謀の建てた計画を私が目をとおして、

「よろしい」

ときめたものに対しては、ほとんどひとことの不平もなく、いつもそれを是認されていた。それほどの信頼を受けていたのであるから、当時顔にこそ出さなかったが、私自身の苦衷は非常なものであった。毎日毎日、あちらでも玉砕、こちらでも玉砕といった最後の電報を耳にし、一方では若い人たちが敵に体当たりして死んでいく、こういうしらせを聞くことは実に苦痛であり、矢も楯もたまらない気持ちであった。

第六部　レイテ沖海戦

第一章　総力戦に突入

陸海軍の作戦を統一

「あ号作戦」ののちにたてられたのが「捷号作戦」であるが、これは要するに、敵の攻撃の手がわが国の最後の一線にまで迫ってきた状況において、それからさきの戦争はいよいよ出たとこ勝負で、まず敵のかかってきたその所在の陸海両軍の全兵力を結集して反撃を加え、その間に、日本全国に展開している航空部隊を逐次移動注入し、他方、機会があれば水上艦艇の全力をそこへ投げこみ、できるなら敵の機動部隊を捕捉撃滅する。そして敵の攻略部隊を殲滅するといったようなものであった。

これは一方からいうと、まことに手のない計画であるが、この場合どうも致し方がなかった。これを具体的にいうと、防禦線を日本の本土から南西諸島、すなわち琉球、台湾、フィリピンにのばし、当時再建しつつあった、第一航空艦隊をフィリピンにおき、もうひとつつくりつつあった第二航空艦隊を九州南部におく。

また、当時航空搭乗員の養成を行なう第三航空艦隊というのがあったが、それは関東地

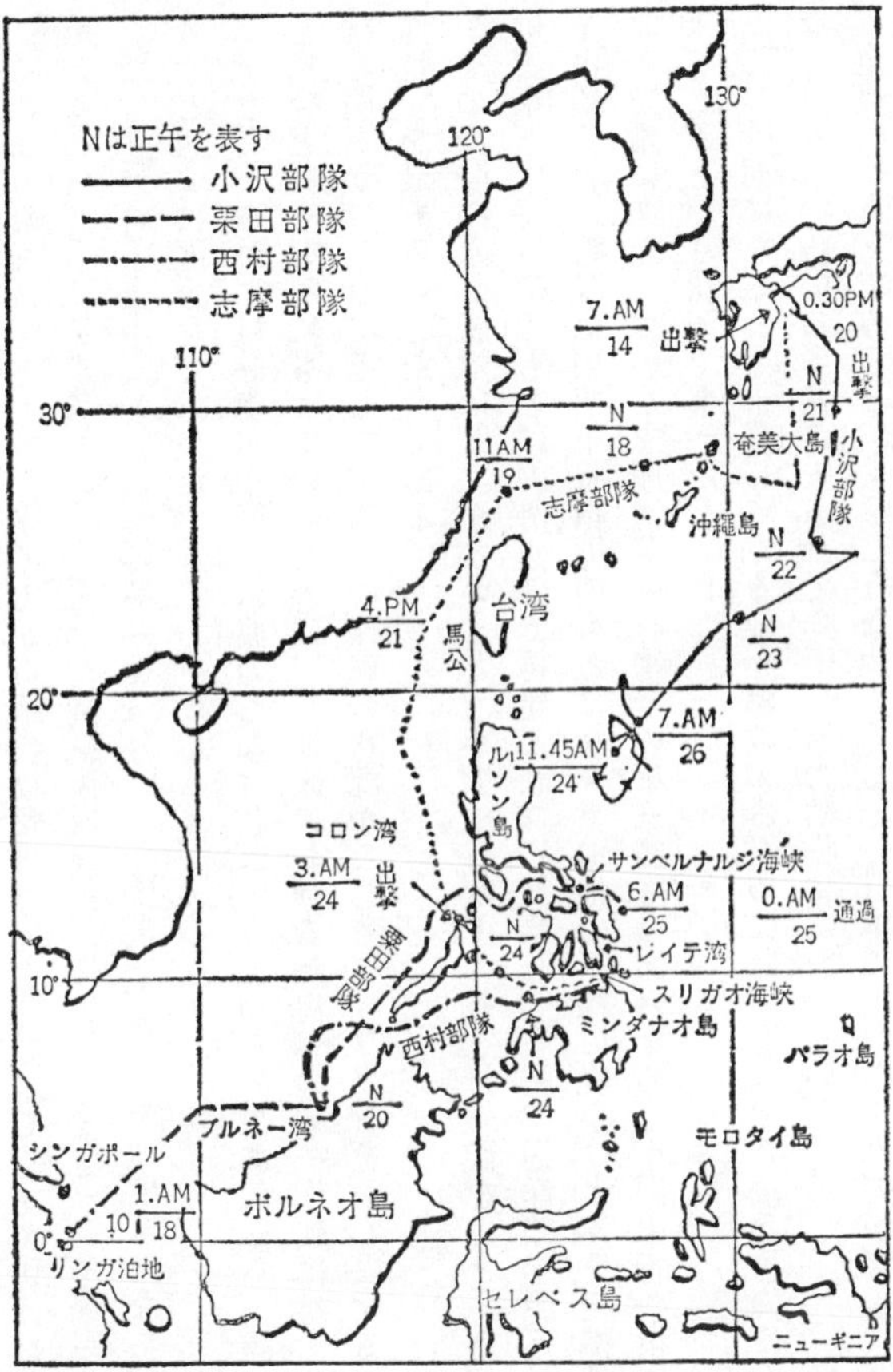

方にあって日本本土に敵が来襲したときに備える。

このような配備をとって、南の方から敵の攻撃目標地点に従って、フィリピンに来襲したときの処置をとるのが「捷一号」、台湾、南西諸島にきたときのことを規定したのが「捷二号」、日本本土へきたならば、「捷三号」、北海道、千島にやってきたならば「捷四号」と四つに区分してあった。

そして、これには陸海軍が緊密に協力しなければとうていだめであるから、陸海軍の統一指揮という態勢にもっていくために、各地区における陸海軍の統一作戦に対する指揮系統を明らかにした。そして、当時の作戦の状況からしてフィリピンを中心にする「捷一号作戦」を最も重視したのである。

その当時の水上艦隊はどうかというと、小沢中将麾下の航空母艦群を主とする第三艦隊は、小沢中将直率のもとに内海西部で再建と訓練に従事し、戦艦、巡洋艦、駆逐艦の大部を占める第二艦隊は栗田中将指揮のもとにリンガ泊地で訓練に従事。大湊を根拠地として北の防備にあたっていた志摩清英中将麾下の第五艦隊はあらためて小沢中将の指揮下に編入されるという状況であった。

この時期になると、来襲してくる敵を撃破するためには、もはや特攻兵器のほかに手がなくなり、いろいろ考案工夫されて局所局所の防備にあたっていた。

全般的に考えてみると、もうこうなってくると、日本の国力のすべてが直接戦闘に結びつけられなくてはならなくなった。資材といわず、人といわず、食糧といわず、あらゆるものがすべて戦力に結びつけられた形になった。

連合艦隊司令部を地上に移す

「捷号作戦」がこういう性質であったので、従来は外戦部隊だけが、連合艦隊の指揮下にあったのであるが、いまや外戦も内戦も区別がつかなくなり、日本内地における各鎮守府、警備府や、また交通保護などの関係で従来独立していた支那方面艦隊、さらに陸軍航空部隊の一部、これらがみな連合艦隊の指揮下にはいった。

こうなると、連合艦隊というものも昔の連合艦隊とちがって責任もますます重くなるし、仕事もみようによっては煩多になってきたので、九月にはいって、いままで「大淀」にいた連合艦隊司令部は東京郊外の日吉台の慶応義塾の予科の寄宿舎へ移った。ここはちょっと小高いところで、その山の下に防空壕を掘り、そのなかへ膨大な通信機関を移し、どんな猛烈な爆撃を受けても決して心配せずに作戦指導ができるようなりっぱな作戦室も設けた。

連合艦隊司令部を陸上へ移すことについては、私は前から主張していたのであるが、前線の艦隊の指揮官は、絶対陣頭指揮でなくてはいけないという。この点は私自身よくわかる。だから、私が第一航空艦隊の参謀長をしているときも、ミッドウェー海戦以後、第三艦隊参謀長になったときも、艦隊司令部はつねに航空母艦においていた。

しかし、一部には、航空母艦というものは防禦力が非常に薄弱であり、開戦ともなれば真先に敵の集中攻撃の的になるわけで、すぐ旗艦としての機能を失いやすい。だから陣頭指揮は戦艦を旗艦にすればどうかという意見がずいぶんあった。たしかにそのとおりで、戦艦は母艦より防禦力が強いからいいようなものの、私には私なりの考えがあって、航空艦隊の指揮官は戦争のとき、自分の手近に飛行機隊をもつということが非常に大事である。そして戦況が難しくなったときには、自らが直接手近にある飛行機隊を駆使してむずかしい戦況を打開していく。要するに、戦況が非常に混沌としても、指揮官自らがそのなかに乗りこんでいることが、前線の指揮官のほんとうの陣頭指揮である。こんな信念をもっていたから、なるべく長官旗艦はいつも母艦において戦闘を指揮するという方針であった。

だが、連合艦隊司令部ともなればそれではいけない。局所局所の戦闘を指揮するのでなく、その当時にしても北は千島から南は南西諸島、ニューギニアにいたる広い戦線を、一指揮のもとに全体をみて指導していかなくてはならない。それで、その局地の戦闘から離れたところに、どんなことがあってもゆるがずどっしりと腰を落ちつけた姿勢にあって、全戦線を静かに眺めて指揮をすることが、連合艦隊司令長官としてのやるべきことである。

また、最近の戦争は戦線が非常に広いので、通信が全体の指揮ときってもきれない問題になってきた。ところが艦船にいて無線を出すということになると、その艦船の動きによって、敵がわが方の企図を察知することができる。これを陸上に移せば、敵に通信をとられないし、前述したような作戦の不利が少なくなる。

　もうひとつ大きな問題は、海軍の作戦の様相が昔と一変して、その麾下には水上艦艇もあれば陸上に基地をもつ航空部隊もはいっている。まして「捷号作戦」となれば、陸軍と非常ににかよった海岸防禦ということが連合艦隊の大きな任務になってきた。このようなことを考えると、船に乗っていることは無意味なことであり、陸上にしっかりした根拠をもって、そこにいることが必要になってきた。

　この陸上に移ったことに対していろいろ非難があった。年をとった先輩は、東郷元帥が行なわれた指揮官自ら陣頭にたつという日本海軍の伝統を破るものであるといい、また元気のよい若い者からは、司令長官がそんな陸上にあがったりしては前線の士気は振わないというのである。しかし、私はそれらの非難を断固として排して陸上に移ったのである。そのかわり、もしある局地の戦争が非常に重要性を帯びてきたときには、時と場所によって、司令長官が必要な幕僚を帯同してその前線に出動する。司令長官が行くほどのこともないときには、参謀長である私が必要な幕僚を連れてその前線にでかけていく。

　そんなことでは手ぬるいということになれば、さしあたり日吉台に移ったが、同じような指揮所を各地に設けて、それぞれを第一指揮所、第二指揮所として戦況の変化に応じて司令長官が全幕僚を率いて指揮所を移って歩くというふうにすればいいと考えた。

特攻による戦争指導は邪道

飛行機搭乗員の養成についても、兵学校出だけでは士官の数がたりない。相当に知識のたかいものをとらなければならないというので、少年航空兵制度が以前からとられていたが、作戦の様相がこのようになってくると、これでもなお不足をつげるので、一般学生にもそのソースをもとめて航空搭乗員の養成をした。これもすでに実施はされていた。

しかし、教育訓練の速度が作戦状況の急転に追いつかない。これはガソリン、機材の不足ということもあって、自然、練度不足のままで戦闘加入を余儀なくされ、味方の犠牲が多い割合に効果が少なくなった。そこで結局、特攻、体当たりということが、誰いうとなくみんなの頭に考えられるようになった。

特攻については、世間でいろいろなことがいわれている。なかには、大西中将が無理矢理に特攻を出したんだろうという人もあるが、必ずしもそうではない。いかに大西中将が気が強くても、いやがるものに無理に命令を出すということはできることではないし、また、たとえやってみたところでしようがない。

これはいまのべたような状況で、練度が足りないために犠牲が多く、その割合に効果が少ない。そこでやるものが、犠牲が多くてどうせ死ぬのなら、いっそのこと自分たちがあたって死ねば確実じゃないかという気がおきてきて、誰いうとなくそういう気分がでてきたのを、大西中将がみて、やらしたというのがほんとうである。

この当時の戦況としては、それも実際やむを得ないことであり、若い人たちの壮烈な意気には頭がさがる思いであったが、私自身の考えとしては、どんなに苦しくても特攻だけで戦争をひっぱっていくということは戦争の邪道である。いかに苦しくても、その苦しいなかで練度のたかい精鋭な部隊をわずかでもいいからつくりあげて、やはりほんとうの作戦の要求である敵の機動部隊に対して、ちゃんと理にかなった戦争をしかけていかなければならないという信念をもっていた。

そのとき、ちょうどそれに合致するT航空部隊というものが編制された。このT航空部隊はTyphoon（タイフーン――台風）の頭文字のTからとったもので、暗夜、非常にしけて、水上艦艇の行動さえ不自由になり、まして大砲を射つことも思うようにいかないような時を選んで敵に殺到して、雷撃を加えようという目的をもって編制されたものである。だから一方からいうと神風をたのむわけであるが、しかし、ただ漫然と、神風がきたら船をひっくり返してくれるからというので、手をこまねいて待ち受けているといった無為無策ではなく、神風の機会を捉えて、わが方から必殺の攻撃を加えてやろうというのである。

特攻隊を生かす道

このT航空部隊の隊長になった久野修三大佐は非常におとなしい人であるが、老練な航空指揮官で、頭もよし、度胸もあり、これと思ったことは必ずやりとげるという人であった。その部下には開戦以来歴戦の生き残りの猛者をみんな集め、さらに海軍の指揮を受けるようになった陸軍の航空隊のなかの精鋭をこれに加え、純然たる海軍流の訓練を施した。

すなわち、陸軍の飛行機ではあるが、どんどん海上へでて魚雷を発射する訓練をやった。その当時、敵の大型飛行機が内地にやってきて爆撃を加えているし、近海には潜水艦が出没するなど忙しい戦争のさなかではあったが、燃料も惜しまず、わざわざ海軍の水上艦艇を土佐沖に出動させて、何回か演習をやった。この演習には、私も現地へでていって演習状況をみ、指導する努力を惜しまなかった。

そのように若い人が国家のために自分の身を殺して体当たり攻撃をするその意気と純情には常に頭のさがる思いをしていたが、計画の衝にあたるわれわれとしても、そういう人の意気ごみに対して、なんとかして報いるようなことがしてやりたい、ということがいつも念頭にあった。そのひとつとして、これらの人たちが抱いていく一発の爆弾の威力を何十倍、何百倍にしてやることはできないものだろうか。せっかく命を捨てて敵にあたるのに、爆弾の威力が小さくていかほどの損害もあたえられないというのではまことにあいすまない。爆弾の威力を大きくして、一発でもって一艦を沈めるだけでなく、その近所にいる艦船にもひどい損害をあたえるようにはできないものだろうかと真剣に考えた。

その当時、海軍ではZ兵器というのを極秘兵器として力コブをいれて研究していた。この研究には大学の教授とか民間会社の優秀な技術者の力も借りていたのであるが、それは四センチという、その当時としては超々短波の、電波の非常に強力なものを、パラボラ・ミラーの焦点に集め、それを平行線にしてだすという研究であるが、その研究過程で、その短波のなかに航空機用の潤滑油をあてると、素質の悪いものが非常に優秀なものに変化するという報告を聞いた。

そこで私の素人科学は、これは非常に飛躍するが、これはエレクトロンが潤滑油を構成する原子に対して衝撃をあたえていくために、この潤滑油を刺激性にすることだろう、というふうに考えた。

そこで、こんどはこれを潤滑油でなく爆弾のなかにある炸薬にこの方法を適用すれば、この炸薬の威力を数十倍、数百倍にもできるのではないか。これを専門の科学者たちの目からみると、まことに笑止の至りであったろうが、私としてはそれを固く信じ、艦船本部などに話したのではテンポが遅くて作戦に間に合わないと思ったので、当時の火薬廠長である神足技術中将と、その部下の爆薬部長を連合艦隊司令部へ招いて率直に相談をもちかけた。すると神足中将は

「参謀長のいわれるのは原子爆弾の思想です。しかし、原子爆弾は世界の科学者によって研究は進められているが、おそらくこんどの戦争には各国とも間に合わんでしょう」

と、いわれた。それで、その話はオジャンになってしまったのである。今日、米国の原

子爆弾の製造工程を知ってみると、当時考えたような、どろくさいことではとてもできないことがわかったのであるが、それも要するに若い人たちが体当たりをするのに、無効果におわるということはいかにも気の毒であるということから考えたわけである。

特攻兵器、相ついで生まれる

そこで、こんどは爆弾をもっと大きなものにして、せめて一トンぐらいの爆弾を抱えてぶつかっていったら、当たっても本望だろうと考えた。この私の考えが動機になったかどうかわからないが、やがて神雷攻撃隊というのができた。これは大きな陸上攻撃機の胴体の下へ、「桜花」という八百キロの爆弾をもったグライダーを抱いていき、攻撃目標がみえるところまでいった時に、人が乗ったグライダーをきって落とす。

そして、そのグライダーを操縦しながら目標に体当たりするというのがその狙いである。

つぎには局地防備用の兵器として「震洋」という特攻兵器ができた。これはモーター・ボートの先に相当な重量の爆薬を詰めて、そのモーター・ボートに乗って敵にぶつかっていく兵器である。

つづいて「回天」というのができた。これは真珠湾攻撃のときに使った特殊潜航艇に似たようなもので、潜水艦に抱かれていって、敵を攻撃しようというときに、敵の位置を見定めて回天が潜水艦から離れ、人に操縦されて目標にぶっつかる。いわゆる人間魚雷である。これらは工夫と同時に訓練をしなければならないが、若い人はみなこれを志願していた。

さらに同じようなもので「海龍」というのができた。これは回天よりも航続距離の長いもので、潜水艦自体が魚雷のようなもので、二人乗りである。

もうひとつ、一番最後に考え出したものに「蛟龍」というのがある。これは潜水服を着た人が爆弾をもって海の底を歩いていくという構想で、敵の上陸部隊の輸送船などが海岸に近づいてきたとき、碇泊したところを狙い、こういう隊が何十人、何百人と海の底を爆薬をもって歩いていき、輸送船の底へ引きつけて爆発させる仕組み。これは道具もできて訓練をやったが、実際には使わなかった。

一方、海軍として必要な防備要地が各所にあり、その要地を守るために陸戦隊の必要性が増大し、その数が非常にふえてきたが、そのときには陸戦兵器がだんだん少なくなってくる。結局斬りこみ戦術がとられ、その斬りこみの稽古をするために、千葉県の館山に海軍の砲術学校の分校のようなものができて、そこでもっぱら陸戦を教育することになった。これらのことがすべて特攻で、それでもって物の少ないなかで戦備を整えていくということにあらゆる苦心をはらった。

残存拠点の充実に努力

八月十八日ごろになると、従来も相当に敵の潜水艦が跳梁していたが、急にまた活躍しだし、潜水艦による被害が激増してきた。

そのため南方から運んでくる油、そのほかの資材、また逆にフィリピン、台湾、南西諸島などへ防備力を増強するために送りこむ資材あるいは人員の輸送に非常な脅威を受けるようになった。そして、出るもの出るものがみな損害を受けることになり、「捷号作戦」計画はできたものの、その作戦自体の前途に対して非常に暗澹たる状況になってきた。

そのなかでいちばん困るのは燃料である。水上艦艇の大きなものはリンガにいるので、その方の心配はないが、内地にいる航空母艦群や、内地で訓練するいちばん大事な航空隊が燃料の不足のために訓練ができないことになってくると、それこそ一大事である。

そこで、このころからいろんな代用燃料が考えられ、そのなかで松根油《しょうこんゆ》がいちばん重要視され研究がすすめられた。そのまえに、ガソリンのなかに何パーセントかのアルコールを混入して飛行機に使用する研究が完成し、すでに実施されていた。

つぎに問題になったのは、遠く太平洋の島々にとり残された航空隊の基地員とか、その島の警備にあたっているものに対する補給の問題である。ラバウルなどは食糧に対する自給計画をたて、さつまいもなどをつくって食糧には困らない状態になっていたが、南洋の珊瑚礁などに残されているものはそういうことができず、魚も近海のものは全部とりつくしてしまっているので、どうしても食糧を送りこんでやらなければならないことになり、いろいろ考えた末、結局潜水艦によって補給するよりほかに方法がないことになった。潜水艦を補給に使うことは、すでに「あ号作戦」前にその必要を生じ、潜水艦隊である第六艦隊の司令長官高木中将を呼んでその旨伝えたのであるが、潜水艦の搭乗員にすれば、せっかく敵の機動部隊なり水上艦艇を屠るための訓練をつんでいるのに、補給などの仕事を仰せつかってはまことに不本意な話で、いろいろ不平がおきた。その不平をなだめるために艦隊長官を呼んで豊田大将から懇々と説明され、やっと納得させた。

しかし、連合艦隊司令部としてはなんでもかんでも補給だけが潜水艦の任務だとはいっておられない。やはりある時期をみて潜水艦を攻撃に使わなければならないといっていたが、その当時はやむをえなかった。ところが、潜水艦ではむやみに膨大な量は積んでいけないので、かさが少なくて滋養の多い食糧の研究まですすめられた。

そして、苦しいなかではあるが硫黄島、沖縄、パラオなどは作戦上有力な拠点をなしているので、これらの島に対する防備力の増強にはとくに力をいれて、硫黄島は私が連合艦隊参謀長を命ぜられて東京へ着任する途中、立寄って状況をみたときには、皆んなが非常によく防備に力を注いでいたが、やはり物がたりないことが痛切に感じられたので、敵が上陸してきても相当猛烈に機銃弾を送り得るように、例えば二十ミリ機銃の数をふやすために父島方面から送るとか、資材を送って、できれば硫黄島にあるひとつの飛行場を十分使えるように維持したいと考えて、その増強にはずいぶん力をつくした。

沖縄にしても戦略上の重要さから考えて、あらゆる手段をとり、台湾方面から陸軍の有力部隊を注ぎこむとか、硫黄島にはできなかったが、特攻隊、主として震洋特攻隊も送り出してその基地をつくった。パラオに対しても同様で、苦しいなかで、これらの島々に対する防備力の増強には極力努力したのである。

第二章　一寸刻みの本土進攻

局地防衛あるのみ

「あ号作戦」に際して、敵はマリアナ諸島にくるか、南カロリン群島にくるかとふたつの途を予想したのであるが、敵はまず、われわれの期待に反してマリアナにきた。そしてサイパン島を奪ったので、こんどは当然パラオにやって来なければならないのであるが、パラオに対する敵機動部隊の空襲は七月二十七日以来一時中絶していたが、九月六日になって再開され、七、八の両日は空襲と同時に艦砲射撃をまじえて攻撃してきた。そして七日はパラオと同じ環礁のなかにあるペリリュー島にも、その一部が艦砲射撃をくわえている。そこにはわが飛行場がある。

これよりさき、わが方でも七月以降における種々の状況と、過去における敵の攻略に際しての習性から考えて、敵のサイパン攻略から次期作戦に要する準備期間などを考慮にいれて、九月上旬には次の進攻作戦が開始されるだろうという見当をつけていた。

ところが八月下旬から九月にかけての敵の通信諜報、空襲の状況、潜水艦の配備などを綜合してハルマヘラか西カロリン、西カロリンのうちでもとくにパラオに対して近いうちに攻略戦がはじまるという兆候が非常に顕著になった。それと同時に、サイパンをとった敵のサイパン方面と中国方面からする日本本土に対する空襲、それから千島に対する牽制攻撃がかならずはじまるだろうとひそかに予想していた。

ところが、八月下旬、敵機動部隊の主力はマーシャル方面にいる。また、その一部は八月二十八日ごろブラウンを出た兆候がある。それから水上艦艇の一部はアドミラルティ方面にいる。そのほかの情報から敵の攻撃がいよいよ近いと判断した。

この敵に対する連合艦隊の邀撃計画はどうであったかというと、上陸してくる敵に対しては、そこにいる各守備隊が、全力をあげてこれを水際で撃滅するより手がない。そして、敵のいちばん大きな攻略目的は飛行場の使用であるから、その飛行場使用を不可能にすることを各局地の守備軍にやってもらって持久策を講ずる。

それと同時に、連合艦隊直轄の第一航空艦隊は、これに策応して、敵の機動部隊および直接攻略してくる上陸部隊に対し、主として機動奇襲で、いわゆる神出鬼没の奇襲を続行して、敵の戦力を漸次減殺し、敵の航空基地推進の企図を撃砕する。

また先遣部隊といわれている潜水艦は、敵のパラオ攻略企図判明次第、時日の余裕を得て機に投ずることができるならば、これをパラオ近海に出撃せしめて敵の水上部隊を邀撃する。さらにできるならば、わが方の残存水上部隊もそれにつぎこもうという計画をもっていた。

これはパラオ方面のみならず、どこへきても同じであるが、要するに問題は、マリアナをとられ、わが水上艦艇の数も減ってくるし、飛行機もだんだん力がなくなって弱体化され、それにもまして燃料が非常に不如意になっているから、思いきった力のある戦争ができなくなった。

だから「捷号作戦」で示されたと同じように、パラオにやってきた場合はパラオの守備隊の戦力に重点をおき、その善戦敢闘により、まず敵の上陸をくいとめる。その間に、機会があればフィリピン方面に展開している第一航空艦隊の飛行機が、夜間や薄暮を選んで奇襲をかけ、すこしずつでも敵の機動部隊を潰し、攻略部隊を潰していく。そしてなおチャンスがあれば、味方水上艦艇をつぎこんでいく心づもりであった。

しかし、はじめから考えどおりいかないこともわかっていたので、結局はただ現地部隊の敢闘に待ち、チャンスがあればわずかに飛行機による攻撃に頼るほかはないと考えたのである。

ペリリュー、モロタイ奪わる

その当時、フィリピン方面にあった飛行機の数ははっきりとはいえないが、戦闘機一三〇機、夜間戦闘機一五機、艦上爆撃機二五機、艦上攻撃機一五機、陸上爆撃機二〇機、陸上攻撃機四〇機、陸上偵察機四機、これがだいたいある時期における実動兵力であった。

またパラオの守備隊は伊藤賢三中将指揮下に海軍の総兵力二五〇〇がいた。このほかに陸軍の師団が約二個師団以上おり、これは約三〇台の戦車をもっていた。海軍も大砲、機銃なども相当パラオにはつぎこんだのではあるが、もちろん十分であるとはいえなかった。しかしこれらの守備部隊の非常な善戦によって、結局は最後までパラオ島を守りとおしたわけである。

敵来襲の状況やそのほか通信諜報とも合わせ考えて、敵のパラオ、ハルマヘラ方面に対する進攻がいよいよ迫っていることをわれわれは考えていた。その後も敵はひきつづき攻撃を加え、九月九日、十日の両日敵の機動部隊はミンダナオ島のダバオにも来襲した。

また飛行機の偵察によると、九月十一日にはニューギニア北岸のフンボルト湾に敵の大型船四〇、中型船七〇の輸送船団が在泊している。九月十二日、十三日、十四日と敵機動部隊は中部比島に来襲した。

この三日間の空襲によって、わが方のフィリピンに展開していた第一航空艦隊の損害も相当大きく、またセブ方面の艦艇にも相当の被害があった。

これまでの例によれば、敵がどこかへ上陸してこようというときには近所の航空基地をかならずたたいていく。これはアメリカだけでなく日本でも同じことであるが、その前触れをみていると、その上陸地点がわかるのである。

九月十五日に敵はいよいよペリリュー島に上陸を開始し、これと同時にハルマヘラ島北方のモロタイ島へも上陸してきた。モロタイはビアクについで南西方面では重要な地点で、モロタイからは大型機によれば比島方面がその攻撃圏内にはいり、そこから足をのばすと重油ソースがすべてみんな敵の直接空襲の脅威にさらされることになる。

ペリリュー所在部隊は、爆弾を抱えて戦車に肉薄し、あるいは環礁内に散在する無数の島陰に隠れていて、小舟艇をもって敵船にのりつけて、爆弾もろとも敵の船を沈めるといった、実に鬼神を哭かしめるというようなことが数多くあった。

このペリリューもよくもちこたえて、十月二日までの報告では、敵に一万以上の損害をあたえ、それでよく飛行場を守っていたが、結局は無尽蔵の兵力と限りある兵力との闘いであって、十月二日には大勢はすでに決し、飛行場は敵の使用するところとなった。

モロタイ島の方は守備兵力が僅少のため容易に反撃できず、わずかに敵の上陸部隊に対して飛行機による夜間攻撃を実施していたが、これも十月三日には敵が飛行場を整備して使っているということがわかった。

パラオ本島は最後までもちこたえていた。したがって敵はパラオ本島の北方にある吹きざらしのような環礁中の泊地を利用せざるを得なかった。かくのごとく、最後までがんばっていたとはいうものの、パラオの機能はなくなってしまったのである。

フィリピンへの空襲激化

フィリピンの中部、南部に対する敵機動部隊の来襲は、それ以後も依然手を緩めず、九月中旬ごろダバオ、セブ方面に攻撃の中心をおいていたのが、九月下旬になるとマニラ方面にその鉾先を向けてきた。その空襲は大がかりなものであったので、ちょうど再建直後にあった第一航空艦隊（陸上航空部隊）としては出端をたたかれたわけで、機材や人は相当つぎこまれていたが、部隊としての機能を十分発揮できず、そのためマニラ方面に在泊していた海軍の艦艇、輸送船、マニラ以外の近所の海域にいた輸送船団の被害も相当大きかった。これはわが方としては非常な痛手であった。

このフィリピン中心部に対する機動部隊の空襲と相呼応して、この時期になると敵潜水艦のフィリピン方面における跳梁が非常にめだってきた。それが、逐次フィリピン方面はもちろん、南支那海方面にまで活躍するようになってきたので、わが方の「捷号作戦」準備に対する物資や兵力の輸送船の被害が多く、所期作戦準備の半分もできるかできないかわからないという非常な困難に陥った。またそれは単に「捷号作戦」への影響ばかりでなく、とくに南方からとらなければならない重油その他の資材の内地輸送が非常に困難となり、したがって、内地における物資も急速に不足していった。

さらにモロタイ、ペリリューを失った以後は、敵の大型機の活躍圏を非常にわが方に接近させることになり、九月三十日にはすでにバリックパパンにB24が戦闘機を伴って空襲している。それは日本としてはいちばん痛い重油のソースが脅かされることになったわけである。

このときになると、あらゆる輸送船を保護するという海軍自体の責任はますます重くなってきて、しかもその輸送に対する直接護衛も、結局連合艦隊の作戦とにらみ合わせて行なうことになり、輸送船の運航計画も全部作戦にからまってくる。それまでも、わずかに南支那海の沿岸づたいに艦艇の護衛のもとに輸送船を運航していたのであるが、いまとなっては作戦に直接関係ある艦隊や師団への補給も、日本自体の命脈を保っていくことすらもなかなかむずかしくなってきた。

戦勢挽回の望み捨てず

連合艦隊司令部では、毎日分担に従って各幕僚の戦況説明があり、つづいて作戦会議が行なわれるのであるが、図上で示される輸送船の飛行機または潜水艦の攻撃による被害の情況、きのうはここで何隻、きょうはかしこで何隻と、日々繰り返される報告を聞いていると、あたかも、きのうはあちらの肉を切られ、きょうはこちらの皮を切られる思いで、それがだんだん骨にくいこんでくるような前途暗澹たる状況であった。

そういう苦しい状況ではあったが、やはり作戦を掌る連合艦隊司令部としては、どうかして敵の攻めてくる機会を捉えて、海軍の全兵力をつぎこんで、進攻してくる敵の出端をくじきたい。従来とちがって、水際だった作戦指導をすることは望めなくなったにしても、出てくる敵をどこかで捉えて、これに大打撃をあたえる以外に、日本の国を守る手がなくなってしまった。しかし、このときにおいてもなお、わが全力を賭しても、できるならば敵の機動部隊を捕捉撃滅したいという考えはすてなかった。そうすることにより、全体の戦勢は多少でも挽回されてくるということに一縷の望みを託していた。

しかし、だいたいの感じとしては、まさに没していく太陽を呼びかえすようなもので、どうにもしようがないとは思っていたが、やはりどんなに苦しくなっても、一縷の望みをもって戦争していたというのが実際であった。

沖縄本島に機動部隊来襲

十月七日、豊田大将は参謀副長と副官を連れて飛行機で台湾とフィリピン方面へ出かけられた。これは前線視察と将兵激励のため、もうひとつには長官着任以来陸軍部隊との連絡がなかったので、陸軍最高指揮官訪問のためであった。

その留守の間、私が日吉台で留守をあずかっていたが、その留守中の十月十日に敵の機動部隊が沖縄本島に来襲した。敵の機動部隊は方々を空襲しているが、沖縄へ空襲をかけてきたことはただごとではないと思われた。従来敵がやった作戦の手口からみても、こんどはどこかへ上陸してくるにちがいないと思われた。フィリピン方面に上陸するときには、まず日本側のフィリピンを救援する飛行機のいそうなところを遠くからたたいてくる。そして、それをひとところおりたたいて無力にしておいてから攻撃してくる。これは敵のやりかたでもあり、また当然考えられることである。

沖縄へかけてきた敵機動部隊の攻撃をみていると、われわれにはそれがはっきりわかる。いかにまちがってもフィリピンでなければ南西諸島方面か台湾にやってくるにちがいないと考えられた。もうひとつは、事前の空襲が大がかりであればあるほど大がかりな上陸をかけてくる。遠くの方から攻撃して組織的に動いていく状況をみていると上陸作戦の規模もわかる。要するに攻略の前触れであるということは明瞭である。

それですぐ連合艦隊からはかねての「捷号作戦」計画に従って「捷一号」「捷二号作戦警戒」を令し、全軍に対して注意と警戒を促した。そうして敵の出方を静かに見守ることにした。

母艦搭載機を陸上にあげる

その警戒発令と同時に、内海西部で訓練に従事していた第三、第四航空戦隊飛行機隊に対しても出撃準備を命じた。第三航空戦隊というのは「あ号作戦」の生き残りの航空母艦群であり、第四航空戦隊は「伊勢」、「日向」を改装した母艦からなっていた。これは累次の戦争で母艦がどんどん沈んでいくその急速補充のため、巨砲を擁して手もちぶさたの旧式戦艦の後部砲塔をとって飛行機の格納庫を造り、飛行機を射出するという窮余の一策を考えたものである。

いまや航空戦の重要性は絶対的となった。この第三、第四航空戦隊搭載機としての訓練をやっていた飛行機隊を基地航空戦に投入しようというのである。だいたい母艦搭載機の訓練は陸上航空部隊でひととおりの基礎訓練ができれば、さらにすすんで母艦発着訓練を受けなくてはならぬ。狭い甲板に発着することは相当にたかい技倆を要する。それから、目標もなく二〇〇浬なり三〇〇浬の洋上を出て行って、洋上のワン・ポイントである母艦へ帰投しなければならない。陸上から出たものは、多少まちがっても、地勢を判断して元の飛行場に帰ることができるが、母艦となれば、これが容易ではない。しかも、そのワン・ポイントは動いているのであるから、それを探し求めて帰ってくるということは相当の練度を必要とする。

だから母艦搭乗員となるためには、練成されたものがさらに以上のような訓練をつまなければならない。しかし、戦局がこのように切迫してきては、せっかく母艦搭載機に訓練されている飛行機に対しても、母艦などといっておれないから陸上基地から作戦しなければならないことになってその準備を命じたのである。

内地部隊にも出動準備

また北海道、大湊方面にあった第五十一航空戦隊は関東地方へ、さらに関東地方にあって主として搭乗員の養成に従事していた第三航空艦隊に対しては、九州から漸次南へ出動する福留中将指揮下の第二航空艦隊の後詰として南九州への移動をそれぞれ命ぜられた。

第五艦隊（第二遊撃部隊）　司令長官　海軍中将　志摩清英
△第二十一戦隊（多摩　木曽欠）
那智（艦隊旗艦）足柄……………………………重巡洋艦　二隻
△第一水雷戦隊（第一駆逐隊欠）
阿武隈（旗艦）……………………………………軽巡洋艦　一隻
第七駆逐隊　潮　曙
第十八駆逐隊　不知火　霞
第二十一駆逐隊　若葉　初春　初霜
（以上）……………………………………………駆逐艦　七隻

それから北辺の警備から小沢中将の麾下に編入され、すでに内海西部にきていた志摩中将の第五艦隊と、改装空母によって編成され、船だけ残っている第四航空戦隊、そのほか潜水艦部隊に対しても、いつでも出撃できるよう準備を命じた。

この第四航空戦隊につむべき飛行機を、陸上の航空戦につぎこんだことは、小沢中将としては非常に不満であった。これを客観的にいろいろ批判する人もある。戦後、アメリカ側のレイテ作戦に対する批評のなかでも、これは連合艦隊の大きな失策であると指摘している。その理屈は至極もっともであるが、その当時の状況としては、母艦に搭載する飛行機は数多くの飛行機のなかでも最も訓練をつんだ飛行機であるから、これを陸上基地からの作戦に使用することは非常にやさしいことであるとともに、非常に有力な部隊になる。

第三章　比島攻略の意図明確

「捷一号、二号作戦」発動

それで、戦局もせっぱつまっているし、陸上航空部隊としての第一航空艦隊も再建の出端をたたかれている。一回の敵機動部隊に対する攻撃だけでも相当な損害がある。したがって日々の攻撃によって失う飛行機の数は莫大なものであるから、とにかくできるだけ補充して、戦力を落ちないようにしなければならない。いろいろの面からの理屈はあるが、当時の実情としては、背に腹はかえられなかったのである。

十月十二日、敵の機動部隊の主力は台湾方面に痛烈な空襲をかけてきた。この空襲は十三、十四日とひきつづいてかけられたが、十四日には中国方面にあると想像されたB29が台湾南部の高雄方面に空襲してきた。この台湾に対する空襲をみて、これはぐずぐずしておられないと感ずると同時に、敵の機動部隊を捉えるのによい機会が到来したと思ったので、警戒を令していた「捷一号、二号作戦」の発動を決意した。しかし、準備まではよいが、いよいよ作戦にとりかかれという命令は連合艦隊としても重大な命令であり、かつ一分一秒を争うことはないので高雄に出かけている豊田大将に伺いをたてた。リンガ泊地にいる栗田部隊は、一度出撃させると燃料がそれきりになるので、同部隊のことは後回しにし、さしあたり陸上基地にある航空部隊に「捷一号、二号」を発令し、現われてくる敵の機動部隊をたたく。その機動部隊はいずれ南下するのであるからそれをさらに追う。そして、最後に陸上航空部隊の全力をフィリピンに集結し、ここをもって予定の最後の一戦をかける、というふうに考えたので、その旨電報で豊田大将の了解を求め、結局、十月十二日に基地航空部隊の「捷一号、二号作戦」の発動を命じた。

それと同時に、福留中将指揮下の第二航空艦隊を九州南部に展開して南進の準備を完了し、関東地方にあった第三航空艦隊を、実際に九州に進出するよう命じた。また待機中の第三、四航空戦隊の母艦搭載飛行機隊を第二航空艦隊の福留中将の指揮下に編入した。これで第二、第三航空艦隊は九州に集まり、第二航空艦隊は南進の態勢を整えた。第一航空艦隊はすでに比島に展開していた。

新編第一航空艦隊の痛手

この第一航空艦隊は前述のように九月上旬来の敵の比島中部、南部に対する空襲、とくに九月下旬のマニラ方面に対する空襲で実動兵力は非常に低下し、艦隊というものの実力は微弱なものになっていた。その原因のひとつは、編制されたばかりであったので、航空艦隊内の物心両面における有機的な活動ができなかったことと、練度がひくいために一回の作戦ごとに未帰還機が続出したことである。

他のひとつは、飛行場における飛行機の損害が非常に多い。これは一見消極的なことのようであるが、等閑視できないことである。飛行場における飛行機の分散隠蔽防護に関しては、その当時やかましくいっていたのであるが、いざというときの出発に間に合わないので、実行がとかくゆるがせにされる。これは地味なことや、物を大事にすることには関心が非常に薄いという日本人の悪い性格によるものである。

かかるところへ敵機動部隊の空襲を受けるのであるから、地上における損害が多くなるのは当然である。それから、戦闘機が少ないことにも原因がある。戦闘機が多いと、敵の空襲に対して果敢なる反撃ができ、敵の攻撃を無効にすることもできるが、戦闘機が少ないから、防禦も自然に消極的になって、くいついていって敵を落とすという闘志が少なくなる。このようなことが原因結果をなして非常に戦力はおちていた。

もっとも、このような状況でもあったが、敵機動部隊が攻めてくれば、ただじっとしていたのではなく、わが基地航空部隊は相当な反撃を加えたのである。すなわち九州南部の鹿屋を中心とする基地や、台湾などから出撃して敵機動部隊の捕捉撃滅に全力をあげている。しかし、練度がともなわないことと、毎日毎日の航空戦のために消耗されることと損傷飛行機を整備していくことが遅れ勝ちになって、出撃する機数が日ごとに減っていく。

合理的作戦すでに不可能

そのようすを連合艦隊司令部におってみていると、もう戦争当初のような、合理的な作戦構想のもとに力強い攻撃を加えていくことは不可能だと思った。

さらに戦果報告をみても、的確を欠いている。意気ごみは衰えないが、実際の腕前が鈍っているので、統制ある作戦ではなく、出たとこ勝負の戦争が多い。

それで報告されてくる戦果についても、そのままでは爾後の作戦指導の資料にならない。

もっとも、世間に対する戦果発表は、飛行機搭乗員が実際に見、かつそう信じているのを、見もしない連合艦隊司令部が割引きするという手はないのであるから、報告どおり大本営に回すのであるが、作戦を指導するものとしては、それをそのまま信ずるわけにはいかないので非常に割引きして考える。

ところが、攻撃にいった翌日、索敵機をだして敵の状況を見させると、撃沈したはずの戦艦や空母がいて、落胆させられることもたびたびであった。もっとも非常に速力を低下して、油を曳いている航空母艦が駆逐艦にとりかこまれて南下しているといった具体的な報告もあることであるから、なんでもかでもいちがいに否定するわけにもいかない。相当割引きはするものの、やはりある程度の戦果は認めなければならないことになる。十月十二日、三、四日と数日来そのようなことが続いた。

戦況が思わしくないと大本営もなにかと連合艦隊に対し、さしで口をしたがる。

「いま敵の敗戦部隊が低速力で南下しているじゃないか、なぜ、それを摑えてやらんか」

と、電話でいってくる。双方とも東京にあるものだから、便利であるがまたうるさい。軍令部の一部長とか次長なども直接、参謀長に電話をかける。

「参謀長、電話に出ろ」

と、いうので私が出る、と、

「連合艦隊はなにをしているか」

と、いう。私もおとなしくしてはおれない。

「大本営は艦隊に燃料を十分配給する算段をやってくれ、戦争のことはよけいなくちばしをだすな」

と、応酬する。

大本営はリンガ湾にいる栗田部隊に、いま台湾の東方を南下する傷ついた敵の機動部隊を追撃させよというのであるが、連合艦隊としては、そう簡単に考えられては困るのであって、一度出ると後の油がないのであるから、栗田部隊には「ここぞ」と思うところに突っこませなければならない。

結局、その敵機動部隊に対しては第五艦隊と第四航空戦隊の半分砲塔のなくなった戦艦、潜水艦および基地航空部隊の全力をあげて殲滅することになり、栗田部隊の使用には大いに自重して時期を狙った。

T攻撃部隊出動

十月十三日にT攻撃部隊が敵の機動部隊に対して夜間攻撃をかけた。この日、天候はかなり悪く、T攻撃部隊にとって都合のよいものであった。そして、相当な戦果を収めたように思われた。

ところが、雷撃とか洋上飛行に対する練度はあがっていたが、艦船を識別する能力が不十分であった。とくに陸軍機にとっては無理からぬことであった。ために報告されてきたような大戦果ではなかったようであった。

十四日には主として、第二航空艦隊から三回にわたり四〇〇機余をくりだして、石垣島の南々西一〇〇浬に発見された敵機動部隊に対して攻撃を加えた。そして十二、十三、十四の三日間にわたる攻撃で、敵の巡洋艦、航空母艦合計一〇隻を撃沈、二〇隻以上を炎上させたと報告された。それで、一応割引きしてきいていたが、搭乗員の目撃もあることだし、相当戦果があがったものとして鳴物いりで発表された。

ところが十五日にまたマニラに敵機動部隊が攻撃してきた。十五日の機動部隊の空襲に対しては、フィリピンにいた飛行機隊から合計一三六機をくりだし、四回にわかれて昼間薄暮の強襲を行なった。これも相当に戦果をあげたと考えられている。

十六日には敵の機動部隊に対して台湾から一一〇機、沖縄から一〇〇機、マニラから二二機、鹿屋から二五機をくりだして索敵攻撃を実施した。これに雷撃隊の一部が敵にとりついただけで、あとは敵を見ずに帰っている。天気もよくなかった。

敵、レイテ島に上陸準備

十七日に敵の機動部隊の一部が再びマニラに来襲した。これと同時に、敵はレイテ島近くのスルワン島に上陸してきた。このときの上陸の仕方は、マリアナとかビアクなどの時と比較してちがっている。上陸地点に全然攻撃を加えずに、小部隊がひょうひょうとあがってきた。それで、われわれとしては、これが本格的な上陸かどうかよく判断がつかなかった。

しかし私は、アドミラルティ島への上陸方法によく似ていることに気がついた。というのは、私がラバウルにいたとき、アドミラルティに上陸してきたのが印象にふかかったからである。これは、やはり本格的攻略の先駆だと思った。

そこで十月十七日、意を決して全軍に対し「捷一号作戦」の警戒を発令した。もちろん、そのなかにはリンガにいる第一遊撃部隊である栗田部隊も含まれている。栗田部隊にはブルネイ(ボルネオ島西北)に進出を、潜水艦部隊にはフィリピン中、南部方面へ急速に出撃するための準備をそれぞれ命ぜられた。このとき、第二遊撃部隊は奄美大島で燃料補給をしていた。

つづいて十八日に、敵の機動部隊は中部フィリピンに対して空襲をかけてきた。それと同時にレイテ湾のタクロバンに向かって上陸作戦の準備行動を開始してきた。これで敵の企図がはっきり摑めたので、十八日にはじめて全部隊に対して「捷一号作戦発動」を命ぜられたのである。それとともに損傷敵艦の追撃を命ぜられていた第二遊撃部隊を南西方面艦隊司令長官の指揮下にいれた。

「捷一号作戦」の構想は、レイテ湾に向かって、当時残っていた海軍部隊の全力を集中しようというものである。当時、フィリピンを失うことは、南方に資源をあおいでいる日本の大動脈を切断されてしまうことであり、また南方で戦っている何十万の陸、海兵力をその場所で孤立、枯死させてしまうことになるのである。

いま、もし敵にレイテ島を奪われるようなことになれば、まさにフィリピンの死命を制するカギを敵につかまれることになる。すなわち、わが本土の存亡はフィリピンにかかり、フィリピンの死命はレイテ島の争奪戦にかかった。〝レイテ湾決戦〟は文字どおりの〝決戦〟で、これはだれがみても明らかなことであった。だから、このレイテ湾で、敵の上陸を破摧するか否かは、当時の状況においてわが国の危急存亡に関する重大事であった。

この作戦の重点は、栗田部隊をしてレイテ湾になぐりこませることであった。そして敵の上陸部隊ならびに、できれば機動部隊を潰すことが、栗田部隊に課せられた重要使命であった。

小沢部隊捨身の戦い

この栗田部隊の作戦行動を容易にするために、小沢中将の直接指揮下にいた第三艦隊をして、敵機動部隊を北の方へ誘致させ、機会があればそれに打撃をあたえるという任務をあたえた。しかし、第三艦隊は飛行機の大部分を陸上作戦にとられた航空母艦群で、それでも全部を集めれば約一〇〇機はもっていたが、そんな部隊では敵の機動部隊とわたりあって、全滅さすことなどは無理なことであった。

それで誘致作戦をおもな任務にしたのであるが、これをつきつめていうと、自分の身を犠牲にして、敵の機動部隊を吸収せよということで、作戦の構想自体が、小沢中将麾下に対して一種の捨身の戦争を強要したようなものである。

また、陸上航空部隊に対しては栗田部隊の援護にあたるとともに、機会をもとめて敵の機動部隊をたたく。潜水艦もその時期にフィリピン東方海面に進出して、敵の艦隊にあたる。そして目的を達成すれば上陸部隊をたたけ、というのがその構想であった。

一応このような構想はもっているが、実際は無理な作戦であって、このときやはりつきまとったのは、この作戦をはずせば、燃料問題のために、あとはたてないことを考えれば、これだけの戦力をどの時期に投入するかということが、連合艦隊としては作戦指導の大きなポイントであった。

一方当時の状況では、艦船に供給する燃料はほとんどなく、飛行機に対してもその補充にこと欠いていた。しかし「捷一号作戦」の実施は、内地からフィリピンにつぎこむ航空部隊や、北は北海道方面の第五艦隊から、南の栗田部隊など、日本海軍の全兵力をこのレイテ湾に集中するので、距離にして二〇〇〇浬、いな三〇〇〇浬にわたる遠隔の地にあるものを、当時すでに海空いたるところで猛威を逞しくしている敵飛行機や敵潜水艦の網を潜りぬけ、あるいは蹴散らして、この一点に全力をもってくることであった。

第四章　巨艦群、レイテの決戦場へ

出撃早々、重巡三隻失う

その当時の状況として非常な難計画であり、また、このような計画をたてなければならないことは、むしろ悲壮であった。だから計画をたてるほうはむろんのこと、この命令を受けて死地に投じる各部隊の作戦指導は、これまた難事中の難事で、悲壮そのものであった。このように、われわれの意気ごみは壮烈ではあったが、なんとしても「強弩《きょうど》の末は魯縞《ろこう》を破らず」の感をふかくしたのである。

ここにおいて、主力となる栗田部隊のレイテ湾突入の日を十月二十五日未明と連合艦隊で決定された。その命令を受けた栗田部隊は十八日の午前一時、シンガポール南方のリンガ泊地を出発、二十日正午にはボルネオ西北岸のブルネイ湾に入港して補給を行なった。

ここからいよいよ警戒を厳重にしなければならないので、本隊がブルネイ湾にいる間に、水上偵察機の大部分をミンドロ島のサンホセの基地に前進させ、パラワン島の西岸に沿って進出する本隊の航路の前程を、主として対潜水艦警戒にあたらせることになった。

一方、「山城」、「扶桑」、「最上」そのほか駆逐艦四隻からなる西村祥治中将麾下の戦隊は、戦艦の速力が遅いためにブルネイ泊地から分離、別動を命ぜられ、スルー海を横断して、二十五日の未明、北方からレイテ湾に突入する栗田部隊本隊に即応して、同時刻に南方のスリガオ海峡から突入することになった。

二十二日午前八時、栗田部隊の本隊はブルネイ湾を出撃、最初は十六ノットでパラワン島の西岸に沿って北上した。アメリカ艦隊は以前からそうであったが、日本海軍でも、このときにはすでにレーダーが装備されていた。パラワン島西岸の航路上には敵の潜水艦が待ち伏せしていることは覚悟していたので、その前方を非常に警戒していった。

ところが二十三日の早朝に、敵の潜水艦二隻が栗田部隊に対して雷撃を加えてきた。敵は二十二日の夜からすでに追尾していたのである。それによって栗田中将の乗艦であり旗艦である重巡「愛宕」は、このとき、たちまちにして四発の魚雷を受けて沈没し、つづいて重巡「摩耶」も沈没した。さらに「高雄」は大破してしまった。

このように、出発直後すでにわが方は手痛い打撃を受けた。そこで栗田中将は一時駆逐艦「岸波」に移乗したが、この日の夕刻に戦艦「大和」にその将旗を移した。「大和」は当時、第一戦隊の旗艦で宇垣纏中将が司令官をしていたが、そこへ栗田艦隊司令長官が艦隊旗艦としての将旗を移した。

この重巡三隻の喪失は栗田部隊の戦力に非常な大損害をあたえた。出撃の出端をたたか

レイテ海戦における日米両参加兵力

（ゴシック体喪失）

	連合軍		日本軍	
空母	エセックス、フランクリン、イントレピット、エンタープライズ、レキシントン	5	**瑞鶴**	1
軽空母	キャボット、インデペンデンス、ラングレー、ベローウッド、サンハーシントン、**プリンストン**	6	**瑞鳳**、**千代田**、**千歳**	3
護衛空母	**セント・ロー**、**ガンビア・ベイ**、キトカン・ベイ、ホワイトプレーズ、カリニン・ベイその他	18		
戦艦	ミシシッピ、メリーランド、ニューメキシコ、テネシー、カリフォルニア、ペンシルバニア、アイオワ、アラバマ、ニュージャージー、マサチューセッツ、ワシントン、サウス・ダコタ	12	大和、**武蔵**、長門、**山城**、**扶桑**、金剛、榛名、伊勢、日向	9
重巡	チェスター、ペンサコラ、ボストン、ウイチタ、ニューオルリオーズ、ソルトレーク・シティ	6	高雄、**愛宕**、**鳥海**、**摩耶**、妙高、羽黒、熊野、**鈴谷**、利根、那智、足柄、**最上**、**筑摩**、青葉	14
軽巡	バーミンガム、デンヴァー、レノ、その他	11	**能代**、大淀、**多摩**、五十鈴、**鬼怒**、矢矧、**阿武隈**	7
駆逐艦	キレン、アンダスン、ブッシュ、クラクストン、アンメン、**ポール**、**ジョンストン**、ヒーアマン、その他	70	浦波、**若葉**、**早霜**、**藤波**、岸波、**野分**、潮、**満潮**、**不知火**、**朝雲**、**山雲**、曙、霞、時雨、**初月**、秋月、若月、霜月、槇、桑、その他	33
護衛駆逐艦	**ロバーツ**、デニス、その他	11		
潜水艦	デイス、**ダーター**、ガンネル、その他	13	伊三六二、伊四五、伊五四、その他	10
母艦機	一二八〇		一一六	
其他機	〇		六〇〇	
計	水上艦艇　一五二 飛行機　一二八〇		七七 七一六	

れたことは、物的の損害以上に全艦隊の士気に非常な影響をおよぼしたと考えられた。しかし、栗田部隊はいささかも予定を変更することなく、二十四日の午前零時ちかくにはミンドロ海峡にさしかかっていた。しかも、このときすでに、敵潜水艦の襲撃によって、栗田艦隊の全容およびその行動がだいたい敵に通報されてしまっていたと覚悟しなければならなかった。

「おとり艦隊」

はたして二十四日午前八時ごろになると、まず敵の索敵機が飛来して栗田部隊を発見してしまった。しかし、栗田部隊自体には航空母艦がなかったので、自分の力で自分の艦隊の上空を掩護できない。そこで当然、陸上にある海軍航空隊からの掩護戦闘機の派遣をあおがなければならなかったのであるが、この陸上航空部隊は連日の敵機動部隊の空襲のために悪戦苦闘の状態であった。それに飛行機の数も次第に手薄になってきていたので、栗田部隊の上空直掩に戦闘機を派遣するまでに手がまわらなかった。

そこでフィリピンにいた海軍第一航空艦隊長官の大西中将から連合艦隊に対して、

「二十五日の突入予定を二、三日延ばしてもらえないか」

と、電報で具申してきた。しかし、二、三日遅らせて栗田部隊にその辺を歩かしていたのでは、燃料がなくなって突入することができなくなる。それを思えばせっかく、ここまでてきた栗田部隊を、そのままひきさがらすことは到底できないほどせっぱつまった状況にあった。

それで最後の策として、フィリピン方面にいる陸上航空部隊の攻撃機をもって、敵の機動艦隊に対して猛烈な攻撃をかけ、敵の航空母艦をたたくことによって、敵の飛行機の来襲を防ぐことと、小沢中将直率の機動艦隊の牽制作戦——オトリ艦隊——に絶大な効果を期待する、このふたつの方法によるよりほかはなかった。

かくて小沢中将直率の機動艦隊本隊は、十月二十日、悲壮なる決意のもとに豊後水道を出撃した。敵潜水艦の出没海面を巧みに回避して一路南下、二十二日には南、北大東島附近に達し、二十四日の払暁にはルソン島の北東二〇〇浬のところまで進出した。そして、敵機動部隊を北方に牽制しようとした。しかし、小沢部隊としても、敵の潜水艦がすでに栗田部隊を襲撃している以上、栗田部隊の全容が敵に知られていたことはおそらく承知していたと思われる。

十月二十三、二十四日のフィリピン東方海上の天候は非常に悪く、南洋特有のスコールが方々にあった。このときすでにフィリピン方面に展開しおわっていた福留中将指揮下の第二航空艦隊は、この猛烈な悪天候を衝いて敵の機動部隊を攻撃するべく、連日困難な索敵攻撃に懸命になっていたが、悪天候に禍されて戦果をあげることができなかった。しかし苦心の索敵行動の結果、二十四日の早朝にいたり、索敵機の一機が敵機動部隊の一群を発見、これに対して全力をあげて攻撃を開始した。しかし天候不良のため、わずかに巡洋艦一隻を撃沈し、そのほかに多少の損害をあたえたにすぎなかった。

一方、南下をつづける小沢部隊は、フィリピンのレガスピ北方で敵機動部隊を発見したとの報告に接した。しかし、他部隊の報告で不安を感じたので、自分の指揮下の飛行機を索敵のため放って、その報告を確認した結果、わずかながらも搭乗機の全力をあげてこの敵を攻撃した。この時、小沢部隊はルソン島の北端の東方約二五〇浬のところまで進出していた。

ところが、小沢部隊が敵の機動部隊を攻撃したという一連の電報は、小沢部隊にいわせると、電報をうったというが、小沢中将の旗艦である「瑞鶴」の電信送信機の故障か、電信員の技術のまずいためか、連合艦隊にはこの電報は達していない。また栗田部隊にも同電報は到着しなかった。そのため小沢部隊は結局単独で飛行機による攻撃を加え、ほかのものがこれに策応した作戦をとることができなかったのはまことに残念であった。

満身創痍「武蔵」沈む

栗田部隊は、二十四日ミンドロ島の南方を通過して、シブヤン海にはいった。シブヤン海にはいると、敵に触接される可能性がますます大であるので、速力を増加して一路東方へ進んでいった。

第二艦隊（第一遊撃部隊）　司令長官　海軍中将　栗田健男
第一部隊（第一夜戦部隊）　司令官　海軍中将　栗田健男
△第一戦隊　司令官　海軍中将　宇垣　纏
大和（旗艦）　武蔵　長門……戦艦　三隻
△第四戦隊
愛宕（艦隊旗艦）　高雄　鳥海　摩耶……重巡洋艦　四隻
△第五戦隊（最上欠）
妙高（旗艦）　羽黒……重巡洋艦　二隻
△第二水雷戦隊（第二十七駆逐隊欠）
能代（旗艦）……軽巡洋艦　一隻
第二駆逐隊（清霜欠）　早霜　秋霜
第三十一駆逐隊　岸波　沖波　朝霜　長波
第三十二駆逐隊　藤波　浜波　鳥海
……駆逐艦　九隻
第二部隊（第二夜戦部隊）　司令官　海軍中将　鈴木義尾
△第三戦隊　司令官　海軍中将　鈴木義尾
金剛（旗艦）　榛名……戦艦　二隻
△第七戦隊
熊野（旗艦）　鈴谷　利根　筑摩……重巡洋艦　四隻
△第十水雷戦隊（第四、第四十一、第六十一駆逐隊欠、野分、清霜を加う）
矢矧（旗艦）……軽巡洋艦　一隻
第七十駆逐隊　浦風　磯風　浜風　雪風
野分　清霜
……駆逐艦　六隻

第三部隊（第三夜戦部隊）　司令官　海軍中将　西村祥治
△第二戦隊　司令官　海軍中将　西村祥治
山城（旗艦）　扶桑……戦艦　二隻
最上……重巡洋艦　一隻
第四駆逐隊（野分欠）　満潮　朝雲　山雲
第二十七駆逐隊　時雨
｝……駆逐艦　四隻

栗田部隊は午前八時ごろ敵の索敵機に発見されている。午前十時ごろになるとレーダーは敵機の襲来を予知した。栗田部隊は戦闘機はないので、結局、自らのもっている対空砲火によるよりほかに方法がない。

はたして午前十時半ごろ、まず第一波として約三〇機の敵機が来襲したのをかわきりに、正午ごろ約三〇機の第二波の来襲があり、つづいて午後一時半、二時半、三時、三時半と連続して敵の大飛行機群の空襲をうけた。この時ほど直掩戦闘機を伴わない艦隊のみじめさを感じたことはなかった。そして、ただ敵の蹂躙にまかせるほか手段がなかった。

当時、栗田部隊にあって世界第一の戦艦といわれ、不沈戦艦とまでうたわれていた六三〇〇〇トンの巨艦「武蔵」も敵の集中攻撃をうけた。しかし、「武蔵」はなるほど驚くべき巨艦であった。初めの攻撃によって速力は落ちたが、依然として戦闘能力には少しの支障もなく、巨大な主砲からは猛火を吐いていた。しかし、次から次へと反復来襲してくる敵機が、速力の落ちた「武蔵」をめがけて集中攻撃を浴びせ、一〇本の魚雷と一六個の爆弾をうけた「武蔵」は、さすがにそれ以上耐えることができず、午後七時半ごろ、ついにシブヤン海の海底にその巨体を沈めたのである。

そのほか、重巡の「妙高」は落伍し、「大和」、「長門」、「金剛」そのほかにも多少の損害をうけた。

「大和」などは何発もの爆弾をくったが、蚊にくわれたくらいにしか感じなかった。ここでも栗田艦隊の損害は相当なものであったが、戦闘、航海にはこれらの艦は一向さしつかえなかった。

しかし、敵の空襲があまりにも激しいので、栗田中将は午後四時四十八分、一時西方に避退した。そして陸上の航空部隊と、北方から南下してきている小沢部隊の攻撃を待って、その後にレイテ湾に一挙に突込もうと決意したのであるが、午後五時十四分、再び元の針路に復して東方に進んでいった。

天佑を信じ全軍突撃せよ！

栗田部隊が西方に変針したという電報をうけとったものの、連合艦隊司令部としては、どうしようにも仕方がなかった。というのは、栗田部隊は自分を掩護する戦闘機はなく、いわば裸のままの艦隊である。すでに二、三日来敵の潜水艦によって相当痛めつけられて

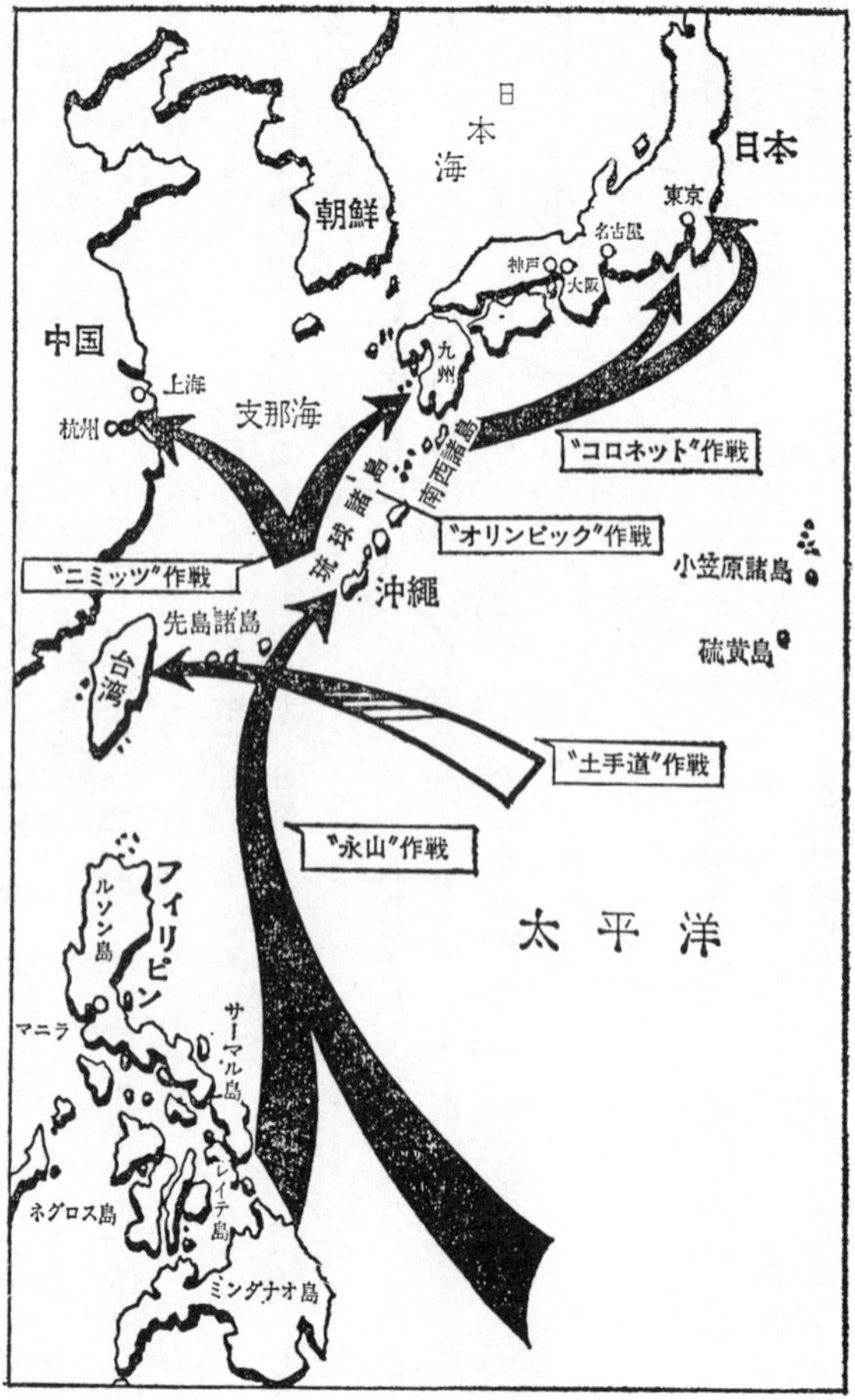
日本海
日本
東京
名古屋
神戸
大阪
朝鮮
中国
上海
杭州
九州
支那海
南西諸島
琉球諸島
"コロネット"作戦
"オリンピック"作戦
"ニミッツ"作戦
小笠原諸島
沖縄
先島諸島
台湾
硫黄島
"土手道"作戦
"永山"作戦
太平洋
フィリピン
ルソン島
マニラ
サーマル島
ネグロス島
レイテ島
ミンダナオ島

いる。また、二十四日は朝から晩まで終日敵の大空襲をうけている。レイテはまだまだ遠い。

このような状況下に、栗田部隊が西方に避退していったので、連合艦隊司令部としては、この状況をどういう方向にもっていくかについては、その処置に困った。

しかしレイテ湾について上陸を企図する敵を一挙にたたくことはレイテ島を保つゆえんであり、レイテ島を保つことは全比島を保つことであり、さらに全比島を確保することは、日本の存亡に関する大問題でもある。

そのうえ、すでに二十五日を期して全軍をもってレイテ突入を決定しているのである。

これらのことを考えると、いまここで徒らに栗田部隊を引下がらせたのでは、またいつの日にか、再び栗田部隊をこのような戦機に投ずる機会がくるかどうかわからないので、あらゆる理屈を超越して、連合艦隊司令長官豊田副武大将から
「天佑神助を確信して全軍突撃せよ」

という悲壮な電報を発したのである。しかし、この電報が栗田部隊に到着したのは、戦機をみた栗田中将がレイテ湾に突入しようとして再び東に変針したあとであった。だから実際の面からみると、この電報は別に効力はなかったのである。

この電報は、戦後アメリカから来た人たちの間に問題になって相当騒がれたが、当時の連合艦隊司令部としても眼をつむって打った電報であった。

わが部隊の全容、すでに暴露

再び東へ変針した栗田部隊はサンベルナルジノ海峡に進んでいった。

一方、ブルネー湾で栗田艦隊からその速力が遅いので分離、別動を命ぜられた西村部隊は、二十二日午後三時ブルネー湾を出撃したが、出撃直後、敵潜水艦の攻撃を避けて北西に偽航路をとり、翌二十三日の夕刻、バラバック海峡を通過してスルー海にはいっていった。もちろん、このスルー海を横断して、スリガオ海峡を経てレイテに突入するという航路である。

この航路は燃料不足の際、一番短い航路であって、できることならこの航路を選んだほうがよかったのであるが、当時モロタイ島はすでに敵の手に陥ちており、同島を基地とする敵の大型機の行動圏内にはいるので、栗田部隊の本隊はこれを避けるため、パラワン島の外側の航路を選んだのである。

西村部隊もモロタイ島からの敵の大型機の行動圏を避けるため一時北進したが、二十四日の未明にはミンダナオ海の西口に到達を期して行動していた。

二十四日の払暁、西村部隊は水上偵察機を出してレイテ湾内の敵情を偵察した。その結果、レイテ湾南部には敵戦艦四隻、巡洋艦二隻、上陸地点のタクロバン附近には八〇隻以上の輸送船を認め、さらにレイテ島の南東約四〇浬のところに航空母艦一二隻、駆逐艦一二隻を発見したと報告してきた。

ところが、西村部隊も二十四日の午前九時ごろ、ネグロス島の南方において敵艦上機二〇機の空襲をうけるにいたった。この空襲はたいした被害はなかった。しかし同部隊も行動を敵に知られてしまったわけである。敵はその後一向に攻撃してこなかった。

一方、志摩部隊をもフィリピン方面の戦機に注入するために瀬戸内海西部からの出撃を命じた。そこで志摩部隊は十月十四日、瀬戸内海を出発して、まずマカオに向かった。しかし、志摩部隊は小さい部隊であるから、いちいち連合艦隊から指図するよりも、南西方面艦隊司令長官の指揮下にいれて、細かい状況については同方面艦隊で思うとおり使ったほうがよいという考えで、その指揮下にいれた。それと同時に、栗田艦隊の指揮下から第十六戦隊をひきぬいて、これを志摩部隊の指揮下にいれることになった。これは「捷一号作戦」の発動命令と同時になされたもので、志摩部隊の指揮下にいれられた第十六戦隊は直ちにマニラに急行を命じられた。

戦局に追われ朝令暮改

志摩部隊は二十日にはマカオについたが、麾下の二十一駆逐隊を急遽高雄に回航させた。なぜ回航させたかといえば、その時フィリピンに展開し終わってまもない福留中将麾下の第二航空艦隊の陸上基地人員および飛行機材を高雄で積込み、マニラへ送る作業を命ぜられたからである。結局、志摩部隊は残された巡洋艦三隻と駆逐艦四隻だけの兵力をもってマニラへ直行した。

しかるに、志摩部隊がルソン島の北方までさしかかったとき、戦局が急転してきたので、再びこれを栗田艦隊に編入して、西村部隊と合同して、二十五日黎明南方からレイテ湾に突込むことに決定された。この一連の命令の変更は、連合艦隊としてはそのときどきの戦況に応じてやったことではあるが、なんといっても朝令暮改というか連合艦隊としては下の下策であった。これは当の志摩部隊にとっては非常に迷惑なことであったと思われるが、これも当時の緊迫せる情勢下にあっては仕方がないことである。

私も以前、機動部隊の参謀長をしている時に、連合艦隊のやり方はサッパリ判らん、といっていたが、自分が連合艦隊へきてみると、その実情がよくわかった。人のやることは岡目八目でよくわかるが、自分がその立場になってみるとなかなかむつかしいものである。

第五章　あわれ「日本艦隊」の末路

まず西村部隊潰ゆ

栗田部隊からひきぬいた十六戦隊は南西方面艦隊の指揮下にはいって、マニラからレイテ島への陸兵輸送作戦にあたった。志摩部隊は二十三日の午後六時、ひとまずコロン湾（ブスアンガ島東南部）にはいって燃料補給をしようとしたが、コロン湾には予期したごとく補給船がなかったので巡洋艦から駆逐艦に燃料を補給し、わずか五、六時間後の二十四日午前一時に出港して、スルー海を東方に向かっている西村部隊のあとを追ってスルー海にはいった。

この時、西村部隊としては、志摩部隊が自分のあとを追っかけていることがわかっているはずであるのに、なぜか協同しなかった。いまにいたるも不可解な問題である。これは米国側の調査の対象にもなった。

この両将軍はもともと海軍兵学校の同期生であったが、この二人のある時期、つまり大正六年から同十二年の間は西村中将は志摩中将よりも先任であった。その後、大佐に進級する時にあたって、西村中将は志摩中将に追い越されたという経緯がある。

それはともかく、志摩部隊を待たずに西村部隊だけが先にどんどん進んでいって、西村中将の性格そのまま、「二十五日黎明」という命令を守らずに、午前二時の真っ暗がりのなかを猛然とレイテ湾に突入していったのである。

これに対して敵は前日から索敵機によってじゅうぶん知っているから、すっかり邀撃のお膳立をすましており、猛然とレイテ湾内に突込んできた西村部隊に向かって主力艦、駆逐艦、魚雷艇など全力をあげて反撃を加えてきた。したがって、この猛将軍の奮戦敢闘も、敵の待ちうけた反撃にあって、ただ徒らに「猪突猛進」のソシリを残す結果となり、戦艦「山城」、「扶桑」、重巡「最上」をはじめ三隻の駆逐艦は潰え去って、わずかに駆逐艦一隻が引きあげることができたという、惨憺たるありさまであった。

さらに西村部隊より少し遅れてレイテに突入した志摩部隊も、志摩中将の「指揮官先頭」で一応の攻撃を敢行したが、西村部隊の巡洋艦と衝突するようなこともあって非常な混乱に陥り、結局徹底した戦果をあげることもできず、二十五日の黎明にコロン湾に引きあげてしまった。

天佑！　大機動部隊に遭遇

主力部隊の栗田艦隊は、二十四日の空襲ですでに「武蔵」を失い、「妙高」は落伍し、各艦船も若干の損傷を蒙り、その残存部隊を率いて飛行機の掩護もなく、「天佑神助を確信」しつつ自ら死地にとんでいくのであるが、この命令を発した連合艦隊司令長官としても熱鉄を呑む思いであったろうし、また、この命令をうけた栗田部隊の心中も、われわれはじゅうぶん察することができた。しかし、栗田中将も非常な猛将であったから、まっしぐらにレイテ湾へと進撃していった。そして覚悟していた敵潜水艦の攻撃もなく、二十五日午前零時にはなんなくサンベルナルジノ海峡を通過して、太平洋上に乗出していった。

そのへんの日の出は午前六時十四分であったが、日の出から三十分後の六時四十五分に、栗田部隊は突如として南方の水平線上に敵艦隊のマストを発見した。これは巡洋艦、駆逐艦に護衛された六、七隻の航空母艦群であることがわかった。

栗田部隊はこれをみてまさに夢かと喜んだことと想像される。

この電報を受けとった連合艦隊司令部でもまさに「天佑神助」であると手をうたんばかりに喜んだ。まさか敵艦隊が視界内にはいってこようとは思わなかった。開戦以来、このような敵大部隊と視界内で遭遇したのはこれがはじめてである。「絶好の機会到来」である。栗田部隊にとってはブルネイ湾出撃以来の苦難の数々が一度にふきとんだことと想像される。

各艦の巨砲は一斉に火を吐いた。

飛行機に圧倒されて大艦巨砲などは時代遅れだといわれていたその大艦巨砲が、ここに時と所を得て猛烈に怒ったのである。

また日本海海戦以来、日本の海軍の本領として何十年の長い間、血のにじむような訓練に訓練を重ね鍛えに鍛えた水雷戦隊も、この大部隊を目前にして、わが腕を発揮するのはこの時とばかり武者ぶるいして嚙みついていった。伝統の大砲、魚雷にとってはまさに晴れの檜舞台である。

戦勢は有利に展開していった。敵部隊を追いつめ、追いつめ、漸次南方に追撃していった。

敵も煙幕をはったり、駆逐艦は魚雷によって、また少数ではあるが、飛行機も勇敢に雷撃によって、とにかくここを先途と反撃してくる。

この時、連合艦隊で敵側の無電を傍受していると、友軍の救援をさかんによんでいるのが目にみえるようにわかる。

この戦闘はほとんど午前中つづいたが、報告された戦果を総合すると、敵は航空母艦三隻撃沈、一隻大破、巡洋艦二隻撃沈、駆逐艦三隻撃沈、一隻大破と判明した。しかし、わがほうも重巡「熊野」、「筑摩」、「鳥海」が損傷を受けて落伍するにいたった。二十五日の午前中、われわれはこの戦果に大いに喜んだ。

小沢部隊、体をはって牽制

一方、この栗田部隊の戦闘に呼応して北方から南下していた小沢部隊は、前述のように二十四日の午後、その搭載機の全力をもって発見した敵機動部隊に攻撃を開始したのであるが、運悪く天候がわるく、敵機動部隊の附近には猛烈なスコールがあって、味方攻撃機は母艦にほとんど全部帰投できなかった。帰ってきたのはわずかに三機であった。しかも、この三機も敵の機動部隊を発見せずに帰ってきている。大部分の飛行機は帰ってこなかったが、これは出発する際

「天候のために、もし母艦に帰ることができなければ、陸上の基地へ行け」と命令されていたのであるが、陸上の基地へいったのは三〇機ぐらいしかなかったらしい。

結局、二十四日の攻撃により、小沢中将の手もとに残った飛行機だけでは、敵の機動部隊に攻撃をかけることができなくなった。

そこで、小沢中将としては、機動部隊に攻撃をかけることができなければこれを北方に牽制しようと決心した。しかし、これにも飛行機が必要であるが、その時すでに飛行機はなくなっているので、牽制しようと思っても、はたして敵が小沢部隊の所在を知っているかどうかもはっきりしない。また、敵が機動部隊であるかどうかもわからない。これでは牽制の任務が達成できない。

あとで聞くところによると、この時小沢中将は、自分たちの行動はあるいは無意味に終わるのではないかと非常に心配したということであるが、これは当然のことである。

母艦に有力な飛行機があれば、非常に有利な立場にたって、敵にさとられずに敵に向かって大空襲をかけることができるが、いまの状況は手の中は零である。かくなったうえは、航空機のない自分の体を投げ出して、敵に接触するよりほかに方法はなくなった。とにかく自分にあたえられた任務の最大のものは、敵を北方に牽制することであるから、小沢司令長官はどうしても敵に接触しなければならないと判断した。

それとともに、二十四日には栗田部隊がシブヤン海で敵航空機によって終日空襲をうけていることがわかった。そこで小沢中将は、敵の機動部隊が栗田部隊にかかっているとすると、自分の存在は無意味であるが、なんとかして自分の身を挺して、敵の機動部隊を北方に牽制しなければならない。

まず、そのためには自分の部隊の前衛部隊ともいうべき松田少将指揮下の「日向」、「伊勢」を主力として、駆逐艦四隻をもっている部隊を放って、敵の機動部隊を捜索し、そして直接これに接触させ、その間に自分の直率している航空母艦群に極力陸上基地にいった飛行機を収容し、翌二十五日の朝を期してさらに南下し、敵の機動部隊に攻撃を加える決意をした。それでこの決意を直ちに電報で各隊に通達したが、これまたどういうわけか、どこへもこの通達がいかなかった。このように戦いが落目になってくると、すべてのことが不如意になってくるもので、この時はまことに情けない気がした。

「大戦果」の実態

これに対して敵はどのような行動をとったかというと、あとでわかったのであるが、二十四日の午後には索敵によって小沢部隊の全容を知った。しかし敵機動部隊にとっては、この小沢部隊が、すでに飛行機をなくした空の航空母艦群であるとは知らないから、二十四日の夜、最も高速の戦艦を集めた機動部隊としては精鋭を誇る第三艦隊の全力をもって小沢部隊に攻撃を加えることにした。

ここでおもしろいことは、二十四日終日、敵は栗田部隊に空襲をかけ、同部隊が損害をうけたことは事実であるが、一時態勢を建てなおすために西方に変針したのを、栗田部隊が戦力を喪失して退却したと速断したことである。

しかし、連合艦隊としては、米軍がこのような行動をとっているとはすこしも知らなかった。連合艦隊では、小沢部隊がいっているから、その方への牽制が成功して、栗田部隊のほうへはやってこないと確信していた。事実そのように想像される状況にあったのであるが、的確な判断をくだす資料はなにもなかった。しかし、敵は実際には以上のような行動をとっていたのであって、敵にしてみると、北にいこうか、南にいこうかと迷ったが結局北上した。

二十五日午前の戦闘で、栗田部隊が大戦果をあげたと報告してきた相手は、実はこの第三艦隊ではなかった。第三艦隊の航空母艦とみたのは、みな護送用の航空母艦であった。また巡洋艦とみたのは駆逐艦以下の小さい船であった。これは戦後わかったもので、当時の状況はまことに皮肉なものであった。

敵機のなすがままに

二十四日の午後、小沢部隊本隊から分離、別動を命ぜられた松田少将指揮下のいわゆる前衛部隊は、終夜敵を索敵したが、なんら得るところがなく翌朝帰ってきた。それは二十五日午前六時であった。そして小沢部隊は明け方から、わずかに残っていた飛行機のなかから数機をさいて、さらに索敵を行なった。午前七時ごろまで偵察したが、やはりなんら得るところがなかった。午前七時過ぎになると、敵の偵察機が現われて小沢部隊を発見した。敵はかねて用意していたので、この索敵によって小沢部隊の位置を確認すると、引続き大集団を放って小沢部隊に攻撃を加えてきた。すなわち午前中に二回、午後に一回と合計三回の攻撃をうけるにいたった。

その時、わが航空母艦はすでに戦闘機はなし、また栗田艦隊の「大和」、「武蔵」のような防禦堅固な艦とちがって防禦薄弱な航空母艦群であるから手の施しようがない。ただ、これに対抗するのは、わずかな対空砲火だけであった。この時、小沢中将は、

「自分の部隊を犠牲にしてオトリになることは最初から覚悟されていたことではあるが、次ぎから次ぎへと麾下の航空母艦や軍艦が、敵の魚雷、爆弾によって海中に没していくのをみて、これがかつて全世界にその最強を誇った日本海軍の機動部隊の末路かと思うと情けなくなり、また日本の運命が、この機動部隊の末路のようになっていくのではなかろうかと思った」

と、戦後述懐している。

その時、小沢中将も「瑞鶴」と運命をともにしようとしたが、幕僚にとめられ、とにか

く作戦目的である北方への敵の牽制を達成するためにあくまで努力することに心を変え、いまやまったく行動の自由を失い、通信施設も破壊され、艦隊指揮もできなくなった「瑞鶴」に涙をのんで別れをつげ、小沢中将は旗艦を軽巡洋艦「大淀」に移した。

敵は小沢部隊に対して飛行機で攻撃してきたが、いっこうに反撃がないので、いよいよ図にのって徹底的に追撃を加えてきた。飛行機のない航空母艦のみじめさ。結局、この戦闘によって小沢部隊はもっていた航空母艦の全部を失ってしまった。それに巡洋艦「多摩」と駆逐艦二隻を失ってしまった。手足もはやなく、ただ敵のなすがままにまかしているありさまであった。そのなかで自己の使命のためによく奮闘したが、その犠牲はまたあまりにも大きかった。

「レイテ湾突入」遂にならず

二十五日の午前中、その巨砲と魚雷の威力をふるって闘っていた栗田艦隊も、激戦長時にわたり、部隊が分散してきたので集結する必要を生じたが、ようやく午前十一時に集結を終わり、ついで南西に変針していよいよレイテ湾に突入しようとした。

その間、敵機の攻撃は回を追うに従って激しくなり、またまた重巡「鳥海」、「筑摩」、「鈴谷」が沈められてしまった。巡洋艦「熊野」も損害をうけて落伍したので、残存兵力は戦艦四隻、重巡二隻、軽巡二隻、駆逐艦四隻となってしまった。

栗田部隊は一応集結してみたものの、友軍からの敵情報告が、その後少しもはいってこないので、一時レイテ突入をまよった。この理由は、今日もなお察することはできないのであるが、戦後いろいろ聞いた話を総合してみると、栗田中将は、当時サマール島の東北部に敵の機動部隊がいるとの情報を得ていたので、これを攻撃しようとして、いままで南西に向かってレイテ湾に突入しようとしていたのを反転して、サマール島の東北部の敵機動部隊に対して攻撃に向かった。ところが進んでいる途中、敵の空襲をうけて味方軍艦の損害が続出するし、サマール島の近くにいるといわれた敵の有力な機動部隊はおらず、これが最初のレイテ湾突入の決心がゆらいだ原因ではなかったかと思う。

結局、栗田部隊はレイテ湾に突入せず、またサンベルナルジノ海峡を通過して西の方へ避退した。そこへいくまでの苦労も、私には、自分の身にこたえてよくわかっていたが、レイテが最も大事なところであるだけに、何とかして突込んでもらいたかった。

しかし現地の状況がはっきりわからないから無理にやれということはできない。そこで多少余裕をもたせて、

「もし状況これを許すならばレイテ湾に突入せよ」

という電報を打ったが、その時はすでに栗田部隊は引きあげていった後であった。

翌二十六日も執拗な敵機動部隊の攻撃をかけられ、これに混って大型機の攻撃も加わって、さらに多少の損害をうけたが、まず難関をきりぬけて、ようやくブルネイ湾に引きあ

げてしまった。これがレイテ湾海戦の実情である。

神風特攻隊の初出撃

このレイテ湾の海戦中、陸上航空部隊つまり大西部隊、福留部隊は極力、敵機動艦隊に対して攻撃を反復した。とくに、このときから神風特攻隊がでて、体当たり攻撃をやった。ようするに、栗田部隊や小沢部隊の惨憺たる状況が断片的ではあったが報告がはいって、飛行機乗りの若い人たちは黙ってはいられなくなった。それで、どうせ天候が悪いのだ、特攻でなくてもなかなか生きては還れないのだ。それに練度が落ちているために攻撃の成果があがらない。また激化する敵機動部隊の攻撃を受けて味方兵力の損耗が多くなる。これはむしろ特攻でいったほうが効果がある、というところから、彼らの間に自ら身を捨てて突込んでいこうという気分がもちあがり、第一回の関少佐の特攻もこのときに行なわれた。これは命令ではなくて、前から特攻攻撃という空気が温醸されていたところへ、レイテ湾沖海戦でわが水上部隊が丸裸になったのをみて、この気分をより煽る結果になった。

これは下のほうからもりあがってきたもので、とくにフィリピンにいた大西第一航空艦隊がそうであった。移動してきてあまり間のない第二航空艦隊はこれほどでもなかったが、大西中将もかねてそう思っていたので、ついに「よし、やれ」と、いうことになって、これが特攻隊と銘うって体当たりをはじめたかわきりである。

このようにして大いに近接攻撃を加えたが、天候の不良と日々の悪戦苦闘のため疲労もで、また飛行機の整備が追いつかないので大した戦果をあげることができなかった。ただ、この攻撃によって敵の航空母艦一隻を撃沈したと報告されている。

従来あまり記されていないが、連合艦隊としては、なけなしの潜水艦も全力を注いでレイテ海戦につぎこんでいた。これは約一〇隻で、フィリピン東方海面に集中したが、結局大きな戦果はなかったと思われる。もっとも、その当時、相当航空母艦を沈めたと報告してきたが、爆雷攻撃下の戦果確認は容易なことではない。この海戦で潜水艦は五隻帰ってこなかった。

このようにして、日本海軍にとっては最後の全力をあげての反撃の機会も、ついに実を結ぶことなく終わってしまった。

出先陸海軍の意見対立

わが栗田部隊の引きあげにより、敵上陸部隊は一時憂慮された反撃の危機もなく上陸を開始した。

かくしていわゆるレイテ作戦というものがはじまったのであるが、前述したようにレイテ作戦は、当時フィリピンの死命を制する重要決戦とまで思われたのである。

しかしレイテに対する陸上作戦は大本営と陸軍出先との間に考えが多少くいちがってい

た。すなわち、出先陸軍部隊はマニラ防衛に重点をおいて、フィリピンの専守防禦に最後の努力を傾注しようというのに対し、大本営の方針はレイテ島の敵撃滅により、フィリピンの確保を期したのである。このことは現地部隊としては無理からぬ点もあった。

これを海軍の立場からすれば、フィリピンの一角でも、これを敵の手に任せるということは、日本の生命線ともいうべき輸送路を絶たれてしまうことであり、また海軍作戦の根底をいよいよ危くすることである。したがって海軍は大本営同様、レイテを非常に重大に考えていた。だから、敵を一歩もフィリピンの一角に踏みいらせない。さらにつきつめていうと、敵にフィリピン方面にすくなくとも航空基地あるいは海軍基地をあたえないということが、フィリピン方面に対する作戦の主眼点であった。これがレイテ島を重大視した所以であった。

ところが、当時山下奉文大将の指揮下にあった出先の陸軍では、兵力輸送に損害の多いレイテ作戦よりも、マニラの直接防衛を重要視していたことは前述のごとくであったから、レイテ作戦に対して不徹底であったことは事実であるが、それでも大本営の方針にのっとり、はじめの間はマニラ方面から海軍部隊護衛のもとに、何回かにわたって兵力をレイテ島に注入した。この作戦は「多号作戦」と称せられ、海軍部隊護衛のもとに、主としてオルモックに向かい、敵の激しい空襲をおかして強行された。あるときは相当に成功したが、海軍も陸軍も相当損害をうけ、なかなかうまくいかなかった。それでも、レイテ作戦全期間を通じおよそ一〇回くらい行なわれた。

その間、陸軍は例の薫空挺隊をレイテのドラック、ブラウエンに挺身着陸させ、斬りこみをやったのをはじめ、そのほか、あらゆる難作戦をやったが、ついに敵は十二月十日にいたって、こちらが突っこんでいたオルモックに有力部隊を揚陸した。それによってレイテ作戦の勝負は決したのであった。

山下大将の襟度

二十二日になると、敵はレイテ島の飛行機を使用しはじめて、B24によるフィリピン北部に対する敵の攻撃が本格化した。さらに十二月二十六日に敵はレイテ、サマール島攻略を発表するにいたった。

これよりさき、十二月十五日に敵はミンドロ島に上陸し、その一部はパラワンにも上陸した。ミンドロの失陥は敵に有力な飛行場を造らせることになり、これはフィリピンの首根っこをしめられることであり、また南支那海におけるわが輸送船を、容赦なき敵空襲に曝らすことになる。

したがって逆上陸によるミンドロ島の奪回は喫緊の問題となってきた。それでマニラにある大河内中将の司令部に対して、陸軍に向かって、この交渉方を命じたのであるが、前述の現地陸軍の方針にも関連し、話はなかなかまとまらない。とうとう私も業を煮やして、十二月二十日ごろだったと思うが、私自身飛行機に乗ってマニラにいった。

マニラに到着すると、真っ先に山下奉文大将に会い、単刀直入、ミンドロ奪回に関する海軍の要望を申しいれたのである。当時マニラの情況は敵空挺隊の降下近きにありという情報をいれて、相当緊張していたのであるが、山下大将は黙然として私の説明を聞いていたが、何の躊躇もなくこれを快諾された。私は山下大将には初対面であったが、まことに一諾千金の重みを感じたのである。

この緊張のさなかにおいて、マニラ直接防衛部隊の兵力をさくのは惜しいことだろうが、ひとこと快諾をあたえた襟度と、その魁偉な風丰《ふうぼう》は、私には初対面でありまた最後ではあったが、今日なお髣髴として眼前にある。細項に関しては、参謀長と打ち合わせてくれとのことであった。その時の参謀長が、これまたさいわいなことにも、旧知の武藤章中将であった。

武藤中将は、かつて松井石根《いわね》大将の参謀副長として上海にいる頃、私も長谷川大将の参謀副長として「出雲」に乗って上海におったので、上海事変の作戦について始終話し合っていた。その後も種々折衝をもった関係で私とは仲よくしていた。そこで話が順調にすすみ、それまで大河内中将の司令部を通じて話をしてもなかなか進まなかったことが、一度に解決した。そして苦しいなかから陸軍の精鋭一個連隊をさいて逆上陸をすることにきまった。

私はマニラにきたついでに、その附近の状況をみようと思って、マニラ附近とクラークフィールドおよび北方バンバン飛行場を視察した。その当時、マニラとバンバンの間は治安も相当悪かったので、往復するときは陸海軍から警戒兵をつけてくれた。バンバンには海軍の航空艦隊がいたが、各航空部隊ではすでに飛行場争奪をめぐる陸上戦闘を予想し、これが対策をさかんに研究していた。また敵空挺隊の降下に際しての方策もたてられており、どういう戦闘が展開されるかみて帰ろうと思って二、三日待っていたが敵の空挺隊はとうとうこなかった。

十二月下旬、私は飛行機でマニラから台湾に帰った。当時、台湾には陸海軍両部隊とも各要地の防備には日夜懸命な努力をつづけていた。震洋による攻撃を計画していたので、それが隠匿収容のための洞窟を海岸にさかんに掘っていた。いざという場合に震洋を海上に放って、一挙に敵を屠ろうという寸法である。それらの防備状況をみて、私は大いに意を強くして、正月三日に沖縄に飛んだ。

私としては台湾ならびに沖縄をもう少し仔細に視察しようと思ったが、連合艦隊司令部から急遽帰任を促してきたので、沖縄の日程を一日にきりつめて、小禄を視察したのち急いで東京に帰ってきた。

ミンドロ島へ逆上陸

マニラで話をきめたミンドロ島逆上陸は十二月二十六日水陸呼応して行なわれた。海軍では「礼号作戦」として巡洋艦二隻、駆逐艦六隻をもって同島の敵上陸地点に夜間殴りこみをかけた。その時の指揮官は私の同期の盟友木村昌福少将で、ヒゲの司令官として勇名をはせた戦闘巧者、柔道五段の名提督であった。

彼は兵学校の卒業成績こそ最後尾にちかかったが、細心大胆の天性は若い時から名駆逐艦長として、その操艦の手腕と部下統率の人格は儕輩をぬき、将来を嘱望されたのであったが、果たして今次戦争において、キスカ撤退作戦、あるいは「多号作戦」などにおいてもよく難作戦をみごとに完遂し、その天分を発揮したのである。が、この「礼号作戦」においても大胆果敢なる突入により、所在敵艦船をほとんど掃滅し、わがほうはわずかに駆逐艦一隻を失ったのみで、当時沈滞を免れなかったわが戦局に、一味の涼風をおくったのである。

しかし、この戦果も、大挙おしよせる敵攻略の大波に対してはついになんらの影響をあたえることもできなかったのであった。彼は後日、連合艦隊司令部附として、得て理想に走らんとする私の作戦構想に対し、終始その体験と実際家としての見地から忌憚のない所見を披瀝して短を補ってくれたのであった。

本土決戦への時をかせぐ

レイテ作戦が失敗に帰した十二月末頃になると、日本陸軍の作戦はもうどうにもならなくなった。従来、フィリピン全体にかけていた「捷一号」作戦の希望が挫折して、その重点をルソン島におかなければならない状態になった。それは年を越せば敵はかならず北部フィリピン攻略に手をのばしてくるということが予期されたからである。いまやルソン島においては敵の出血を大にして、本土決戦準備に対する時をかせぐ作戦以外に一貫性をもたす方法がなくなった。

昭和二十年の一月上旬には敵の大部隊がミンダナオに進出、これと時を同じくして、五日にはルソン島の西方沿岸を敵の大船団が北上するのが認められた。

南方補給線危険にさらさる

六日には敵の艦船はリンガエンにはいった。そして九日には上陸を開始した。この時、フィリピンの海軍実動航空兵力は、全部で一九五機であったが、そのなかには特攻機が七〇、それにこれから増勢しようとして進出中のものが五〇機あった。また、一月中に進出させようとしていたものが五四機、そのあとからさらに二五〇機程度注ぎこむことができるみこみであったが、戦局がこのように悪化すると補充もなかなか困難である。

また同方面の作戦に従事していた潜水艦は約五隻、それに増勢を期して準備していたのがだいたい五隻あった。水上部隊はレイテの一戦で大半のものが沈められて、残りにはたいしたものはなかった。

その当時、第二遊撃部隊の残存兵力はわずかに第四航空戦隊の「伊勢」、「日向」の戦艦改造航空母艦と「羽黒」、「足柄」、「大淀」その他駆逐艦が六隻しか残っていない。そのほかの注ぎこみ得るものは、マニラ附近に一三〇か一四〇隻くらいの震洋が配置されていた。

いまや陸海軍の作戦計画も、もはや、フィリピン海域において敵の機動部隊に大打撃をあたえ、さらにその敵の進攻を打ち破るという大きな作戦方針を堅持することはできなくなった。

さてかかる状況のもとに、今後における敵の出方について、われわれはいかなる判断をしていたか。まず、敵はフィリピン要域の攻略を概成し、これを拠点として、速やかに支那海周辺にその手足をのばして、わが補給線を絶つ公算が非常に大きい。

しかる後、一方硫黄島の攻略を進め、沖縄およびマリアナ方面よりするB29による、本土直接の空襲を激化して、わが戦力の破摧をはかるとともに、いよいよ最後に本土に向かってくるだろう。そして、おそらくそれは昭和二十年秋くらいになるだろう、という見当をつけた。

では、それに対してどういうふうに対処するか。今後の作戦方針としては、まず第一に日本本土の直接防衛に全力をそそがなくてはならぬのであるが、これがためには時を稼がなくてはならぬ。

やむなし、ゲリラ戦で抵抗

またこの目的にそうための硫黄島以北の南方列島の要地および台湾、南西諸島の態勢を確立するとともに、その間、主として航空戦力の整備あるいは本土海岸要点の防禦など諸般の施設配備をやらなければならないが、さしあたり敵の戦力を少しでもながくフィリピン方面にひきつけるとともに、大出血をあたえてその戦力の減殺をはからなければならない。そして、その間にでも好機を捕えては少しでも敵の機動艦隊をたたかねばならない。いまやフィリピン作戦の意義も、島内各処にただ執拗強靭な抵抗を展開して、時を稼ぐためのゲリラ戦に堕せざるを得なくなった。

一月中旬以後になると、敵の機動部隊の台湾空襲が非常に頻繁となってきた。敵はさらに南支那海にまで進入するにいたった。すなわちカムラン湾の南東二〇〇浬附近にまではいって、日本の輸送路を絶ちきる方針にでた。

フィリピンで大いに善戦奮闘していた第一航空艦隊は一月九日に台湾に転進を命ぜられた。また、第二航空艦隊もフィリピンで兵力を使いつくしたので、これを解体し、わずかに残る飛行機はスラバヤにあった第一南遣艦隊に配して、もはやわずかに夜間の反撃を実施するくらいが精いっぱいで、これという実のある反撃をすることはできなかった。そして残された航空整備員全部を陸軍指揮官の指揮下に委ね、もっぱら地上戦闘に従事するのやむなきにいたった。

二月三日になると、敵はいよいよマニラに進入してきた。マニラには海軍の根拠地隊があって、岩淵三次海軍少将の指揮下に、そのほとんどが最後までマニラに踏みとどまった。脱出した一部をのぞいては、その主力はその地でとうとう玉砕してしまった。

かくして二月十一日になると、マニラの戦況はいよいよ絶望になった。その他の方面でも斬込隊による抵抗を試みたが、もはや統制ある戦闘はあとを絶った。セブ、ダバオ、ザンボアンガ、ホロなどの要所にも海軍部隊がいたが、いずれも四月中旬から六月上旬にかけて連絡が杜絶し、残りの兵力は各地に寸断されてしまった。爾後、フィリピンにおける戦争は、ここかしこの山中等にゲリラ戦をみるのみで、これという抵抗はできなくなっていた。

第七部　戦局、大詰めに近づく

第一章　硫黄島遂に陥つ

敵、二〇万人を投入

話は少しさかのぼるが、硫黄島の戦況はどうであったかというと、昭和十九年の十一月三日にわが航空部隊は硫黄島を足場にしてサイパン、テニヤンを攻撃している。わがほうは兵力がだんだん少なくなるし、戦況は急迫してきたが、それでもなんとかして敵の機動部隊に大打撃をあたえたいと一生懸命になっていた。

これに反し、アメリカ側の作戦はますます有利になってくる。B29という優秀な飛行機をもって爆撃してくるのに対し、わがほうは捨身戦法をもってあたらなくてはならない。サイパン、テニヤンの敵飛行場に対する挺身攻撃はもとよりのこと、十二月二十日にはわが潜水艦伊47、同じく36に積んだ回天（人間魚雷）をもって、ウルシイ環礁に突入し、敵の航空母艦などを攻撃した。その戦果確認は困難であったが、帰来後の報告によると、非常な水中爆音を聞いたという。その実質的戦果は別として、すこしでも敵に衝撃をあたえたことはたしかである。

十一月二十二日に敵の艦船が千島の北端松輪島に攻撃をしてきた。

十二月二十四日、敵の水上艦隊は硫黄島の攻撃を開始した。

年が越えて昭和二十年の一月五日には、小笠原、硫黄島を砲撃、さらに相当日をおいて一月二十四日、二月十六日と敵の水上艦艇による硫黄島砲撃は激しさをくわえてきた。そして二月十六日の攻撃から、敵は本格的な水陸作戦を開始したのである。

十九日にはいよいよ上陸を開始した。はじめはどのくらいの兵力かわからなかったが、あとで判明したところでは、敵は約三個師団で攻撃を開始してきたのである。またこの三日間における敵の攻撃兵力はのべ約一〇〇〇機が砲撃と同時に空襲をかけてきた。

来襲航空母艦は一〇隻か一一隻、巡洋艦、改造母艦が五隻、戦艦六隻、さらにその他上陸用舟艇などを合わせると、八〇〇隻以上の艦艇をもってきた。上陸作戦にあたったマリンが約六万、水上艦艇の乗組員を合わせた総兵員は約二〇万といわれている。とにかく、硫黄島のような小さい島に対して莫大な兵力をもって上陸を開始した。

これに対し日本軍は海軍の警備隊、主として陸戦部隊と、そのほかにあとから市丸少将の率いる第二十七航空戦隊と総計およそ五五〇〇名、陸軍は有名な栗林師団約一七五〇〇名、陸海合わせて二三〇〇〇名であった。

敵はまずさかんに空襲をかけ、それから砲撃してきた。その時の状況は凄惨そのものであった。そのため小さい硫黄島は全島は火のルツボのように焼けただれた。しかし、約二三〇〇〇のわが陸海軍の部隊は実によく敢闘した。私が連合艦隊参謀長に赴任の途次、たまたま硫黄島に立ちよってその防禦状況をみた際、兵員の数は少なかったが、防備に対する熱意は非常なものであったことが強く印象にのこっている。

そしていまやその防塁を真赤な血潮で染めて戦っているのである。わずかな兵力をもって無尽蔵ともいうべき敵を向こうにまわして、なんとかこの小さな島をまもりぬこうとがんばっている。これを応援するため、二月二十一日に海軍航空部隊が内地から飛んで、同島周辺の敵艦船に攻撃を加えた。そして相当な戦果をあげたと報告された。

夜間、全線で斬り込む

二十一日には、海軍の航空部隊の攻撃と相呼応して、硫黄島にいる部隊は非常な激戦を展開して夜間全線にわたり敵に斬込みを敢行した。

硫黄島は横からみると、ちょうどパイプのような島で、パイプの吸口にあたるところに摺鉢山という火山がある。その摺鉢山は飛行場の先の方にあるが、われわれはこれをパイプ、パイプといっていたがその摺鉢山の争奪戦によって、幾度か敵味方の旗があげ変えられた。アメリカの旗があがると、すぐ日本軍が反撃して日の丸の旗をあげるというように、猛烈な争奪戦が演じられた。しかし、三月四日に海軍部隊は最後の電報をうって連絡はとだえた。

三月五日ごろには、二三〇〇〇名あった兵力のうち海軍は一〇〇〇名、陸軍は二三〇〇名計三三〇〇名に減った。そして五日には敵は同島の飛行場を使いはじめた。それでも三月八日にわが部隊は最後の猛攻撃を敢行している。それで、ほんとうの最後というのは三月十三日ぐらいではないか。三月二十一日ごろには硫黄島にはP51が進出してきた。

アメリカ軍はフィリピンを荒ごなしに片づけてから引続いて進攻の鉾先を北の方に向けてきた。台湾はぜひ守らなければならない。しかし、台湾は相当に土地も広いし、防空設備も割合よくなっているというので、あるいは南西諸島にじかにやってくるのではないかとも考えていた。その時の沖縄の陸軍は、台湾軍のもとに第三十二軍、その兵力三個師団と二個旅団、この総計五万であったが、沖縄にいた第九師団を台湾へ注ぎこんだので、その穴埋めに内地から第八十四師団を補充しなければならないのであるが、まだできていなかった。海軍の方は太田実少将指揮下の根拠地隊の陸戦隊が約一万、このほかに、陸軍に所属するもので当時現地で教育した装備の悪い部隊が約四万あった。

二月十五、六の両日、敵の機動艦隊は関東方面の航空基地に来襲、このときB29もこれに策応して大々的に内地工業地帯を襲った。三月にはいって、一日に敵の機動艦隊は南西諸島へ、十三日には同じく敵機動艦隊は九州南部、四国へ、十九日には呉方面へと来襲、十九日は相当猛烈で損害も甚大であった。この間、わが方の航空部隊も反撃を加えて相当な戦果をあげている。

第二章　沖縄守備隊全滅

特攻隊をあげて反撃

かくて二十三日には敵の機動艦隊は沖縄に来襲し、そうして一部は沖縄の南端に対し艦砲射撃をあびせてきた。敵のやり方は、いつもだいたいそうであるが、攻略目標をたてれば、それを救援する可能性のある基地を遠い方からたたいていく。それがすんではじめて攻略目標に攻撃をかけるのである。関東方面の航空基地、飛行機工場をたたいてきた時はまだ敵攻略の指向は判然としなかったが、九州、呉方面の来襲の状況をみるにいたり、的確ではないが、いずれ沖縄附近のどこかへ攻撃してくると思った。

三月二十三日には沖縄の南部を攻撃し、二十四日も艦砲射撃をくわえてきて、敵の一部は沖縄のすぐ近所の慶良間島へ上陸を開始した。

慶良間島に上陸してきた当初は私は敵の真意はわからなかったが、四月一日にはアメリカ軍は主力をもって沖縄本島の北飛行場正面の海岸に上陸を開始した。この方面は案外防備が手薄であったので北飛行場と、そのつぎの中飛行場のふたつが敵の手に落ちた。

四月六日になると敵はその飛行場を使いだし、わが陸海軍航空部隊も四月六日に第一回の攻撃をかけた。そのとき、海軍は敵機動艦隊に対して九六機を、それから上陸してくる船団に対しては陸軍の一〇九機、海軍の一七九機が攻撃を開始した。

私はそのころ、第五航空艦隊のいる九州鹿屋へ幕僚二、三人を連れてでかけていって、日々の航空作戦を見守っていた。そして、この六日の作戦もつぶさにみたのである。

海上遥か水上特攻を見送る

当日は、この航空攻撃に呼応して第二艦隊の「大和」以下のいわゆる水上特攻艦隊も内地を出撃した。二、三日前、東京から電話があり、その当時内地にあった「大和」以下残存水上艦艇、すなわち「大和」と巡洋艦一隻、駆逐艦八隻、これだけをもって眼前の敵に対して特攻隊、斬り込みをやれというのである。

実は、この残存水上艦艇である、第二艦隊の用法と、使用時機、場所に関しては、われわれは非常に頭を悩ましていた。一部の者は激化する敵空襲に曝してついになんらなす術もなく潰え去るその末期を憂慮し、かつまた全軍特攻として敢闘している際、水上部隊のみが拱手傍観はその意を得ぬというような考えから、これの早期使用に焦慮していた。

しかし私は、いずれその最後は覚悟しても、悔なき死所を得させ、少しでも意義ある所にと思って熟慮をつづけていた際であった。ところが私の留守の間に、これを斬り込ます

ことになって、

「このことはもうすでに豊田長官も決裁をされたが、参謀長のご意見はどうですか」

という。そのときは私もすこぶる腹をたてた。

「きまってから参謀長の意見はどうですかもないもんだ。きまったものなら、しようがないじゃないか」

と、憤慨したが、さらに悪いことには、私が九州にいるので、これが引導渡しをさせようとする。

この斬り込み部隊は特攻隊であるから生きて帰らぬことは明白である。部隊指揮官たる第二艦隊司令長官伊藤整一中将は軍令部次長をしていた人で、当然軍人としての覚悟はきまっている。ただ万が一にも心に残るものがあってはならぬ、心おきなき最後の決意を促し喜んでいくよう参謀長から話をしてくれと、いうのであった。

これはまことにつらい役目であり、突然私に行けとはなんたることかと思ったが、考えると、それをいいにいくものは私以外にない。

そこで、一度は怒ってみたものの承知して、六日に飛行機に乗って、内海西部の艦隊泊地にいった。そして第二艦隊司令部に伊藤中将を訪ねた。

この絶対に生還を期し得ない特攻攻撃を行なわなければならないことの理由を説明した。伊藤長官はニコニコして聞いていたが、

「連合艦隊の意図はよくわかった。ただ自分の心得として聞いておきたいことは、いく途中で非常な損害を受けて、これからいこうと思ってもダメだというときになったらどうすればよいか」

とのことであった。そこに一抹の不安がある。

そこで私は

「一意敵殲滅に邁進するとき、かくのごときことは自ら決することで、ひとつにこれは長官たるあなたの心にあることではないか。もちろん連合艦隊司令部としても、そのときにのぞんで適当な処置はする」

と、答え、私自身の経験などを話して、最後の杯を交わした。

伊藤長官も喜色満面、いささかの陰影も止めず、

「ありがとう、よくわかった。安心してくれ、気もせいせいした」

と、いってしばらく雑談に時をついやして名残りを惜んだ。

「大和」瞬時にして沈む

そのあと、出港に際して艦長以上集まって、司令長官最後の訓示があった。私にも立会えというので立会った。もし、なにかあったら君からもいわないかということであった。

私は長官訓示のあとでみんなを激励した。そのときに私の非常に感じたことは、艦長以

上だから心配はないと思ったが、興奮した人はひとりもいない。とくに眼についたのは「大和」艦長の有賀大佐である。この人は駆逐艦乗りからたたきあげた人で、私は南太平洋海戦の際旗艦「翔鶴」が損害を受けたために、旗艦を一時駆逐艦に変更しなければならなかった。そのとき、有賀大佐は駆逐艦隊司令であり、同駆逐艦に乗艦していたが、これが、同大佐を知ったはじめで、りっぱな人だと思った。

この有賀大佐がそのときは「大和」の艦長で、私のすぐ前に坐っていた。その顔をみると、ほんとうに一点の憂色もなく、ニコニコ顔で私の話を聞いていた。私にはいまでもそのときの有賀大佐の顔が眼底に残っている。

全部隊はなんの興奮のいろもなく六日夕刻抜錨出撃した。私も飛行機に乗ってそれを見送った。隊伍を組んででていくのを、飛行機の燃料がつきるまでその上を飛んで全艦隊に最後の別れをつげた。私には苦しい思いも多くあったが、このときほど苦しい思いを味わったことはない。この部隊は六日のうちに大隅海峡を通った。そして、翌七日十一時ごろまでは陸上基地から二〇機くらいの戦闘機の護衛をつけることができたが、それ以後は戦闘機の能力の関係で送ることができなかった。七日さえ無事にいってくれれば、あとは速力を増せば八日の朝には沖縄に斬り込むことができると思った。

ところが、戦闘機の護衛がひきあげたあとの十二時半ごろ、大規模な敵飛行機の来襲にあって雷撃、爆撃をくらい、そして世界一を誇った戦艦「大和」をはじめ「矢矧」、「初霜」、「浜風」がたちまち沈没してしまった。「磯風」、「霞」も航行不能になってしまった。あとに残ったのは駆逐艦だけである。これでは仕方がないのでひきあげることにした。

これは一方からいうと、まことにムダなようであったが、やむを得なかったし、また決してムダではなかった。

その日、鹿屋方面の陸海軍飛行機は、全力をあげて第二艦隊に呼応して、沖縄の南方から東南方面に出没していた敵の機動部隊に対して空襲をかけた。それはだいたいうまくいって相当の戦果をあげたが、これは「大和」以下艦艇の犠牲により敵の飛行機を牽制してくれたからであった。われわれは「大和」などの最後は電報でおよそ知っていたが、その沈みいく寸前、わが飛行機隊の戦果を通報し得たことはせめてもの功徳であった。それは九州の坊の岬の二六〇度、九〇浬の地点であった。

全員、悲壮な玉砕

この当時、日本の航空艦隊のうち、第一、第二航空艦隊はフィリピンで飛行機を使いつくしてしまったので、昭和二十年はじめごろは、日本の本土防衛のためには第三航空艦隊が主として九州、沖縄方面、また一部は関東にいた。

さらに二月中旬に、新たに第五航空艦隊が編制されて、東支那海周辺の作戦を担当することになった。そのほかに第十一航空戦隊に属する航空部隊が九州にあって、搭乗員を養成していたが、三月上旬になると戦局がいよいよ重大段階に到達したので、養成中のものも全部実戦兵力として使うことになり、航空戦隊を新設して、実際の作戦に従事させることになった。また第一、第二航空艦隊の残存兵力をフィリピンから台湾に移した。そのときの全飛行機は二一〇〇機足らずであった。

そのころになると、陸軍航空兵力も連合艦隊があわせ指揮することが問題となり、まず九州にいた第六航空軍に約七〇〇機の飛行機があったが、この第六航空軍を連合艦隊の作戦指揮下にいれ、第五航空艦隊と協力して沖縄周辺の敵に攻撃を続行していたが、それはいわゆる菊水作戦といわれたもので、ほとんど全部が特攻攻撃で、戦闘機の護衛のもとに突っ込んでいった。

私は九州でこのありさまを目のあたりにみて、若い者がよくあれだけのことをやると、こころのなかは涙で一杯であった。

四月三日には敵は北谷、島袋、泡瀬の線に進出したので、わが陸海軍の守備していた南部丘陵地帯と北部山岳地帯とが二分された形となった。南部の敵艦隊に対しては震洋特攻隊が出撃していたが、あまり成果はあがらなかった。

九日には沖縄飛行場を敵が使用しだした。本土に近いだけになんとかして死守しなければならないと、わが方も一生懸命である。そこで四月十二日に戦闘機一一〇機、特攻機一二〇機、それに桜花も加わって攻撃をかけ、敵の特設航空母艦一隻、戦艦一隻、巡洋艦二隻そのほか七隻を撃沈した。

桜花というのは、八百キロの爆弾を積んだグライダーを陸上攻撃機が抱いていき、あるところまでくるとグライダーを放つ。すると、グライダーに乗っているものがそれを操縦して爆弾もろとも敵にぶつかるという仕組みである。

この菊水作戦に呼応して陸上部隊も反撃を開始した。特攻隊の出撃については陸上部隊は前もって電報で知らされている。そこへ特攻隊が現われて、どんどん敵艦船にぶつかっていく。陸上からはこのありさまが手にとるように見えるので、戦果があがるごとに士気はいよいよ横溢する。このように、特攻隊の出撃を電報で知らすことによって、地上部隊は反撃に際してますます気勢があがった。

十六日、菊水第三号ははっきり艦船一隻を轟沈したといってきた。しかし、同じ日に海軍が飛行場をもっていた沖縄本島西方の伊江島に敵が上陸を開始し、十九日にはわが守備軍主力のいる沖縄島南部に本格的攻撃を開始してきた。

わが守備軍は壮烈な反撃を展開して、これを邀《むか》えた。この敢闘に呼応して二十二日にまた菊水第四号が出撃した。

二十三日、敵は上原方面に攻撃を開始した。かくして沖縄島における陸上戦闘を中心にして彼我攻防戦はいよいよ激烈を極め、二十三日以後も、四、五回にわたり菊水作戦がくりかえされた。

五月二十四日には、義烈空挺隊が飛行機をもって敵の飛行場に強行着陸する菊水作戦はさらに反復されたが、いよいよ三十一日には、敵は那覇と首里に侵入した。六月四日に敵は小禄南東方に新たな上陸を開始して、沖縄戦もいよいよ最終段階にはいった。そして、六月十二日、海軍部隊からの通信は杜絶してしまった。つづいて沖縄全作戦も悲壮な玉砕をもって敢闘の幕を閉じた。

硫黄島といい、沖縄といい、敵攻略の手が本土に近く迫るに従い、その争奪攻防の様相がいよいよ熾烈悲壮を加え、彼我の損害もなみなみならぬものがあることは、作戦当事者はもちろん一般国民にもふかくその胸を衝くものがあったろう。

第三章　本土決戦態勢進む

空襲いよいよ熾烈

一方、本土に対する空襲は昭和十九年の十一月下旬からようやく本格的になってきた。まずマリアナからB29一一〇機が関東方面に来襲した。戦勢ますます難局をつげるなかにあっても、敵の機動艦隊に打撃をあたえるということは決してこれをあきらめはしなかった。すなわちウルシイ在泊中の敵空母に対し、回天特攻をかけたことは前述したとおりである。

二十七日にはまたB29が関東、東海道、名古屋方面、さらに二十九日には東京にその夜間空襲があった。

十二月にはいってB29七〇機が奉天、大連に来襲し、満洲にも空襲の手が伸びた。十三、十八、二十二の三日間あいついで名古屋へ、二十七日にはB29六〇機が東京に来襲してきた。

それから昭和二十年一月にはいると、敵機の来襲はますます激しくなり、名古屋、阪神、東京に対して猛威をふるい、二月四日に阪神地方、十日に関東地方とやつぎばやに襲ってきた。

B29の仮借なき来襲は、あらゆる工業力を奪い去る。材料を焼き、機械を破壊し去り、航空機、艦船はいうにおよばず、兵器、弾丸の消耗を補わず、考案工夫は続出しても精密なものはむろんのこと、ほとんど全部が防空や陸上防備に、現実的にその姿を現わすことは容易なことではなかった。したがって沸きたつ特攻精神を唯一の頼りに、簡単軽量の、いわゆる特攻兵器の生産に全力を傾け、数にものをいわせて本土決戦態勢の完成に努力したのである。

わが防空戦闘機の劣速をしりめにこれを振り落とし、不敵にも悠々と爆弾を雨下し去る

B29の編隊に対する切歯扼腕、ガソリン皆無に対する憂慮は、窮余の一策として海軍では秋水《しゅうすい》局地防空用戦闘機の考案をみるにいたった。濃厚オキシフルを主体とした燃料によるロケット機である。試作機の完成をみたが、試験飛行に犠牲を出して、ついに終戦にいたるまで実現をみるにいたらなかった。

零戦の改良型である烈風戦闘機の製作も、この難況のもとにすすめられたが、終戦直前、わずかに数機をだしたにすぎなかった。特攻艇震洋も簡単であるので、その製造には拍車がかけられ、艇員の大量養成にも多大の努力がはらわれた。

かくして続出する震洋隊は国土防衛の第一線主兵として国内各所に配備された。配備された震洋は洞窟内に隠匿格納された。

海龍特殊潜行艇も造られた。震洋ほど簡単ではないが、二人乗りの局地用潜行艇で、艇首に多量の炸薬を装備した、もちろん特攻艇であった。かつては威力を世界に誇示したわが潜水艦隊の末路を飾る唯一の手段であった。

爆雷を携行して海底を歩行し、碇泊敵艦船の船底にこれを装着爆撃する蛟龍隊の考案にいたっては、いまにしてみればまことに窮余の一策といわなければならない。

「あ号作戦」「レイテ沖海戦」に幾多の苦難体験を重ねた小沢中将は、二十年四月新たに軍令部次長に補せられて東京にいた。日吉台の連合艦隊司令部と近かったので、私は彼と日々の戦況につき、また今後の作戦につき隔意なき意思の交換をおこなった。

戦意旺盛・ウルシイを攻撃

戦局は苦境のどん底にあったが、このときくらい軍令部と明朗な交渉を続けたことはなかった。いまから考えると、この時すでに彼の胸裏を去来したものは終戦に対する方策ではなかったろうか。ただひとすじに作戦に邁進する海軍作戦の総参謀長たる私に、その苦衷を漏らしたいが、これをなし得なかったのではなかろうか。当時、私はときにこれを感じないこともなかったが、黙してこれを語らなかった。ただし、これらのことは推測である。そして、あらゆることが手遅れであった。

三月十日に東京に対して夜間の空襲があった。これは低空による攻撃で、東京の東南部の大部分が焼けた。名古屋や神戸方面にB29がやってくる。

三月下旬になると、敵機動艦隊はいよいよ内地に向かって攻撃を開始し四国、九州南部、ひきつづいて呉方面が空襲にさらされた。わが方もこれに対して反撃を加え、相当の成績をあげたが戦果ははっきりしない。

三月二十七日にB29五〇機が関門に機雷を投下した。しかしわが航空部隊の戦意はかかるなかにあっても決して衰えなかった。

三月十一日にあらかじめ新しく完成した偵察機彩雲の挺身偵察により、ウルシイにおける敵機動部隊の在泊を確認し、飛行艇四機に誘導せられ、これまた、当時、新式の攻撃機銀河二四機が長駆ウルシイ空襲に向かった。途中、不時着したものもあったが、とにかく一一機が攻撃に成功した。しかし機数の不足と遠距離のためたいした効果のなかったことは残念であった。

本土上陸は九州南部と予想

硫黄島も敢闘むなしく三月中旬陥落し、沖縄の運命すでに予想されたこのとき、いよいよ本土決戦に追いこまれたわけであるが、本土決戦に対するわれわれの考えはこうであった。すなわち、沖縄を攻略したあと敵はどうしても日本本土にかかってくることはもちろんであるが、その最終目標は関東地方にあることも、これ当然のことである。しかし、いきなり、関東地方に、大攻略をめざしてくるかどうかということには相当に疑問があった。

硫黄島攻略後、敵の小笠原諸島に対する触手の不活発という実情は疑問の第一である。硫黄島、沖縄におけるわが守備隊の熾烈きわまる敢闘は、敵をしてわが本土攻略に対する出血犠牲が莫大であるべきことをあらためて痛感させたことであろう。したがって、作戦は慎重を要し、準備も十分に固めなくてはならぬ。すなわち関東地方攻略のため、まず内地に航空基地および海軍基地を獲得整備し、しかるのち、そこから攻略に着手してくるであろうことは想像に難くない。

これら航空基地および海軍基地は九州、そのなかでも九州南部にもとめることは、当時の状況と地勢の関係からまず明らかであるといってもさしつかえない。これがわれわれの判断の大要であった。

しかし、陸軍では、まず大陸方面に手を着け、そののちに本土にとりかかるだろうという考えもあったようであるが、これは当時のアメリカ側からみれば蛇足である。なにもわざわざ大陸まで手をだす必要はない。いずれにしても、まず九州南部に来ると判断するのが至当であったろう。

しからば一体、どのくらいの兵力をもってくるであろうか。もちろん、対手のことであるから確かなことはわからないが、予想上陸地点の地勢と、従来の攻略兵力の状況から推して、野間崎北方、川内平野に六、七個師団、有明湾、志布志附近海岸に五、六個師団、四国南岸に三、四個師団くらいと一応は考えられた。また関東方面にくるとすれば、主力をもって九十九里浜に、一部をもって相模湾沿岸に、別の一部をもって館山附近に、その総力約二十個師団と推定した。

陸海軍の応戦配備

以上に対し、わが本土決戦を目標としていかなる配備をとったか、まず陸軍は名古屋以東に杉山元帥を指揮官として第一総軍を配し、名古屋以西には畑元帥を指揮官として第二総軍を配した。さしあたり敵上陸を予期する九州に対しては第二総軍麾下の第十六方面軍を配し、装備の最も優秀な主力を熊本附近に控置して敵主力上陸点に指向して機動決戦を企図し、野間崎南北および志布志海岸は防備施設を堅固にしておのおの約一個師団を配して局地防備にあたらせたと記憶している。

海軍は海軍総隊指揮下に各鎮守府、警備府を所属させ、その附近要地および四国南岸、総計七カ所に陸戦隊四十九個大隊約八万を配し、また要地三十六カ所に海龍水中特攻艇四四〇隻および震洋水上特攻艇約三〇〇〇隻を区分配置した。また当時残存した潜水艦約四〇隻も敵上陸地点附近に対し機動作戦を企図し、水上艦艇は燃料皆無のため軍港の防空あるいは上陸地点に対する主砲砲撃を研究計画してこれにあてられた。

当時陸軍の第六航空軍が九州にあって連合艦隊の作戦指揮下に第五航空艦隊と協力して菊水作戦に従事していたことは前述したとおりであるが、新たに、航空総軍を編制し、河辺正三大将指揮下に全陸軍航空兵力を統轄させた。その総機数約三二〇〇機、別に特攻機五〇〇〇ないし一〇〇〇〇機を擁していた。海軍航空部隊の総機数は偵察機一四〇機、戦闘機一〇〇〇機に加うるに別に敵機動艦隊攻撃用として三三〇機および上陸作戦における敵輸送船攻撃用として三七〇〇機、総計約五一七〇機をとにかく準備したのであった。

九州に三五〇〇の特攻機

以上の兵力をもってさしあたり必至とみた敵の九州南部に対する上陸に対し全軍体当た

りを決意したのであった。とくに敵上陸部隊の近接接岸の時を期して行なわんとする海陸航空部隊の特攻航空攻撃は、すくなくとも敵艦船の半数以上を、その上陸決行にさきだってこれを撃滅し、もってまず上陸戦闘における敵の指揮組織を破摧して、しかるのちわが陸軍の反撃によりこれを水際に殲滅しようとの計画であった。

敵の上陸を必至とみ、われまた全軍特攻を決意する以上は、従来のような一〇〇単位の少数機が間の延びた攻撃を加えるということでは、潮のごとく押し寄せる米軍に対していかほどの損害をもあたえ得ない。やるならばやるで、真に効果ある大兵力をもって組織ある合理的計画をたてて、最後の大反撃を加えるのでなかったならば、すくなくとも敵の本土攻略を阻止することはできない。

ルソン島に敵が上陸したときでさえ、わが方で目視し得た敵艦船の総数だけでも一二〇〇隻以上を数えた。これに対し、二〇〇や三〇〇の特攻機が間歇的に行なう攻撃ではいかほどの損害をあたえることもできない。ましてや、特攻機といっても、やはり技量を要し、全部が全部、命中するわけではない。大体六分の一が命中すれば上々である。したがって、約一〇〇〇機をもって一波とする特攻の波を十波かけるということが私の主張であった。

すなわち、海軍としては第五航空艦隊に一〇〇〇〇の特攻機を用意することであった。当時、大西滝治郎中将は、内地に帰還して航空軍需補給の任にあったので、この計画の完成を彼に提案した。彼も当時の状況として、なかなか困難ではあるがなんとかしてやってみようといった。

後日、私が第五航空艦隊司令長官に内定されたが、そのときには直ちに出撃し得る特攻機三五〇〇機、訓練中のものを合算すれば約五〇〇〇機が九州南部の森林地帯あるいは部落民屋の陰に迷彩を施して、離陸地帯を控えて待機していた。陸軍の第六航空軍もこれにならった。

四月以降におけるB29の内地攻撃はまた一段と猛烈を加え、四月には帝都ならびに関東地方に対し一五〇機ないし二〇〇機をもってする空襲が四回、九州地方に対しては最大二八〇機を数えるB29の大編隊が前後六回にわたって来襲してきた。

五月にはいよいよ機数を増し、小型機の来襲も頻度を増し、その攻撃目標も工業力の破壊をめざし徹底的壊滅を期するもののごとく中小都市にまでその手をのばした。

第四章　「草鹿機関」

〝B29を束にして落としてくれ〟

航空戦の激化をみるや、陸軍側から航空総軍を海軍総隊（連合艦隊作戦指揮拡大さる）

指揮下に統一する提案があった。私は十数年来論議された陸海の空軍統一問題が、この期におよんで、従来裏面に蔵された幾多の権謀術数をかなぐりすてて、必要に迫られて真の姿を現わし、当然の結論に到達したものと思ったが、陸軍の悔悟はおそかった。私は陸軍航空本部をも、もろともに海軍指揮下にはいることを条件として承諾したが、豊田司令長官は陸軍側の通信設備と、その組織に不備の点があるからと、すすんで賛成されなかった。内心従来の陸軍の謀略にこりごりしておられたようであった。そのためこれはついに実現しなかった。

六月、豊田大将は海軍総隊司令長官から軍令部総長に転ぜられ、私も六月二十五日、軍令部出仕に補せられた。

四月二十九日にはベルリン陥落が伝えられた。本土に対する敵の空襲は、いよいよ惨状をきわめ、いかんとも手のくだしようがなかった。私はただ自らの不能を恥じつつ、またわが国の末路を憂えつつ、職を去ったのであった。

軍令部出仕は無役の閑職である。ながながごくろうであった、しばらく休め、ということである。ひさしぶりに世田谷代田二丁目の自宅に帰ってきた。わが家のある附近が境目で、遠く新宿あたりまで一望の焼野原がつづく。いまさらながら、戦禍の惨状に目をみはったのであった。

きのうにひきかえ、なんとのんきなことであるか。海軍に身を投じて以来三十数年、こんなのんきな生活はなかった。それでも鳴りわたる警戒警報、空襲警報には、しばしば家族とともに庭の片隅の防空壕に逃げこんだ。幾百回かの爆撃にさらされ、また何回かの艦内の猛火を体験した私には、巷の防空、防火対策の形式的にして手緩いことに驚いた。

当時わが家では、主食として生大豆の配給を受けていた。多少腹をこわしたり、またもったいない話ではあるが、日々のこととて、食い飽いて困っていた。ところが、これは肉挽き器で粉砕して煮ると柔かく、かつおからと豆腐を一緒にして食べるようで、その味もまたすてたものではない。私が若い日、禅寺生活を送っていた際などは大ごちそうに属する代物である。私はこの豆ひきと防空壕掘りを主務として余念のない日々を暮した。

四、五日すると軍令部から出頭を命ぜられた。当時、小沢中将の後を受けて、大西滝治郎中将が軍令部次長になっていたので、早速大西中将のところにいくと、

「せっかく休んでいるところをすまないが、きさまにぜひ頼みたいことがある」

と、いう。

「それは連日B29がやってきて、味方戦闘機や防空砲がさかんに活躍するが、さっぱり歯がたたない。新聞やラジオ放送がきょうは何機落としたといってはいるが、なんともいたしかたない。そこで、きさまの智慧をかして欲しいのだが、なんとかしてこれを束にして落とす方法を、至急考え出してくれんか」

と、いうことであった。

当時本土上空の防空は陸軍の担任であった。海軍は海軍施設の上空や海上を分担していたが、帝都上空など重要個所における戦果があがらないことに業を煮やし、ついに陸軍、海軍といっておられなくなり、私をひっぱりだしたわけであった。

まず敵機の行動を予知

私もこの重大なときに、いくら休養とはいえ、自宅で毎日豆ひきと壕掘りをやっているのであるから、もったいない話である。一応は、その任に非ずと辞退したものの、結局承諾した。

しかし、これほどの難問題を、そうやすやすと解決はできない。陸軍といえども、あらゆる研究を重ね、あらゆる手段を尽してのことであろう。しかし承諾した以上はできないまでも一生懸命にならざるを得ない。そこで二、三名の参謀と副官一名を附せられたい旨を申しいれ、かつ自動車一台を要求した。

由来、軍令部出仕というのは前述のように無役ということにきまっていた。したがって、きのうまでは海軍総隊参謀長としてはぶりをきかしても、いったん軍令部出仕となれば副官や自動車などはとんでもないこと、ときには鼻もひっかけられない。なにも知らない軍令部副官はけげんな顔をする。

「草鹿中将、軍令部出仕で参謀、副官、自動車とはどうしたことですか。いままでこんなということをいった人はひとりもありません」

という。しかし上司の命令であるから致し方ない。ここに大本営海軍部内に「革鹿機関」ができあがって看板をだした。

私は海軍部内どこにいくにもいっさい木戸御免であった。体《てい》のいい大久保彦左衛門であった。しかし、このように活動を自由自在にしてもらっても、奇想天外の妙案は一朝にしてでてくるものではない。地道に、ことを一歩一歩固めていくよりほかに道がない。

まず、東京附近にくるB29を速やかに確実に捕捉して、これに有効、適切な攻撃を加えることである。誰が考えてもあたりまえのことであり、このあたりまえのことが実行できないのである。東京附近ができあがったならば、逐次京阪、東海、北九州とほかの要地におよぼしていかなければならない。

京阪地方以東に来襲するB29は、ことごとくマリアナ基地を出撃するものである。この出撃時が正確に判明し、かつその機数が明瞭になることが、まず第一の問題である。

ところが海軍では当時、埼玉県大和田に敵信探知班があった。敵信を専門に傍受し、これを解読することを任務としていた。専門だけあって設備から組織から相当大がかりのものであった。B29が基地出発の際は、飛行場指揮用自動車からの無線電話の隠語により、一機一機の離陸出発を号令していた。この号令を確実に聴取することによって、前記の目的を達成し得るのである。

さっそく、大和田に行き、事情を詳述してその努力を促した。理屈がわかれば努力のしかたはまた格別である。当事者の奮起はめざましかった。

つぎは南方列島線、小笠原島、八丈島、その他に装備する電探の精度向上と、とりあつかい関係者の戦術的判断力の増進は、B29の指向点を速やかにわからせることに重要な関係をもつので、各電探所の注意を喚起した。とくに当時、関東地方の太平洋岸に点々として、装備されていた電探は、B29が本土に近接してからの細かい行動を刻々判定するのがその主任務で、わが地上戦闘機隊を発進邀撃させるにあたり、有利な態勢で会敵させることができるか否かは、ひとつにこの海岸電探の迅速、正確な報告と、指揮者の適切な敵情判断にまたなければならない。これは大事なことであった。私はなるべく敵機の来襲時を選んで現地にいき、自らこれらの指導にあたる努力を惜しまなかった。

Z兵器の完成をいそぐ

また当時、神奈川県辻堂海岸に戦闘機誘導装置が設けられていたが、まだ研究実験の範囲をいでず、これまた、即刻実用に供するようとりあつかい関係者を督励した。

海岸電探から刻々変っていく敵飛行機の行動報告をいれて、機を逸せず上空に待機するわが邀撃戦闘機隊を優位において、会敵させ、有効な反撃を加えることを得さすのは、この地上からの誘導に待たなければならない。戦闘機隊が漫然と帝都上空に待機し、視認によってはじめて接敵するようなことでは、優速なB29に対し戦闘機隊は一撃をも加えることができずして、後方に振り落とされてしまう、ということは、当時再三目撃し切歯したところであった。

このほか、B29の大量撃墜ということに対し、あらゆる方策を研究し、簡単なことは即刻実施をうながした。すなわち戦闘機用電探の急速装備、高射砲弾の改良などであった。しかし当時、帝都周辺に配せられた陸軍高射砲のごときは、弾丸の生産が追いつかず、数回の射撃により、弾丸がなくなるというあわれな状態にあった。

当時、零戦の威力がすでに衰えたことは前述のとおりである。局地防空戦闘機として雷電ができていた。この戦闘機はその本質上、戦闘機同士の格闘戦には不適当であったため、あまり重要視されなかった。したがってその製造にもあまり重点がおかれなかった。

ところが仔細に記録を調べてみると、B29に対する撃墜数は、少ないながらもこの雷電が最も多い。当時厚木航空隊に、わずかにこの雷電隊がいた。いそいでさしあたりの手段として、雷電の生産に重点をおき、雷電隊の充実増加と訓練をうながした。しかし、この雷電でもB29に対してはむろん不十分であった。

時あたかも、烈風戦闘機の試作機が数機できていた。これは零戦の改良型で、攻撃力も絶大で、B29にはもってこいであった。そこで、この烈風型の製造を促進したが、さしあたり、一二〇機ぐらいが精一杯とのことであったが、まず烈風戦闘機をもってする新撰組の組織をもくろんだ。せめて、東京附近だけでも、Ｂ29を束にして落としたいものである。

以上のべたことを要約すると、Ｂ29が出発時から、機数、時間に対する正確な情況を捕え、爾後その行動を明確にして、戦闘機誘導装置の活用により、約一〇〇機の烈風隊をこれに嚙み合わせて、着実なる戦果をあげようというのである。これは別に奇想天外な妙案でもないが、要は、ことを一つ一つ実行に移し、これを促進することであった。

一方、一意研究を進めていたＺ兵器は、当時静岡県島田に大規模な工場を設け、すでに実験用として直径一二メートルの銅製パラボラミラーも完成し、また出力四〇〇キロワットの真空管もできあがり、大井河畔の装備施設も完成して基礎実験を待つばかりになっていた。また実用に供する直径三〇メートルにおよぶ大反射鏡の製作に着手しており、またこれを陸上戦闘に利用することも考えられていたが、これはちょっと急場の役にはたちそうもなかった。

第五航空艦隊司令長官の内命

八月になると、どことはなく終戦の空気を感じないでもなかったが、八月十日附で私は第五航空艦隊司令長官の内命を受けた。

これは私にとって非常にうれしいことであった。というのは、昭和十八年の一年間横須賀航空隊司令であった以外はあらゆる参謀長をやっていたからである。その前半は前線で戦争ばかりする参謀長をしていた。普通には参謀長ともいえば偉いものだと考えるかもしれないが私たちからいうと、いつも影武者であって、実際の部隊の指揮官ではない。海軍士官としては部隊指揮官になりたいということは等しく熱望することである。

そこへ戦争もいよいよ本土決戦といわれる際でもあったので、第五航空艦隊司令長官になることは軍人として非常に張り合いがある。このほかに私自身にとってさらにうれしいことは、敵がいよいよ九州に上陸してくる時、全部隊特攻の決心である第五航空艦隊を率いるということであった。これは私の連合艦隊参謀長時代の計画により編制を進められ、当時、海軍随一いな日本第一の航空部隊であったからである。

部下各航空戦隊または九州一円はもちろん、四国、中国にわたって散在していたが、命令一下戦場に向かって続々集中するよう手ぐすねひいて待機していた。ジャングルのなか、あるいは山のなかと少しでも平坦なる土地を求めて滑走路が用意された。また夜間出撃しなければならないこともあるから、練度のひくい飛行機搭乗員を導くための指導燈を方々につくることまで計画された。

一波一〇〇〇機の特攻をかけるためには、その準備も容易なことではない。第五航空艦隊だけで三五〇〇機の特攻がいつでも出撃し得る。さらに訓練をすましたものも加うれば、五〇〇〇機が待機していた。

そこへ私がその部隊の司令長官になっていくのであるから、私としては非常にうれしかった。しかし、うれしいと同時に、その反面、敵が九州に上陸してくれば、ここがほんとうに私にとっては最後の戦場であると考えていた。私は亡き母の肌着と、羽二重紋付きの片袖で作った防空頭巾を嚢底に蔵してでかけることにした。

第八部　終戦・特攻三五〇〇機の終末

第一章　復員、平穏裡に完了

赴任の途次、詔勅を知る

その当時、敵機の来襲が頻繁であり、天候の都合もあって、横須賀の手前の田浦駅から、当時九州に配備される水上特攻の震洋部隊を輸送する軍用列車があったのでそれを利用した。

十四日に田浦を出発、翌十五日午後三時、広島に着き、ここから第五航空艦隊の指揮下にある岩国航空隊の自動車で岩国航空隊に向かい、夕刻同隊に到着した。そして直ちに大分へ飛ぶつもりであった。

車中、終戦の陛下の御放送は聞くよしもなかった。岩国航空隊ではじめて終戦を知ったのであった。これを聞いたときには、ただぼう然としてしまった。私としても多少の空気は感じていたので、東京を出発する前、もと私のいた連合艦隊へいって、一体どうなるのかと聞いたが

「そんなことは連合艦隊として絶対承知せんよ。そういった心配は御無用だ」

という話で、私としては一応それを信用したのであった。

岩国航空隊は当時小笠原大佐が司令をしていて、はっきりしないながらもすでに各方面の動揺の情況など噂が相当とんでいた。日本の国には降伏ということは絶対にないのだ。君側《くんそく》の妖雲を払えとか、あくまで戦争を続行しなければいかぬ、とかいったいきりたった方々の情勢を司令から聴取した。

天皇陛下がラジオを通じていわれたことは嘘であったとか、天皇陛下が心ならずも側近の者に迫られていわれたのだとか、いろいろなことも考えられぬことはないが、天皇陛下がご自分で戦争をやめろとおっしゃったことはたしかな事実なのである。いろいろよけいなことを考えても、こうなった以上は戦うも戦わないのも結局は天皇陛下の御命令ひとつである。戦争をやめろとおっしゃれば、戦争をやめなければならないと、私は固く覚悟した。

その晩はそんな話で遅くなったので、赴任をのばした。そこで小笠原大佐に、

「若い者に軽挙妄動があってはいけない。とくに君は司令である。司令自身からまず軽はずみなことを考えないように、よく落ち着いて事の理非を考えて処置してほしい」

と、いって、その晩は防空壕のなかに泊った。

宇垣前長官、覚悟の最期

翌朝六時ごろ飛行機で大分へ向かった。岩国航空隊でいろいろ状況を聞いて知っているので、これからいく第五航空艦隊は全部特攻であるから、いまごろはさぞごった返しているだろう。下手に私がいくと、いきなり殴り殺されるのではないかと思っていた。

飛行場に着いてみると、迎えの自動車が待っていた。それに乗って第五航空艦隊の司令部に向かった。司令部は大分の街はずれの、山峡の百姓家を二軒ばかり借りて、そのなかにあった。司令部の前には参謀長以下が私を出迎えていたが、それをみると予想に反して一向ごった返しているようすもない。みな整然とならんでいる。ただそのとき奇異に感じたのは、そのなかに前任者である宇垣纒中将の姿がみえないことであった。

すぐ参謀長以下の伺候があり、そのあとで、私はいきなり、

「天皇陛下が戦争をやめろと仰せられた以上、自分は終戦の方向に全力を注ぐから、諸君も私に協力してもらいたい」

と、はっきり自分の意志を披瀝した。すると横井俊之参謀長が、

「よくわかりました。自分もまったく同感です。かならず長官のご意思に従い、そういうふうにやります。しかし一応は第五航空艦隊の状況がどういうふうになっているかを聞いてください」

と、いう。そこで、私はその状況を聞いた。

前任者であった宇垣纏中将はアメリカのラジオでおよそのことを知っていたらしく、詔勅がでる日の午前中に、自ら数機の特攻機を率いて沖縄に向かっていった。どの特攻機でもそうであるが、突っ込むときは規約に従い無線を打つ。

「ジャー、ジャー」

という符号があって、それを打ったら突っ込んだということがわかる。宇垣中将の飛行機もそれを打って突っ込んだのであった。

彼もまた武人であった

宇垣中将は私よりひとつ上の級で秀才だった。私は軍令部の作戦課長を二年やったが、そのあと一年は宇垣少将が上役の一部長になってきたので一緒にいた。故人の悪口をいうのはすまないようだが、率直にいうと私は彼が大嫌いだった。なにかものをいっても木で鼻をくくったような冷淡さがあった。別にけんかをするわけではなかったが、どうも私には虫が好かなかった。しかしこの宇垣中将の最期の状況をくわしく聞いたとき、いままで自分が抱いていた憎悪の念もたちまち消え失せて、ああ、彼もまた偉い武人であったと思い、過去の感情をすっかり捨てて感じいった次第であった。

こういう時期に自ら特攻機に乗って敵にぶつかっていくことの善悪は別として、これと自分がきめてゆくときの態度はさすがに偉い男だと思った。

彼はかねてからその日を覚悟していたらしい。若い部下が特攻特攻で死地に飛びこんでいく。その司令長官である自分が最後まで身をまっとうすることは若い人に対してまことに申しわけない。いずれは自分も諸君と同じように突っ込んでゆくのだ、という覚悟ははやくからきめていたのだろうと思う。宇垣中将に従おうという特攻隊員とともに出発する際、幕僚たちはみなとめた。すると、

「どうか武士としてのりっぱな最期をとげさせてくれ。これだけはとめてくれるな」

これに感激して幕僚のあるものが、

「長官がいかれるなら幕僚も一緒にまいります」

と、いって泣いて頼んだが、これらをすべて断わって、みなの前を実に悠然と、ニコニコ微笑をたたえながら最後の別れをつげて飛行機で飛びたったのである。

宇垣中将は、山本元帥が機上で戦死された時、これに同行していた別の飛行機に乗っていて、射ち落とされて重傷を負った。その後「あ号作戦」のときには第一戦隊司令官であった。レイテ島海戦も「大和」で参加した。かつては連合艦隊参謀長であり、軍令部一部長であり、そのような経歴から、単なる司令官ではなく、艦隊司令部からは宇垣中将の智能は大いに信頼されていた。

私が第五航空艦隊司令部に着任したのは十六日朝であったが、宇垣中将もすでに亡く、

しかも、私はまだ正式に第五航空艦隊司令長官ではなく、内命を受けただけであるから、その間空白状態になっていた。もっとも連合艦隊からは何分の命令あるまで第五航空艦隊の指揮をとれといわれていたから実際的には影響はなかった。

司令長官の正式の補職は十七日であった。

深夜「神勅」を伝える男

大分航空隊の副長某中佐は非常な熱血漢であった。

大分と別府の間に太平山という山があって、そこに太平山神社というお宮がある。そこの神主さんが、これまた非常な憂国の士であった。

平素から多くの人がこの神主さんの人格に服してその教えを聞いていた。

この副長もその神社の信者のひとりであったらしい。私が百姓家の一間でベッドに寝ていると、その副長が夜遅くやってきて、

「長官！」

と、いうので、私は、

「何だッ」

と、いって横をみると、長剣を持ちピストルをぶらさげて武装したヤツが立っている。

「天皇陛下の詔は誤りであります。天皇陛下御自身はそのようなことは考えておられませ

ん。これは神のお告げによってはっきりしております。天皇陛下もいまでは後悔しておられます。そのうち日本の国には、みなが考えていないような偉い人物が内閣総理大臣になられます」

これは暗に東久邇宮のことをいっていたのだろう。

「その人が総理大臣になられると都を太平山に遷されます。聖駕太平山に行幸になるのです。なお神勅にしたがうと、この九州一円の陸海空三軍を一人で指揮して、九州を根城に最後の一戦を交える海軍の偉い将軍がでてきます。これは神のお告げです。その将軍というのは、草鹿中将、あなたですぞ」

これは非常に名誉なご託宣である。

「草鹿中将ッ、ひとつ胆をきめて、ここから三軍に号令をかけてくださいッ」

えらいことになってきた。そこで私は、

「君らは神のお告げを信じてやっているが、僕には神のお告げというものはよくわからない。僕はそういうことを考えたこともない。ただ、わずかに、僕は若い時から坐禅をやっているが、いくら僕が坐禅をしたところで僕は神にはなれない。僕が艦隊司令長官になろうがなんになろうが、元を洗えばただ一個の草鹿龍之介だ。この草鹿龍之介を天皇陛下が第五航空艦隊の司令長官に親補されて〝第五航空艦隊をおまえが指揮してやれ〟といわれた。君らからみるといたっていたらないものであるかもしれないが、僕としては、生の草鹿龍之介が全力をあげて第五航空艦隊を指揮する。僕が司令長官である間は、僕自身がやるんだ。神のお告げもなにもない」

そうしたら、

「私はこんなふうに武装はしておりますが、司令長官に危害を加えようとは思っていません。どうかその点だけはご安心ください」

と、いった。

そのほかいろいろな話をしたが、その後二、三回私のところへやってきた。あるときも真夜中に、

「長官！　ただいま神勅がくだりました」

と、いってやってきたこともあった。

一命をかけて終戦を説得

当時、日本からマニラに向かって特使が派遣されるという話があったが、第五航空艦隊の戦闘機がそれを途中で邀撃して、たたき落とすという噂も伝わってきた。また、日本の国には降伏ということはないのだ、といっていた素朴熱血の小園安名海軍大佐——当時厚木の航空隊司令——の主張に共鳴して第五航空艦隊のものにも大いに動揺のいろがみえる。

そこで私は、これはいいかげんなことをいっていたのではおさまりがつかなくなる。そ

れではどうすればよいかというと、自分としては手がない。結局は自分の身体をほうりだすより方法がないと思った。

そこで十九日の昼、部下の各所轄長以上に全部大分の第五航空艦隊司令部に集まるよう電報をうった。

これよりさき、連合艦隊から、参謀副長菊池朝三少将が終戦の詔勅のでたいきさつを説明にきた。すると第五航空艦隊参謀以下幕僚も一応は納まっているものの、なお鼻息あらく、ポツダム宣言のある条項がどうだとか、こうだとかいってくってかかった。それで菊池少将もその応対に困った。そこで私は、

「菊池少将はただ状況を伝えにきただけであって、みながくってかかってもだめだ。ことの真相が聞きたいなら参謀長をいますぐ東京にやって当局に真相をたしかめてこさせよう」

と飛行機で海軍省へ、事情を聞きにやった。

十九日の朝、招集をかけておいた所轄長がぞくぞく集まってきた。そのなかには呼んでもいなかった若い中尉や大尉が事態を憂慮して相当きている。

いよいよみなに私の決意を告げようとしていたところへ、ちょうど参謀長が東京から帰ってきた。そして私に報告しようとするから、

「私自身別個に聞かなくてもよろしい。君のきいてきたありのままを、ここに集まってい

るみなの前でいえ」

と、いった。

結局は、それが陛下の御意思であり、ことここにいたってはやむを得ないということを参謀長が説明した。

「私は司令長官として、諸君とともにわが屍をこの九州の地に埋めようとしてここへ着任してきたのである。しかるに、ことここに至ってまことに残念に思う。しかし、いったん陛下が戦争をやめよ、といわれれば、私はそれに向かって全力をあげざるを得ない。われわれは戦うも戦わざるもひとつに大命のままである。私はこの第五航空艦隊の全力をあげて、いささかも大命にもとることなく、終戦平和のためにこの一身を尽くす決意である。諸君もまたこの意を体して協力されたい。しかしこの私の考えに対して、部下である諸君にもいろいろ考えがあるにちがいない。国のためを思うその心情はよくわかる。おそらく私と意見を異にする人もこのなかに相当いると思う。こんな長官の下では、国家の大事を誤ると思う人に対しては、私としてはどうも致し方がない。しかし、私の眼の黒いうちは、私の考えどおりやる。たってそれが不都合だと思うものがあり、また自らは自らの思うところに従い行動するということならば、まずこの私を血祭りにあげて、しかるのち、ことをあげよ。私も剣道には多少腕に覚えはあるが、しかし、いまさらジタバタしたくない。いけないと思ったら即座にやれ」

といってソファの上に坐って眼をつぶった。

陛下の御言葉に号泣

一分、二分――そのときは、みながいきりたっていると聞いていたから覚悟していた。だが一向にかかってくる気配がなく、しんとしている。

そのうち、あちらこちらですすり泣きの声が聞こえ、しまいには大きな声をだして泣きだすものもでてきた。

そのとき、ある若い士官が私の前にツカツカッとやってきて、

「長官、いま、いわれたことはよくわかりました。われわれは、のぼせあがっておりました。長官のお話によって、われわれはこののぼせがすっかりさめました。隊へ帰ると、私にも数十人の部下がおりますが、私がかならずまちがいのないように掌握いたしますから、その点どうかご安心ください」

と、いった

そうすると、それにひきつづいて二人、三人とでてきて同じようなことをいう。もちろん、大佐以上には私のいうことに異論のあるはずはなかった。

ここで第五航空艦隊三五〇〇の特攻隊はもちろん、全艦隊一二万の将兵は一応おさまることになった。

そこで私は司令部にあった酒をもってこさせて、

「これが日本海軍軍人として最後の大元帥陛下のための万歳である。しかし私自身は、かりにいま軍隊というものが解散しても、自分の心のなかに永久に大元帥陛下の忠良なる軍人であるということを忘れない」

と、いって乾杯して、彼らを各隊に帰したのであった。

その日に、海軍省から海軍大臣の名で、各艦隊司令長官は東京へこいといってきたので、幕僚二人を連れてすぐ飛行機で東京へいった。

そして天皇陛下に司令長官たちの最後の拝謁があった。

そのとき天皇陛下は、紙片にいわれることを鉛筆でお書きになっていたのであろう、それをお持ちになられ、従来のようなむつかしい儀式でなくて、われわれの前へでてこられた。そして陛下自ら自分の苦衷をのべられ、天下万民のためこの身を犠牲にしてもよいとまで仰せられ、声涙ともに下るようなお言葉があった。そして、最後に

「みなさん、どうかたのみます」

と、いわれたそのときは、私らは声をあげて泣いた。けだし二千六百年の涙である。

戦闘姿勢を即時解くべし

それがすんで海軍省へもどってゆくと、壊れた建物の中で海軍大臣の米内大将、軍令部

総長の豊田大将、それに軍令部、海軍省の各部局長、そのほか主務者が集まって、これからさき、海軍としてどうするかという相談であった。そこで私は

「第五航空艦隊については、十中の九分九厘まで天皇陛下の詔にもとるようなことをする者はないと私は信じている。けれども、一応理解してひきさがったものの、いまの状況では銃をかまえたまま停戦命令を受けとったようなもので、まだ戦争のできる姿勢にある。そこへアメリカ軍がどういうふうにでてくるかわからないが、かりに空挺隊の降下でもしてきたならば、一応理解はしたものの、日本人として突撃か自決か、そのひとつを選ぶよりほかないことになる。かくてはせっかくの陛下の御宸念も水の泡となるであろう。即刻、当局として復員命令を出されてしかるべきである」

といった。

ところが軍令部、海軍省の方では、復員を正々堂々と乱れないようにやりたい。アメリカ軍がくるにはここ数日を要する。その間に準備を整えてやるというのであるが、私はさらに反対した。

「アメリカ軍がいつごろ来るといってみたところで、それはこちらの想像である。しかも、それが合理的であるといってみたところで、アメリカ軍は不合理にくるかもしれない。私としては、この際、まず小銃一発射つようなことでも、陛下のお考えにさからうことになるのだから、具体的に、前線で待機している特攻隊のような一番元気のよいのから、つぎ

からつぎへと順次復員を命じなさい。というのは、構えている銃をそこにおかせることだ。そして各自の郷里へ帰すことがいちばん大事なことだ。多少混乱をきたすかもわからぬが、わずかのことから全体をおじゃんにすることのないようにした方がよろしい」

するとと米内大臣が立ちあがって、

「草鹿長官のいうことには自分は全幅的に同意した。アメリカ軍がくるのに五日かかるとか、なんとかいうが、作戦でも、こうくるといってそのとおりきたことがあるか、自分は草鹿中将の意見に百パーセント賛成だ。軍令部総長はどうだ。同じだろう」

と、いった。軍令部総長も、

「そうだ」

と、いうことになった。そこで私は、

「およそ大臣、総長のお考えがそうときまったならば、あとはみな艦隊司令長官たるわれわれにお任せください。各艦隊それぞれ事情もあることであるから」

ということで、結局、各艦隊司令長官に任せるということになった。

私は連れていった幕僚にいいつけて会議の模様を刻々電話で大分の参謀長に通じてあったので、最後に、

「そうきまったから復員の命令文書は適当に参謀長に任せる。俺の名前ですぐだせ。ただ残らねばならないものがある。通信は最後までしなければならんから通信関係者とか、飛

行機の整備員、こういうものだけは残せ。あとはなるべくはやく復員させよ」

こういって私は翌日大分に帰った。

私の部隊ではどんどん復員命令をだしていた。ただ鹿屋では、訓練を経ない短期兵が多かったので、非常に混雑している。帰郷途中、トンネルの中ですし詰め汽車から落ちて死んだり、それこそ潰乱《かいらん》の状態である。それに乗じて町の悪者がやってきて物を盗ろうとする。海軍のなかにも、みながみな精兵でないから、欲がおきてそれらと結託して悪いことをしようとする。それらの物盗りがピストルを射ち合ったりして混乱状態をまきおこした。

第二章　進駐軍との折衝

台風をついて鹿屋へ急行

アメリカ軍はまず厚木と鹿屋に進駐してくることになった。八月二十五日、私はときの東久邇宮総理大臣から、

「貴官は現職のまま鹿屋連絡委員会委員長になり、部下を使って米軍との折衝にあたれ」

と、いう命令を受けた。それで私はすぐ鹿屋へいくことにした。

この第五航空艦隊には、例のT攻撃隊の指揮官であった久野大佐が参謀副長として新しく着任していた。はじめの予定では、この人とともに大いに戦争をやるつもりであったが、久野君を早速連絡委員会の総務部長にした。久野君が、

「長官、すぐ鹿屋にいかれても、鹿屋は混沌たる状況でなにもできない。かえって危険です。われわれ幕僚が二、三人先にいって、およそのメドのついたところで長官がでてきてください」

これは私のためを思っていってくれるのだが、私自身としては

「混乱しているなかで私がいってもなにもできないかもしれないが、こうなると戦争と同じで、混乱しているその真ん中へ私の旗を推し進めることによって、納まってゆくと思うから、君の好意はありがたいが、すぐにでかける」

と、いって、二十六日の朝、途中の燃料や食糧を積んだトラック一台をしたがえ、自動車で大分から鹿児島県の鹿屋までぶっ飛ばした。

そのとき、ちょうど台風がやってきたが、車で走っているので影響はなかった。

二十数時間ぶっとおしで走り、その日の晩、霧島の日向山に着いた。

ところが宿屋が満員で泊まれないので、そこの海軍病院で泊まり、翌日鹿屋へ着いた。

事務所はなるべくアメリカ軍が占拠するところに近いところへおけというので、半分バラック建ての水交社に事務所を設けた。そして進駐軍の折衝にあたったのである。

厚木の方はわからぬ問題があると、政府と相談する手があるが、鹿屋ではそうはいかない。通信が混乱しているので、東京の意向が鹿屋に通達できない。そういった関係で談判は私の独断専行に一任された。

しかし、政府でもこれを考慮したとみえて、有能の人を多く部下につけてくれた。外務省からは大使館参事官であった伊藤隆治君をはじめ事務官以下五、六人きた。内務省、鹿児島県庁、陸軍からは西部軍の参謀副長もくる。それに鉄道省、逓信省、大蔵省からもくる。日本銀行からもきた。私のサインによって、いくらでも金を出すと大蔵省の古海君がいった。

カミカゼ・ボーイはどうした

混乱のなかで迅速果断、ことを処理し得たことは、ひとつに久野君の力に負うところ大であった。

平静に帰してからは、仕事の性質上鹿児島県内政部長松下君を総務部長にして、その手腕を揮るわせた。

進駐軍がきたのは予定より二、三日のちであった。向こうは航空部隊の司令であるシリン大佐が大将格で、輸送機二台に乗ってきた。

私たちがならんで迎えていると、飛行機から降りてきて、飛行場の様子を視察していたがそのうちわれわれのところにきた。護衛の兵がベルグマン機銃をつきつけた。射つわけではないのだが、すこしおかしかった。

外務事務官鈴木孝君が通訳をして、シリン大佐とお互いに紹介して握手をしたのち

「ここでは話ができない。だいじょうぶだから向こうの建物で話をしよう」

と、誘った

そのとき、向こうの者が口をそろえて、

「カミカゼ・ボーイはどうしているか」

というのであった。

特攻隊がよほど気になったとみえる。

「カミカゼ・ボーイは私が解散させた。あなたたちはカミカゼ・ボーイというが、あなたたちの考えは、彼らが勝手にあのような一種の暴力的なことをやるのだと思っているかもしれないが、そうではない。やはり組織をもってやっているのだ。だから、おれがやめろとひと言いえば、一人もでてきはせぬから、その心配はいらぬ」

と、こんこんと説明した。

それで進駐軍も安心して談判にうつった。

米内大将の〝ごくろう〟に満足

向こうは鹿屋の飛行場を中心にした地域を占領しようとする。しかし、そのなかには百姓が畑を耕しているところがある。これを立ち退かせよ、というが、それでは百姓があすから食うのに困る。

それから進駐してきた兵員が婦人に手を出すとか、そのほか軍紀上のことで問題をおこすことも防がなければならない。

「もし、あなたの兵隊がそういうことをやると、進駐してきた目的が達せられないようになっては困る。だから……」

と、十数ヵ条の条件を出して、それをひとつひとつ逐条審議してゆこうといった。

向こうもこっちのいうことをよく聞いて、非常にスムーズにいった。あとはベッドが要るとか、イスをもってこいとか、飛行機の修理に人をだせとかいうことだが、人を集めるといっても、金をだしたところでなかなか集まらない。そんなことで向こうでもいささか不服なこともあったが、だいたいにおいてスムーズにいった。

ここに約一ヵ月いた。このあとへ鹿児島の人でブルガリヤの公使をしていた山路章氏が私の後任になった。私は仕事を申し送り、その当時別府の赤銅《あかがね》御殿においてあった司令部へ帰任した。

東京に帰ったのは十月二十八日であった。米内海軍大臣のところへいって、任務報告をした。米内大将は私に

「ごくろうでしたぁ」

と、いわれた。実に簡単だが、そのとき、米内大将が腹のそこからいわれた、この「ごくろうでしたぁ」に対して、私はいままでの苦労も、これですっかり解消した気持になって非常に満足した。

（了）

附録　鵬翼万里（海軍航空発達の思い出）

海軍で飛行機を使い始めた頃

カムチャツカ千鈞の重み

大正十年の暮から十一年の五月までの間、私は大尉で、特務艦関東に乗ってカムチャツカ半島のペトロパウロフスク港へ行ったが、その当時、関東には既に水上機を一機積んでいた。これを操縦していたのが硫黄島で戦死した市丸少将（当時大尉）であった。

十二月ごろになるとアバチャ湾内はすっかり凍って、飛行機を水上から飛ばすことができなくなったので、三月ごろの氷のうすい時に飛ばしたのであったが、この一機の飛行機がペトロパウロフスクでは千鈞の重みがあった。

そもそも関東がペトロパウロフスクに行ったのは、初めから戦争を予期して行ったわけではない。

当時、ウラジオにメルクロフという白系帝政派の政府があって、ペトロパウロフスクはその行政下にあった。カムチャツカ、沿海州の総督がビリーチといって、これがペトロパウロフスクを治めていた。しかし、帝政派の勢力の及んでいるのは、ペトロパウロフスクの街の中だけで、一歩外へ出ると、いわゆる過激派と称するボルシェヴィーキが取りまいている。

当時、この街には四十三人の在留邦人がいて、その保護とロシヤとの親善関係を結ぶのが、関東の任務であった。

ところが、帝政派と過激派が街の周辺において戦争をやりだした。こちらでは内政不干渉を標榜しているので手は出さないが、ペトロパウロフスクの街は帝政派だからビリーチとは交渉が多い。もちろん、過激派のところへたまには行くが、帝政派では自分達を助けにきていると思っている。

ところが、ビリーチの下にいる駐屯軍のバリヤコフ少将と総督派との仲が悪くなってきて、遂にはバリヤコフ少将の副官タタロフスキー大尉が総督に向ってピストルを射ってけんかしたことから内部的にごたごたが起きた。その時に関東の積んでいる水上機一機がものをいって、日本の海軍が出てゆくとけんかが治まるというわけで、従って市丸大尉は方々からもてはやされもするし、非常に重きをなしていた。

いまから考えると、つまらぬ水上機一機だったが、飛行機の威力を随分大きく買われていたわけであった。

日本海軍では大正三、四年の戦役のときに既に航空母艦として若宮があった。これは運送船を改造した艦であったが、それにモーリス、ファルマンという水上機を積んでいた。その操縦者として和田秀穂、山田忠二郎氏らがいた。この人達が青島《チンタオ》へビールビンくらいの爆弾を一、二発落してきた。これが、実際の戦争において、日本海軍が飛行機を使った始めだろうと思う。この若宮は、現在のように甲板から飛び上ってゆく母艦ではなく、一種の水上機母艦であった。

小笠原無着水飛行に失敗

大正十一年六月、カムチャツカから内地へ帰り、十二月に横須賀鎮守府の副官になった。しかし、私には副官という仕事は、とても向かない仕事で、副官を命ぜられた時は実に嫌だった。なんとかして副官に赴任するのを一日でも二日でも遅らせてやろうと思ったが、やむを得ずなってしまった。

横須賀鎮守府は、参謀長以下の官舎は鎮守府の周辺にあるのだが、司令長官の官舎と副官官舎だけが離れて山の方にあった。だから、副官官舎からは東京湾が一望のもとに見下ろせるので、東京湾内で追浜航空隊の飛行機が盛んに訓練しているのが手にとるように見える。そのようなことから、私は副官をしていたが、飛行機に対して非常な関心をもつようになった。

ところがある日、海軍のF5飛行艇—イギリスから購入したもの—を小笠原まで飛ばす試みが行われた。飛行艇で小笠原まで無着水で飛んでゆくのはこれが恐らく初めてであったと思う。

いよいよ当日になって、私は朝飯を食べながら官舎の窓からこれを見ていた。その日は風のない天気のよい日であった。

追浜から観音崎あたりまで十浬くらいあると思うが、その間を飛行艇が実に威勢よく走っているので、これはゆくな、と思っていた。それで、その先を見究めずに出動した。

間もなく、航空隊司令の古川大佐が鎮守府長官の財部大将のところにきて盛んになにか弁解している。よく聞いてみると、長距離飛行のために燃料をたくさん積んでいたから、いくら走っても飛行艇が離水しない。とうとう、これがために飛行演習ができないことになった。当時の飛行艇はそんなものであった。

このF5飛行艇はすこし燃料を積みすぎるとなかなか離水しにくい。それではどうするかといえば、操縦桿――飛行艇のは自動車のように輪になっている――をもったまま、ちょうど、ろをこぐように引いたり押したりする。すると飛行艇の翼の先についている昇降舵が、上がったり下がったりして、飛行機の頭をもち上げたり、下げたりする。つまり飛行機を縦動させておいて、調子がいいと頭をあげた瞬間に離水する。そうでないとなかなか離水しない。これは随分力のいる仕事であったので、離水の際は大抵副操縦席のものが手伝っていた。

「ファルマン」で宙返り

大正五、六年ころ追浜航空隊で飛行機操縦員の養成が始まっていた。私のクラスメートでも志願して入るものが随分多かった。その時、使っていたのはファルマンという飛行機で、七十馬力くらいの、あんどんを張ったような形をしていた。操縦法も至って幼稚で、飛行機を傾けることは禁物であった。従って旋回する時にも飛行機をバンクさせてはいけないといわれていたので、水平のままそろそろと大きく旋回していた。

そのうち、われわれより四級上で、イギリス飛行機操縦技術の研究にいっていた桑原大尉が帰国した。もともと非常なゼントルマンであったところへ本場のイギリスで磨きをかけてきたものだから、ますますイングリッシュ・ゼントルマンになっていた。

彼はショートという水上機を持って帰った。このショート水上機はプロペラが前についていて、これが日本海軍でトラクター式を使う最初であった。それまで使っていた飛行機のすべてはプッシャーといってプロペラが後についていた。このプッシャーには後年エンテ（鴨）飛行機ができた。

また大正末期、私が霞ヶ浦航空隊にいた時には三枚翼の飛行機もあった。それがだんだん発達して、スピードをだすために一枚になり、最近ではジェット機のように、ちょっと羽根がついている程度になって翼面積が非常に小さくなってきているが、初めは単葉の飛行機なんかは操縦がむつかしいといっていた。

ショートは非常に性能のいい飛行機だとされていたので、追浜航空隊では、ショートを操縦するのは桑原大尉だけで他の操縦員は一さい手をつけてはいけないといわれた。そこでファルマンばかりで飛んでいる他の連中が憤慨して、

「われわれだってやれる」

というのだが、どうしても手をつけさせない。そして、桑原大尉がショートで宙返りをやったりすると、私のクラスの三宅次郎—故三宅正太郎氏の弟—とか、榊原正樹とか、随分気性の激しいのがこれを見て、

「なに！　おれだってできる」

と、こっそり追浜の島の影へ行って、ファルマンで宙返りをやったりする。見つけられると叱られるからである。

そのころの若い操縦者たちは、非常な意気込みであったが、いまほど技術も知識も発達していなかったので犠牲者も相当出た。私のクラスメートのなかでも、追浜航空隊で死んだのは中尉が三人、その他死なないにしても大怪我をしたのが二人いた。その当時の日本海軍の飛行機は一種の冒険であった。

エンテ型飛行機（右方が前部）

生命がけの着艦訓練

そのうち、イギリスからスパローホークという戦闘機が海軍に入った。これは車輪つきの戦闘機で、陸上から飛ばすのであるが、この時分から、何とかして船に飛行機を搭載したいという希望がでて、このスパローホークを戦艦に載せることになった。

まず、二本突きでている大砲の上へ板のようなものをおいて、その元のところに飛行機を引っかけて止める装置をつくった。そして、その板の上に飛行機を載せ、プロペラを全力回転させておいて、うしろに引っかけてあるフックをはずす。すると砲身の上から戦闘機が飛びだしてゆく。金剛、榛名も、一時このようにして飛行機を積んでいた。

これを私らが見て、戦闘機乗りは威勢がいいと思った。それに、飛びだすと必ず一ぺんロール（横転）をやる。私らはわけがわからないから、なるほどスパローホークはいいと、やることが派手なものだから拍手喝采して見ていたものだった。

日本最初の航空母艦として鳳翔が大正十年十二月に完成した。さあ、飛行機による着艦の実験をしなければならない。

その時、戦闘機としては一〇式艦上戦闘機ができていたが、日本人ではだれも着艦できない。そこでまず皮切りとして、ジョルダンという三菱にきていたパイロットが無事着艦した。これは何分はじめてのことであるから一万円だったか賞金をだした。

そのあと、私の一級上の吉良俊一大尉——のちに中将になった——がやることになった。吉良大尉は当時の名パイロットで、一応は着艦したが、飛行機が横へズルズルと滑って、戦闘機もろとも艦のサイドへ落ちてしまった。みなは大騒ぎしたが、先生はノコノコと飛行機の上へはい上ってきた。

その時、着艦実験委員の間では、

「失敗したのだから第二回をやることは危いから止めよ」

と、いうのだが、吉良大尉は一向お構いなしで、ズブ濡れのまま、別の飛行機を使って、こんどはものの見事に着艦した。

私は財部大将のお伴をして見ていたが、東郷元帥もきておられたと思うが、これにはみな感歎したものであった。

その後、吉良の三羽烏というのができて、それらが、吉良の指導によってドンドン着艦するようになった。最初は着艦すること自体が冒険で、生命を投げだしてかかるような仕事であったが、これが皮切りとなって、日本海軍の飛行機乗りは、士官も兵隊もドンドン着艦できるようになった。

一〇式艦上戦闘機

まず陸上で十分練習

そのように、あとはだれでもやれるようになったが、着艦訓練はやはり非常にむつかしい訓練である。これは、のちになって私が鳳翔、赤城の艦長となって、搭乗員にこの訓練をやらなければならない立場になってよくわかった。

大体、飛行時数何百時間という経験を経たならば、初めて母艦搭乗機の搭乗員になることができる。しかし、母艦にもってくる前に、まず陸上の飛行場において定着訓練をやる。母艦は陸上飛行場と違って滑走距離が限定されているのであるから、その定められた線のところへ車輪がピシャッと着くようにもってこなければならない。そこで初めは陸上飛行場にマークをつけて、そのマークに車輪がつくようになるまで訓練する。これが定着訓練で、これができるようになって初めて母艦にもってくる。

母艦にもってきても直ぐには着艦はさせない。陸上飛行場をみるのと、母艦の甲板をみるのとでは感じがウンと違う。少し高度をとると、それこそ母艦の甲板はちょっとした一点くらいにしかみえない。そこへ見当をつけて、母艦の艦尾にピシャッと車輪をもってくることは、非常な腕前を要する。

だから、まず飛行機に乗せて、何回か母艦を空から見させる。そして、だんだん目がなれてくると、こんどは母艦の上を甲板スレスレに高度を下げてとおる。これを何回か繰りかえす。そして、大体の見当がつくようになれば、次は脚をちょっと甲板につける訓練になる。これを接艦訓練というが、その時は、失速にならぬ程度に速力をしぼって、脚を甲板の上にちょっとつける。おっかなびっくりのような恰好を何回かやって、初めていよいよ第一回の着艦訓練をやるのである。

日本最初の航空母艦「鳳翔」

着艦の際は母艦の一番尻の方に飛行機をもってきて、そこでエンジンを切ってしまう。しかし、着艦してからも横へいったり、サイドから海へ落ちたりするのもある。下手な者は甲板の上へチャンと持ってこられずに艦尾へ脚をたたきつけたりする。

それに海上はいつも平水であるわけではないから、いよいよ着艦しようと思った時にローリングしたり、ピッチングしたりする。艦尾が波にしたがって下ってゆくと、着くつもりが着けなかったり、また着こうと思ってゆくと、艦尾が急にグッと上って、ドカンとショックを受ける。ローリングの場合は艦が左右に傾くから、片車輪が先に着くと機体が横へ曲ってしまう。そうなれば着艦はますますむつかしくなる。だから如何なる状況でも着艦できるようになるまでの訓練を施すのは大変なものである。

発艦は着艦にくらべると大してむつかしいものではないが、しかし魚雷や爆弾の重量物をうんと満載した場合はやさしい問題ではない。真珠湾攻撃の時には私は簡単に書いているが、そこへもってゆくまでの搭乗員の訓練は実に大変なもので、口や筆では到底書きあらわせないものがあった。

さらに、魚雷を発射するというむつかしい訓練もしなければならないから、母艦の艦長は、それこそ日夜心配しどおしである。

しかし、何といっても艦全体が心を一つにするのは着艦の時である。着艦の時には艦長を初め艦に乗っている者全部が一生懸命で、いよいよ飛行機が脚を下ろす瞬間は、みながそこへ精神を集中してみている。それで私は、百の訓示をしたり、精神教育をするよりも、一艦の訓練として、これくらい全乗員の精神を統一して士気を高める訓練は他にないと思っていた。

私が鎮守府の副官をしている時、財部大将が加藤友三郎大将の後を襲って海軍大臣になった。

財部大将はなかなか新しがり屋で、赴任するとき横須賀から東京までの間、汽車に乗らないで飛行艇に乗って行った。それに新聞記者をまくことの好きな人であった。その時も、大臣になるという噂があるものだから、新聞記者が横須賀の停車場や、自動車道路などに張り番をしている。

ところが財部大将は何気ない顔をして方々の検閲をしている。そして検閲が済むと、その足ですぐ海上から船に乗って追浜の航空隊に行き、飛行艇で芝浦に着水した。ここから警察のボートに乗って自分の家へ入った。その時、私はずっと横についていたものだから、新聞記者から随分うらまれたものであった。

この時の飛行艇の操縦者はビアクで戦死した千田貞敏、その当時の大尉であった。その当時の操縦者としては名パイロットで、芝浦の狭い河の中へ着水して、財部大将からほめられたものであった。

海軍大学校時代

人一倍親しかった「英語組」

私が海軍大学校へ入校したのは大正十三年の暮で、海軍大尉であった。その同期生に原忠一少佐、福留繁少佐、山口多聞少佐がいた。これらの人は卒業後それぞれ日本海軍の枢要な位置を経て太平洋戦争にはそれぞれ航空部隊の指揮官になった。

山口少佐は級でも頭のいい人で、実行力があり、学生時代からみなの信望を買っていたが、半面なかなか押しの強いところのある人であった。

それで教官が妙な作業課題をだすと、その課題を返上に行ったりなどする。ある時も、日露戦史を受持っている教官が何か作業課題をだした。ところが、われわれの級の答案が予想に反して全面的に非常によかった。そこでその教官が
「お前たちのような、あまり頭のよくないものにしてはできすぎる。何かを見て書いたんじゃないか」

と、いったので、われわれは憤然として、その教官に失言取消しを迫った。その時にも山口多聞が先頭を切って行った。

大体、学生と教官との間のことは学生長である原忠一少佐がすべきであった。しかし、われわれの級のすべてが、あまり向う意気が強いものだから、遂には学生長である原少佐もへこたれてしまっていたので、時々山口多聞が代って談判に行った。この時も、結局教官の謝罪でケリがついた。

私が原少佐、福留少佐と特別に大学校で結ばれていたのは、他にも理由がある。

それは、大学校へ入ると外国語を選択しなければならないが、その当時、外国語といえば英語、フランス語、ドイツ語の三つであった。ところが、人に聞くところによると、英語の教官が一番よく欠席することがわかったので、私は進んで英語を選んだ。同じ理由かどうか知らないが、二十数人いる級の中で英語を選んだ者が四人いた。その真っ先が原少佐であった。次に福留少佐、山口儀三郎少佐、それと私であった。そのなかで私が一番若かった。

大学校では沢山の作業課題を課せられるので夜遅くまで勉強する。それで英語の時間というと、みな居睡りする。多勢の学生がおればあまり目立たないのであるが、狭いところに教官一人と、学生四人が顔つき合せているので、嫌でも目につく。しかし、相手がヒゲを生やした少佐では、いくら目立っても叱るわけにもいかず、教官も随分具合が悪かったろうし、身の入らないこと甚だしい。それはそれでよいのだが、四人相談して「どうもああいう身の入らない英語に、みんながでるのはもったいない」というので、週に二回ある講義に四人が二組にわかれて当直、非番をきめて交代ででることにきめた。

ところがある日、当直、非番を間違えて四人とも非番だと思って休んでしまった。これには流石の英語の教官もひどく憤慨して、教頭に報告したので、学生長の原少佐を初め、われわれは大いに叱られた。そのような間柄であったので英語組は人一倍親密の度が深かった。

型破りの兵棋、図上演習

山口少佐は成績が非常にいいが、私はあまりいい方ではなかった。その時、戦略を受持っていたのが嶋田繁太郎大将（当時大佐）であった。私は非常に理屈っぽくて、授業時間中に教官の講義に対して痛烈な質問をよくするので、教官からは随分うるさいやつだと思われていた。私もまだ若いものだから、そういう質問をすることがえらいように思われて食いさがる。すると嶋田大佐は山口多聞を名指して私とかみ合わせ、自分は行司のような顔をして私の鋭鋒を避ける。最もかみ合されたのは兵棋演習《へいぎ》においてであった。

兵棋演習というのは、百畳敷くらいの大きさの碁盤のように目を切ってある台の上へ小さな軍艦の艦型をならべ、赤軍と青軍に分れて時間を二分ごとにきって艦隊を動かし、そして大砲を射った、魚雷を射ったといっては砲力点をとって勝負を決するようになっている。

われわれが卒業する前の非常な大部隊の兵棋演習の時、私が赤軍司令長官、山口少佐が青軍司令長官になった。青軍は日本海軍を、赤軍がその想定敵国を仮想しているのであるが、やっているうちに山口の部隊がどんどん突込んでくるものだから、私の方はどんどん引きさがる。そして、なおも追っかけてくるところを、先頭の船に砲力を集中する。逃げながら打つのは角度からいって非常に効果的である。どんどん引きさがっては追っかけてくる山口の部隊の頭に攻撃を集中し、とうとう山口の部隊を全滅させてしまった。そのあとの研究会で、

「なるほど兵棋演習の規則に従って駒を動かして行くと、草鹿の方が勝っているが、実際の戦争ではあんな馬鹿なことはない」

と、教官からも叱られるし、他の学生からもいろいろ非難された。しかし、私としては、

「何といったっておれの方が勝ったじゃないか。本当の戦争なら戦争で、また同じような手でくるとも勝ってみせるんだ。この現状をみたら何も理屈をいえんじゃないか」

と、いって食ってかかるものだから、私はますます教官には嫌われ、異端者扱いされた。

もう一つ図上演習というのがある。これは戦闘の場面でなく大きな戦略演習で、例えば日本艦隊が、香港にいる英国の艦隊を攻撃する場合、日本艦隊が奄美大島なら奄美大島から、時間を区切っては部隊を図上で動かして行って戦略演習をやるのである。

ところが、卒業前の一番大きな図上演習で、またしても山口少佐が青軍指揮官で私が赤軍指揮官になった。この時も私が奇想天外のことをやったので、それがもとになって審判官である教官のなかでも意見が二つにわかれて大いに議論が戦わされた。

その時、嶋田大佐が統監で、最後の判定を下すわけであるが、どうも私は嶋田大佐には評判が悪い。ところが、その時の大学校長大谷幸四郎中将、この人は駆逐艦乗りでたたき上げた人で、自身は大学校をでてはいないが、艦隊戦術には経験もあり識見も非常に高い人であったが、この人が私のようにけたはずれなことをするのが好きな人で、私がさんざん型破りのことをやって叱られると、ひそかに私の横へきては

「なに、かまうことはない。面白いからやれやれ」

と、けしかける。そんなわけで、山口少佐と私とは図上演習でもよくはりあったり、学校からはりあわされていたが、私は学校でもうるさ型というか、教官からみると厄介なや

つだったろうと思う。しかし、なかにはそういったことを非常に喜んで、どちらかといえば、私に対して大いに声援を送るような教官もいたようだ。

こうして一緒に暮してきた者達が、太平洋戦争の開戦の時は福留繁が少将で大本営海軍部の一部長、原忠一は少将で真珠湾攻撃の際の機動部隊の第五航空戦隊司令官山口多聞もやはり少将で第二航空戦隊司令官、私はその機動部隊の参謀長と、それぞれ要職にあって戦争を始めたので万事都合がよかった。

霞ヶ浦航空隊に入って

初めての実地練習

大正十五年十二月、海軍大学校を卒業して、航空関係の勤務に入れられ、霞ヶ浦航空隊附になった。

いよいよ自分が航空隊に入って、飛行界に身を投ずることになってみると、どういうことから勉強すればいいのかさっぱりわからない。それにしても、まずひととおりは飛行機のことを知らなければならないので、発動機のことから勉強を始めた。イスパノ三百馬力の発動機を分解したり、組立てたりした。また飛行機の操縦も、百二、三十馬力の一三式水上練習機に乗ってやった。これは操縦桿が前とうしろの両方にあって、最初は教官が前

に乗って離水、着水を教官がやる。飛び上ると若い教官が、

「草鹿少佐、操縦桿取りなさい」

と、いうわけで、真っ直ぐに進む稽古をする。例えば、富士山の頭を目標にして飛行機を飛ばす。うっかりしていると、頭がむやみに上っていたり、傾いていたりする。スリー・ダイメーションに対する感覚が別々になるものだから、傾斜に気を奪われていると、富士山のてっぺんがとんでもないところにあったりする。

一三式水上練習機

これにもなれると、こんどは離着水をする。これは練習機だから、離水はいわれるとおりやっていれば自然に飛行機が離水してくれる。ただ着水の時には、高度の判定がむつかしく、下手をするとビッシャンと水上にたたきつけるように着く。まだスピードがあるのに脚が水面についてみたりもするが、これも勘さえよければすぐできるようになる。
これが済めば、いよいよ自分が前の座席について教官がうしろにつく、自分の操縦が悪いときは教官がうしろ

の操縦桿を握って直してくれる。私はこれで前後十二、三時間稽古した。だから、いまでも水上練習機ならやってやれないことはない。このように、まず第一に飛行機そのものになれる稽古をした。

その時には霞ヶ浦航空隊の飛行場は七十五万坪あった。また霞ヶ浦湖畔に水上隊ができ、水上機も相当ある立派な航空隊になっていた。

生涯でたった一度の事故

私がその航空隊に入った時、霞ヶ浦から九州まで、無着陸で飛んでゆく第一回の飛行演習があった。当時一三式艦上攻撃機がこれに使われて出発した。それが途中で行方不明になった。

これを探すために、飛行機の捜索隊がでた。この捜索隊の一機に私が同乗したが、これが一〇式艦上偵察機といって二座になっていて、その当時もっとも悪い飛行機であった。これは後に母艦発着訓練の時に死んだ津江中尉が操縦した。

箱根の芦湖東北方に明神岳というのがあるが、多分この山にぶつかって墜ちたのだろうというので谷間をグルグル回った。そして芦湖の上へきた時に、発動機が急にポンポンと鳴りだして、調子が悪くなってきた。すると津江中尉が伝声管で、

「着陸します」

といってきた。こんな箱根の山中のどこへ着陸するのか、これはえらいことになったわい。命はたすかるかもしれないが手足は折るに違いない、と思って覚悟していた。

そのうちにちょっと持ち直したらしく、箱根の上空から高度を下げながら三島へ出たので、まずやれやれと思っていた。ここには、騎兵連隊の練兵場があって、その上までたどりついて旋回した。

この練兵場にはよく飛行機が不時着するとみえて、教練をしていた兵隊が、サッと一ぺんに四方へ散って真ン中をあけてくれた。それで何のこともなく着陸はしたが、前日に大雨が降って、この練兵場の真ン中に水が流れた溝がついていて、これがよく見えなかったために、接地した瞬間、片車輪を溝にとられ、百

一三式艦上攻撃機

一〇式艦上偵察機

八十度急回転してしまった。飛行機はカエルを踏みつぶしたような恰好でクシャクシャになってしまった。

これは一瞬の出来事で、怪我をしたかな、と思って顔をプルンとなでてみたが、血もでていない。ヤレヤレ助かったと思って、津江中尉を呼んでもなかなか返事をしない。これは津江君やられたかなと思っていたが、そのうちに下からゴソゴソはいだしてきた。よくみると二人ともカスリ傷一つ負っていない。それで取りあえず報告しなければならないというので「飛行機中破」として電報を打った。帰隊して、

「あんな中破があるか」

と叱られたが、私が航空界に入って飛行機事故のために怪我をしたことは一回もなかった。私は三千時間以上の飛行時数を持っているが、その間において、こういう事故は、それが最初であり、また最後であって、まったく運がよかったわけであった。

「草鹿航空哲学」

私が霞ヶ浦航空隊に入って、半年は航空隊付として専ら自分で飛行機の基礎知識を得るために勉強したのであるが、約半年を経て霞ヶ浦航空隊教官兼海軍大学校教官になった。

霞ヶ浦航空隊では学生に一般戦術、戦略を教え、海軍大学校では航空戦術を教えるというのである。

ところが従来の航空戦術の教科書には、何某編纂の航空戦術教科書なるものがあったが、これをみると戦術の教科書か何かさっぱりわからない。甚だしいのは、飛行機の整備や、基地の移動について、荷物を運搬するのには汽車がどうだとか、無蓋貨車のムハとかいう符牒や、その貨車は何トン積であるとか、そんなことばかりが書かれてあって、それを戦術教科書と銘打って教えられていた。私は馬鹿々々しくなって、いつも手ぶらででて行って講義をした。

しかし学生は大尉の古いものか少佐ばかりで、相当の経験と経歴をもっている。この人たちに向って僅か半年ほど飛行機に乗ったり、見たりしただけの知識で、航空戦術を教えようというのだから無理な話である。

しかし教えなくてはならないものだから、体験談とただ理屈一点ばりで講義をしていたが、口さがない学生は草鹿航空哲学といっていた。

航空機の将来を考え、戦術上何か新しい局面を展開するように向っていかなければならないと思い、その当時私が考えていたこと、飛行機というものが日本海軍に対していかなる貢献をなすべきであるか、つまりいかなる使命を負わなくてはならないかといったことについて、小さなパンフレットにして、その時々に応じて書いた。

また、その頃の飛行機は魚雷を積んで敵を攻撃するにしても、また爆撃するにしても、考えがまことに幼稚なものであった。ましてや飛行機で敵を偵察するということについての関心が非常に薄かった。

そこで、私はまず第一に飛行機による偵察について一つの道筋を立てたいと思って、そこに重点をおいて研究しはじめたのである。レーダーというものもなかったので、どうしても、目視でなくてはならない。従って、眼鏡を使わなければならない。しかし風防もなく動揺する機上で眼鏡を使うことはなかなか困難である。この問題をまず解決しなければならない。私は機上の偵察ということを一番大きな研究課題にして勉強した。

すさまじい飛行機乗りの意気

私が霞ヶ浦に入った時、司令は安東昌喬少将であった。この人は非常に積極的な人で、階級は少将であったが、航空隊の司令であるからには飛行機の操縦ができなくてはいけないと、大分年もとっていたが、若いものに混って操縦の練習をやり、遂に単独飛行ができるようになった。後に航空本部長を勤め中将で退められたが、その安東司令に私は相当可愛がられもし、また鞭撻もされた。

私が霞ヶ浦へ行って間もなくであるが、一四式水上偵察機をもって、千島までの飛行演習をやることになった。当時の海軍としては大飛行である。千島列島の新知島の北端にある武《ぶ》魯《ろ》頓《とん》湾を最後の飛行基地において、霞ヶ浦から飛んで行くのである。

私は大学校をでたばかりで、非常に積極的であったが、まだまったくの素人であった。

その演習の基地員にしてくれと願いでた。その時の副長は佐藤三郎という人で、「君は飛行機のことは何も知らないから基地員にすることはできない。基地員は第一に天気の予察ができなければならん。天気がよくなるか、悪くなるかを判断して飛行機に通知をする。これを誤るととんでもない結果になる。こんな大事な仕事をする基地員に君をいれるわけにはいかん」

と、どうしても聞き入れてくれない。私も憤慨して、どうしても聞き入れなければ自費で行くと頑張って、とうとう自費で行くことになった。そのころ、飛行機にでも乗ろうという海軍の若い連中は、まことに元気旺盛であった。

徹夜で百キロ馳けつける

しかし、その出発に際し思わぬ手違いが生じた。というのは基地員は大湊から駆逐艦に乗って先発することになっていた。ところが基地員は呑気なもので、あすの出港時刻もわからぬまま、どうせ昼過ぎにでることだろうと高をくくり、浅虫温泉にでも入って、ゆっくり一ぱい飲もうということになった。

しかし私は出港時間がわからないだけに要心をして、早目に行ったほうがよかろうと、浅虫泊りをやめて大湊へ直行した。行ってみて駆逐艦は明朝八時に出港することがわかり、私は間に合ったからいいようなものの、後に残った連中に黙ってほっておくわけにはいかない。既に夜の八時ごろであったので到底明朝八時の出港には間に合わないが。知らすだけは知らしてやらなければと思って電話をかけた。

九時ごろやっと電話が通じた。そのなかには、どうしても駆逐艦で先発しなくてはならない貴志大尉が残っていた。彼は通信関係を担当し、行く時は海路であるが、帰途は飛行機で帰らなければならない命をうけていた。

びっくりした貴志大尉は、直ちに浅虫中を探しまわって自動車を見つけることができた。しかし大湊までは約百キロもあるので行こうというものが容易にいない。そこへ幸いにも元霞ヶ浦航空隊で整備員をしていて自動車の運転手をしている男が現われ、よろしい、海軍のことなら、と貴志君を乗せて夜の街道を大湊へ突っ走った。

ところが、この自動車が途中で田圃のなかへ突っ込んで動かなくなってしまった。心はあせるがどうにもならない。貴志君はやむなく自動車から降りて、こんどは駈足で走りだし、やっと野辺地へ着いた。そして自転車屋をたたき起し、自転車を借りて、どんどん走った。ようやく大湊の少し手前の田名部にたどり着いたのは暁方の四時ごろであった。すると町の中に自動車が一台ポツンと停車している。そこで貴志君は道の両側の人家を片っ端から呼び起して、その自動車の運転手を探し回り、とうとう探しだして、やっと大湊に着いた。

出港は午前八時となっていたが、海軍では軍艦旗を掲げてから出港することになっているので、その間約五分間の余裕がある。八時五分少し前桟橋をみていると、自動車が一台到着し、貴志君が車からでてきた。私は艦長に頼んでボートをだしてもらい、貴志君を艦に収容したが、彼はくたくたになって、ものもいえないくらい疲労しきっていた。

私はこれをみて、日本海軍の飛行機乗りの呑気さにも驚いたが、また意気込みのすさまじさにも感心したのであった。

新知島にはたった三人の人が狐を飼っていた。彼らは農林省の養狐場の職員であった。ここで一週間ばかり滞在したが、天候の都合でエトロフ島まで飛ぶことに変更され、エトロフ島へ行き、そこで三日間滞在した。

この三日の間にエトロフ島、特に単冠湾についてできるだけの視察研究を行ったが、十数年後、これが役立って、真珠湾攻撃、機動部隊の出撃前の泊地になろうとは夢にも思わなかった。

飛行船の兵術的価値に関心

そのころ自由気球があった。これはプロペラもなにもない。風船の下に籠がぶら下っており、風の間に間に飛んで行くのである。籠の中には砂のバラストがあって、上昇する時にはそれを捨て、下降しようと思えばガス嚢の水素ガスを抜く。そのように両方の加減を調節しながら風向の都合のよい高度へ気球をもっていって、風に流されるのが自由気球である。上空における気流の変化を研究するのは、これに限るという訳で時々乗るが、着陸時、引き裂き弁の引き方が早過ぎて、二十メートルくらいの高さから墜落して、大騒ぎをしたこともあった。

この時分、海軍には、飛行船もあった。飛行船には軟式と硬式の二種類があって、霞ヶ浦航空隊には軟式飛行船が二台あった。

軟式飛行船はガスの圧力によって、飛行船の形を整えているので、あまり速力をだすと風の抵抗によって頭の方がくぼみ、形が崩れてしまう。しかし小型で軽便である。

その反対に、硬式飛行船は形は大きくなるが、ジュラルミンの骨格が使用され堅牢であり速力も早い。飛行船は相当の搭載力をもっているので、飛行船をもっと研究しなければならないというので、そのころイタリヤで作っていた半硬式の飛行船を買うことになった。

イタリヤ人のノビレ少将がノルゲという半硬式飛行船をもってきた。霞ヶ浦航空隊員が操縦法の教えをうけた。半硬式というのは胸だけに骨格があって、背中は布である。つまり軟式と硬式の折衷である。私は飛行船の兵術的価値ということに就き深い関心をもったのである。

タイガー・コマンダーの武勇伝

当時、霞ヶ浦航空隊飛行長は山口三郎少佐であった。彼は私より二期上の兵学校卒業生であったが、柔道五段、身長五尺六、七寸の偉丈夫であった。性豪放磊落、部下の信望を一身に集めていた。一面非常に正直者で細心な半面をもっていたが、一杯飲むと時々破天荒の離れ業をやる。

ある時何かの必要上、フロート附きの水上機をもって、陸上飛行場に着陸する実験をやることになった。副長佐藤三郎中佐は彼にその計画と実験方案の作成を命じた。正直一途の彼は夜も眠らず考えたが、どうしても書けない。というのは自分に経験のないことはどうしても書けないというのであった。

思い余った彼は一日、独りで湖岸の水上機隊に行って水上機の用意を命じた。間もなく一機の水上機がものの見事に陸上飛行場に着陸した。この実験は一種の冒険であった。それだから副長は山口飛行長に綿密な計画を命じたのであった。

彼はまた自分の部屋に帰って一生懸命方案の作成に熱中した。副長は飽っ気にとられた。方案はでき上った。しかしそれは無駄であった。彼はかくのごとき人であった。

ノビレ少将が来る少し前からトロヤーニー、チチェオニーその他の整備員六名が来隊していた。毎日午前八時から西洋人流の精確さをもって、必ず整備場に出でノルゲ到着前の準備に忙しかった。

二月の厳寒のある朝であったが、申し合わせたように誰もが整備場に顔を見せぬ。航空隊の人々はびっくりして行方を探したが見当たらない。寝室に行ってみても誰もいない。

方々探したら土浦のある料亭の一室に外套の襟を立てて寒さに震えながら酒を飲んでいる。その前に山口飛行長が褌一つで大あぐらをかき、大いに気焔をあげている。もっとも彼は英国に駐在していたので英語は相当に達者であった。

航空隊からの迎えがあったので、イタリヤ人達は得たりかしこしと帰ってきた。彼等は異口同音に、タイガー・コンマンダーといって身震いしていた。この寒いのに、彼は裸で少しも寒さを感じない。実に不思議であり、また日本人の強いことを初めて知ったといっていた。但し翌日タイガー・コンマンダーは風邪をひいて発熱三十八度であった。しかし後日、これらイタリヤ人は全部、彼の柔道のお弟子になった。

また彼は陛下還幸の日、その上空で鮮かな宙返り急旋回をやって、海軍大臣直き直きのお叱りを受けたこともあった。当日は直上における飛行を禁止されていたのであるが、彼は直上を少し離れ、最高の敬意を表するため特に妙技をふるったのであった。自己の欠点を知り禁酒を誓って禁酒会員になり、その札を門にまで貼ったが、札をはずして時々飲んだ。

部下の若い士官が土浦の地廻りのゴロツキに喧嘩を吹きかけられているのを見かねて、そのなかに飛び込み、酔余敵味方の見境なくなぐり飛ばして追っ払った。なぐり飛ばされた士官は、顔をはらして翌日皆顔見合わせて苦笑していた。

彼はその正直さと熱情から、遂に神兵隊事件に連坐して獄中に逝った。惜しいことであった。いろいろと逸話を残したが、わが海軍航空界の発達にまた大きな足跡を残した。

まさに数え切れない貢献をなし、その武勇伝の数々にもかかわらず、すべての人に親しまれ、すべての人に惜しまれた。特に記して冥福を祈る次第である。

軍令部参謀となって

ツェッペリンで太平洋横断

昭和三年十二月、私は軍令部参謀になった。当時たった一人の航空参謀であった。従ってこと航空に関しては、何でもかんでも私のところにもってくる。一応はもっともらしい顔をして答えていたものの、とにも角にも僅か二ヵ年の付け焼刃である。今から考えると頗る怪しい航空参謀だった。

その翌年、グラフ・ツェッペリンが世界一周飛行をやるにあたって飛行船の格納庫を貸してほしい、という話があった。

ちょうどその時、霞ヶ浦にツェッペリンを入れるだけの格納庫があった。この格納庫は第一次欧州大戦に、ドイツの賠償物件として日本がとったもので、ドイツの一博士が組立てたものである。その技師は変りもので

「あなたは何が道楽ですか」

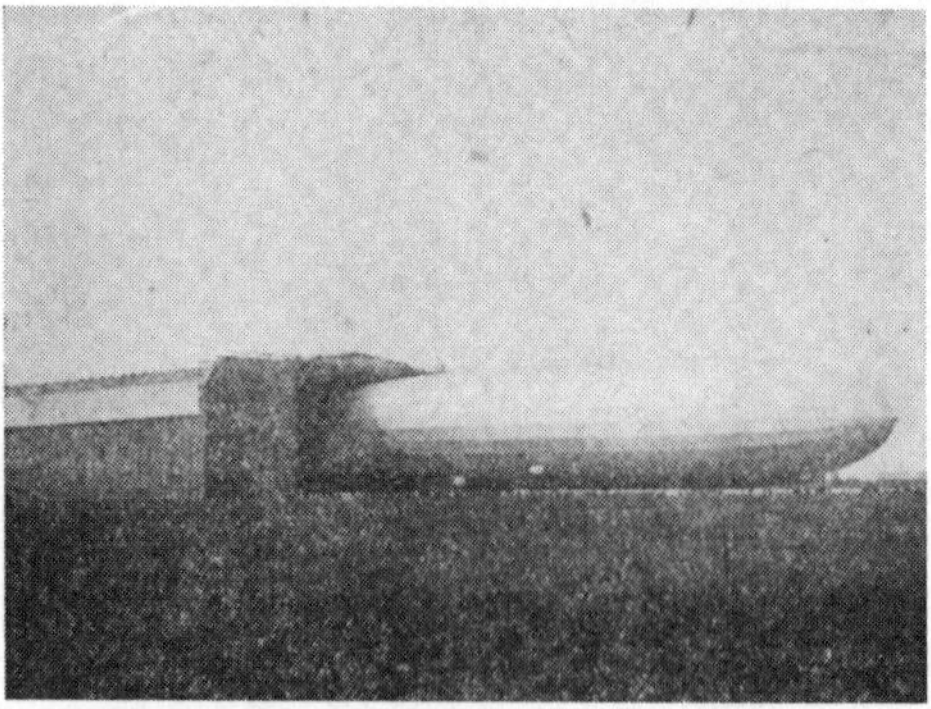

霞ヶ浦海軍航空隊の格納庫におけるツェッペリン

と、聞けば

「自分は何も道楽はない。ただこの格納庫を組立てるのが道楽です」

と、いって霞ヶ浦に、あの大きな格納庫を組立てたのである。

これが、間に合ったわけである。この格納庫の扉は二枚あって、一枚が三百坪の広さがあり、二枚で六百坪もあって、そのなかに丸ビルがすっぽり入ってしまうほどの大きいものである。海軍の飛行船を外でみていると随分大きいと思っているが、その格納庫に入れると隅っこに小さくみえた。ところがグラフ・ツェッペリンを入れるとほとんどいっぱいであった。

グラフ・ツェッペリンはドイツ、スイス、オーストリヤの三国の国境にあるボーデンゼイエという湖の岸にあるフリードリッヒ・ハーフエンに根拠地を置いていたが、そこからシベリアを横断して日本へくるのであるが、その際、飛行船の専門家であった藤吉君が同乗して日本へ帰ってくる。しかし日本から米国へ行くときは誰が乗って行くかということが問題になった。

これは誰でもいいわけであるが、太平洋上での体験によって、その兵術上の価値については、はっきりした見解をたて得る人でなくてはならない。そして、その意見が相当ものをいって、オーソリティに値する人、具体的にいえば古参大佐か少将ぐらいの人に行ってほしいと私は思っていた。

この米国行の話がではじめると、自薦、他薦の候補者が随分でてきて、取捨選択に軍令部でも随分困った。その際、時の軍令部次長であった末次大将が私を呼んで、

「いろいろな人がでてくるが、あんなうぞうむぞうとかかわり合っていては結着がつかぬから、君自身行ってこい」

と、いわれた。

「そうおっしゃって下されば非常にうれしいのですが、私は公平な立場からみて、大佐か少将、そして帰ってきて右、左がはっきりいえるだけの見識をもつ人に行っていただきたいと思います」

「君自身でいいじゃないか」

「私は少佐ですから……」

「少佐も大尉もあるか、君が行くのが一番適当だ」

「それでは行きましょう」

と、いうわけで、行くことに腹をきめ、その後一切、そのことについて話さなかったので、自薦、他薦の人もいつの間にか何もいわず、ひっそり閑としてしまった。

霞ヶ浦航空隊の格納庫を貸すかわりに、こちらの条件として私の座席をとり、爾後一切黙ってしまった。

いよいよ飛行船が到着する二週間前に一切を発表した。その時一少佐だった私は新聞でワイワイもてはやされ、一躍天下の寵児となった。

この海軍側の発表に対して、陸軍側は飛行船についてあまり興味をもっていなかったので、最初は誰もだそうとはしなかったが、海軍側があまりワイワイ騒ぐので、対抗上誰かださなければならなくなった。

そこで、当時ドイツから帰ったばかりの参謀本部の参謀で、私と同じ立場にあった柴田航空兵少佐をだすことにきまった。そのほか、もう一人同盟通信社の白井同風君が乗ることになり、昭和四年八月二十四日霞ヶ浦から米国へ向けて飛び立ったのである。

海軍側は格納庫を貸した関係上、私はグラフ・ツェッペリンの賓客として遇され、もちろん料金もとられなかった。飛行船のなかでも他の人々には決してみせない操縦室から無電室、気嚢のなかを隅々まで案内され、短時間ではあるが舵もとらせてくれた。

熱心な飛行船論者に

普通のキャビンはゴンドラの中にあって、お客さんはその船室に乗っているのだが、船長以下乗組員の部屋は胴体の中にある。その胴体のなかを一貫して細い廊下が通じ、その両横にいろいろなタンクがあり、また発動機室にも出ることができる。動揺も少ないし、飛行機のように発動機の音もせず、テーブルにもフチがとってないのが自慢なくらいであるのを知って、これ程気持のいいものはないと思った。

それ以来、私は飛行船論者となった。しかし英国で飛行船について随分研究してきた大西滝治郎（当時少佐）などはむしろ反対であった。軍事用として飛行船は駄目だというのである。この大西と私はよく激論を戦わした。しかし最後には

「そんなに貴様が飛行船というものを信頼するなら俺は反対しない。貴様がやりたいというだけのことをやれ。俺の知識が入用ならいくらでもかしてやる」

と、いうことになった。そして、軍令部内でも研究用として、グラフ・ツェッペリンを一台ぐらいもたなければならないというところまでこぎつけたが、予算の関係などで阻まれ、とうとう実現しなかった。

その後、私が航空本部総務部一課長になった時、なんとかして飛行船を保有しなければならないと思い、これを民間人の事業として飛行船輸送会社をつくろうと考えた。

私のことだからすべて簡単で、天下の金持である三井、三菱、住友などの代表者を呼んで、金をだしてもらうよう話して頂きたいと、時の海軍次官であった長谷川大将に話をし

た。そしてそれらの人々に集まってもらったのだが、長谷川さん自身が賛成でないので、どうもそれらの人々を動かすだけの熱意がなく、随分骨を折ったが、結局飛行船会社はおじゃんになってしまった。しかし、今から考えてみると、飛行機の発達が、そのころわれわれが考えていた以上に早かったので、飛行船があのまま進んだとしても大したものにはならなかったと思う。

二十四隊計画をつくる

私が軍令部参謀をしている時にロンドン条約ができた。若槻さんが首席全権、財部さんが全権になっていったのであるが、この時いわゆる統帥権問題が起きて、軍令部と海軍省とが一種の対立を示した。

統帥権問題はこれ以前、私が大学校の学生のときからと角、論議されていた。学校の軍政の時間に教官から「統帥権輔翼に対する国務大臣の責任を問う」という問題がでた時に、学生が

「国務大臣が統帥権に関して容喙《ようかい》するのはもってのほかだ。こんな問題は返上すべし」

と教官に申入れたことがあった。

ロンドン条約ができて、この統帥権問題でいろいろと海軍部内に紛争を起したが、その時、条約艦船保有量と作戦計画について軍令部内に論議が繰り返された。一般艦船の保有

量もさることながら、潜水艦の保有量が海軍の期待にそわなかった。この潜水艦の保有量が五万二千七百トンで、各国とも均等にきまったが、これでは将来開戦した場合、日本海軍がまず第一にフィリピンに攻撃を向ける。そしてこれを戡定《かんてい》しておいて、アメリカの渡洋部隊を内地近海に迎えて、陣容を建直し、そこで最後の決戦をやる。こういう作戦計画が成り立たないということになった。しかし私は、航空参謀として作戦用兵の見地から、

「この条約量でよろしい。但し飛行機は無制限だから、これからさきはここに重点をおいて、僕のいう航空部隊をつくり、それを日本の作戦計画のなかに入れてゆけば、なにも作戦計画を変える必要はない」

と、強く主張した。

私の意見に対して、軍令部の大部分の参謀が真っ向から反対した。大学校の学生時代から私の性格をみながよく知っているので

「草鹿のやつは話しばかりはもっともらしいが、さっぱり具体的なことをいわない」

と、反対する。私は理屈で対抗して激論したが、ほとんど四面楚歌の状況だった。

ところが、軍令部一部長をしていた加藤隆義少将――加藤友三郎大将の養子、のち大将になる――が、孤軍奮闘している私の意見を聞かれて

「みなの意見を聞いていると、どうも草鹿参謀の意見の方が論理が通っている。具体的でないというが、それは草鹿君のいうとおり、方針が決まってから具体的な研究に入るので

あって、方針もきまらずに、いきなり具体的なことをだせ、といってもそれは無理だ。草鹿君のいうのはもっともだ」

こういうことになって私の意見が採用された。そこで私がその具体案をつくることになった。

日本の海軍の作戦計画は艦艇、潜水艦だけで敵の艦隊を捕捉して、その敵艦隊の周辺に全海軍力を結集して決戦にもってゆこうということで、これはもともと非常に無理な話である。この上、さらに潜水艦の保有量が減ってくると、第一に捕捉する網が張れない。そこで考えたことは、その当時委任統治領であった南洋群島を点綴することによって立派な網が張れる。これが私の主張の一番根本であった。

この島の間をつなぐのに飛行機をもってせよ。サイパンと小笠原との間を一日何回か飛行機を飛ばして海を見張る。さらにサイパンとヤップ、ヤップとパラオをつないでゆけば、一連の大きな捜索網が構成される。それによって向うの艦隊を捕捉して、全海軍力をそこに集中すればよい。

この計画は、当時の飛行機の性能とも考えあわせて主として飛行艇による捜索網をつくる。そして、あとは若干の艦上攻撃機の有力な部隊をサイパン、パラオ、或は硫黄島等の島々に飛行場を設けて、そこから飛ばして攻撃を加えてゆく。その前提をなすものは飛行艇による捜索網で敵をつかまえることであった。

ところが、ドイツでドルニエという大きな飛行艇ができた。これはその当時、一般の飛行機設計家の間では五十トンの飛行艇というものは離水することはできないといっていた。しかし、このドルニエは五十トン前後ある。それがボーデンゼイエで立派に離水したものだから、われわれは驚歎した。それで日本海軍もドルニエDOX飛行艇を買って、それを中心にして研究しようとやかましくいった。

ドルニエDOX飛行艇

しかし、ドルニエにもいろいろ欠点があって、みなが反対した。それはボーデンゼイエのような湖のなかだから離水するのだ、お前がいうように太平洋のなかで発着させることは不可能だという。しかし考えようによってはできないことはない、と随分突張って結局ドルニエを買う、買わんは別問題として、飛行艇に主眼点をおく、ということになった。

それで最初に計画したのが、陸上に基地をおく陸上機ならびに飛行艇、或は水上機おのおの常用十二機をもって一隊とし、二十八隊つくる。これが原案であったが、当時は浜口内閣の緊縮予算で、あまり金のかからぬように計画せよといわれて、さらにムダのない計画をした結果、二十四隊計画で、これを軍令部の最後案としてだすことになった。しかし、これも提出する時に、私の課長は海軍省の事情、政府の予算関係というものを相当知っているものだから、

「草鹿君、君のいう作戦上の要求をみたして、しかも、もうすこし予算を減らすようにできぬか」

と、いわれた。私は若いものだから、

「金の勘定に迫られて、作戦上の理想をまげてまでつくれというのは、私の作戦用兵の見地から自分の良心が許さない。これがギリギリ結着のところです。これより下げることは私の心にもないことをやることになる。そんなことは真っ平御免です」

と、大いに突張って、とうとうこれを海軍省に移し、政府の最後の予算閣議までだした。ところが、

「成程作戦上の理由からもっともだが、その反面、日本の国家財政を考えなければならぬ。いま海軍からだされたものを一ぺんにつくれといわれても、これはない金はどうしてもでないのだから、これを二期に分け、まず初めは第一期計画として半分だけ着手し、その間、国家財政の状況とにらみあわせて第二期計画に着手する。これで一つおれあわんか」

と、いうことになった。私には金の勘定は判らないから、どうしても金がないというのを、むりやりにつくれということは、私としてもいえないことである。しかし、よいか、悪いかといわれれば悪いというよりしようがないが、実際問題として、むりなことをいっ

てもできないのだから、そうしなければしようがないだろうということで、この計画ができ上った。

これが、第二次大戦における日本海軍のいわゆる基地航空部隊、すなわち第一、第二航空艦隊が、サイパン、テニヤン、パラオ方面で活躍したが、これら飛行機隊の基であり、またフィリピンで活躍した航空艦隊等の最初の原案であった。

飛行機の用法を実地に研究

発着訓練にも長足の進歩

昭和五年十二月、当時海軍航空本部の技術部長であった山本少将——のちの元帥——が、「よし、軍令部がそれほど決心してやるなら、俺が軍令部の思うとおりの飛行機をつくってやる」

と、いわれて、私が当時の状況から飛行艇を主張していたが、山本さんは陸上攻撃機の立派なものをつくってやるといわれて、例の南京渡洋爆撃をやったり、また第二次大戦で大いに活躍した日本海軍の陸上攻撃機が山本さんの努力によってできたわけであった。

昭和六年、私は軍令部参謀をやめて第一航空戦隊参謀になった。その時の司令官は軍令部の一部長であった加藤隆義少将であった。

私は第一航空戦隊参謀になったことが非常にうれしくて、一つの抱負をもって赴任したのである。それは何かというと、成程霞ヶ浦航空隊で大体飛行機のことは勉強もし、兵術的に飛行機の用法について空ではあるがいろいろ考えたことが、この配置によって実地研究することができるからである。

当時、第一航空戦隊は航空母艦赤城、鳳翔の二隻と駆逐艦四隻によって編制されていた。この戦隊で私が身をもって経験したことは、まず第一に、前に述べたような航空母艦搭載機の搭乗員の訓練が、如何にむつかしいかということであった。

その訓練のなかでも一番基礎をなすものは母艦から発着する訓練、この訓練が艦長はじめ非常に大事な作業の一つであることを腹の底から悟った。

この発着訓練は、一応の発着の基礎訓練がすむと、こんどは夜間の発着訓練をしなければならない。夜間の発着訓練をやる前に、もちろん一般の夜間飛行をやらなければならない。

ところが、そのころはまだ夜間飛行に対する計器その他が今日ほど完全なものではないから、どうしても搭乗員の訓練によってその技倆を磨き、それができた上でこんどは陸上で昼間と同じように夜間の発着訓練をやる。

大体、艦隊が聯合艦隊として集って訓練をやるのはその当時として毎年二月中旬ごろであったが、航空戦艦としてはその艦隊集合に先立って、昼間における母艦の発着はもちろん夜間の発着もできるように訓練を急いだ。

私が日本海軍の飛行機の発着艦を初めて見たのは大正十二年の鳳翔に対する戦闘機の着艦であったが、それから約六、七年後には母艦も赤城ができているし、引きつづいて加賀もでき昔とは面目を一新していた。搭乗員も当初は吉良大尉ひとり、或はその三羽烏といわれるものぐらいが着艦できる程度だ、なかなかむつかしいものだといわれていたが、私が航空戦隊参謀になってゆく時には誰でもどんどん発着訓練をやっている有様で、その進歩の急速なのに驚いた。

航空母艦の艦型にもいろいろ変遷があって、鳳翔も吉良大尉が初めて着艦した当時には艦橋は飛行甲板上にあったが、その後、飛行甲板に艦橋が出張っていては着艦に具合が悪いので艦橋をとってしまった。いわゆるフラッシュ・デッキにしてしまった。

私が航空戦隊に行った時の赤城も艦橋が飛行甲板になく、飛行甲板が三段になっていた。一番下が発甲板、中のが戦闘機のみの発甲板、一番上が発着甲板になっていた。ところが後になって、それでは具合が悪いというので、またアイランド型を採用することになった。

航空母艦の大小可否論

航空母艦それ自身についても当時はいろいろ論議され、一体、航空母艦は大きいのがいいのか小さいのがいいのか。大きい母艦は成程動揺その他が少いし、飛行機の搭載力も大きいので非常に望ましいが、母艦保有量の制限もあり、また一つの籠に卵をたくさん入れすぎると、一つやられると一度にたくさん毀れるように、母艦でも大きいと多数の飛行機が一度にやられてしまうから小さい方がいいんだ、という意見もあって、航空母艦の大小については随分論議が重ねられた。

しかし実際問題としては、その当時の航空母艦は、八八艦隊が軍縮条約によってできなくなったので、最初巡洋戦艦に予定されていたのを改装などしたもので、本来の航空母艦というのはほとんどなかった。ただその後でできた龍驤という航空母艦が、初めから母艦としてつくられた母艦であった。

とに角、その時の航空戦隊はまだ母艦が二隻で、その二隻が一緒になって戦闘に参加していたのだが、その時は既に偵察から敵艦艇に対する攻撃までどんどんやるように進歩しつつあった。けれども、何といってもまだまだ思いきった合理的な戦術行動等をすることはできていない。そこで、私は非常な希望をもって航空戦隊の運用を研究もし、力もつくしたわけである。

索敵法に新方法を案出

まず第一に、私は偵察に重点をおいて、海上戦闘における飛行機の偵察法について研究し、従来、誰もやっていなかった、いわゆる索敵線の連合によって、ある海面にいる敵は必ず逃さずに押える方法などもその時に着想し、実際の演習にもやってみて自信ある一つの案もその時つくりだした。

これは、その後研究を重ねられて、太平洋戦争の例えばミッドウェーや第二次ソロモン海戦、或は南太平洋海戦、あ号作戦の場合にも実際用いられた一段、二段、三段と飛行機の索敵線をだして、必ず敵を捉えるといった実績を挙げた索敵法の始まりであった。

しかし、あまりに航空戦隊、航空戦隊というと、人に何となく斜眼視されるようなところがあった。その時の連合艦隊司令長官が山本英輔大将で、参謀長が嶋田繁太郎、当時少将であったが、航空隊に対する全体の気分が斜眼視されているふうであったから、艦隊の研究会や、その他いろんな会合の時には、どうしても航空戦隊の首席参謀である私が連合艦隊参謀長に食ってかかることになるし、強い意見も述べなくてはならず、そのためよく叱られもした。

燃料問題に悩まされる

これに附随して燃料の問題には常に悩まされた。日本の国から重油がでないので外国から買わなければならない。そして買った重油は戦時のために貯えなくてはならない。そこで艦隊訓練に際しても燃料の節約ということがつきまとってくるが、航空戦隊は燃料消費が他に比べて多い。例えば飛行機を発着させるためには、母艦は他の戦隊以上に速力をだして走らなければならない。無風時である場合には、その当時飛行機を離艦させるには十二メートルくらいの風を必要としたから、母艦はどうしても二十四ノットの速力をださねばならない。そんな速力で走り回っていると燃料を非常に食う。そのため艦隊訓練に予定されている燃料のなかで航空戦隊がいつも余計に食いこむことになって他の戦隊から恨まれる。それでも、なおかつ航空戦隊の訓練をやってゆかなければならない。

このように燃料の関係から母艦ばかりを走らせることができないから、一般の航法訓練とか爆撃訓練、雷撃訓練などの基礎訓練は飛行機隊を陸上に派遣して、そこで寝泊りして訓練をやらせることになる。

この飛行機の搭乗員、それに附随しての整備員が軍艦を離れて陸上の飛行基地へ行って寝泊りすることが、海軍の一般艦船の乗員からみるといかにもうらやましいことである。時に飛行機関係者が陸上で宜しくない行為でも起すと、他の艦船乗員や連合艦隊参謀長などから摘発されて、航空部隊の軍紀風紀についてわれわれが叱られる。いまから考えると、多少われわれ自身がひがんでいたのかも知れないが、何か必要以上に叱られるような気がして、絶えず連合艦隊司令部と張りあっていなければならないわけで、非常に苦しい思いをした。

しかしその半面、航空母艦、そこに飛行機隊をもっているということが、他の一般艦船に比べて何か新しいことであり、そして力強いことであり、いかにもわれわれの研究訓練が日本海軍の実になるという気がして、私も航空戦をもって艦隊作戦における新生面を開くことに非常に努力した。

そして、私は第一航空戦隊の参謀中、実際の体験と研究によって本当に航空部隊の一員であるという気がしてきた。

もともと私は子飼いの飛行機乗りではない。悪くいえば一種の航空ブローカーのようなもので、部隊の編制とかいろんな計画はするが、自分には実力がなかったから、航空部隊の用法というようなことについては、これが自分の大きな一つの任務であるという気がしだした。

航空戦隊を海上戦闘に使うということについて大事なことは天気をみることである。天気予察に対する知識がなければ、航空戦隊や航空艦隊を動かすことができない。そのためには、どうしても天気図が航空関係者の常識になってくる。天気図を読む。或は天気図を作成する力を養うことが必要で、私が航空戦隊に行っていた時、一般の飛行機搭乗員の若い人などにはどんどん天気図を書かせ、それを読むことをやかましくいった。

例えば自分の航空戦隊から飛行機をだして敵を攻撃する時に、自分の部隊が低気圧の中に入っていたのでは、せっかくの母艦機が活動ができない。だから、あらかじめ戦闘の場所と時刻を予想して、そのようなことのないように、むしろ天気を利用して、有利な戦闘を交えるように、自分の部隊を誘導して行って、そこから敵に攻撃をかける。これがためには、相当に天気予察に長じていなければならない。

ジュネーヴ軍縮会議

空軍縮の回訓を起案

航空戦隊の首席参謀を辞めて昭和七年、八年の二年間、私は海軍省軍令部出仕兼海軍大学校教官となった。もともとは海軍大学校教官の予定であったが、その当時、ジュネーヴの一般軍縮会議に日本から永野大将を首席全権とする全権団がでており、この軍縮会議で恐らく航空軍縮が問題になるだろうという予想で、私は全権団には加わらなかったが、海軍省に残って空軍縮の係を命ぜられた。

軍縮に対する一応の態度は全権団の出発前に海軍省で海軍大臣以下、軍令部など関係者が集って対策を仔細に検討し、その訓令をもって全権団が会議に臨むわけであるが、会議の最中に思わぬことができて、訓令の範囲内で各国と折衝することができないような事態が起きてくると、全権団としてはその時に請訓してくる。その請訓に対して海軍大臣から回訓を出す。その回訓を起案する仕事を私が命ぜられた。

全権の随員として行かれた、山本五十六少将も、空軍縮に対する自分の考えも述べられていたが、私の意見としては、この軍縮会議で空軍縮には手をつけないとはじめから堅い決心をしておって、向うからいかなる請訓がきても、その回訓は空軍縮には手をつけるな、という一本でいこうと思っていた。

もともと日本海軍の航空兵力は、倫敦《ロンドン》条約で制限された保有量の欠点を補うために創設されたもので、これを更に制限するという手はない。私は連日、海軍省へ行って、ジュネーヴからくる報告電報その他をみて必要なものには対案を起案し、回訓を要するものには回訓案の原案を書いてだす仕事をしていた。しかし、その仕事は一向に忙しくなかったので、大部分は海軍大学校へ行って航空戦術を教えていた。

私は昭和二年、ちょうど海軍大学校を卒業したあくる年にも、海軍大学校教官になって、学生に航空戦術を教えたが、その時には体験もなく、半年ぐらい勉強しても物になるわけはないので、随分苦労して理屈をでっち上げ、あとから考えると汗のでるような講義をしていたが、この時になると私にも相当体験もできたし、兵術的用法については、その当時としては一かどのものを持っていたから、大学校の講義も相当の講義ができたろうと思っている。

軍備にはパリティを主張

一般軍縮会議における航空軍縮はそういうふうであったが、他の水上艦船に対する問題は、われわれが大学校の学生をしていた時から、日本は七割でよいとか、六割何分とかいわれていたが、私自身はそんなことは理屈にもならないと思っていた。

各国がおのおのその必要によって軍備をもつ以上は、すべて軍備はパリティでなければならない。パリティ以外に軍縮に対する理論のありようがない。もっともらしい七割論なんかは自己偽瞞であるというのが私の強い主張であって、軍令部、海軍省あたりに向ってパリティ論を随分主張した。

いつも私に対するみんなからの非難は「草鹿は理屈ばかりいって実際の面がさっぱり駄目だ。パリティを論ずるにしても、日本の国家経済を無視して、彼はただ自分の兵術上の理論を盾に議論をしかけてくる」

と、いうことだった。

その非難を打消すためには人に負けないような経済的に基礎立ってパリティ論を展開して行かねばならないので、当時まだ日本銀行の若い行員であった新木栄吉君（東京電力会長）が私のために、国家経済あるいは米国の経済などを詳しく調べて教えてくれた。その経済論の上に立って軍縮パリティ論を展開するものだから、今までのようにみんなから非難される欠点も大いに補われた。

あまりパリティ論をふりまわしたせいか昭和八年の終りころ、航空に全然関係のない候補生の練習艦の副長になった。これは東京においておってはうるさいというので練習艦にだされたのだと思う。そして昭和九年一年は飛行機に関係のない生活をして来た。

この練習艦隊が地中海方面に行った時、特に航空関係のみたいところはみてきてもよいというので、例えば艦隊がマルセーユに碇泊しているうちに私と二、三のものが十日ほど暇をもらって、スイス、フランス、ドイツの素通り旅行をした。

フリードリッヒ・ハーフェンに行き、ツェッペリン飛行船会社をみた。その時、私が太平洋を横断した時のツェッペリンの船長フレーミング氏と会って、大いに旧交を温めたが、その際、建造中で誰にもみせないヒンデンブルグ（飛行船）をみせてくれた。

航空技術に陸海軍の協調を図る

金の勘定に暗い総務部課長

昭和九年の末に私は大佐になり、海軍航空本部総務部一課長になった。これを二年間したが、私が軍令系統から離れて海軍省関係の仕事をしたのは、この二年間だけである。

私は金の勘定はさっぱりできないが、この仕事は予算のことが相当詳しくないと勤まらない。予算とはどういうことなのか、航空隊の設備費、艦船の建造費だといわれても、それから予算には款項目節があるとか、いろんなことをいうが私にはさっぱりわからない。しかし、それでは一課長が勤まらないので大いに考えて、海軍省経理局の主計官について、恥をさらけ出して予算の初歩の説明をきいた。きいたがなかなかわからない。

「そういうことはやっておればわかりますよ」

と、いって、あまりよく教えてくれなかった。しかし、知るより馴れた方がよいので、その辛抱も甲斐あって航空隊の予算もわかるようになってきた。

私が軍令部にいた時、海軍の航空に使っている予算は一千何百万円位であったのが、その時はじめて三千万円を超過した。そして海軍航空は三千万円もとるようになったと喜んでいた。

その時、航空本部には各部関係の問題が多くなって、私も当時、随分いろんな仕事をいいつけられた。ちょっと挙げてみても、満蒙経営研究委員会委員、部外工場事業場調査委員会委員、燃料政策調査会委員、航空事業調査委員会幹事、海軍航空本部航空事故調査委員会委員、対南洋方策研究委員会委員、航空経費経済化調査委員会委員、陸海軍航空本部協調委員会幹事、このように自分の本業のほかにいろんな委員会の委員なり幹事を命ぜられた。

その時自分が一番念頭においてした大きな問題は、陸海軍の航空がいつも互にいがみあって予算の取りあいをやり、なかなか手を握ることができない。私はそれを非常に残念に思い、そのような状態では日本の航空の発達が阻害されるという気がしたので、どうしても陸海軍が虚心坦懐に手を握らなければならぬと強く感じていた。

ところがある時、風洞に使う大きなプロペラの製作を大阪の住友伸銅所でやるからみてこいといわれ、大阪へきたことがある。そして、その工場をみたところ、陸軍のプロペラと海軍のプロペラが僅かな製作法の違いのため、工場の機械のシリーズが二つ要るのである。同じプロペラをつくるのに僅かなこともお互に自説を執って譲らないためにそのような不経済なことがあるのである。これではいけないと帰るやいなや、そのことを上司に報告して、早速陸海軍航空本部協調委員会をつくった。

ちょうど陸軍で航空本部の同じ立場にあったのが菅原道大という陸軍大佐で、この人に直接話をして、とにかく二人の間で何とか一致させようということになった。

その時取上げた大きな問題は、飛行機の製作関係を一つにすることはもちろん、陸海軍航空はお互に教育訓練について、手を握ってゆかなければならない。さらに進んで作戦上の協力についても進めてゆかなければならない。なるべく一つにできるものは一つにして、無駄を省き、効果のあがるようにしなければならない。それまでも陸海軍の協調についてには、空軍統一論がある一方では作戦の本質上おのおの航空部隊をもたなければならぬという意見もあり、海軍のなかでもその善悪が論ぜられていたが、私はその議論は別として、とにかく一緒になれるところだけでも一緒にしてゆくことは、あらゆる点においてよいことだから、議論はさておき、きまったことはあすからでも実行しようじゃないか、と菅原大佐に強くいい、同大佐も共鳴してスタートした。

その時、海軍の航空本部長は山本五十六（当時中将）、陸軍の航空本部長は堀丈夫という人で、両本部長をこの会議の委員長にし、実際の面は二人が幹事になって切りまわしていこうと実行に取りかかった。

最も容易な問題は規格の問題であるから、そこから入って行こうということになった。例えばプロペラの取附けが一方は斜面の摩擦でプロペラを密着させ、一方は階段式のはめ込みでプロペラを密着させる。おのおの自分の方がよいといってきかない。注文を受けて製造する工場としては、それだけのために工場の設備が二重になるということがある。とにかく、どちらかがよいにきまっているが二つにする必要はない。そのように話がきまれば直ちに実行する。私は非常に誠意を披露してやったので、陸軍でも好感をもってどんどん仕事が進んでいった。

ところが私が航空本部を辞めたのちは、また陸軍と海軍が仲が悪くなった。結局、われわれがやったことが実を結ばなかった。そして最後まで仲たがいをすることになった。われわれの方針が最後までつづけられておれば、太平洋戦争においても、陸海軍航空の活躍はもっとめざましいものがあって、飛行機の数が足りなくて困ったということがなかっただろうと残念に思っている。

事故防止に骨相見を雇う

つぎに航空本部の一課長として非常に気をもんだことは、海軍の航空が目覚ましく拡張し、進歩してゆくことは非常に嬉しいことであったが、その半面、訓練が猛烈になってくると事故を起すことが非常に多い。従って犠牲者をだすことも多くなったので、何とかして犠牲を少なくしたいと思って、航空事故調査委員会というものをつくった。

これは、ある部隊で事故が起ると、その原因、状況を細かに糾明して責任の所在を明確にし、罰すべきものは厳重に罰する。これは各部隊自身でしなければならないのであるが、部隊ですると人情に捉われて信賞必罰が不徹底になる。また事故によっては技術上の欠陥によって生ずる事故があり、技術上の欠陥を摘出するということが不徹底になるということから、事故は必ず細かに航空本部に報告させ、航空本部でさらに検討する。

このようなことをしても事故は容易に後を絶たない。成程、発展しつつある航空部隊であるから、事故の多いことはやむを得ないが、犠牲者ならびに家族のことを聞かされると気の毒であるし、私としても深く責任を痛感して、その事故の原因を探り、改良すべき点は改良することにした。

ここに一つのエピソードがある。搭乗員の本質ということが非常に問題になるので、搭乗員を採用する時には心理学的な考査を綿密にして、学問的にも綿密なテストをするが、それでも事故を起す。その時、航空本部の教育部に大西滝治郎（当時大佐）がいた。

事故の起る一斑の受持は教育部にあるので、大西大佐がそれを心配して、どうしても事故がなくならないので航空本部に八卦見を雇ったらどうかといいだした。

しかし、そんなことは誰も相手にしない。ところがその当時、早稲田大学をでた水野という若い骨相見がいた。骨相学を科学的に研究してよくあてるという。大西大佐は水野君に非常に傾倒して、それを嘱託に雇えという。そのような仕事は航空本部総務部一課長である私のところに要求が集ってくる。しかし、海軍は八卦見を雇うことはちょっとできない。ところが大西大佐という男は非常に実行力があるので、自分の俸給を割いて、水野君を霞ヶ浦航空隊におくっていろんな研究をさせ始めた。私も遂にその熱心さに動かされて航空本部に水野を雇うことに同意した。

しかし、それには海軍省の軍務局と人事局を説き伏せなければならないので、その交渉を始めた。

ところがそんな前例もないし、そんなべらぼうなことはないと誰も相手にしない。しかし、一旦やりかけた以上、こちらも引込まない。再三軍務局と人事局と交渉して、結局水野を呼んで一応講演させるというところまで漕ぎつけた。

そこで海軍省、軍令部の主務者約三十人を航空本部に集めて水野君に講演をさせた。みんな一生懸命聞いていたが、講演を聞いただけで、採用するしないの意見はでてこない。そこで、集ったものが誰いうとなく、

「一応講演はなるほどと思うが、それが当るか当らないか、ここでやってみたらどうか」

ということになって水野君に問題をだした。

「ここに三十人ぐらい集っているが、このなかで飛行機の操縦者をあててみろ」

と、いった。水野君はあたりをみまわしていて、初めに教育部の部員で元操縦者だった星中佐を指して

「あなたは操縦者でしょう」

と、いった。まさにその通り、これには一言もない。

「それではその他にないか」

というと、星君の後にいた三和という中佐、彼は後に第一航空艦隊参謀長をしている時、サイパンで戦死したが、彼は戦闘機乗りである。これをみつけだして、

「あなたもそうでしょう」

といった。

「このほかにはないか」

と、いうと

「そうですね。この二人のほかにはないようです」

と、いった。まったくその通りだった。

そこで押問答していたのが一転して水野を雇えということになって、水野君は航空本部の嘱託になって霞ヶ浦航空隊で搭乗員を採用する時に骨相を見させ、飛行機乗りに向かない骨相だというのは

「あいつは怪しいからやめさせろ」
というわけで、なかなか成績がよかったらしい。

不可能を可能とする男

全連合艦隊の驚嘆

昭和十二年に私は鳳翔の艦長になった。海軍では海軍士官の差し当りの目標は艦長になることである。何といっても一城の主で、艦内において絶対のものだから非常に嬉しかった。

私は割合に船を操縦する機会がなかったので、初めは下手だったが、そのうち船の操縦も上手になった。船長になると着艦訓練とか飛行機の訓練が、なお身にこたえて感じられ、自分の直接責任になってくるから難しいものであることがよくわかってきた。

私が鳳翔艦長になった時、第一航空戦隊は龍驤と鳳翔だった。司令官は高須四郎少将であった。

鳳翔は既に十数年連続して艦隊に附属していたので、艦が古くてボイラーに相当故障が多く、機械にも随分故障があった。一番困ったことはタービン・ブレードに故障を起すことであった。

その時、鳳翔の機関長は長嶺公固《きみかた》機関中佐だった。彼は機関学校の卒業は一番で、気性は実にはげしかったが頭のよい男だった。一方からいうと長嶺君というのは使いにくいのだが、しかし鳳翔の機関長になってから、私のいうことはよくきくので愉快だった。

長嶺中佐がどれくらい実力をもっていたかの例を挙げると、鳳翔がある日戦闘運転（主として機関科の戦闘作業で、高速で何時間か連続運転をする）に出港しようとしていたところ、出港前の試運転の時、機関長がみていると、タービンのなかでチャリンという音がした。私は出港を控えて艦橋にいたが、機関科から

「出港を見合わせて下さい。タービンに故障があります」

と、いってきたので出港を見合わせ

「すぐタービン・ケースを開けてなかを調べてみろ」

と、いった。

タービン・ケースを開けてみると、タービン・ブレードの一枚が脱落しており、これがタービンの下に転っている。機械の手廻わしをやる時にチャリンと音がしたのである。そして一列の羽根がみんなぐらぐらになっている。

そのまま出港したのでは全部脱落してしまう。何とかしてタービン・ブレードを截《き》ってゆけというのだが、もともとタービン・ブレードを截るものは横須賀海軍工廠のなかの工員でも数えるほどしかいない。そのようなことを艦の手で扱えということは到底できない。

片一方のタービンで歩いて、横須賀なり他の軍港まで帰って、工廠の手で修理しなければならない。しかし訓練の非常に盛んな時に、訓練を休んで軍港に帰ることは面白くないと思って、長嶺機関長を呼んで、君の手で何とかできないかと問うた。するとやってみましょう、ということになったが、大きな作業であるから鳳翔だけでは無理かも知れない、聯合艦隊の連合工作にかけようということになった。

連合工作というのは艦隊全体のなかから優秀なものを集めて重大な故障を修理するもので、それらの人がきてみると連合工作では駄目だという。しかし演習にぬけることはいかにも残念なので、さらに長嶺中佐に何とかならんか、というと、彼は暫らく考えていたが、なるかならんかやってみましょうということになった。

長い一尺余あるようなブレードをタガネで截ってゆくのであるが、兵隊のなかにも、それじゃ私がやる、というのが二人ほどでてきた。

それをやるには二十何種類かの違ったタガネを必要とする。まずタガネからつくってかからなければならない。

艦内の機械工場で長嶺中佐は随分努力して必要な各種のタガネを全部つくって、タービン・ブレードを截らした。連合工作が手を上げて、横須賀の海軍工廠へ行かねばならぬといっていたのが、結論において長嶺中佐の工夫努力と、兵隊の協力によって一列のブレードを全部截り、緩んでいるのを締めつけて無事戦闘運転をした。これには連合艦隊の人々も舌をまいた。

「漏電艦」の汚名忽ち返上

このほか鳳翔には動揺止めのジャイロを持っており、飛行機が発着するときまわすのであるが、歴代の機関長は、これをまわすと電気の故障が起るので使うことを嫌う。しかし長嶺中佐は反対で、

「せっかく持っているものを使わないということはない。これから必要な時、どんどん使うように命じて下さい。その他の時でも、平素の航海でも、がぶって兵隊が酔払うようなときは遠慮なく命じて下さい」

と逆にでている。それをまわすと、余計な人間をとられるので、機関科の人がそれだけ減るから嫌がるのだが、長嶺中佐は一人の当直員で、これに当たらせるよう工夫した。彼がいかにそういった面にも力があるかということがわかる。

そのほか艦内の漏電が多い。鳳翔は古い艦であるから漏電量の多いことは自慢にはならないが、連合艦隊中で一番であった。そこで長嶺中佐を呼んで

「これをみていると艦隊中で鳳翔が一番漏電が多い。君は電気屋だが、こんなことではいかんじゃないか」

といった。彼は電気専門である。すると

「承知しました」

と、いって自ら電気器具をぶら下げて、艦内を調べて歩き、換えなければならないスイッチは全部とり換えるし、自分が先に立ってやった。そのつぎの月は鳳翔は艦隊中で漏電が一番少なくなった。

解説　参謀の目から見た太平洋戦争

戸高一成

草鹿龍之介の名は、太平洋戦争の開戦第一撃をハワイ真珠湾の米艦隊に加えた日本海軍の機動部隊、第一航空艦隊の参謀長として記憶されている。とはいえ、作戦の指揮官である司令長官のようには、歴史の表面にその名の出る機会の少ない参謀と言う立場から、草鹿について書かれた書物は多いとは言えない。しかし、太平洋戦争開戦時のハワイ攻撃作戦の参謀長、次いでミッドウエー海戦敗戦後の再建機動部隊である第三艦隊の参謀長、その後一時横須賀海軍航空隊司令を務めたが昭和18年ラバウルの南東方面艦隊参謀長兼第十一航空艦隊参謀長となり、そして日本海軍が最後の決戦を戦った昭和19年4月からは連合艦隊参謀長として、日本海軍の戦いの中枢を見てきた人物なのである。こう見てくると、草鹿ほど太平洋戦争中の重要な作戦を含んだ時期に参謀長を務めた人物はいない。

そもそも参謀長とは司令長官の命令伝達などの職務を行う、言わば最高補佐であり、同時に参謀の指揮を司る職務である。では、このような参謀歴任者である草鹿は名参謀長であったのかとの興味が生じる。この疑問に答えることが出来るのが、本書「連合艦隊」なのである。

本書は草鹿のいわば自伝であり、ハワイ作戦以来の作戦の中心部から見た海軍作戦史ともいえる貴重な記録となっている。

草鹿の記述はかなり詳細で、何らかの記録に基づいていると思われる。その場その場の感情の表現は極めて明瞭であり、登場する人物の人間関係も窺うことが出来る。興味深いのは源田実に対する場面の中で、福留繁に真珠湾作戦計画を任されて旗艦赤城に帰り、南雲長官に報告すると同時に詳細の研究を主席参謀の大石保と作戦参謀の源田実に命じた際の源田の態度について、その時初めて知ったような素振りをしていた（37頁）。と書いているが、後に源田は既にこの計画を知っていたことが分かり、草鹿は源田に対して微かな不信感を持ったようである。

このハワイ作戦について草鹿自身は、第一航空艦隊としては、この作戦には同意しがたい。と判断していた。ここには、帝国国防方針に基づく伝統的な対米作戦を守ろうとする草鹿の思いがある。しかし、後の作戦会議で山本五十六長官に肩をたたかれて「真珠湾攻撃は私の信念である…どうか私の信念を実現することに全力を尽くしてくれ」と言われて草鹿は「この瞬間、私はこの長官のために全知全能を尽くそう」（36頁）と誓うのである。これは山本五十六長官のカリスマ的な人物像を表す側面と同時に、草鹿の感激しやすい性格をも窺える会話である。

草鹿は、この作戦について、子供のころから修行していた剣術、無刀流の型の一つである、金翅鳥王剣を思い浮かべたという。金翅鳥王剣の型とは、敵に全力で一撃を加えた後、即座に元の構えに戻るというものである。つまり、草鹿はハワイ作戦においては、一撃後ただちに引き上げを考えていたのである。草鹿はその後もよくこの剣道の話をしたようで、ハワイ開戦後、南方作戦に関する作戦会議においても、集まった各艦隊の参謀などを前に、「前後に敵を置いたときの居合の極意は、まず正面の敵に一撃を加える、これは致命的でなくても良い、そして即座に後ろの敵に掛かる、これは全力で一刀のもとに切り倒す」と持論を展開した。当時第四艦隊参謀であった土肥一夫氏などは、「前がハワイならば、後ろはマレーと言うことか。アメリカとの大戦争を刀の切りあいに例えるのは、何だかピントが外れているなあ、と思った」と筆者に語ったことがある。

ハワイ真珠湾攻撃の大成功は海軍ばかりでなく日本全体を狂喜させたが、一番舞い上がっていたのは機動部隊の司令部だったかもしれない。真珠湾攻撃後、昭和17年春からは、南方作戦、インド洋作戦で、向かうところ敵なしの勢いと慢心は止まるところを知らなかった。そこにミッドウエー作戦の大敗北の原因が潜んでいたのである。

ミッドウエー海戦の敗北は、海軍にとって取り返しのつかない大きな損害であった。このために、海軍は航空母艦4隻の喪失という事実を公表することなく、2隻のみの損害を公表し、天皇にさえ虚偽の損害を報告したのである。更に、この事実を隠蔽するために、ミッドウエー海戦直後の昭和17年7月の艦隊編制において、新設機動部隊である第三艦隊の付属艦船の中に、既に戦没している航空母艦赤城と飛龍をあたかも存在するかのように加えたのである。艦隊編制は天皇の統帥権に基づく大権の一つである編制権によって実施されるものであり、駆逐艦1隻の編制替えにも天皇の裁可を必要としたほど重要なものである。軍令部はこの時点で天皇を欺くという、有り得ない行動をとったのである。後に軍令部一部で編制を担当していた土肥一夫氏に、筆者がこの編制表を前にして、だれがこのようなことをしたのでしょうか。と聞いたことがあるが、土肥氏は、「編制表に事実と異なる記載をすることなど、自分などには想像もつかない、編制班の人間に出来ることではない」。と言い暗に最上層部の意向であったであろうことを示した。そして、「連合艦隊からの要望があったのだろうなあ」。と呟いた。当然草鹿は責任者の一人として、この謀議に加わっていたことは明らかであるが、このあたりの機微にかかわる記述はない。

因みにミッドウエー海戦に関しては、開戦後に戦闘記録である戦闘詳報が作成されたが、これはこの戦闘詳報の編纂にあたった淵田美津雄によれば、僅か6部しか作成されなかったというほどの徹底した極秘扱いであった。このために海軍内部でもミッドウエー海戦敗北の教訓は全く生かされることは無かった。これは戦後にも影響し、海軍省の残務整理を担当した第二復員局残務処理部史実班で編纂した海軍戦史の中の「ミッドウエイ作戦」は、当初この極秘戦闘詳報に基づいて執筆されたために、この「ミッドウエイ作戦」には機動部隊周辺で撃墜した米軍機の複数のパイロットを救助し尋問した記述が有る。しかし、その後捕虜全員を殺害したために、当時の社会状況を考慮し公表されることは無かった。そこで海軍関係者の半ば合意の上で執筆されたものが長くミッドウエー海戦の定本とされた淵田美津雄、奥宮正武共著の「ミッドウエー」（昭和27年、出版共同社）であった。この本で、ミッドウエー海戦敗北の最大原因を、攻撃部隊の発進が5分早ければあのような敗北は無かったという、運命の5分間説の創作をしたのである。本書でもこれに倣っているが、草鹿自身が体験した激戦の中での状況は、現場にいた人間のみが書き記すことのできる内容であり、極めて貴重な記録である。

以後ソロモンでの航空戦を戦い、10月26日の南太平洋海戦では、ミッドウエー海戦での悪夢を振り払うような激しい戦闘指揮を行い、辛うじて米空母ホーネットを撃破（後自沈）して、南雲長官、草鹿参謀長はミッドウエー敗戦の雪辱を果たした形をとって、間もなく機動部隊から転出することになる。

草鹿は、横須賀海軍航空隊司令として着任する。ここでは短いながら戦時中の内地航空隊の実情と、航空軍備への対応が描かれている。特に横須賀海軍航空隊は実験部隊的な性格もあり、新兵器の実用実験などを行っていて、航空レーダーの開発などのエピソードは興味深い。

昭和18年11月、草鹿は南東方面艦隊参謀長に補され、ラバウルに着任した。長官の草鹿任一中将は草鹿の従兄弟にあたる。

当時ガダルカナル攻防戦に敗北した海軍にとって、既にラバウルは主要作戦から切り離され、継続的な空襲の中で補給もままならない状況であり、持久戦体制の構築に入っていた。ここで草鹿は先輩にあたる酒巻宗孝中将に、「ラバウルの空戦は貴様のように名刀一閃、強敵を両断して万事終わるのではない。切れ味は鈍刀でも、鉈で木を切るように弛まず倦まず、日々敵を叩くことである」。と諭されている。航空隊を率いて戦っている実戦経験者ならではの忠告である。

そして昭和19年4月、草鹿に連合艦隊参謀長の知らせがあった。殉職した古賀峯一連合艦隊司令長官の後の豊田副武長官の率いる新連合艦隊の参謀長である。草鹿はここで、最後の決戦として航空戦力の全てを投じた「あ号」作戦を計画するが、あっけなく惨敗に終わり、海軍の決戦兵力は潰え去り、陸軍もまた、東条首相自慢の絶対国防圏を破られ、日本の継戦能力は事実上失われたのである。しかし、軍も政府もこれを認める勇気を持たなかった。

「あ号」作戦後、本土に迫る米軍を想定した最後の決戦が計画された。これが捷号作戦であり、北海道からフィリピンまでを1号から4号までの4つの戦区に分けて、いずれも最後の決戦とされた。草鹿の考えでは、敵はフィリピンに来襲する公算大と読んでいたので、捷一号作戦を準備したが、米軍がフィリピンに来襲する直前の台湾沖航空戦で航空機を消耗し、艦隊の支援及び攻撃力の中核を失ったまま栗田艦隊は出撃し、多数の艦艇を失って惨敗してしまった。艦隊を失った海軍は、以後全てを特攻に頼ることになった。草鹿は来るべき本土決戦時には1000機をもって一波とする特攻を十波、一万機の大量特攻作戦を立案し、その実現に努力していたのである。

昭和20年8月10日、草鹿は第五航空艦隊長官の内命を受けた。草鹿の考えでは、指揮下の練習機も加えれば5000機の特攻機が出撃しうると思い、最後の任務として着任準備中に15日の終戦を迎えた。終戦により、草鹿の最後の任務は更に困難なものとなった。終戦の日に第五航空艦隊長官の宇垣纏は、終戦の玉音放送後に部下を率いて艦爆で出撃、行方不明となっていた。このために指揮官を失った第五航空艦隊は混乱を極めていたのである。

草鹿は8月19日、指揮下の部隊の所轄長全員を大分基地の司令部に集めた。草鹿はここで終戦の伝達と、最後の一戦を求める一部の士官を前に、「もしたって不都合と言うものがあるならば、まずこの私を血祭りに挙げよ」と言い、瞑目してソファーに座った。

筆者が勤務していた当時の財団法人史料調査会の会長であった関野英夫氏は、当時50機近い新鋭陸上爆撃機銀河を擁して、沖縄方面の夜間雷撃などを行っていた山陰空の大社基地の基地司令であったが、招集の命令で大分に向かった。そしてこの場で草鹿の言葉を聞き、瞑目する草鹿を見て改めて終戦を実感したという。「会議の前の殺気立った騒然とした空気が、草鹿長官の言葉で全員目が覚めたように静かになって解散したよ」。と静かに語った。

海軍最大の航空戦力を持った第五航空艦隊が終戦を受け入れた瞬間であった。

草鹿龍之介は明治25年に東京で生まれた。この年が辰年であったので龍之介と名付けられた。10歳のころから無刀流の道場に通い中学生で無刀流の相伝を受けたというから、まさに剣士として育った人物と言える。草鹿の学んだ無刀流は山岡鉄斎の始めたもので、一撃必殺を旨としていた。中学時代には親の命で参禅に励んでいる。

その後海軍兵校（41期）に進むが従兄弟の草鹿任一（37期）の影響が有ったのであろう。草鹿はその経歴から航空出身と思われがちだが、砲術学校高等科を出た、れっきとした砲術士官である。ただ少佐のころから航空関係の配置が多くなり、何となく航空専門家と思われるようになったというのが実態である。

このような中、ワシントン海軍軍縮条約で主力艦の対米6割と言う制限が課せられて以降、制限外であった航空軍備が注目されるようになった。草鹿が注目されるようになったのもこのような時代の流れがあったからである。

対米6割といい7割といい、常に劣勢意識に悩んだ日本海軍。その上、訓練に制限はなかろう、と言うような海軍長老の発言があったものの、現実には訓練の燃料、弾薬さえ十分には与えられてはいなかったのである。

何も与えられずに、重い責任だけを与えられた海軍にとって、「無敵海軍」という幻想に縋るしか道は無かったのかもしれない。

そもそも米英を相手とした外交戦略、資源戦略、経済戦略などの全てに敗北したことが発端となって始まった戦争に、初めから勝利の可能性は無かったのである。

この望みのない近代戦を、無刀流の極意を携えて、一人のサムライとして戦ったのが草鹿龍之介であったように思えてならない。

今年は本書の初版が出版されてから70年目にあたる。太平洋戦争は遥か過去の歴史になってきたが、300万人以上の国民の命が失われた戦争の過去を忘れることは出来ない。この日本の長い歴史の中にあって最大の悲劇であった太平洋戦争が、どのような人物のどのような考えによって指導されたのか。極めて限られた部分ではあるが、ハワイ真珠湾攻撃の主力部隊の参謀長として開戦を迎え、日本海軍最後の航空艦隊司令長官として終戦を迎えた草鹿の回顧録は、当時の海軍幹部の記録として貴重なものである。部分的に記憶違いや事実と異なる箇所、また意図的に触れなかった事件などもあるが、これは他の記録と読み合わせることによって、事実に近づくことができるのである。何が書かれ、何が書かれていないかということを知ることも歴史的文献を読むときには重要なことなのである。

なお、本書の最後に、草鹿の初期の日本海軍航空界の思い出が書かれている。本書は初版発行後数回再刊されたが、この部分は何故か削除されていた。草鹿と言う人物の重要な背景であり、また日本の航空史にとっても貴重な記録である。今回この部分が収録されたことにより、本書の資料的価値を一層高めることが出来たと思っている。

（呉市海事歴史科学館・大和ミュージアム館長）

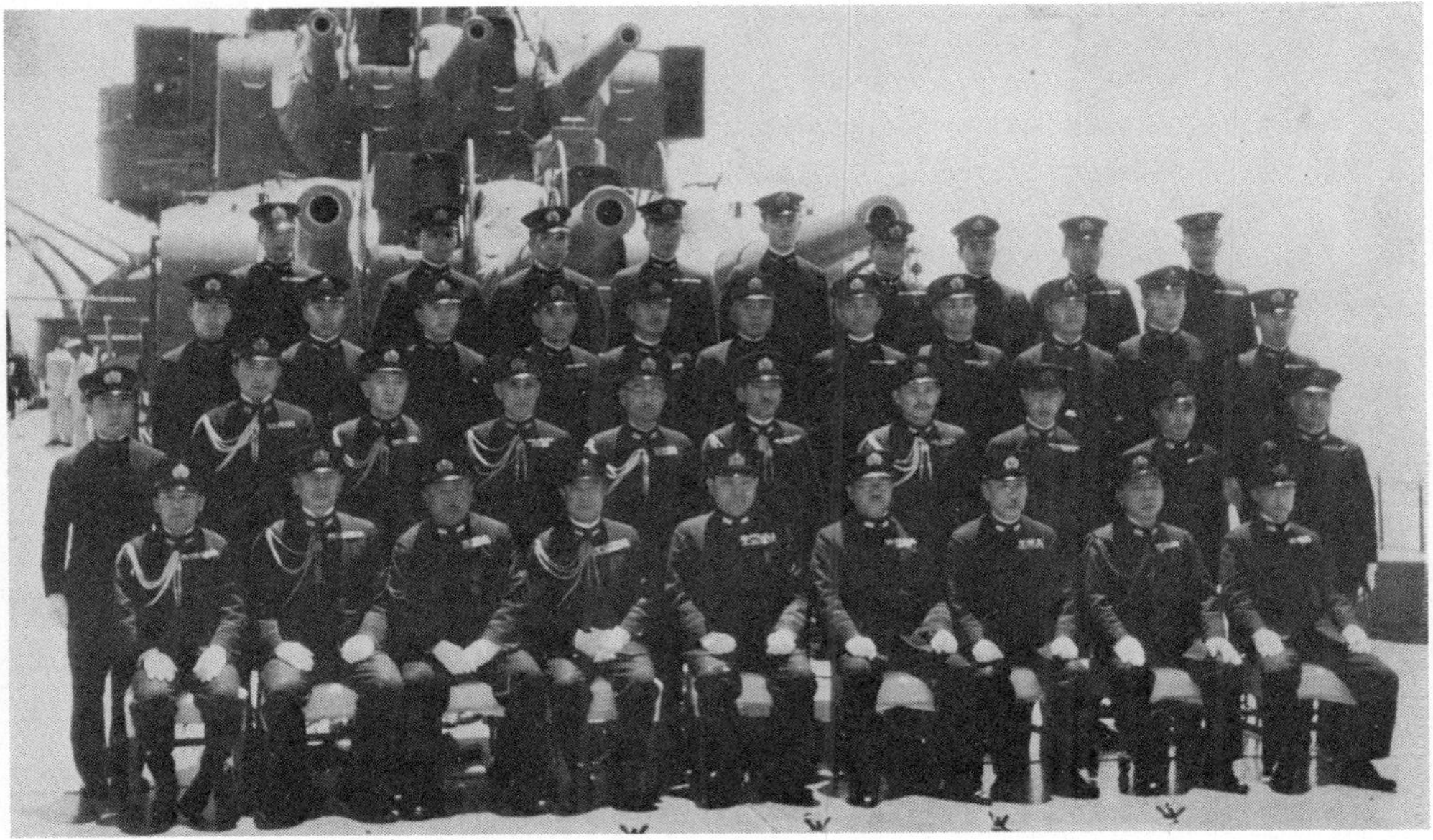

昭和19年５月旗艦「大淀」にて。（前列中央）豊田副武司令長官、向かって左隣りが著者

聯合艦隊　1952年　毎日新聞社刊

刊記

一、本作品は、一九五二（昭和二七）年に毎日新聞社から草鹿龍之介著『聯合艦隊　草鹿元参謀長の回想』として刊行され、一九五六（昭和三一）年に同社より新書版として再刊された。その後、一九七二（昭和四七）年に行政通信社から『連合艦隊の栄光と終焉』と改題して刊行、一九七九（昭和五四）年に光和堂から『連合艦隊参謀長の回想』として刊行された。

一、本書は光和堂版を底本とし、初版に収録され、新書版以降割愛されていた附録「鵬翼万里（海軍航空発達の思い出）」を再収録した。

一、明らかに誤植と思われる語句は訂正した。難読と思われる語句にはルビを付した。

一、本文中に今日では不適切と思われる表現もあるが、発表当時の時代背景と作品の文化的価値に鑑みて底本のままとした。